U0888306

何建明文集

卷九

农民革命风暴

何建明 著

新世界出版社
NEW WORLD PRESS

图书在版编目（CIP）数据

农民革命风暴 / 何建明著 . -- 北京 : 新世界出版社 , 2018.3

（何建明文集 ; 9）

ISBN 978-7-5104-6371-6

Ⅰ . ①农… Ⅱ . ①何… Ⅲ . ①纪实文学－中国－当代 Ⅳ . ① I25

中国版本图书馆 CIP 数据核字 (2017) 第 198937 号

农民革命风暴

作　　者 : 何建明
特邀丛书编辑 : 韩小群
责任编辑 : 贾瑞娜
责任校对 : 宣　慧
责任印制 : 王宝根　苏爱玲
出版发行 : 新世界出版社
社　　址 : 北京西城区百万庄大街 24 号(100037)
发 行 部 :（ 010 ）6899 5968 （ 010 ）6899 8705（传真）
总 编 室 :（ 010 ）6899 5424 （ 010 ）6832 6679（传真）
http://www.nwp.cn
http://www.nwp.com.cn
版 权 部 : +8610 6899 6306
版权部电子信箱 : nwpcd@sina.com
印　　刷 : 北京京华虎彩印刷有限公司
经　　销 : 新华书店
开　　本 : 710mm × 1000mm　1/16
字　　数 : 320 千字　　印　　张 : 20.75
版　　次 : 2018 年 3 月第 1 版　2018 年 3 月第 1 次印刷
书　　号 : ISBN 978-7-5104-6371-6
定　　价 : 56.00 元

版权所有，侵权必究
凡购本社图书，如有缺页、倒页、脱页等印装错误，可随时退换。
客服电话：（010）6899 8638

1978 年——中国改革开放启幕

1978 年——我的文学生涯开始

庆幸，我的命运与时代、与祖国同行。还有一份安慰：当我离开这个世界时，有人可以从我的文字里触摸到中国今天的脉搏是如何跳动的……

何建明

重要创作历程及个人成就

1978 年　创作第一篇中篇散文《湘西探险记》

1980 年　发表第一篇报告文学《腾飞吧，苍龙》

1982 年　创作第一部军事题材小说《第二道战壕》

1986 年　出版第一部报告文学作品集《缉私大王》

1988 年　出版第一部长篇小说《东方毒蛇》

1989 年　由同名作品改编的电影剧本《西行囚车》被搬上银幕，此片获珠江电影制片厂优秀故事片奖

1990 年　第一次获中华宝石文学奖

1993 年　任文学杂志《新生界》主编

1993 年　发表第一部长篇报告文学《野性的黑潮》

1994 年　第一次成为《青年文学》封面人物

1995 年　《共和国告急》出版，此后获第一届鲁迅文学奖

1995 年　《科学大师的名利场》发表

1998 年　《落泪是金》发表，此后获第二届鲁迅文学奖、第一届徐迟报告文学奖、中国改革开放优秀报告文学奖

2000 年　《中国高考报告》出版，此后获第一届正泰杯全国报告文学奖

2001 年　《中国高考报告》被日本、澳大利亚翻译出版

2002 年　《根本利益》发表，此后获第二届徐迟报告文学奖、人民文学奖特等奖、第六届国家图书奖提名奖、第二届正泰杯全国报告文学奖，入选中宣部推荐的党的十五大献礼书目

2002 年　《国家行动：三峡大移民》出版，此后获中宣部第九届“五个一工程”奖，入选中宣部推荐的党的十六大献礼书目

2003 年　《北京保卫战》发表，获《文汇报》优秀作品奖

2003 年　完成电影剧本《廊桥悠悠》创作（此为与谢晋导演合作项目）

2004 年　由《根本利益》改编的电影《信天游》上映

2004 年　《永远的红树林》发表，此后获第四届正泰杯全国报告文学奖

2005 年　《李琬若：从中国留学生到美国市长》出版，并被美国翻译出版

2005 年　获国务院授予的“全国劳动模范”称号

2005 年　任《中国作家》杂志主编

2006 年　《男人的美丽男人的梦》出版

2007 年　散文《父亲的体温》入选中学课本及教辅资料

2007 年　《部长与国家》获第四届鲁迅文学奖、第三届徐迟报告文学奖荣誉奖

2008 年　《生命第一——5·12 大地震现场纪实》出版，此后获第二届“中华优秀出版物”奖、第四届徐迟报告文学奖

2008 年　任作家出版社社长

2008 年　荣获“全国新闻出版行业领军人才”称号

2008 年　根据《国家行动》改编的同名电视连续剧在央视播出

2009 年　任中国作家协会党组成员、书记处书记，中国作家出版集团党委书记、管委会主任

2009 年　《国家行动》电视连续剧获中宣部第十一届“五个一工程”奖

2009 年　《我的天堂》出版，获中宣部第十一届“五个一工程”奖

2009 年　《永远的红树林》获新中国六十年优秀中短篇报告文学奖

2009 年	获中华全国总工会“时代领跑者——新中国成立以来最具影响的劳动模范”评选活动提名奖
2010 年	根据《部长与国家》改编的电视连续剧《奠基者》在央视黄金时段播出，此后获中宣部第十二届“五个一工程”奖
2010 年	《忠诚与背叛：告诉你一个真实的红岩》出版，此后获中宣部第十二届“五个一工程”奖、第三届中国出版政府奖，入选“2013 年全国青少年推荐阅读的优秀书目”
2010 年	任中国作家协会副主席至今
2011 年	《国家——2011 · 中国外交史上的空前行动》出版，后获人民文学奖特等奖，入选“2012 年中国报告文学优秀作品排行榜”、中宣部推荐的党的十八大献礼书目
2012 年	《三牛风波》出版，荣登北京图书大厦畅销书排行榜
2012 年	任中华文学基金会理事长至今
2012 年	当选中国报告文学学会理事长至今
2014 年	《南京大屠杀全纪实》出版，此后获第四届中国出版政府奖、人民文学奖特等奖
2015 年	获亚洲品牌协会“中国文化品牌新领军人物”荣誉
2015 年	《真假之间》发表
2016 年	《爆炸现场》出版，获中国出版集团优秀销售奖，入选“2016 年中国报告文学优秀作品排行榜”
2017 年	《死亡征战》出版，被英国、法国翻译出版
2017 年	《那山，那水》发表

（截至 2017 年 9 月）

目 录

农民革命风暴

1978年12月，安徽凤阳小岗村的18个农民按下手印，签订了一份分田到户的包干“契约”。一年后，一位新华社记者将小岗村的事写成一组“内参”送到中央领导手里，小岗村从此成了中国农村改革的“发源地”。

其实，中国农村改革的真正发源地并非在小岗村，而是在一个更边远和更偏僻的山区农村——浙江台州的皂树村。这里的分田到户和大包干，比小岗村更早、更广泛、更彻底，并且经受的斗争也更激烈和痛苦。皂树村和台州农民应是中国农村改革真正的发源地和急先锋，中国改革开放史将因此重新改写。

——何建明

引　言

历史学家喜欢追溯首创和第一，其意义显而易见。因为只有第一个吃螃蟹的人才能称得上勇敢者，其后，即使你能一次吃上一百只螃蟹，充其量也只能算个勇敢的追随者；第一个登月者在月球上迈出的那一步，远比今天在几万公里外的太空站上行走的宇航员要伟大得多；《共产党宣言》的创立者卡尔·马克思和恩格斯，连同第一个创建社会主义国家的列宁，之所以被后来的信仰者与追随者称之为“马列主义”，同样也因为他们都是共产主义学说创立及实践的第一人。

中国改革开放 30 多年了，是谁发起和缔造了这场改变了当今世界命运的伟大革命，谁是冲在这场伟大革命最前列的勇士和英雄，我们或许需要花费一定时间进行客观公正的史学研究，然而现在大家能够统一和共同确认的是对前一问题的肯定，那便是：邓小平同志是中国改革开放的缔造者和主要领导者。那么，到底谁是冲在这场伟大革命最前列的勇士和英雄呢？有人说是深圳人，然而“特区”的孕育和“特区”这一词的最早出现，也还是在 20 世纪 80 年代；有人说应是 1978 年 12 月安徽小岗村的 18 户按手印分田的农民，他们该是冲锋在这场伟大革命最前列的勇士和英雄。可浙江人不同意这种说法，浙江人明确告诉我：中国的改革风暴确实始于穷得连饭都吃不上的农民，是中国农民最先掀起的改革风暴，但我们浙江人毫无疑问是这场急风暴雨中“第一个吃螃蟹的人”。

浙江人的理由是：如果说分田，我们浙江人要比安徽小岗村人早得多，而且范围要大得多，不止几十个农民，是一个村、一个公社，甚至是一个区的范围。“在小岗村人按手印分田之前，我们早就有人悄悄地甚至是公开地把地分到了各家各户……”如果说农民走出庄稼地开始经商，“我们浙江人挑着补鞋机走遍全中国的时候，绝大多数中国人还在靠粮票、靠定额过日子呢！”如果说民营企业，“这更不用说了，是我们浙江人最先开创了民营企业的先河，而且先有‘浙江制造’，而后才有了‘中国制造’的……”

浙江人的理直气壮，是因为改革开放的历史早已证明了这一点，而今天的浙江经济，特别是浙江广大农村所掀起的民营经济风暴，事实上一直引领着中国特色社会主义道路的样式，是全国各地的样板。

这是毫无疑问的历史。

然而在我们纪念中国改革开放30年的时候，还有一个需要深究的问题是：在英气昂扬的浙江人中，是哪个地方的浙江人首开先河并成为真正的“浙江精神”和“浙江制造”的开山鼻祖呢？

外界似乎有一种统一的说法，是温州人。其实这是一个不大不小的错误。

真正的开山鼻祖应该是台州人！

这是笔者近年多次亲历台州实地考察的结论——许多社科界的专家和学者以同样的形式与笔者给出了同样的结论。

台州人？台州在哪儿？

许多人听了这样的结论，会立即问起这样的问题——这，正是我们不了解历史真实的重要原因，历史和传说因此变得有些偏误……

现在该让历史还其本来面目了！改革开放30年了，越来越多客观和人为的因素阻隔了普通人去了解历史真相，现在确实到了该告诉世人什么是历史的真相的时候了！

啊，台州和台州人，你亮出神秘面目和走向前台的时候到了——

第一章　真温州？假温州？原来是台州……

连我自己都感到不可思议：在两年前我第一次去台州采访前，才发现它在温州旁边……

嘿，这个台州！

然而，到了台州，我才发现，这个地方太了不起，了不起到了若有谁小视它，就等于在犯一个严重的错误！一个严重的现实错误！

还是让我们先来认识一下台州吧：台州是浙江的一个地级市，地处温州和宁波中间。其面积比温州和宁波要小，陆地面积为 9411 平方公里，而它的海域面积则多达 80000 多平方公里，相当于 1.2 个宁夏的面积。由于历史和独特的地理原因，台州几乎一直远离华夏文明的中心而不被国人所认识。从中国的版图看，台州北有以强大而文明著称的宁波，南有喜欢张扬而躁动的温州，西面有大雷山、天台山、括苍山和雁荡山等大山，与金华、绍兴等著名地域形成阻隔，所以台州在历史上几乎不被人所熟识。即使在今天，多数中国人还不太知道中国有个台州。从地形上看，台州很像挤压在周围群雄中间的一把太师椅，三面高，中间低，唯有向着大海的一面敞开。这种独特的地理环境，在交通落后的岁月里，很自然地被外界隔绝起来。唐代之前的台州因此一直被官府作为罪臣贬谪的流放地，后者不敢也不愿提及它——这一历史源渊，使得台州人养成了不愿张扬的习性，即使干出了惊天动地的伟业，也不会沾沾自喜地向外人张扬，甚至宁可让别人摘去头彩，自己甘为落伍者。也正是这一点，邻近的温州和宁波人得了台州人许许多多的好处，这些都是他们几个“邻里”之间心照不宣的事。

这不能怪温州人和宁波人。

在漫长的岁月里，台州因地理的闭塞，简直就是一个被大山和大海完全包围的独立山国。有史记载：南朝大诗人谢灵运在永初三年（公元422年）七月，出任永嘉太守，在途经台州赴任途中，因山高路险，又多林莽壑深，便招得几百民夫开山伐木，一路焚烧丛林方“日走三里”。由于谢灵运他们一路砍烧林木，以致当地的台州官员以为是匪徒滋事，发兵前去阻挡，闹出笑话。台州交通不便而闹出的“历史性笑话”还有不少，即便到了20世纪后期的80年代还有流传。在这之前的1958年，台州修过一条与外界通行的公路，但因翻越大括苍山等曾被李白惊呼高达“四万八千丈”的重重大山，司机们一向极其畏惧行走于其上。天气晴朗时，去一趟省城，天不明时出发，黑夜才能赶到西子湖畔。如遇雨雪天气，由于山道险恶，谁也不敢出差。不然车至途中，一旦被险情所搁，呼天不应，呼地不灵时，难保性命。一场雨来，几天不通路是常事。改革开放初期，有一群省城来的客人，乘坐几十辆客车被阻在猫狸山岭上，几天下不了山，结果几百名旅客，只得冲进沿途的农家户舍，竟然把山民家中的所有食物吃了个精光。

台州东临海，在落后的时代，滔滔大海成了另一种阻隔台州与外界相通的屏障，倒是常有海盗和倭寇侵扰沿海庶民，弄得人人恐慌不已，纷纷后迁或逃跑。清初，台州又是张煌言、郑成功反清复明的重要基地。清朝政府实行坚壁清野撤尽沿海30里居民于内地的政策，并禁止片板入海，台州又一次成为与世隔绝的荒蛮之地。

从历史的行政演变看，台州更是个忽隐忽现、或存或亡之地。新石器时代台州就有人类活动，唐高祖武德五年（公元622年）

时台州第一次正式得名，明太祖洪武元年（公元1368年）又将台州作为州府，下辖临海、黄岩、温岭、天台、仙居、宁海6县；清代也基本一直沿袭此制未动，但终因“台州地阔海冥冥，云水长和岛屿青”（杜甫诗句）而不被世人所铭记与熟识。台州历史上除了南宋建都临安（今杭州）时有过一段靠近国家政治中心的“辅郡”的荣光和经济繁荣的历史外，绝大多数时间是被当作朝廷发落罪臣的贬谪之地。仅唐代朝廷高官、学者文人被贬谪居于台州的史实，就有许多起。比如高宗时的宰相来济被贬为台州刺史；初唐四杰之一的大诗人骆宾王在永隆元年（公元680年）被贬为临海县丞；代宗时有诗书画三绝之称的广文博士郑虔，于乾元元年（公元758年）被贬到台州任司户参军事等事件。不过，正是因为历史上有那么多了不起的人物被贬到台州，使得这些不服朝廷的将才志士能在这块土地上以另一种方式发挥雄才大略，其事迹传播于广大民众之中，植根于台州的每一寸山山水水。骆宾王这位7岁就能写诗惊世的天才神童，即便被贬为台州一县的七品县丞后，仍担当起讨伐武则天的檄文起草者，他那“试看今日之域中，竟是谁家之天下”的雄文佳句，至今被人所熟诵。那位终身命运不佳的广文博士郑虔，远谪台州，用了3个月时间，从长安艰难行走4000里到达台州之后，见这里竟没有一座像样的学馆，便决心以残余之年，办馆兴学。郑虔亲自授课，使台州学风大振，出现学馆内“生徒云集，坐不能容”的盛况。郑虔留下的办学重教遗风，一直影响台州至今……

长达一千余年的封建王朝时代，台州一直被朝廷当作贬官流放之地，又加上这些被贬的官员和学士经常奋起反抗朝廷，所以台州在历代朝廷的眼里，是块必须打压的地方。也不知是哪个朝代留下的规矩，辖六县之域的台州，在之后的一千多年设郡立州的历史里，竟然没有一个名为“台州”的中心城市！其他府郡绝没有这样的。比如苏州，设府建郡后就有了苏州城，之后的几千年，苏州的发展与沉浮一直没有脱离过中心城市的建设与壮大。与台州相邻而居的宁波与温州，在中华人民共和国成立初期就已发展成为仅次于杭州等名城的海滨城市。尤其像宁波，从19世纪中英《南京条约》后，就成为中外著名的港口，其发展一直没有脱离过中心城市宁波府。所以到了20世纪初时，它的规模和经济发展水平处在东南沿海各大城市前列，与隔杭州湾相望的上海齐步发展成为东方大港。即便我们今天看到的大上海，如果没有“宁波帮”的加入和源源不断的输血，是断然不能成大器的。相比之下，台州的命运实在可怜可悲，连台州人自己也一直弄不明白：为什么在千年漫长的历史中，在“台州六县”这一广大区域内、长达800公里的大陆海岸线上，竟没有形成一个稍有些规模和影响力的中心城市？

问旧史，封建统治者心目中的台州是贬谪之地，他们根本不想把台州弄成一个有团结力量和象征意义的中心城市，这样做的意图非常清楚：让台州永远一盘散沙，不得有为。即便到了新中国，台州仍在35年的漫长历史里没有一个中心城市。直到1994年8月22日，国务院批准撤销台州地区和县级黄岩市、椒江市，设立地级台州市，将椒江、黄岩两个县级市一起拼合成现在的台州中心城区，境辖椒江、黄岩、路桥三区与临海、温岭二市和玉环、天台、仙居、三门四县。市人民政府驻椒江区。至此，台州市才结束了有州（市）无城的历史。

中国的民营经济发源于台州，早已被那些研究“浙江现象”的学者所共识，但在一般人的印象里，温州人似乎是最先搞起中国民营经济的。正如前文所言，历史上的台州是块贬谪之地，进出那里的人都不愿说自己是从台州而来。所以在20世纪七八十年代，台州人和温州人一起扛着补鞋机走遍大江南北时，他们着意掩饰了自己的祖籍，都说是来自温州的——温州人天不怕地不怕，烂了名声也不怕。台州人如此谦卑，原因只有一个：外人根本不知道中国还有个台州！而温州却是大家熟识的，并且也能从地图上找得见的地方。日子一长便成了习惯，连台州人自己都不太愿意说自己是台州人，加上后来温州人的名气越来越大，生意场上本来就兴谁的名气大，谁的生意就好做。如此一来，改革开放以来的许多年间，台州人几乎统统称自己是“温州人”了——这份荣辱感在台州人内心压了很久，也很疼痛和无奈。

台州人因为自己独特的地理原因和历史原因，长期被外界所冷落、所陌生、所边缘……新中国成立，几乎所有的中国城市和地区都跟着共和国一起奋发图强，而一大批老城和新城都在这样的奋发图强中或焕发青春，或平地而起。照理，有千年历史的台州应该像它们一样迅速崛起并被人熟识，然而台州却因地处与台湾相邻的海岸线，眼睁睁地坐失了千载难逢的大发展机遇……蒋介石军队与人民解放军的最后一仗是在台州的大陈岛打的，时间是 1955 年。战争的结果自然是我军全胜，可台州从此也就成为台湾国民党“反攻大陆”的最前线。我军则把台州当作“放进来，关门打狗”的最佳海防战区。从 20 世纪 50 年代到 60 年代甚至直到 70 年代初的二十几年里，台州一直处在这样的备战前线。当地党政机关和人民群众的首要任务是支援前线和备战。有一个电影叫《东海女民兵》，就是根据台州所辖的温岭石塘镇一群守卫海防线的女民兵的事迹拍摄的故事片。2006 年笔者到石塘镇采访时，专程上了这个女民兵哨所，见到了今天的 7 位守疆海防女民兵，她们个个英姿飒爽，不减当年老一代女民兵们的斗志，令人敬佩。

因为是海防前线，建国初期苏联援建我国的 156 项重点工程自然没有台州的份，即使国家和省内安排的一般性大中型项目，也不会有人敢放在台州。据统计，从新中国建立至改革开放的 30

多年里，国家在台州的各项建设投资加起来总共还不到5个亿，而且这些投资主要投向农业和兴修水利之类的工程，稍稍大一点的就是台州唯一的一个发电厂。这个数目与国家对邻近的宁波和温州所投入的建设资金相比，台州人实在可怜又可悲，它的成长经历中有些自生自灭的味道。而这恰恰给了台州人一份勇于奋进、从不索求的自强不息精神。这是后话。

经济上的不投入、少投入也罢，最让台州人不可忍受的是建国初期的前10年里，有两次竟然被撤销地区行政区划，第一次是1954年，第二次是1958年，撤销后的台州下属县级单位不是划给了宁波，就是分给了温州。直到1962年，蒋介石疯狂地叫嚣“反攻大陆”时，考虑到军事形势的需要，台州才再次重立专区。重立后的台州又在很长时间里承担了海防前线的特殊任务。因存在诸多的“军事秘密”和“军事要地”，台州始终是一个不被人熟识的地方。

台州还有一个非常不利于名气外传的原因，是它的地名读音，很不适合国人的理解。台州，台州，不就是台湾的“台”字吗？非也。到了台州才知道，这个台州的“台”字不读台（tái），而读台（tāi），其音与胎儿的胎字一样。台州的真正读音，与江苏话的泰州一样，所以过去除了台州地理上的偏僻荒蛮原因外，很多人一听“台州”，还以为是江苏的泰州。总之，台州的名声很受这些历史的、地理的、读音上的种种客观因素的影响。

台州有座高高的山，叫天台山，“台”字便是取名于此岳。

天台山蜿蜒于东海之滨，以其绚丽多姿的形貌和临海又与尘世几乎隔绝的独特地理原因，而一直被佛教界所看重。从汉晋至唐宋开始的数百年间，天台山以其古久、清秀、奇特和幽静的自然风韵而被佛界所看重。尤其是南朝陈至隋时的高僧智顗创立的中国化佛教的第一个宗派——天台宗，更使天台山成为中国古代佛教的圣地。天台宗在历史上曾经辉煌和传世多时，特别是在对日本和韩国宗教的影响与传播中所起到的作用是关键和决定性的。在今天的日本和韩国，“天台宗”的佛学和弟子之广、之多，简直令人吃惊。创立“天台宗”佛教学说的智顗，在隋初受“智者”号，世称“智者大师”“天台大师”，是一位对中国古代哲学和古代文化起过巨大影响的大师。智者大师采取“六经注我”“随义立名”等手法，从当时中国社会的实际出发，对印度佛教经典进行了取舍、发挥和再创作，又把中国哲学中有关人的心理活动、精神修养、人性欲念等融入于天台宗思想中，提出有自己本体特色的种种命题，并用一系列的范畴进行思辨论证，建构和引照了在中华文明史中占有重要地位的天台宗完整的佛教哲学体系。

台州，又因历史上的“贬谪之地”缘故，像骆宾王、郑虔等一批杰出的文学大师和著名学者被贬之后在这里养心修身的同时，写书作文，描述台州的名胜古刹和自然风景，使得许多文人墨客慕名而至。高僧与文化名流的合作，为中华文明史尤其是辉煌的中国传统文化增添了不可缺少的一页。台州因天台山而出名，使得造访的著名文人墨客不断，继东晋的王羲之和南朝的谢灵运之后，唐宋的名流则不知其数，如孟浩然、李白、杜甫、钱起、陆游、顾况、元稹、白居易、韩愈等都在这里留下过千古佳作。在文学大师们的影响下，台州本地的教育与文学事业同样蔚然兴起，成批才子走向全国文坛。如北宋中期的临海人杨蟋，“平生为诗数千篇”，深得欧阳修、王安石及苏轼的赏识和推崇。南宋中期的徐似道所著的《检验尸体》，是我国第一部司法验尸技术专著。黄岩人赵师渊与朱熹协编的《资治通鉴纲目》名扬古籍界。天台人赵汝适所著的《诸蕃志》，为我国第一部记述中外交通、贸易与外国物产风土的志书。黄岩人陈咏所著的《菌谱》，被后人称之中国第一部植物学辞典。所有这些，都说明了台州虽为负山枕海的贬谪之地，但正是这独特的自然环境，和天高皇帝远的客观条件，使得台州人崇尚思想和信仰的自由有了更大的空间。恶劣的自然条件，加之有压迫就有反抗的规律，以及地处华夏浙闽丘陵地带特有的封闭性与濒临大海的一定开放性，历史上的几次大规模的不同人种的迁徙，台州人渐渐孕育出的既有北方黄土高坡的粗犷、雄豪和野性，又兼备江南山村水乡的清秀、细腻和灵动的性格，是台州精神和台州人种特质的历史与自然和社会的"遗传基因"。

如山一样的硬气，如水一般的灵气，如佛一样的超然与内敛，决定了台州人不畏强权，敢于冒险，勇于闯荡，又富有创造进取的精神，造就了台州昨天和今天的历史，而这也为我们合理地理解和解释台州为什么能够成为中国民营经济的最早发源地以及它又没像温州那样早已被外界熟知的原因。

历史需要被真实地还原，台州人现在已经从中国民营经济发展的幕后走到了前台，尤其是近些年它所表现出的强大内动力，已经让国人和众多研究者为之振奋。

2007年，台州的GDP总量达到1717亿元，位居全国100个城市的36位，这百个城市包括上海、北京、广州、深圳、苏州等特大城市；其14.3%的年增长速度位居浙江全省五大城市之首，浙江五大城市为杭州、宁波、温州、绍兴和台州。其实台州人告诉我，台州人创造的GDP应该有两个概念，官方公布的1717亿元是在台州本地统计部门统计的本地所创造的国民生产总值，而至少还有达1700亿元的GDP是台州人在其他省市地区创造的财富。如果两数相加，550万台州人实际所为国家创造的GDP，应名列全国100个城市的前25位，与大连、武汉、沈阳等大城市水平相当。而这样的数据绝非杜撰，只要你到台州走一走，再深入百姓和金融机构了解一下，你会真切地感受到这些数字或许还是低估的。至2007年末，台州市金融机构本外币存款余额达近2000

亿元。台州的经济 95% 以上是民营经济，也就是说，存在台州金融机构的钱绝大多数是老百姓的。按照这个“硬碰硬”的基本事实推断，台州的人均存款是多少，你可以计算一下，而计算出来的数字会吓死人！台州人与温州人的最大区别在于，后者做生意靠吆喝赚钱，前者是闷声大发财。

了解这样的背景后，谁都会对台州和台州人刮目相看。然而，当我们再深入到台州这块神奇的土地时，我发现的却是另一个令人震撼的现象：默默无闻而又绝顶智慧、坚忍不拔的台州人，在最近三十余年的历史里，为中国社会和现代化建设事业创造了无数极其珍贵的精神财富。而这些丰富的精神财富，在笔者看来，是必须进入中国共产党的党史和新中国社会主义现代化建设史册的内容，否则中国的当代史将有一个严重的缺憾。

此绝非滋事惑众。所有从事党史和国史研究的学者与专家，所有想了解当代中国农民发展史的人们，都应该怀着虔诚的心，与我一起走进台州这块由农民们建立起的创新与求索的精神圣地——

第二章　皂树村：孤独而沸腾的农民革命策源地

翻开中国共产党十一届三中全会以来的中共党史和社会主义现代化改革开放史书，我们都能看到这样一段历史记述：1978 年安徽凤阳小岗村 18 位农民按手印分田，从而掀开了中国农民的又一场伟大革命……

其实，最早分田到户的并非小岗村，从笔者实地采访和掌握的材料看，台州市的白水洋镇皂树村远比小岗村 18 户农民的分田包干要早出好几年，而且分田到户的范围和所经历的过程比小岗村所经历的要更加惊心动魄！

2006 年 4 月 23 日，当我采访完台州诸多现代化的先进企业和令人振奋的民营经济后，提出要到台州目前仍比较落后的山区看一看时，市委宣传部的同志与临海市联系了一下，结果有关人士带我到了临海、天台和仙居三县市交界的三水洋镇。与高度发展的台州市区相比，偏僻的山区小镇白水洋确实感觉更像我记忆中的 20 世纪七八十年代的南方小镇。虽然这里的居民也能通过电视看到大洋彼岸的奥斯卡奖颁奖的现场直播，但人们住的、商店里陈设的基本上还都是一些日用品，时尚的奢侈品很少见。镇政府的文化站长小杨将我们领到镇会议室时，已经有几位老干部在等候我们。其中一位叫王植江的老同志指指会议室，说他在 20 世纪 70 年代当副区长时，这会议室和办公楼就是这个样。近 40 年了，镇政府的办公条件没有什么变化。

"我们白水洋历史上可是蛮有名气的呀！方圆几十里，就这儿街市热闹，在有'台州京城'之称的临海城里生活的人，都称我们这儿是'小上海'。"老区长的话让我对白水洋刮目相看。一个山区小镇，有 5 万人居住在这儿，仅凭这一点，我相信它在方圆几十里的百姓心目中的特殊地位。

在白水洋镇最繁华的地方走了一程，总体感觉这里偶尔也有一些年轻人能够上上网，但百姓们基本上仍然处在农业社会的那种逍遥自足的状态，与大都市那种人赶人、车挤车的情况相比，白水洋人的这种逍遥自在的生活方式很让人有种怀旧的感觉。

白水洋镇现在管辖二镇一乡，即原来的白水洋镇和双港镇及黄坦乡，与中国农村乡镇变革一样，这些年里白水洋镇并并合合，管辖的行政村也由过去的 145 个撤并成了 122 个。双港和黄坦也不再叫镇与乡了，改为白水洋镇下属的办事处，其实就是过去的公社。

我们这些当年"人民公社"社员，自然很知道三四十年前中国人民公社的情形，然而当我离开白水洋，前往大山深处的双港和黄坦两地再一次目睹"公社"时，仍然不敢相信中国之大，以及中国农村与农村之间的差异之大。

双港小镇还算说得过去，有那么一些街道和居民。可黄坦的公社所在地我就无法辨认了。"公社"所在地竟然只是一座半山腰的破落的小院子。主人告诉我，现在的白水洋黄坦办事处和过去的黄坦公社，都是在这座小院子里。这与我小时候所看到的"公社"和近些年走过的江浙小镇相比，黄坦实在是"大西北"水平了！由此我心中想到：双港和黄坦在 20 世纪六七十年代所发生的一切是完全可能和必然的。

白水洋、双港和黄坦三地，在新中国成立之后的几十年间，曾经一次又一次地变更过行政管辖权。白水洋镇凭着历史悠久、镇大人多，所以从来都是以“中心镇”的优势在这一带雄踞龙头地位。“老二”的双港则曾经一度在行政划区内作为县下面的区政府所在地，而“小弟弟”黄坦始终是受白水洋和双港领导与管辖。现在从台州市区的中心到白水洋，汽车路程也就是三四个小时，从临海到白水洋也就两个来小时，可在交通并不发达的前一二十年，别说台州市领导，就是临海县的领导能够跑一趟双港或黄坦，也实在太不容易了。难怪当我把黄坦和双港人在 20 世纪六七十年代就大面积分田到户的史实告诉在临海当了十几年领导的台州市宣传部常务副部长朱广建时，他十分惊诧地说：“我怎么不知道黄坦和双港有这么伟大的事情？”

“他们当然不知道！因为在十一届三中全会之前，我们这儿农村的分田到户大包干，从公社和区委、区政府的干部开始，所有人都是瞒着上面干的，根本不会让上面知道一点儿风声，知道了麻烦就大了！”老区长王植江这样解释。

“难道就没透过一点风声？”我问。

“也不能说上面没发现过。我经历的就有两次：一次是 1976 年年底，一次是中央出台农村包干政策之前的 1979 年。”王植江一讲起当年的大包干，顿时情绪高涨起来，说：“先说 1979 年，因为我们双港和黄坦两乡的土地基本分光了，所以附近乡的干部就向县里报告了。有一天县里的领导就把我和区委书记卢凯同志叫到县里询问。当我们承认有这回事时，县领导就责令卢凯书记在全县三级干部会议上做检查，那会儿改革开放刚刚开始，‘两个凡是’风还很严重，谁要搞分田到户，就是‘复辟资本主义’，是要坐牢杀头的事。我们的卢书记真是一条硬汉，他理直气壮地告诉县领导，说让我检查可以，但让我动员农民把分的田再收回来，我不干！我也干不了！县里领导一听，气得嘴都歪了，说：你是区委书记，你不执行上级组织的命令，还要你这个区委书记干什么？卢书记说：我这个书记的乌纱帽你们可以随时摘掉，但你们谁也无法阻止农民分田的行动！卢书记的态度，让这事闹大了，周围的公社怕我们的分田到户风刮到他们那儿去，于是在我们双港、黄坦二乡通往外面的一个叫花冠岩的地方特意竖了一块巨大的牌子，上面赫然醒目地写了十个大字：'堵住花冠岩，防止双港烂。'意思是我们双港已经被资本主义烂掉了，现在紧挨双港的花冠岩村是其他乡村的最后防线，一定要堵住不让我们的分田包干风吹到他们那儿去。"

才 30 多年前的事，现在我们听当年所发生的那一幕，会捧腹大笑。"后来呢？"我问。

"那个时候，农民们想过好日子的心早已像干枯的水秧苗，靠一块牌子、一个命令是挡不住的。没有多少时间，我们双港、黄坦周围的河头、沿溪、张家渡等山区乡村，也有不少农民偷偷效仿我们把地分了。但分得最多、最普遍的还是我们双港和黄坦两个公社……"王植江老人谈起那一段往事，颇为得意。

"你们的分田到户，与安徽小岗村比，到底时间比他们早多少，方式有什么不同？"这是我所关心的事。

"我们这儿的分田到户，最早的一些生产队 20 世纪 70 年代就分了，我敢说要比小岗村早出几年，甚至十几年！我们这儿的包干、分田是大家的一种默契，一开始就是按人口分的，不像小岗村，他们是那种几个农户联合起来形成的一种反抗集体土地制的形式。"王植江进而介绍，"比如黄坦公社有个皂树村，在 1977 年以前就已经把地全部分完了，后来到 80 年代中央出台农村实行分地到户的责任承包制政策时，皂树村就没有重新再分田分地，因为在这之前好几年他们就把地分完了……直到前两年中央出台新一轮土地承包政策时，他们因村里的户籍人员发生了比较大的变化，才重新调整了本村的土地承包划分。"王植江说完这话补充道："我在双港和白水洋从当干部到退休，已经几十年了，都是在农村工作，对这里发生的每一件稍大一点的事，全部记得清清楚楚。"

"那你能说说你老是什么时候开始知道并支持农民们分田包干的吗？"

"可以。"王植江不假思索地告诉我，"我第一次清楚下面分田包干的事是在1976年。当时我任双港区副区长。"

"你是怎么发现这里的农民其实早把地分掉的呢？"

王植江很骄傲地说："我还是先介绍一下我们这里农业的一些基本情况吧。"老人到底是农村干部出身，知道应该先让我明白些什么。"我们双港区除了白水洋镇情况好一点外，双港和黄坦是临海最穷的地方，尤其是黄坦，基本都是山区，又是天高皇帝远的偏僻地方，农民们一直吃国家返销粮过日子。但人民公社土地归了集体后，农民们吃返销粮仍然不能吃饱，所以早在20世纪60年代初就有生产队把土地按人头分给了各家各户。可那时毕竟全国农村都是不允许分田到户的，因此上面听说有人分田分地后，就要求我们去割"资本主义的尾巴"。1976年夏，我当副区长时，上面又要求我们组织工作组下乡，对那些分田的农民动粗。当时上面给我们工作组的精神是：只要共产党在，就绝对不允许任何一个人搞单干。这话的意思是：我们能不能制止和刹住单干风，关系到能不能保住共产党政权的天大问题。老实说，当时我带着工作组，就有种同单干风生死斗争的味道。你可以想象，我们认为自己代表的是共产党和共产党的政权，而他们搞单干、分田分地就是与共产党唱对台戏的资本主义、反社会主义的反革命嘛！可一下去，我们才发现农民们分田单干的实在太多了，多得让我们无从下手。为了给那些分田搞单干的人点儿颜色看看，工作组也曾采用专政的手段，揪了几个人，像斗地主、斗走资派一样，押着游街和游村。但这些措施还是不管用。一方面搞单干的人太多，我们不可能把所有搞单干和分田的人都抓起来；另一方面你今天到某一个生产队把他们分的地合起来，明天你工作组还没有离开村子，他们又把地分了。开始有人报告后我不相信，说哪有那么快就把地分了嘛！一调查才有人告诉我说，区长这还不简单，我们熟悉每一块地，你们工作组白天把分的地收拢了，晚上我们再开个会，几句话就又把地分了。我听后，心想可不是，农民们祖祖辈辈生活在这里，他们对每一块土地了如指掌。于是我动员工作组人员，说，为了防止农民们偷偷分田单干，让他们把白天从地里收来的黄豆全部倒在生产队的晒场上，这样谁的黄豆就分不清了，你们想单干也单干不成。我自以为这样就可以让农民们没辙了，哪知他们笑着将我领到晒场，然后用脚轻轻扒开满地的黄豆。我一看，顿时恍然大悟：原来，农民们在黄豆下面或放了几根稻草，或放上几块小石头，将张家李家的黄豆分得一清二楚……”

“哈哈，农民们就用那么简单而充满智慧的做法蒙混过关了！”我听后忍俊不禁。

老人也笑了，说：“没办法，他们的招数太多了，无论我们工作组想什么法子来割‘尾巴’，最后还是一点效果都没有。这种情况下，我们工作组开始反思了：一是思考为什么农民们那么强烈地坚持要分田到户搞单干？二是从调查得出结论，凡搞单干和分田到户的地方，农民们的日子就相对好一些，基本上没有出去讨饭的。相反，那些靠吃国家返销粮又不分田的村子，则每年会有很多人要出去讨饭。基于这种情况，我立即向区委和卢凯书记做了汇报，结果其他几个工作组了解的情况跟我们一样，农民们就是愿意分田单干。基层生产大队、生产队的干部也都支持分田单干。而且这些基层干部明确告诉我们工作组：如果一定要让他们去执行不让农民们单干分田的政策的话，他们就全部自动辞职。这一态度在乡以下干部中占了 90% 以上，也就是说，如果我们坚持要求乡、大队和生产队的干部执行所谓的割资本主义尾巴、动员农民们上交已经分的土地和停止单干的话，那么乡以下的所有基层组织将基本瘫痪。在那个年代，我们共产党领导的天下如果出现这种情况，是谁也担当不起的事，所以区委，尤其是本来就支持农民分田的卢凯书记的态度，使得我们那次的割资本主义尾巴的工作组后来完全站在了农民这一边。比如我领导的六个工作组，几十号干部，没有一个人说农民单干和分田有什么坏处。但毕竟作为负有一定领导责任的我们几个负责人，还要对上面负责，所以最后我把六个工作组的队长召集在一起，我们共同商量了一个对上的对策。因为在当时的政治形势下，上面最关心的是在'祖国一片大好形势下'，如果哪个地方出现成群结队的讨饭和流浪的老百姓，才是最大的政治问题。所以我们几位工作组的队长约定：在我们负责的那些生产大队，对农民们的单干和分田分地现象，睁一只眼闭一只眼，基本上不再去管他们了。工作组的任务将向上面保证：所进驻的地方，如果出现有外出讨饭的人，我们将负政治责任。当时我们还盟誓向上级保证：要让所进驻的农村，少要或不要国家的返销粮。县上后来听说我们双港区派到下面的'割尾巴'工作组能够保证上面的两点，自然非常高兴，之后也就不再怎么逼着我们解决分田单干现象，最多问问现在又收了多少土地，至于分掉了多少土地似乎并不在统计之列。这个情况一直延续到 1979、1980 年……所以后来听说安徽小岗村分田到户，有人跟着学他们时，我们这儿的干部和农民们只是笑笑而已，因为到那个时候，整个黄坦乡的土地基本上早就分光了，双港乡和白水洋的土地都分得差不多了。"

王植江说到这儿，突然想起一件重要事，抬头瞅了瞅我们正坐在里边的白水洋镇会议室，说道："大概在1979年吧，有个经济学家叫薛暮桥的，在人民日报上发表了一篇叫作社会主义经济是一种商品经济的文章后，引起了全国大讨论。当时我们区里各乡的干部都坐在这个会议室开会讨论，议题只有一个：分田到户到底是资本主义还是社会主义。这场讨论涉及的是农民们的大事情，所以我们干部在会议室开会，各乡的老百姓也来了不少人，他们在外面听着我们到底是什么态度。讨论整整持续了一天，当社员们听我们会议室的干部说分田到户没有什么错时，他们立即兴高采烈地回家去了。等我们会议结束时，各乡、各大队、各生产队那些没有分的土地，几乎在一夜之间又全部给分掉了！"

"有这么快吗？"我有些不敢相信。

"一点没错。就分得那么快。"王植江瞪大眼睛向我证实，"分不分土地，对当时的农民来说，是有没有活路的大事情，他们太关心了！所以听我们干部说没什么不对时，他们一下把消息散了出去。你想想，咱们这儿虽然是山区，可一传百、百传千……一顿饭的工夫，区委干部赞同分田到户的消息就传遍了每一个角落！"

原来如此！

"王老，据你所知道的，当时分田搞单干的，在咱们双港、黄坦两个公社中，哪个村最早、最典型？"

"黄坦的皂树村。"老人不假思索地告诉我。

皂树村从此烙在我的脑海中。第一次采访台州没有时间了。2006年5月22日上午，在我第二次采访台州抵达目的地后，立即请市委宣传部的同志安排到皂树村的采访事宜。下午3点40分左右，我们到达皂树村。

这正是个山清水秀的"世外桃源"：四面环山的小村庄，坐落在环山的半山腰间，背靠的大山顶峰，有一块冲天巨石，十分雄壮巍峨。皂树村的正面，有一块小盆地，种着绿油油的水稻，满山都是绿林。那天我们去时，正是雨后，所以整个村庄和盆地，飘舞着湿淋淋的云雾……空气显得特别清新。村边的一条小溪，响着潺潺流水，无论是举目远眺，还是低头观草，无处不让人心旷神怡。

村民们告诉我，皂树村得名是因为村子后面的大山上有棵两人合抱的大皂角树，这树的荚果像肥皂一样，能用来洗衣服，所以得名“皂树村”。据老者讲，这村子有一百多年历史，过去住在这里的没有几户人家，抗日战争后，山下搬来不少怕打仗的人，所以慢慢村子就大了。现任村支书李方满接待了我，当我在他家坐下后，立即有十几个村民跟我们坐在了一起。原因是，上午镇上有干部告诉他们我要来了解当年他们村上分田单干的事，加上老区长王植江跟着一起过来，所以我们一出现，正在家里闲着的村民们纷纷来到了村支书家。

“我已经快 30 年没来过了。基本上还是老样子……”王植江老前辈望着小山村，感慨道。

“我当会计那会儿，村上的人最多时共有 296 人，101 户。现在少多了，常住在这儿的有 70 来人，其他的都出去打工了，有 65 户到临海、台州买了房子，甚至还有到杭州、上海买房子的。他们都不会回来了……”李方满向我介绍说。

真不敢相信，在如此小而偏僻的山村，同样有许多向往都市的人，他们的生活竟然也达到了富人的水准。

“别看我们村小，现在也有人当千万富翁了！”李方满指指村中央的一栋新楼房，说那家主人就是个“千万元富翁”。

“是干什么的？”我吃惊不小。

“在杭州和台州等地搞建筑的。他是我的前任，当过村主任。”李方满说。

台州农民就是了不起，连这么一个大山深处的穷山村，竟然也会冒出让我们感到敬佩的大亨，简直不可思议。

“我们皂树村都姓李。全村有 100 亩粮田，其中旱地 30 亩，水稻田 70 亩，还有 460 亩山村，是个很小的山村。人民公社时，我们曾经是一个行政生产大队，根据自然村又分了三个生产小队。因为都是山地，种植的粮食不够全村人吃的，在吃返销粮的那些年里，全村得到的返销粮在 1 万斤左右。到了‘文化大革命’后，返销粮断断续续，村里的百姓日子就难过了。可日子总得过，怎么办呢？光靠外出讨饭不是个事，尤其是‘文化大革命’那阵子。社员出去讨饭，是要生产大队开证明的，那会儿谁也不敢给社员开证明，你一开证明等于说你允许坏分子出去给社会主义抹黑，这个责任干部是担当不起的。所以外出讨饭不行，国家的返销粮不来，人民公社大集体种田的收成又不够大伙吃，最后只有一条路可走——把地分给社员自己去种……”

“这么说，分田到户，其实都是逼出来的？”

“那是！安徽小岗村农民画押，也是逼出来的，他们那个地方饿死人的特别多，他们的分田到户，其实是农民兄弟跟死神在决斗。我们呢，是同饿神在决斗。相比之下，我们这儿天高皇帝远，大山沟里，以前上面的干部一般不会走到我们这儿的，最多区委和公社的干部几年来一趟，偶尔来一趟也不会待上几个时辰，他们说什么我们听听而已，该做什么还是自己的事。再说，当年我们的区委干部、公社干部都是些非常不错的人，他们跟我们农民有感情，他们只要不是睁着眼睛说瞎话的人，最后看着我们农民们过的日子，他们不会去做些丧尽天良的事。王区长就是个很好的例子，可以问问他是不是这个情况，你说。”李方满指指身边坐着的王植江。

“是啊，我们最好的办法就是睁一眼闭一眼，谁也不得罪。”王植江抽着乡亲们递上的烟卷，点头道。

乡亲们顿时哈哈大笑起来。“他们干部和工作组只要睁一眼、闭一眼，我们就有日子过了！”有乡亲站起来，给王植江敬烟、敬茶，说着当年多亏了老区长开恩一类的话。

这时的王植江感到特别自豪，连声说：“我这辈子风水一直很背，唯独当年对你们的分田到户我是支持的。”

“仅凭这一条，您老功德无量！”乡亲对他说。

王植江老人听后连连点头，脸上挂满了得意的笑容。

“那——你们能不能准确地说出你们是什么时候正式开始分田到户的呢？”这是个关键性问题，我希望皂树村的乡亲们能够准确回答。

“不是 1965 年，就是 1967 年！”有人马上说。

“应该是 1967 年。”有人则说。

“那到底是 1965 年还是 1967 年呢？”我想弄清楚，因为这很重要，如果这一时间成立，等于说皂树村的分田到户，其实要比安徽小岗村早出 10 年！

“这是肯定的。我们可以拍胸脯保证比他们那儿分田到户早得多！”

“早得多……后来报纸上说学习安徽人分田的事，我们这儿早就把地分掉多少年了！”

乡亲们你一言我一语，有一点是共同的，即这儿的分田到户总的时间远比小岗村要早。那么到底早多少年呢？现任村支书李方满的话可能比较接近事实，他说：“我是 1966 年底、1967 年初当生产队会计的。在这之前，我们村上在三年困难时期搞起来的食堂已经停了几年，记得 1964、1965 年村上的粮食还是不够吃，我当会计时，生产队上就研究决定了先把 30 亩旱地和山前坡下的零碎地全部分到各家各户。但这一招还是没有管用，第一、第二年下来，社员们普遍反映粮食还是不够吃的。这可怎么办呢？这时我们发现一个情况：就是村上还有70多亩好田好地怎么种就是上不去产量，而相反已经分掉的那30亩旱地和山前坡下的那些零碎地倒是产量挺高的。总结来总结去，只有一条理由：就是大田好地是集体在种，社员们不像对分到各家各户的那些旱地和边角地种得认真，所以生产队的粮食总产量还是上不去，社员的口粮还是不够。针对这个情况，生产队最后决定把剩下的70亩好田也按人头，全部分到了各家各户……”

原来如此。“这事上面一点儿不知道？”我问。

“知道。公社知道的。”

“知道了他们还同意分？”

“怎么会同意呢？”李方满说，“那是‘文化大革命’最疯的时候，是打击资本主义最严重的年景！我们哪敢顶风公开分田嘛！”

“那你们采取了什么招数？”

“这你问问我们这些老干部。”李方满指着隔我而坐的一位老汉，说，“他是大队的副大队长，又是三队队长，他知道。”

有人马上告诉我，老汉叫李文君。我便让李文君老汉坐到身边，请他讲讲当年如何分那些大田的。老汉说：“公社才不会让我们分田呢，分了大田就等于是反革命分子！我们是以种菜地和猪口地等名义分的……”

“啥叫猪口地？”我不懂了，便问。

“就是猪的口粮地。当年农业学大寨时，我们农村养猪支持社会主义建设、支援‘文化大革命’，这是上面号召的，还有种菜籽地也是上面号召的，所以我们借上面的号召、为多种菜籽地、种好猪口地名义把地分了……”李文君咧着掉了好几颗牙的嘴巴，憨厚地朝我笑着说。

自古以来，中国的农民们其实一直很聪明，当苦难的生活逼得他们无路可走时，人间的许多奇迹都是他们创造出来的——就是靠他们的这种创造力和发誓改变命运的积极性。而今中国的现代化发展到高度文明的工业化和信息化时代，许多人似乎正在忘却农民的功劳，这其实是非常幼稚的。

中国今天飞速发展的现代化和信息化，其实也有像皂树村和安徽小岗村农民分田到户这样的改革精神与推动力做基础。

“当时我们还利用政策，掩饰了我们分田到户的做法。”李方满说，“人民公社讲的是队为基础，三级所有。于是我们根据这一政策，就把原先的三个生产队，再分成小小生产队，又三分为九，成了九个小生产队，这一分，全大队等于把所有的地通过合法的政策，全都分给了各家各户……”

“我不太懂这层意思。”我被聪明的农民们搞得有些糊涂了。

“哈哈……”于是全屋的人大笑。他们七嘴八舌地告诉我：我们皂树村本来就都姓李，基本上是一个族的本家人，再分成九个小小生产队，所以便成了“父子队”“夫妻队”“兄弟队”“亲戚队”为主的“分田到户”和“包产到户”了。

真是聪明绝顶！合理合法的分田到户、到人制度，与当时的社队三级所有制又相符……

“后来公社知道了，又派人来，要求我们合并。在上面看来，三级所有制是大事，不能随便再分什么小小队，所以我们不得不在形式上重新合并成原来的三个生产队。这大约是 1973、1974 年的事。”李方满回忆说。

“公社的人走了后，我们几个干部坐在一起又商量，这回采取新办法：按耕牛分田！”李文君介绍说。

“按耕牛分田怎么讲？”我又不懂了。

李方满忙接过话茬，解释道：“我们是山区，基本上家家户户养着一两头牛。当时上面根本不会同意按人、按户分田，一听按人头、按户分田，那就是了不得的搞资本主义！所以我们就想出了个办法，你不是不让分成小小队吗？那我就按耕牛来分田，牛是农业学大寨时的主要生产工具，政策鼓励大力养牛，按牛分田，上面就没法说不同意，因为中央文件上没有哪一条规定不能按牛分田，只有鼓励大力养殖耕牛的精神。我们就是借这一个精神，来了个‘按牛分田’……”

高，实在是高！我忍不住伸出拇指把皂树村的农民们夸耀了一番，他们笑着说：“这是没有办法的办法。”而我听后，说这是“真正的高明办法”——因为它既没有与当时的政策相抵触，同时又结合了皂树村的实际。

“那会儿，政治形势非常紧，别说是分田到户，就是发现谁种了几条丝瓜也算是‘资本主义’。农民们辛苦干一天只有两毛四分钱收入，根本没办法过日子。上面又不让我们劳力外出，谁外出干活，就是不正派的人，就是流氓、盲流和坏分子、反革命；政策是把所有劳动力都捆在了土地上。如果是田多人少，或人多地好，可能还过得去。可我们皂树村是人多地少，而且田地又都是非常差的山地，二三百号人捆在这么一块山窝窝里，不想点法子，真的肯定会饿死一半人！分田到户是逼出来的。”李方满说。

“可不，要不是怕饿死人，谁敢冒着掉脑袋去搞分田到户嘛！”李文君指着满屋的人，挨个问：“你们对作家说说，我讲的是不是事实？”

“是，是这个理。”众乡亲异口同声，像要向我发誓似的。

我没有理由不相信这些憨厚老实的农民，自有皂树村的一百多年来，他们根本就没有见过哪个记者、作家来过村上，除了为生存而不得不多次向上面来的干部们隐瞒分田到户说过假话外，他们从来没有说过第二句假话，这一点我完全可以相信。

“如果就从 1967 年算起或者从耕牛数量分田的 1973、1974 年算，到中央决定可以分田的 1980 年，这中间有六七年、十来年，是中国政局比较复杂的‘文化大革命’时代和‘文化大革命’刚结束的‘两个凡是’阶段，你们的分田到户搞包干，有没有因此受过牵连？”我进而问。

“有。越到后来斗争越艰巨！”李方满指着李文君，“老队长最清楚了！”

李文君点点头，抽着闷烟。我突然发现，老汉的眼里闪着泪花……“老队长你能说说吗？”

“他可受大罪了。”有人在一旁说。

屋里顿时静了下来。我猜想着一定是发生过很悲痛的事……果然，李文君猛抽了几口烟后，瓮声瓮气地说道：“那应该是1976年五六月份的事，我记得非常清楚，当时村口有块半亩来大的坡地种了包心菜，全村每人15株，人人都有份。菜地长势好，又在村口边，刚巧被下乡检查工作的公社新上任的那个姓金的书记发现了。其实全村的其他一百多亩大田早就分了，他没发现。这个姓金的书记原来也是区委派到我们黄坦公社工作队的，后来他留在黄坦。他左得很，发现我们的那块半亩地分掉了，就把我揪到全公社干部大会上批斗。那是个现场会，放在黄坦乡最高的山顶上开，那儿有个茶场，叫安基山茶场。批斗会就在那里开的。他们在我的胸前挂了一块硬纸牌，上面写着‘分田头子’。还让我手拿着一面小铜锣敲，一边走一边敲，从山底下的公社所在地一直往山上走，走到安基山顶的茶场，算是游山批斗吧……”

李文君说了十几分钟，说得并不复杂，也并不太悲凉，但在他讲完后，整个屋里的人都不说话了，沉寂了很久。我想，老乡们一定还沉浸在当年那个很可怕的事件之中。

“作家你想想：这仅仅是因为我们村口的半亩地被发现了，就出现了这么大动静的批斗，如果上面真要是知道我们把村的田地都分光了的话，那不知要落下什么大灾难啊！”是李方满打破了沉默的气氛。他的这一问话，让李文君重新开了口："我敢说，全大队的干部都得下台，几个主要的干部得坐牢去。"

"老队长说的真有可能。"我点头道。

"可不，才半亩地他们批斗了几次，也停了我的职。假如他们知道全村的地都分了，他们知道那性质不一样了！"李文君告诉我，就为这半亩地，他除了受到批斗和撤职外，还被罚15元钱。"管具体分田的另一名队长李义洪也被罚了15元。他家情况好一点，交了现钱，我家穷，没有钱，只好把家里的一只木箱子拿出去抵了，那箱子是我老太婆当年的嫁妆……"老队长瓮声瓮气地补了这么一句。

他的话再一次让一屋子的人沉默了，而我听后差点落泪。心想：当年的生产队长也是穷人，或者比一般社员还要穷苦，可就是因为能让自己的乡亲们活下去，把村头的一块半亩坡地分给了社员，结果落个又是批斗又是撤职，最后还要罚交15元的命运！穷苦的李文君可怜，没有钱，只好把自己老婆的嫁妆上交了才算顶了这事……这是中国社会曾经发生的一幕，离今天的日子并不远。

然而，因为苦难，因为要活命，因为想过得好一些，皂树村的干部和群众，并没有被一次次的这种批判和惩罚所吓倒，他们顶着坐牢，甚至可能被枪决的风险，早在"文化大革命"最严重激烈的年代，以各种非常智慧的办法，瞒天过海地将土地分给各家各户种植，使得这个小山村的百姓得以继续传宗接代，繁衍生息至今。

中国人多地大，尤其是广大农村。像台州皂树村的农民分田到户事件，我想也许还有不少，他们或许也同皂树村一样远比安徽小岗村分田到户要早、要彻底。我后来知道，仅台州地区，像皂树村这样的分田事件还有不少地方也发生过，他们的精神同样可贵，并值得我们记住。

在台州采访的第一天，市委就安排我见了一位人称“台州农村通”的老干部邢传欣。这位20世纪50年代初就到台州从事农村工作的老农工部主任，在新中国成立后不久，就被省里分配到台州当土改队长。

“台州的农民，是非常了不起的，可以说是一群最有革命性的农民，他们对土地的敏感和感情代表了中国大多数农民的心态。”78岁的邢传欣老人谈起台州的“三农”历史，滔滔不绝，一个上午基本上就他一人在说话：“土改对农民来说，是天大的喜事，台州的农民们高兴得不得了，分田那会儿，大伙哎呀呀喊着唱着，说我们的土地总算回家了。当时的土改是与抗美援朝工作联系在一起的，时间短。我们台州的第一个农业合作社在临海的洋渡六房村。农民们对初级社很赞成，因为这是按劳分配的制度。土改虽然解决了土地归属，但家庭条件差的贫下中农没有分到什么农具和耕地的水牛，这样农民们就特别期待建立合作社，以解决农具及其他生产资料。洋渡是1951年办的社，第二年他们就大丰收，农民们很高兴。丰收的原因除了土地归属权外，生产上采取了两条措施：一是改革了耕作方法，二是种了双季稻，每亩一下增加一二百斤。洋渡六村办社农民们得了实惠，其他的村子就跟着学，洋渡乡一下办了10个合作社，成为当时浙江省农业战线的第一个先进单位。台州在那时就出名了。但到了1953、1954年就出现了问题，因为家庭条件原先比较好的中农有意见了，说入了社、与贫下中农拼在一起种地，‘种了稻没有多收谷、养了猪也没有多吃到肉’，于是中农们纷纷要求退社。一时间，台州的退社现象严重起来，甚至惊动了京城的毛泽东主席。土改以来对农民办社倾注异常热情的毛泽东很关注台州出现的倾向，对当时负责处理此事的邓子恢很不满意，认为照顾中农利益而进行调整的办社方针是‘小脚女人’，并且随即提出了著名的‘书记动手，全党办社’的八字方针。在毛泽东的这一号召下，全国农村一哄而起，批中农，全党办社风起云涌。从此农民向国家卖粮成为一种义务。这阶段，中国农民为国家工业建设、国防建设及城市建设贡献极大。但农民交粮的时间太长，农民们就有意见了。到 1957 年，一些农民们开始闹事，因为他们交了粮，自己却吃不饱。仙居县地处台州的深山区，这里的合作社经一些农民一闹，很快全部垮了。后来又波及临海，临海甚至有农民到县乡政府把政府的牌子全给砸了，震惊全国。”

邢传欣老人说到这儿，刹住话题，神情显得凝重。

“后来的情况就变了。1958 年后，上面号召所有地方都要成立人民公社，紧接着又是‘大跃进’。再过后，就是三年困难时期，黄岩和温岭有了饿死人的情况，其他县也出现了饿死人的事……由于有了 1957 年那个一下抓了几百人的事件，一向敢作敢为、反抗性很强的台州农民从此不再正面起来表示对现实的不满，变得你上面喊什么口号，我下面该做什么照样做什么，用我们本地的话就是学乖了。”邢传欣老人向我介绍了一个非常有意思的情况：“从 1957 年到 1961、1962 年这些年里，台州像全国各地一样，出现过一些饿死人的事，但在‘文化大革命’10 年中，有地方的农民因为‘人民公社’大集体种地死了人，可我们台州就没有饿死过一个人。你问为什么？就是因为我们台州人其实通过各种形式，把土地或直接分给了农民，或承包给了生产小组，总之形式上是一样在干人民公社，其实是在进行土地所有制的调整和生产生活的自救，也可以说是农民们自己搞的‘地下革命’……”邢传欣这样总结道。

“有人现在把台州看作是中国民营经济的硅谷，不是没有一点历史原因的。因为台州人在过去计划经济的年代，特别是政治高压的年代，他们一直没有放弃最大限度地发展自由经济形式，一直在默默地发挥着人的最大创造性和积极性，他们是最讲实际、最现实的人。‘文化大革命’时期 ，我在下乡中经常听到农民们这样对我说，主任啊，我只要吃饱肚子，就是累死也愿意。台州人就是这个样。在种地吃不饱的年代，你只要让他们吃饱肚子，他们甘愿像黄牛一样干死也情愿。后来政策松动了，允许干私营经济，允许赚钱发家致富了，他们又对我说 :‘邢主任啊，只要能让我们发财，就是再苦再累，再下等，再被人瞧不起，我们也不会有一句怨言。’世界上，能有这样的人，你还不相信他们能创造人间奇迹？”邢传欣最后一句话发人深省，令我内心产生强烈震撼，也使我明白了为什么名不见经传的台州人能够在今天成为中国民营经济的奠基者。

第三章　田埂上诞生的第一批中国“股民”……

自人类有经济活动以来，所有的经济学家和政治家都一致认为，社会的经济形式决定着社会的性质和人类社会的发展轨迹。而股份制形式则是现代社会经济中最活跃和具有社会推动力的先进经济形式。新中国成立以来，计划经济条件下的中国社会，几乎只有一种经济形式——国营集体经济。随着改革开放的不断深入，股份制经济形式开始被人们渐渐认识和接受。最早出现于中共中央文件上的“股份”二字是1985年的中央1号文件，这对当时的中国甚至全世界都是一次令人震惊的事件。因为在许多年里，“股份”和“股份制”在中国这个红色政权的国度里，它是“资本主义”的东西，是“剥削阶级的产物”。现在，既然被中共中央文件明确提出要“大力提倡”，这不能不说是对实行了几十年一贯制的国有集体经济的一场革命。

“股份制”在今天的中国人眼里已经不再是什么新鲜玩意儿，可在二三十年前的中国，它与当时农村所开展的“分田到户”搞包干一样，是实实在在让一些人感到不可思议的、与“复辟”和“政变”没多大差别的惊天动地的事。

中国的股份制谁最先搞的？忙碌的经济学家们似乎还没有时间总结，当今的历史学家们又因为缺少实地考察与调查的能力而拿不出新的真实的东西，这样的责任让我们这些文学家来完成实在有些可悲。不过到台州采访，让我再一次感到惊喜。原来，中国的股份制发源于台州，产生于台州的田埂上，根植于台州的农民中间……

现在有据可查的几个史实是：

——1986 年 10 月，原台州地区黄岩县委下发的《关于合股企业的若干政策意见》的 69 号文件，是中国地方党委、政府关于股份合作企业的第一个政策性文件。

——1982 年 12 月，由台州地区的温岭县社队企业局（那时还没有工商部门）正式发给“牧屿公社牧南工艺美术厂”等四家为“社员联营集体”的企业营业执照。“股份制企业”是 1985 年中央 1 号文件出来之后才正式可以用的企业性质，台州的乡镇企业局当时给牧屿公社牧南工艺美术厂等四家由社员合股出资办的企业起的名字为“社员联营集体”，用后来的名称就是股份制企业。这也是新中国工商企业史上第一个颁发的标明由几个自然法人“联营”的股份制性质的企业营业执照。

目前有据可查的上面两份史料，足可证明台州是中国股份制的发源地，这已被现在研究经济工作的专家所认可。其实，谈到台州的股份制，其开始和发源的时间远比这两个事件要早得多也广泛得多。

在我来台州采访之前，浙江有关媒体上就已经发表了一则令人鼓舞的文章，题为《寻找玉环股份制经济起源》，介绍了记者追寻到的台州最早搞股份制的那个“芦浦工艺厂”和那几个敢于最先吃螃蟹的农民。他们创办的这个股份制企业是在 1967 年，比温岭的那个有“正式户口”的“中国第一家股份企业——牧屿公社牧南工艺美术厂”早出了整整 15 年，而且这时间正是中国“横扫资本主义”最激烈和严重的“文化大革命”初期。真是有些不可思议，台州人竟如此胆大妄为?

2006 年 4 月 24 日，我在台州市委宣传部的同志引见下，来到玉环的原芦浦乡那个“第一家股份制企业”的旧址现场，并与几位当年办股份制企业的当事人见了面……

玉环是台州的一个县，面积很小，老玉环是个四面环海的岛屿，后来又将温岭的楚门半岛划归了玉环，但陆地面积仅有378平方公里的玉环仍然是台州面积最小的县。可别小看这弹丸之地的“海中玉环”，它现在的人均收入不仅在台州各区县中名列第一，2007年，在全国的百强县中也名列第29位。玉环有数个“全国第一”的产业与产品，这与玉环人敢为天下先的创新精神有直接关系。浙江籍著名作家叶文玲老师曾经对我说，写台州，绕不开玉环。叶文玲是玉环人，她最了解家乡的历史和现状。

那天我是怀着好奇而又有些激动的心情，跟着几个农民来到玉环芦浦分水村一块田埂上。一位本地农民老汉叫林友泮，他手指水闸上破旧却依然挺立在那里的三间半砖瓦房，告诉我：“这就是我们当年办的最早的股份厂，当时叫红卫仪表厂……”

“就这个样啊？”我对影响当代中国经济和中国现代化进程的浙江台州股份制发源地竟然产生在这么一个极不起眼、极不壮观的地方，内心多少有些失望。不过心想：毛泽东当年打天下时，不也就是几杆土枪、几把红缨枪吗？“星星之火，可以燎原”。

“是。别小看这几间房子，当时我们还当宝贝呢！”林友泮老汉说，“这个地方办厂，一是不占集体房子，二是关键这里能上电线，好发动机器做工。”末了，他补充道，“我们办的是仪表厂，需要电动力。”

原来如此。

可不，20世纪六七十年代，几个农民能有这样几间房子办工厂，能在田埂上响起机器的轰鸣声，这在当时肯定是件非常了不起的事！那时在农村，能响机器声的，只有集体农田的抽水灌溉，和很少地方才有的脱谷场上的拖拉机声，除此再不可能有什么机器声响了。林友泮他们能在如此无遮无掩的广袤田野上开动机器搞"资本主义"，不是敢冒天下之大不韪，也起码是吃了熊胆！

在芦浦镇的镇委会议室里，几位当事人的讲述证实了我的看法——玉环农民在田埂上创办的第一个股份制企业，果真历经了太多沧桑：

"我们那时办厂，完全是被逼出来的。"林友泮是当年办厂的"头头"，也是当时分水村的党支书，他给我解释当年为什么办这个厂的第一句话是这样说的。随后他指指坐在他对面的另一位六十来岁的老汉说："最早是他颜祜庆出的主意。"

被林友泮点名叫颜祜庆的另一位老农笑了，冲林友泮说："你是支部书记，我不向你说向谁说嘛！"

林友泮显然不是个能说会道的人，被老伙计颜祜庆这么一激，一边抽着闷烟，一边低头瓮声瓮气地说了句："你出主意倒好，可把我拖进海里差点淹死……"

屋里的人顿时哈哈大笑。"老支书你做人正直，再大的海水也淹不死你的。"颜祜庆这话让林友泮爱听，老人"嘿嘿"的笑了起来。

"最早动因确实是我。"看得出，颜祜庆是个见过世面的农民。果然，他说他是个复员军人，当过几年兵。"我在部队时当过团部通信员。复员后，回到老家，看到自己的家乡那么穷，流血流汗干一年，连口饭都吃不饱。于是我就和也是从部队回来的本村社员蔡志昌，还有回乡知青、懂点机械知识的梁华星商量，说能不能几个人凑点钱办个厂，赚点钱。他们都觉得是好事。不过那时在集体之外办厂是件冒政治风险的事，所以只好找在芦浦一带有影响的支部书记林友泮商量。老林是个好人，用现在的话说，在当时也属于脑子比较开放的人。我们一说办厂的事，他开始有些犹豫，后来听我们发誓保证：本金我们几个人自己凑，赔了算我们自己的，赚了也给集体分一点。这样他也表示同意，并且愿意同我们一起合股干。有支部书记跟我们一起合股干，这对我们来说等于借到了天大的胆子，所以后来就偷偷干起来了……”

“其实到底办啥厂，他们几个心里根本没有底。几个人想了几个月也没有拿出个主意来。我就找了一位朋友，他叫林维庆，是坎门前台的支部书记。林维庆就建议我说你们办个仪表厂吧，他说他跟上海仪表厂有熟人，好有销路。这样我们才定下来办仪表厂的。”林友泮插话。

“干什么定下来后，就马上涉及怎么个干法的问题。集体的钱肯定不能用，再说生产大队也没有什么钱，即使生产队有钱，我们也不想借，因为一借集体的钱，今后赚了赔了不好说，所以我们商量大伙儿凑钱合股办厂。”颜祐庆说，“我们六个人，每人出一股，最早每股是150元，后来因为买机器设备，钱不够用，每股增加到500元，记得我们六人中有一个人出不起500元，就又找了一个人合了一股。所以整个厂共有6股，股东是七个人，其中有两人是合了一股。除了我和林友泮外，其他4股的名义是梁华星、蔡志昌、林友富、江新德。”颜祐庆的记忆力显然比较好，对当时的情况记忆犹新。“有了合股的钱，可办厂仍然困难重重。先是我们想到楚门木器社学习，看看能不能也干木器活。可一到那里，人家听说我们也想搞木器，根本不让我们看。后又找到林友泮的朋友坎门前台大队的林维庆书记，他那儿用现在的话讲是思想解放一点，所以我们就准备把厂办在他那儿，谁知才办了四个月，造反派武斗，我们去上班，半途上能遇到炮火，吓得谁也不敢去了。最后想来想去，只能搬回来自己办吧。这么着，我们又偷偷到温州瑞安去买了4台仪表机床，就租用了你所看到的环岛上放水用的斗闸上的三间房子，算是我们的正式厂子……”

“那会儿，我们运回4台仪表车床跟打仗一样，很惊险哟！”

颜祐庆绘声绘色道，“那个年代，如果有人把我们的设备查出来，肯定是要没收的，而且我们还要倒大霉，吃官司。林友泮是支书，认得的人多，也没人相信他支部书记干违法的事，所以我们从温州买回仪表车床后，将设备拆卸成零件，装进麻袋里，然后走的是不会被人查获的水路。开始也没有把设备运回到自己的地盘上，而是放在林友泮的好友、坎门的林维庆那儿。我们几个人先在那里偷偷把操作的技术学到了，然后再把设备运回自己的家乡。”

“当时的形势下，我们想办合股的私人企业，只能‘戴红帽子’，否则根本不可能响起机器声。”林友泮瓮声瓮气地又插话道。

“什么叫‘戴红帽子’？”我还头一回听这样的词，便问。

“就是打着集体的名义，办私人的企业。”颜祐庆嘴快说道，然后又指着另一位没有发过言的叫娄昌福的人，“你问他，他最清楚……”

娄昌福原是芦浦公社的工业办公室主任，对那段历史了如指掌，而且细心地保存了20世纪60年代至90年代芦浦公社（后改为芦浦镇）的全部工业资料。只见他一边翻阅着一沓发黄的档案，一边向我介绍：“林友泮他们办的玉环县红卫仪表厂，是1967年在公社登记的。当时林友泮他们的分水大队叫红卫大队，所以他们是以红卫仪表厂的名义在我们公社工业办登的记。”

“那你们知道不知道他们这个厂是什么性质的企业呢？”这是个实质性的问题，我问。

“知道是林友泮他们几个人合股办的私人企业。”娄昌福肯定地回答。

“知道了你们还敢批准他们办呀？”我知道那个时候“文化大革命”已开始，批资本主义是“无产阶级文化大革命”在农村的最主要任务。

娄昌福笑了，说：“一会儿我再给你讲我们玉环为什么成为中国农村的股份制发源地。我先说林友泮他们的红卫仪表厂。为什么说它是戴红帽子，就是因为这个厂的名义是当时红卫大队办的，社办工业在当时并没有说不让办，虽然也有人说它是资本主义的产物，但一些加工小企业还是有的，公社的工业办就是管这些事。林友泮他们就是打着这样的幌子，办了玉环全县的第一家股份制企业。”

我算弄明白了。“仪表厂具体生产什么产品呢？”我问。

“很简单的螺丝。现在看来根本不算啥产品，纯粹是为别人加工的一种用于装订账册的螺丝。”林友泮说。

“可干了几个月后，还没有分一次红，玉环这地方的武斗就闹起来了，两派打得不可开交。而且这个时候上面刮起了‘打扫地下厂’的运动，我们的厂自然跑不了，只好关门。几个月后，‘打扫地下厂’的运动风吹过了，公社干部看到农民们的日子过得非常苦，所以就主动找到林友泮，劝说他们重新办厂，并且公开同意原来集体所有的、位于芦浦尖山三眼陡门的房子无偿地借给我们当厂房……”

“就是刚才我们在水闸上看到的那几间房子？”我打断颜祜庆的话问道。

“是。就是它。”颜祜庆继续说，“作家同志你可以想想，在当时的形势下，我们的公社领导能出面支持我们办厂，太不容易了。所以大伙儿的积极性挺高的。厂子很快重新动起来了。公社这时也要求我们安排了一些退伍军人和困难家庭的人进厂，算是交换条件吧。之后一段时间我们厂干得很不错，股东们劲头很高，再次出资扩股，增加了流动资金。时候一长，我们觉得有些亏了，长此下去也不是事，就托林维庆帮助聘请了一位上海小青年当我们的业务员，让他专门负责跑业务。产品也由单一的账册螺丝，到加工些其他产品。那阵子我们几个股东热情可高呢，看着产品一批批出厂，就等着汇款早点进账，可就在这个时候，两个晴天霹雳砸在我们头上：一是有人又指责我们是‘地下工厂’，是‘挖社会主义墙脚的黑厂’，要坚决铲除。汇来的货款因为厂里没有账号，只能到公社，一到公社就被扣住了。二是给我们跑业务的上海小伙子被公社基干民兵半夜抓走了。这样，厂子也很快被封了，不让再开了。”

“我们不仅没拿到汇款，连手头买货的发票都没法报销，我损失最多……”林友泮又一次瓮声瓮气地插话道。

“林友泮他损失最多，没有一万，也有五六千块。我们几个股东的损失也大呀！那时大家都穷，谁有几千块钱是了不得的事。本来我们几个凑的钱办厂，现在一下被查封了，损失惨透了。可没法找人说理。你找公社的人去说，人家说没把你们抓起来送进监狱里算是对得住你们了，你们还嚷嚷什么？我们只能哑巴吃黄连，有苦没处说。”颜祜庆回想当年事，依然愤愤不平。

“林友泮他们红卫仪表厂的事当时在我们这儿闹得很大，就是因为他们是第一个吃螃蟹的人，第一个敢在‘文化大革命’的风头上办股份制私有企业。”娄昌福接过颜祜庆的话，说，“过了大约两年的1969年，公社要建农机厂，没有钱买设备，就想起了林友泮他们办过红卫仪表厂，所以就将他们的那些闲置设备全部充公到了公社农机厂。颜祜庆他们就闹，说那些机床是他们几个人出钱买的。公社干部一商量，说安排你们几个进厂，抵作你们先前的那些损失吧。老颜他们也没辙，就这么着平息了这事。林友泮是大队书记，后来被安排在公社养殖场工作。”

“这个股份制企业就这样彻底散了？”

“散啦！当时只能是这种命运。”娄昌福苦笑着看着我。林友泮他们几个其貌不扬，却是中国股份制的第一批吃螃蟹的农民，不由得赞叹道：“你们都非常不简单，虽然损失了许多，而且今天你们中间也没有人成为富人，可你们的历史功绩应当被载入史册。”

“有你作家这话我们就满足了！满足了！”能说会道的颜祜庆喜笑颜开。而不太说话的林友泮，我则看到他的那双眼中闪着眼花……这位老人让我顿时想起了曾经同样当过生产大队支书的我的父亲。他们是同代人，我父亲在20世纪六七十年代曾经也是为了农民兄弟们能过上好日子，在苏州地区成为乡镇企业的创始人之一，但他们都是失败者，而且因为办了所谓的“黑厂”而下台、受批判，甚至影响到下一代的我们……想到这儿，我不由绕过桌子，双手握住林友泮老人的手，对他说：“老支书，我会在书里写到你的……”

老人有些激动：“是吗？我们有啥写的？都是过去的事了。”

我点头向他保证，心里说：是啊，都是过去的事，可这些过去的事，现在许多人并不了解，尤其是年轻一代，他们并不知道自己的前辈为了求生存而做出的探索是何等的可贵！别小看了区区一个由七个农民合作的六个股份组成的“红卫仪表厂”，在那疯狂的年代，如此举动，就是一个伟大的革命，它弄不好是要进监狱的！

然而敢为的台州人就这么做了，并且曾经做得轰轰烈烈。

那天送走林友泮几位创办股份制企业的老人后，娄昌福要我“多留几分钟”，说他要向我介绍玉环县真正的“第一家股份制企业”——芦浦工艺厂。

“这个厂是原玉环县科协主席毛庆贵为主要股东办起来的。”娄昌福说。

“为什么你这么认为？”我问。

“因为这些年到我们台州来考察股份制发源问题的专家们认为，林友泮他们的红卫仪表厂之所以没有被当作‘中国第一家股份制企业’，有两个原因：一是认为林友泮他们办厂时间短，只有两年左右。二是在当时的特殊历史背景下，该企业从创办到最后倒闭，没有分过红，销售也没有在账目上反映出来，与严格的股份制企业有些差异。而毛庆贵他们办的芦浦工艺厂则完全符合股份制企业的一些基本规范特征。比如，股东，他们当时共十几个人，10 元一股，股东中有干部、有教师，厂里会计和厂长都具备，虽然股东多为兼职，但职责明确。而且企业也有县工交局的正式批文。时间是 1973 年。”娄昌福从一堆档案中翻出保存的“芦浦工艺厂”批复材料给我看。

“毛庆贵他们的厂当时非常正规，就是从现在来看，也很规范。厂子办在当时的井头大队，厂里雇了业务员王孝增跑外勤，业务主要是做扇子，过去我们出差或旅行用的那种扇子，很有些销路。芦浦工艺厂由于产品对头，第一年下来，所有股东都拿到了千把元的分红，而且在工厂的工人拿的分红与股东们一样多，这在当时是非常了不得的事。如此连续运转了四年多，后来他们开始做宫灯，业务更加红火，产品销到广州、北京、上海等大城市。业务量大了，需要扩建厂房，股东们又每天晚上开股东会，研究商量扩大生产规模。据毛庆贵讲，当时股东意见并不统一，有人担心借钱投资风险大，但在丰厚的利润面前，大家最后还是统一了认识，所以企业越干越好。到后来宫灯的业务厂里来不及做，职工们每天都要加班加点，收入就更高了。厂子收入高了，厂外的人也眼红了，跟着干了起来，像楚门、清港、城关等许多人开始做起扇子和宫灯……到 1978 年党的十一届三中全会时，这个厂年收入达到上百万元，成为台州乃至浙江省第一家年收入上千万元的乡镇企业。”

“除了芦浦工艺厂外，当时还有类似这样比较成功的股份制企业吗？”

“有啊！到 1978 年底，仅芦浦公社一个地方，就有股份制企业 34 家，企业人数达 1500 多人，实现工业总产值 193.9 万元，销售收入 191.3 万元，占全公社农副总收入的 64.6%。”娄昌福一边翻着资料，一边指着账本有凭有据地告诉我。

“我现在相信台州这个地方的民营为什么能靠经济一统天下了！ 30 年前，你们这里的民营企业其实已经占据统治地位了！”

娄昌福笑道：“可以这么说吧。”

“30 年前，就有芦浦这样的民营经济现象，真让人感到有些不可思议。你认为这种现象为什么会在台州或者说会在你们玉环这种地方出现呢？”这是我必须弄清楚的问题。

娄昌福脱开他的那些“宝贝资料”，与我侃侃而谈：“我们台州这个地方，尤其是像玉环，我们的农民过去生活很苦，基本上是靠海吃海，耕地少，农民只能靠出海打鱼为生。可是出海打鱼是要有渔船的，小船打不了鱼，造大船又没钱，怎么办？于是我们的先人就发明了一种叫‘打硬股’的传统，这种‘打硬股’就是几个人、几家子凑钱来办一件事。比如造一艘大船，几家、几户一起凑钱，然后有了收入就按出资多少分红，这就是台州人的‘打硬股’传统，留传下来已经至少有百年历史了。所以新中国成立后，有几个阶段农民们的日子难过时，就有人联合起来用‘打硬股’的方式办些小企业，这种经济形式在解放初期就有。60 年代后期被当作‘资本主义’的东西封杀了。可老百姓要过日子，就得想办法。‘打硬股’从某种意义上来说，是我们台州沿海一带老百姓发明的一种非常有生命力的经济形式，一旦有适合它的空气和条件，它就像水岸边上的芦苇一样疯长，你想割掉它也不易。台州能成为中国股份制的发源地，是有地域原因和历史条件的。”

娄昌福的话令我茅塞顿开。

“再有一个重要原因是：我们这儿有一批干部来自百姓，心里装着百姓，而且自己也敢作敢为。如果没有他们，台州的股份制，或者说民营经济就不会发展得这么好。”娄昌福感慨道，“比如说芦浦工艺厂，毛庆贵他能办这个厂，如果不是因为当时任芦浦公社书记的他父亲毛崇友的支持，他毛庆贵根本不可能把工艺厂办下去。芦浦公社的股份制能够在‘文化大革命’期间得以生存和发展到‘半壁江山’，没有像毛崇友这样敢作敢为的领导在背地里支持，是绝对不可能的事。林友泮他们的‘红卫仪表厂’，如果不是因为有林友泮他这个当支部书记的带头干，这个合股企业也绝对不可能在‘文化大革命’最疯狂的1966年、1967年中诞生和成活。”

是的，我相信娄昌福的这番话。台州的民营经济之所以能够发展到今天如此生机勃勃，统领天下，没有台州历届的干部们以人为本、以民为本、以当地实际为本的思想和勇气，那绝对只能是一枕黄粱美梦。我想老百姓最清楚这个事实。

在台州，企业股份制形式的形成之早、之广泛，随着采访调查的不断深入，越发令我震惊和惊叹。在中国，在20世纪六七十年代的中国，那场高层批判“修正主义”、下层横扫“资本主义”的运动，曾经使说了几句真话的人、做了一两件有违极左路线的事的人，甚至连卖一个鸡蛋、少种一亩“口粮田”的人，都有可能被人“踏上一万只脚”而永世不得翻身。浙江台州农民竟然能如此广阔、如此深入地悄然进行一场求生存的新型经济革命，而这，也只有在台州才能出现。

台州地理独特，三面环山，一面临海。群峦叠阻，交通不便，人们需要攀岩走陡，意志和磨难必不可少。所以台州人素有“处危争死”“轻死易发”的强悍、雄豪之气，又有自强不息、敢于进取的精神。台州人硬气，在浙人中早有传闻。鲁迅在《为了忘却的纪念》一文中，就曾夸奖自己的学生、被国民党反动派杀害的革命作家柔石，这位台州人就具有“台州式的硬气”。股份合作制所以能在 20 世纪六七十年代那个完全疯狂的岁月里成为台州人民求取生存的一种重要经济形式，及其后来成为全民性的经济形式，原因有二：一是台州人的性格和骨气所致，二是山与海的自然环境养育了台州人的灵性与求索精神所致。在传统的打渔业和经济落后的年代里，群众自发采取的以资金和劳动力折股联合的经营生产方式——“打硬股”，则为台州人创办股份制企业提供了经验与实践基础。

如今我们能搜寻到的并被一些权威部门当作“改革开放后的‘革命性’事件”之一的股份制先行者史料中，“中国第一个股份制”企业，是台州的温岭县于 1982 年 12 月 18 日以县社队企业局 [1982]74 号文件名义批准的牧屿公社牧南工艺美术厂。那份写着“社员联营集体”性质的企业执照，据说是中国改革开放后可以查阅到的属于官方机构出具确认“股份制性质”企业的第一份文件。“社员联营集体”这样的企业所有制名称在中国没有过，那天到现在的温岭市工商局采访，当年的当事人告诉我：当时“社员联营集体”这名称完全是他们社队企业局给由社员联合出股的股份合作企业“戴”的一顶“不红不黑的帽子”。“为什么叫它不红不黑呢？是因为当时的形势还没有文件明确社员合股能办企业。1982 年，安徽的分田到户经验刚刚在全国铺开，但正是争议和阻力最大的时候。不用说，社员合股办企业的这种长期以来被看作资本主义的东西，肯定不能被工商管理部门认可。但在我们台州，这种合股联合办企业的情况已经很多了，我们的领导很了解这样的情况，他们思想真的很解放，所以当牧屿公社的农民王华林和陈华根等人持着公社介绍信来社队企业局登记他们的工艺美术厂时，我们一问他们是几个社员合股办厂，想来想去，干脆给他们登记成‘社员联营集体’这样一个名称。”工商局的同志这样解释当时他们为“第一个股份制企业”所出具的经营执照。

现在的温岭市档案馆和工商局资料室，都备有牧南工艺美术厂的那份“社员联营集体”企业执照档案材料，并且被有关部门视作考查中国股份制企业发展史的珍贵史料。我在采访中也有幸见到了当年为这个企业开具执照的当事人陈心鹤先生。是他当年在请示局长后亲手为王华林、陈华根开具的那份具有历史意义的“中国股份制企业”的第一份执照。

当年在县社队企业局登记“温岭牧南工艺美术厂”的厂长陈华根，现在是当地大名鼎鼎的企业家了，不过他的企业已经不叫“牧南工艺美术厂”了，而是名扬海内外的“宝利特”鞋业集团。陈华根是标准的农民，只是他有些文化，高中毕业后不甘心整年过“背朝太阳面朝黄土”的日子，所以脑子灵动些，于是想做些生意过好日子。那年他在十一届三中全会精神和安徽小岗村农民分田到户的鼓舞下，想与村民王华林一起办全合股企业，谁知到县里登记时碰上了“好人”陈心鹤等人，所以他的“社员联营”企业竟然被批了下来。“后来县上的工商管理部门吩咐我们，说这是股份企业，上面没有精神说可以办，我们是冒了风险发你们执照的，你们千万不能声张，悄悄干就是了。我们一听当然就不敢声张了，干了两年后，发现全县大部分企业都公开办成了股份制企业，于是我们在1984年后也正式更名为股份制企业。后来我专心搞鞋业，就把企业更名为达力宝鞋业公司。1996年又改名为宝利特鞋业……”陈华根说。“宝利特”现在是中国鞋业界的龙头企业，一年所生产的鞋子能够让全世界三分之一的人每人穿上一双。

但是，当我第二次到台州的临海白水洋采访时，碰到当年分田到户的积极拥护者、原临海双港区副区长王植江老先生时，他马上嚷嚷起来：温岭陈华根的牧南工艺美术厂绝对不能算“中国股份制企业”第一家，第一家应该是我们双港区办的双港金属薄膜厂和香料厂。“不信，你可以去查1980年8月5日的《浙江日报》。那天报纸的第二版上就有一则 400 字的报道，报道了我和区委书记卢凯参股支持办企业的事。这事后来弄得好大好大，《浙江日报》专门开辟了'经济政策讨论会'专栏，闹了两个多月，谁都知道，不信你问《浙江日报》的人！"王植江没有瞎说，《浙江日报》确实在 1980 年 8 月 5 日这一天的第二版报道了当时的台州临海县双港区委书记卢凯和副区长王植江为解决社员联办企业——金属薄膜厂资金不足的困难，带头把平时积蓄的钱投资入股的事。干部带头入股，这在 1980 年被省级党报公开报道，不炸开锅才怪！

"其实，我们台州办股份制企业的事，比任何地方都早，20 世纪七八十年代已经非常普遍了，最早捅到外面去的要算我们双港区的做法。《浙江日报》的那次大讨论也是被捅出来后的一个焦点。"王植江一谈起自己的"光荣历史"，总是慷慨激昂，指手画脚，一脸童真。据王植江介绍，当时他所在的双港区与台州其他地方的社办、村办企业一样，存在的最大问题是产权不明晰，导致管理水平和效益低下，加上资金投入无通道，当时全区的 86 家企业，有 60 家到了奄奄一息的地步。而另一方面，农民们分田到户后的热情空前高涨。在这种情形下，推出股份制经济形式来促进原有的企业发展已成一种必然趋势。

"政府没有资金投入，吸纳社会资金，使企业恢复元气，提高效益，然后有利共享——这是我们在当时能找出的客观条件下使乡村的那些处于半死不活的企业走出困境的唯一途径，所以才有了搞股份制的想法。从某种意义上说，这是被逼出来的事。"王植江说。他们区第一个进行股份制的企业是区原所属的金属薄膜厂。在论证金属薄膜厂时，都认为企业产品在当时用途会很广，效益肯定不借。办厂的资金经核算，需要投入 18000 元。区委、区政府决定这回金属薄膜厂以股份制形式来办，于是张榜公布，每股

500 元，一年后工厂拿出 20% 的利润按股分红，并鼓励机关干部和社会上任何人都可以成为股东。当时第一个投股人叫何虎保，他是一位校工，但在何虎保之后就没有人再投了，原因是社会上议论很大，有人说这样投股是搞"资本主义"，用不了多久就会被上面没收了。大家很害怕，没人敢再投了。一直拖到八月份，分管企业工作的王植江便向区委书记卢凯汇报，说群众顾虑大，要不我们干部带头入股。卢凯是个思想非常解放的书记，当年皂树村分田到户就是他在后面支持。现在听王植江一说金属薄膜厂的事后，立即表态："我支持你，而且也要入半股，你也入半股。"王植江听后无比兴奋，说："好，我也凑 250 元。"于是双港区就有了书记区长带头入股办企业的事，而且在卢凯和王植江带头入股后的一个星期内，股票很快就卖光了，共有 200 多人参股，共计 40 个股东。

双港区金属薄膜厂于 1979 年正式开办，当时厂里添置的设备还比较先进。双港金属薄膜厂其实是个很小的企业，但由于区委书记与区长的入股，使得它名噪一时，整个浙江省都知道了这件事。当时有赞成的，但批评和反对的占了上风，多数的人则在中间观望。反对和批评的人认为，国家干部的工资是国家发给你用于生活消费的，现在你卢凯和王植江却拿去投资入股，而且还要分红，这不把国家给的工资变成了资本吗？这符合马列主义吗？这不是剥削是什么？《浙江日报》的大讨论也由此展开。在长达两个多月的争执中，参加的基层干部、学界专家都有，大家众说纷纭，反对和支持的态度都很鲜明，而浙江省社会科学研究所方民生 10 月 8 日发表的一篇题为《不可滥用资本主义和剥削的概念——谈谈我对双港区委书记投资办厂问题的看法》文章，则在这次轰动一时的大讨论中格外引人注目。方民生的文章从理论和实践上阐明了"双港区委的同志投资办厂是符合党的政策，应当热情支持他们”。

《浙江日报》的大讨论，从整体势态看，反对的和赞成的，各占一半，最后报社也没有断定谁对谁错，聪明地将结论留给了未来和实践。

“我们基层干部和群众相信实践是检验真理的唯一标准，所以上面大讨论，我们下面是大干。到 1981 年时，仅我们双港区就相继办起了 26 家股份制形式的联户企业，整个临海县的股份制企业则达到 518 家。真有点星火燎原之势。”王植江老人谈到这儿，眼睛里发着光。

采访中我发现，台州的股份制到底谁是第一家，其实很难确定。但有一点则是毫无疑问的，那就是台州农民以股份形式开办企业，“文化大革命”前有之，“文化大革命”中有之，十一届三中全会前后更有之。到 1985 年中央文件上第一次出现“股份合作”字样时，整个台州的多数企业，其实基本上都是实行股份合作形式。十几年后的世纪交替之时，当专家带着“股份制经济对中国经济会产生何种影响”的问题而走进台州考察时发现，这里除了一些如电力行业等极少的企业是国有外，已经几乎看不到国有经济时，惊恐不已，悄声议论：这台州还是不是社会主义的天下？台州人感到十分好笑，并且理直气壮地回答他们：我们台州怎么不是社会主义？我们台州的所有企业和台州人对国家的贡献每年都以两位数的速度在增长，难道我们还有错吗？

实践证明台州人没有走错路，而且他们的经验影响了今天的整个中国经济发展模式。台州人的股份制探索与实践，虽然开始是老百姓们为求生存，通过传统的“打硬股”形式进行原始的实践，后来不断完善和成熟，成为具有中国式的股份制经济模式，但它的核心和本质与西方世界所创造的现代企业的股份制经济形式，没有什么区别。如果说有一点点区别，那就是台州式的股份制，它源于民众，发动于百姓，生存于自然，得益于政府和党组织的支持与扶植，因此它更具生命力。因而它也就是中国特色的社会主义股份制的最初形式。

说到这里，我们不能不重点提一下原中共台州地区黄岩县委下发的那份题为《关于合股企业的若干政策意见》的［1986］69号文件，这是中国地方党委、政府关于股份合作企业的第一个政策性文件。

黄岩因蜜橘和模具而闻名中外，黄岩的名声过去远远超过台州。黄岩现在是台州的一个区属单位，正是因为黄岩在外界的名气大，而当十多年前台州市由地区改为市时，黄岩县不得不改成黄岩区。黄岩人为此曾经抗争了近两年时间，甚至采取非常极端的行动企图阻止黄岩“矮化”的进程。黄岩人为自己曾经辉煌的黄岩历史和黄岩品牌，经历了痛苦的“改名期”。这是另外的话题。说到台州的股份制经济，无论如何也不能不说黄岩这块土地，因为台州的股份制经济，其声势和规模在黄岩是最广泛和最深入的。这与黄岩历史上的商品经济发育比别人早和成熟有关。黄岩南邻温州，东有临海的台州港湾和海中宝地大陈岛，腹地有永宁江与椒江两大流域，特别是历史上有名的路桥，是浙东最著名的商品集散地，现在我们所知道的浙江义乌市场，其“祖师爷”就是路桥市场。百年前，路桥市场就在浙东名气很大，20世纪80年代时的路桥市场已在全国通商时，义乌市场仅有几条街的路边摊位！

原中共黄岩县委下发那份《关于合股企业的若干政策意见》的［1986］69号“红头文件”之前，黄岩的股份制经济形式早已遍地开花。那天我到黄岩区委，原农工部的几位老前辈早早地在会议室等候接受我的采访，他们现在都是退休的老同志了，但一谈起当年的股份制，兴致依然高昂。

“我敢说，真正推广和实践股份制的要算我们黄岩最早、最广！”一位老“农工委”领导抢先说。

“为什么？”我善意地笑着问他。

“因为像玉环、临海等地方搞股份制是群众自发性的居多，而我们黄岩从一开始就是在政府和县委的支持下推广实施的。”

“此话怎讲？”

“因为黄岩历史上有路桥市场，这里的人商业意识强，商业活动的能力更强于别人，从古至今很会做生意。即使在计划经济年代，黄岩因为有名扬天下的蜜橘和模具，做生意的人就有不少。我们的乡镇企业在七八十年代，就与绍兴的水平不相上下。可由于我们处在台州这个地方，交通比较封闭，外来的资金很少，而当地企业又要迅速发展，资金怎么解决？国家和政府没有钱，所以集资合作便成了一条必由之路。”这位老同志随手拿出一沓复印的材料给我看，“这是一个香料厂当时的群众入股收据凭证，你可以看看……”

我接过复印件，在一张张“收款单”上，清清楚楚地写着某某人“交入香料厂投资款”，或100元，或50元。交款的时间是“1972年”8月和9月……

1972年是什么年代？是中国绝大多数地方还处在搞“文化大革命”的岁月，那时多数人连乡镇企业为何物还不是很清楚，台州的黄岩人竟然已经在明目张胆地干起了投资办厂的事！

“农工委”领导说：“我们能这么干，主要原因是，当时乡办企业出现了问题，产权不清，职责不明，吃大锅饭，群众意见很大。比如有的集体企业名义上是集体的，可厂长一人说了算。集体企业的厂长或者供销人员，掌握着厂里的购进原料、销售产品的大权，他们熟悉购销渠道，明着干集体的，偷偷又办起自己的个体厂，而把一些私人企业的原料费、出差费弄到集体企业来报销。搞来搞去，集体企业亏损，个人腰包鼓了。这种‘富了和尚穷了庙’的情况在乡办、村办的集体企业中非常普遍。为了解决这些问题，我们的地方党委和政府想不出其他办法，认为只有从产权所有制和职责上分清，才能使企业集体有活力，否则乡办、村办企业只有死路一条。之后，我们在办新的企业时，采取集体投资与个人投资的合股形式。这样办的好处是，共同投资，共同占有，共同劳动，共担风险，共享利益。后来发现，凡是这样的企业，效益都很好，集体、企业经营者和投资人三方皆大欢喜。我们的领导同志很讲实事求是，很开明，说啥革命不革命，啥社会主义资本主义，能让集体富强起来，能让老百姓过好日子，我们就支持干！台州从六七十年代到 80 年代能有如此普遍的股份制经济形式，就是因为我们的领导思想开明，不唯上。”

在黄岩采访时，区委的同志给我找到了一份所谓“中国第一号”官方“红头文件”，此文件是时任黄岩县委书记孙万鹏主持起草的。他在文中说：“在黄岩进行的几个月调查中，令我陶醉的是一种新的极富生命力的经济模式——股份合作制在黄岩萌芽。但当时我深入听取各方面的意见时，发现这个问题远不是我所想象的那么简单。一些好心的同志劝我说：‘它是一条高压线，别碰它，风险太大了！’原因在于，它涉及‘姓社姓资’的敏感问题，至今还未见到全国各地有一个地方党委正式发文表态支持的；从理论界的同志那里了解到的信息是，北京一些大学的权威经济学教授明确认为，‘股份制就是私有制’。而黄岩县委农工部所进行的系统调查与我个人的调查都表明：股份合作制几乎是解决当时企业资金困难的最有效途径，对促进黄岩城乡经济发展起了积极作用，老百姓几乎没有不欢迎的。这样一件大好事，为什么我们不支持呢？于是我和当时的县长王德虎商量，决定从实际出发，制定一个系统的政策文件，满腔热情又脚踏实地地推进股份制与股份合作制的发展，解除群众的后顾之忧，做百姓的靠背。为了承担这种政治责任，我还和王德虎击掌而盟：出了问题，我俩承担！但我们坚定地相信，霜雪之后，必有阳春。后在县委农工部同志的参与努力下，1986 年 10 月 23 日，我们黄岩县委、县政府正式发出了现在被誉为中国第一个地方党委、政府颁布的关于股份合作制的系统政策文件，即《关于合股企业的若干政策意见》，从此黄岩的股份制经济得以迅速发展，蔚然成风……”

如孙万鹏所言，有党委和政府的“红头文件”支持，黄岩的百姓像吃了秤砣铁了心，于是股份合作制企业如四月里的雨后春笋……

与此同时，随着股份合作企业的生机勃勃，原有的那些集体企业也被推到了前台。由于计划经济留下的种种体制上的弊端，纯粹的集体企业和国有企业该向何方发展，成了又一个突出问题。这样的企业，如果再投入，有没有发展前景，是个问题。让其自生自灭，损失的是国家和集体，似乎让哪个领导出面承担这样的责任也不太客观。怎么办？党委和政府又面临一个新课题。

黄岩的金清区是该县乡镇企业最多的地方，遇到的这类问题也最突出，急需一种办法解决。在台州地委和黄岩县委支持下，金清区大胆提出对那些政府没能力再投入，又缺乏管理人才使之起死回生的企业，实行“拍卖”。

这可是在 20 多年前的 20 世纪 80 年代啊！“拍卖”二字，等于彻头彻尾的“国家和集体财产变相到私人手里”，这是社会主义吗？这样一来红色江山还算是共产党的吗？金清区的“拍卖”消息一传出，震动黄岩和台州的每一个角落，也波及邻近的温州和宁波。好在浙江人此时都钻在“钱眼里”，看热闹的务实的人，比疯狂的失去理智的那种“左”派人士多得多，所以金清区的“拍卖”，引来更多的是热切的关注和兴趣。

1988 年 4 月 18 日，这个日子在中国改革开放的历史上还没有记载，但现在看来应该补上它，因为这一天在中国台州的黄岩县金清区，新中国历史上第一次将一个国有集体企业放到了“拍卖”场上。

这一天，金清区公所的拍卖现场，能容纳200人的会场，挤满了参观竞拍和看热闹的人，连走廊里都人头攒动。上午9时30分，拍卖开始，三位买方代表随即展开了紧张激烈的轮番叫价，一直较量到23回，最后由徐正坤所代表的6位股东以169.1万元的价格，购得黄岩县轮窑厂。

轮窑厂当时是金清区最大的社办企业，也可以说是金清最大的“国有”企业，连“最大”的国有企业都敢“卖掉”，这金清、黄岩乃至台州还有啥“国有”不能“卖”的？啥不能“股份制”的？老百姓在喜笑颜开地议论着，在欣喜若狂地询问着自己的干部和领导……干部和领导们你看我、我看你，最后眼睛一起看市领导……

“有什么看的？只要符合邓小平同志讲的‘三个有利于’，我看‘改制’和‘卖掉’都可以嘛！”时任台州市的主要领导在干部大会上，回答得清清楚楚，而且底气很足。

台州人的股份制经济浪潮如滚滚东流的长江之水，奔腾不息，一发而不可收，远远走在其他地区的前面。

1993年，日益崛起的台州人需要一条高速公路通向他们期盼的致富前方！自行建高速，钱从何处来？政府有些为难了。百姓说：政府修高速，为的是咱台州经济发展和老百姓的富裕生活，政府没钱，我们合股出钱！

好啊！既然办企业可以搞股份制，为什么修高速路就不能试一试用股份制形式呢？市委、市政府领导一合计：干！前人没有走过的路，后人就该趟一趟嘛！

“修高速、搞股份”的消息一出，台州各界大亨们纷纷响应。于是数亿元资金不日聚集到位。原本计划三年修完的全长82公里的台州境内的第一条高速公路仅用半年时间就完工了，它的建成通车，如给勇于创富的台州人的双脚添置了飞轮，台州经济和台州社会从此进入了一个全新的历史……

之后的台州股份制，如排山倒海之势，进入所有的经济领域，甚至包括教育和卫生部门……2000 年 1 月 1 日零时零分，第一缕曙光最先照射到中国陆地的地方是台州的温岭市石塘镇。“千年第一曙光”落脚台州石塘的新闻，通过央视现场直播，传遍五湖四海。那时，来台州的人越来越多，认识台州的人也越来越多。所有来到台州的人，均被生机勃勃的当地民营经济所震惊和振奋，他们通常会时不时地问当地人一个敏感的问题：你们这儿还有没有国有企业了？

台州人会十分自豪地告诉客人：我们在 20 世纪 90 年代就基本上没有国有企业了。台州的百姓这么说，台州的干部和市领导也这么说，没有一丝的顾虑。因为他们不需要顾虑，他们知道，虽然这里基本没有了国有经济，但这里的天下仍是共产党的，仍是社会主义的，这里为国家所做的贡献是改革开放前的二十几倍！

30 年所走过的历史告诉世人：中国的第一批“股民”，源于台州，源于田埂上那些想发家致富的台州农民们！

第四章　一台补鞋机掀起的“中国制造”巨浪……

很多年前，民间就有两句传说，叫作：哪里有市场，哪里就有温州人；哪里没有市场，哪里就会出现温州人。

温州人很有个性，他们知命而认命，信命而不受命，他们总能从没有市场处找出市场，从乱花渐欲迷人眼的混乱中寻找商机，从鲜为人知的边缘经济的夹缝中杀出一条血路，从而创造了人人皆知的现代经商神话。

温州人还有一个特点，他们除了要比自己的邻居富有之外，没有别的使命。赚钱和比邻居更富有的欲望，控制了他们的全部思想和行为。

而以上的性格决定了温州人抢占邻居的“便宜”及喜欢张扬的个性。温州人从来都喜欢标榜自己，他们即便干着最粗重的活儿、吃着最不能忍受的食物，也从不放弃向外宣传自己是温州人，这一点让人格外敬佩。

近邻的台州人则不一样。除去因为过去没有多少人知道“台州”这个地名外，还有一层更重要的原因是，历史上的台州是“贬谪之地”，故而这里的人不愿声称自己是台州人。笔者本人就遇到过这样一件事：十几年前，我正在编著一套《中国英才》丛书，那时我知道北京的红桥市场已经有了一个很具规模的浙江人开的珍珠市场，因为那时经常在报上看到外国政要到中国访问，会到红桥市场买中国珍珠，比如英国首相撒切尔夫人、美国总统克林顿等。有一天，我在编辑部见到一位长者前来拜访，他操着一口浓重的浙江话，他说他是在红桥卖珍珠的温州人，他掏出一张名片给我，从此我知道了这位叫陈宜根的长者，他就是在北京红桥市场名气很大的“珍珠大王”。

因为陈宜根一直称自己是温州人——很惭愧，那个时候我还不知道中国有个台州。老陈后来被选入了我编的《中国英才》丛书。他的事迹很不简单，即使是现在，不用看介绍他的事迹文章，我也会说出个大概：他老家盛产珍珠，1987 年时，年已花甲的陈宜根带着儿子独闯北京，父子俩先在北京革命历史博物馆三楼租了一个柜台，做起了珍珠生意。之后又搬到红桥农贸市场，摆下了浙江人在北京开设的第一个珍珠项链摊位。不料陈老先生的珍珠生意越做越红火，并成为京城一景。那时即便是首都的老百姓生活也很一般，开始爱美的女同志们能有一条价格在 100 元左右的珍珠项链是件十分惬意的事。陈宜根的生意就这么火了起来。后来他带着老伴、女儿、女婿和外孙女一起都进了北京，之后又把村里的人、邻村的人都带到了北京，“温州人”在京城卖珍珠卖出了名。1992 年，陈宜根把珍珠弄进了人民大会堂展出，中央领导和夫人，对陈宜根他们的珍珠大加赞赏，有中央领导还为陈宜根亲笔题写了“珍珠大王”四个字。陈老先生很会做生意，他把与领导人的合影和人家给他的题词往小摊上一放，于是那些逛红桥商场的国内国外的游客纷纷慕名而来。后来他的珍珠摊位，成了外国总统参观红桥市场的必到之处，尤其是随访的总统夫人们对又便宜又光艳的中国珍珠更是爱不释手，更使陈宜根这个“珍珠大王”的名声威震四海。他带的一批浙江徒弟有的成为国内外名门望族的常客，如白茹芳、童建红、茹培培等“珍珠女”现今都成了跨国公司的大老板。

因为写此文，我到了陈宜根老家温岭采访，才知我十几年前就认识的这位“温州人”，原来竟是台州人！

“过去在外经商的温州人中至少有一半是我们台州人。那时台州没名气，我们说了自己是台州人，别人会再问台州在哪儿，有的甚至以为台州是不是在台湾。所以久而久之，在别人问我们是哪里人时，就不说台州人了，干脆说自己是温州人。台州人吃亏就在这里，在前二三十年里一直是这个样……”台州人谈起这事，至今仍有些苦涩。

“可我们台州人比任何一个地方的人都务实肯干，性格里有股硬劲，从不好高骛远，也不好大喜功。追求富有，改变贫穷命运，是支撑我们自身的一种精神力量，也是我们日益进取不竭的动力源泉。一般的台州人都会有一颗雄心——因为过去我们都很穷。”有位台州经济学家这样说。

他的话使我联想起一则法国故事：传说有位法国年轻人，他从小很穷。后来他以推销装饰肖像画起家，在不到 10 年时间里跻身于法国五十大富翁之列，成为一位年轻的媒体大亨。不幸的是他因患绝症于 1998 年去世。在他去世后，法国一份报纸刊登了他的遗嘱。在这份遗嘱里他说：“我曾经是一位穷人，在以一个富人身份跨入天国的门槛之前，我把自己成为富人的秘诀留下，谁若能通过回答‘穷人最缺少的是什么’这一问题，猜中我成为富人的秘诀，他将得到我的祝贺，我留在银行私人保险箱内的 100 万法郎，将作为睿智地揭开贫穷之谜的人的奖金，也是我在天堂给予他的欢呼和掌声。”这家报社后来收到 18000 多个人寄来的答案，这些五花八门的答案大概分三类：一类认为穷人最缺少的当然是钱，有了钱穷人便不再穷了；另一类认为穷人之所以穷是因为没有机会，有了机会就可能不再穷了；再一类认为穷人缺少一技之长，有了一技之长就可以改变贫穷。也有人说穷人最缺少的是帮助和关爱。在这位富翁逝世一周年的时候，律师和代理人打开了这位年轻富翁的私人银行保险箱，公开了他的致富秘密。他认为：穷人最缺少的是成为富人的雄心。有一个年仅 9 岁的女孩猜对了，因此获得了 100 万法郎。这个女孩在领奖时说，每次我姐姐把她 11 岁的男朋友带回家时，总警告我说，你还小，不要有什么雄心！于是我想，也许雄心可以让人得到自己想要得到的东西。所以我想穷人最缺少的可能是成为富人的雄心吧！

在 20 世纪七八十年代的中国，也有不少这样的女孩子。她们无论在炎热的夏天，还是在寒风刺骨的冬季，三三两两地散落在城市的每一个马路边，或者商场的路口和学校的校门前，她们的身边，是一台手摇的补鞋机，几乎席地而坐的她们以最低微的姿态、最热切的期待，招揽着每一个需要补鞋或者捎带擦鞋的人。这种情形在北方寒冷的冬季居多。在那个多数中国人还不知道做生意，甚至把生意当作“资本主义”的改革开放初始阶段，我们到处都能看到这些“补鞋匠”，他们遍布全国各地很多城市的街头……这样的“补鞋匠”，有姑娘，也有小伙子，有三四十岁的小媳妇，也有四五十岁的庄稼汉。他们出现在我们的视野中，并且深深地烙在当时的中国人心中——因为没有哪类人能像他们那样不惧风寒、不辞辛苦。当第一辆公共汽车驶过行人稀少的马路时，路边的补鞋机和补鞋人已经静静地守候在那里；当风雨交加、寒气逼人的夜晚驱赶着街头的最后一位行人时，你只要想补鞋，就会找到马路边或公共汽车站边的补鞋匠，他们正在那儿等待你……在那个年代里，我在北京多少次看到冬天的寒风里或者是沙尘天的黄昏下，那些在街头补鞋的“补鞋匠”，一手捏着鞋，一手握着针在为别人掌鞋。他们只收一块钱，有人看着他们可怜，想多给一块钱，可“补鞋匠”们会毫不犹豫地把多收的钱还你。对这样的情形我几次觉得不可理解，于是有意前去问“补鞋匠”，他们的回答让我更加吃惊：“这回多收了你的钱，下次让我怎么再跟人做生意呀？”

浙江人在绝大多数中国人尚不知做生意为何物的年代，就已经在神州大地的每一个角落开始了为赚一分钱而不顾艰辛、不知疲倦的人生轨迹。浙江人做生意不怕吃苦，勤奋精明，当然后来也出现了“浙江人做假货”的一阵风潮——必须说明，是极少数的浙江生意人败坏了声誉。

从风靡全国的“补鞋匠”到撼醒中国民营经济并形成举世瞩目的“浙江精神”，温州人扮演了前台的主要角色。然而中国人至今仍然并不清楚在这影响中国现代化进程的“浙江精神”中，其实最重要的角色应该是台州人，因为在当年的众多“温州补鞋匠”中，至少有近一半人是台州人而非温州人；而更加重要的是，那台引领浙江人走遍全国并影响中国人共同致富的补鞋机，其发明人是地地道道的台州人！

制造第一台补鞋机的人叫管康仁。

我见到管康仁时，这位曾经引领浙江人走向富裕的“浙江制造”之父，现在住在他的老家台州市中心区的椒江区下陈镇的一个叫水仓头村的地方。椒江区原属黄岩市，这里有着传统的经商风气，民间经商之风在数百年前就很有影响，与下陈镇近在咫尺的路桥，是浙东有名的商贾重镇，历史上就很有名。那天我去见管康仁时，对一个现象很吃惊：在弹丸之地的下陈镇水头仓村，竟然看到中国驰名、打下世界缝纫机七分天下的“飞跃”“杰克”等几十家缝纫机厂！

现在的管康仁管着一家很小的缝纫机企业，每年生产约 2 万台缝纫机，与如今年生产已达百万台、销售额超 100 亿元的“飞跃”等企业相比，管康仁的“求精针车有限公司”，既显得落后又显得很不起眼，但在台州，在有“世界缝纫机之王”美称的水仓头和台州下陈镇，谁也不敢轻视管康仁。1941 年出生的管康仁，对我的来访感到有些突然，他在那间窄小脏乱的办公室外接待我时，第一句话便问："你大作家怎么不到'飞跃'那儿去，来我这儿干吗？我这里没啥可采访的……"当我告诉他"到台州，不采访你这位'浙江制造之父'就是对历史不负责任"时，他老人家显得很激动，忙说："我有啥值得你劳神的？实在没有啥说的。"

"就说说你当年怎样搞出第一台补鞋机的。"我直奔主题问他。

管康仁显然动心了，这可能正是他一生最得意的事之一。"这个可以讲讲。"管康仁的脸上露出了一丝微笑，看得出他对自己的现况并不满意，对自己的历史倒是另一番态度，并且一说起来便滔滔不绝：

"我高中毕业后到了浙江水泵厂工作，可是不到一年就碰上了国家精简国营和集体企业职工的政策。我父亲中华人民共和国成立前到了台湾，又是国民党员，还当过校长和保长，所以我这样出身不好的人就成了第一批精简的对象。1965 年我回到了家乡下陈水仓头村。因为在我们这个地方的农村，过去就有'扁担两头尖，出门针线鞋'的传统，就是在农闲时，许多人挑着担子外出当手工补鞋匠，赚些钱补偿生活不足。还有一种生意就是挑担卖豆腐，可卖豆腐受天气和时间等条件的影响，相比之下，补鞋生意更适合走得远些。但因为是手工补鞋，又慢又粗糙，尤其是天寒地冻季节，外出补鞋格外辛苦，钱也赚得少。我在水泵厂时就爱捣鼓，特别是对缝纫机械的修理蛮热心钻研，拆拆卸卸，掌握了一些缝纫机的构造和修理技术。当时还不敢说自己制造缝纫机，可看到乡里乡亲们外出手工给人补鞋很辛苦，赚钱又不多，就想能不能搞个机器代替手工补鞋。如果成了，可以减少乡亲们的一针一线缝补的辛苦。于是我就先从路桥市场上买回些旧钢板、铁皮和螺丝什么的，开始利用劳动之余，一个人躲在家里、关上门，敲敲打打，捣鼓起来，没多长时间补鞋机就出来了。不是我聪明，因为补鞋机的基本原理就是缝纫，靠机械操作代替人的手工缝补，所以我把自己掌握的那点对缝纫机构造知识搬到了相对简单些的补鞋机上。成功后，我很惊喜，先是把自己家的一双双破旧的鞋子拿来缝补，后来又试着把邻居的鞋也补了，而且针脚比手工缝补的要好，快更不用说了。机器补鞋至少比手工缝补快几倍，用这样的补鞋机外出做生意，一是省去很多手工缝补的辛苦，二是哪里都可以去，这样可以赚更多钱。第一台补鞋机搞出来后，我兴奋得很，心想如果多做几台卖给那些经常外出补鞋的人，他们一定非常欢迎。这样，我就白天参加生产队劳动，晚上就偷偷在家里关起门敲敲打打起来，制造第二、第三台补鞋机……”

“你有制作车间和模具什么的吗？”

“没有。完全靠手工敲打出来的。”

“手工能敲打出来吗？”我想起20世纪80年代初在北京街头随处可见的那种与缝纫机差不多的补鞋机，觉得它还是蛮复杂的一种机械，于是便问管康仁老先生。

“能。没听说最早的汽车也是手工敲打出来的吗？补鞋机还是相对简单些。”管康仁很得意自己的技术，说：“我喜欢捣鼓机械，特别是缝纫机制造，再复杂也难不倒我。可惜我对现在的电脑缝纫机不感兴趣，他们搞的那一套我不喜欢……”管康仁指指窗外，我知道他说的是同在水仓头村的“飞跃”等现代化缝纫机企业。看得出，管康仁是个非常有个性的人。

“你后来是不是就开始将做的补鞋机卖出去了？”

“是。那个时候，一方面我们农民穷得很，我家里也需要钱，另一方面我为了制造这补鞋机要时不时到路桥旧货市场上去买破铜烂铁等材料什么的，得花钱。另外我也确实想如果能把自己制造的补鞋机卖出手，赚点钱，好养家糊口。前后我卖了三四台，一台卖了本地的一位补鞋匠，两台卖到了温岭。”

“每台能卖多少钱？”

“三四百块吧！”

“赚点吗？”

“赚，赚二三百块一台呢！那时二三百块等于两三个壮劳力干一年农活的收入，蛮可观了！”管康仁又一次露出了笑容。

“后来呢？”

“后来就惨了……”老人的脸阴沉下来。“后来就有人知道了，告发到大队、公社领导那儿去，说我是破坏农业学大寨。”

“这哪儿跟哪儿的事嘛！”我觉得很荒唐，但荒唐年代就有荒唐的事。管康仁自己说，有人认为你管康仁自己偷偷做补鞋机不说你搞资本主义已经够宽大的，你还将机械卖出去，你这一卖就是鼓励那些不安心农业生产的人出去搞副业，你这不是破坏农业学大寨是什么？于是干部就把管康仁叫去办了四个月的“学习班”，最后把他所赚的1200元全部没收了。真冤，换了别人早甩手不干了，可管康仁觉得自己好不容易搞出了补鞋机，而且要货的人也很多，自己赚钱不赚钱是一回事，能够让自己的那些走南闯北的乡亲用补鞋机代替手工补鞋总归是件功德无量的事吧！他管康仁是个认死理的人，心想你们不让我在水仓头卖，不让我在陈下和黄岩卖，我就卖到温岭那边去……

“温岭那边的人活泛，用现在的话说，那边的人思想解放，敢干冒险的事。所以后来我把做出来的机器卖到了温岭的牧屿。”管康仁说。

“没有再被人发现？”

“我换了制造的方式。在自己家里做肯定不行，就是关起门再敲敲打打也会被人盯住不放的。我不在自己家里做，而是跟牧屿那边的合作伙伴联手干，我把图纸给他们，他们就在牧屿那边制造，再由他们卖出去。他们每台给我150元。做完一台，我再教他技术，就这样一直做了好几年，他们那边也就慢慢做了起来。牧屿现在是有名的制鞋业基地，就是那会儿我们打下的基础。浙江各地后来出了几千、几万的补鞋匠，布满了全国各地，就是因为他们手里有了补鞋机。别小看这补鞋机，这是我们浙江人致富的第一桶金。它的意义可不一般。你们都说浙江人或者说温州人是中国民营经济做得早、做得好的，说白了，就是因为我们浙江人靠一台补鞋机比别人先一步走遍了全国各地，先一步有了一些原始积累，先一步比别人知道啥叫市场。啥叫市场？就是我们这些补鞋匠到那儿补鞋时，知道那个地方缺啥日用品，知道了那里缺啥东西，就多了一个心眼想法去搞那些东西，因为我们出去补鞋的人到处都有，而且相互之间有联系，一封信、一个电话，就相互之间把商业网络给建立起来了。在补鞋的同时把一些北方缺的商品从南方调配过来，又把南方缺的货物从北方发到了南方，这样慢慢地形成了一种赚钱机会，慢慢地从补鞋变成了做贸易、搞企业。我们台州人和温州人是同步走向全国的，而最早的一批人应该说是我们台州人，因为浙江人的经商之风是从补鞋匠们开始的。补鞋能够形成风潮，就是因为有了补鞋机这个关键性的环节。补鞋机是我们搞出来的嘛！”

管康仁对自己的历史性贡献很是自豪。

我之所以特别敬佩这位时下在台州并没有多少光环的老人，就是因为他制造出第一台补鞋机的这份历史性贡献，对后来浙江民营经济和“浙江精神”的形成所起的奠基性作用。绝不要小视了管康仁当年的那台粗糙的补鞋机，在我看来，它的成功制造和之后在民间广泛的运用，直至造就了几万、几十万甚至上百万的浙江帮补鞋匠，其对浙江民营经济意义并不比当年英国的瓦特发明蒸汽机差多少。瓦特发明蒸汽机，使落后的欧洲乃至整个世界从落后的农业社会开始走向工业社会，人类的文明史从而以比以往任何时代都要快几倍、几十倍的速度向前发展。浙江补鞋匠遍布全国每个角落，他们以最原始的方式建立起的商业网络和商品意识，以及由此发展起来的中国民营经济模式，不仅影响了整个中国的今天，并且延伸到影响整个世界的今天。西方人认为“中国制造”已经改变了整个世界的经济与政治，甚至是文化和军事的格局。诸君想一想：这“中国制造”首先是从什么开始的？毫无疑问，“中国制造”应该可以说是从“浙江制造”开始的，而“浙江制造”又是从什么时候开始的呢？同样毫无疑问，是从“温州制造”开始的。可“温州制造”又是从什么开始的呢？温州人自已也毫无疑义地认为，是从“补鞋机”开始的。那么补鞋机是谁先制造出来的呢？是台州人，是台州的牧屿人最早向温州和其他地方疯卖补鞋机的。台州牧屿之所以能制造补鞋机，其首功当推管康仁，因为管康仁是第一位制造出补鞋机的人，并且把这种技术直接引入了牧屿，使牧屿后来成为制造和销售补鞋机的基地，再后来牧屿成了中外闻名的制鞋基地。台州温岭的牧屿这个地方很值得社会学家们去做更深入的研究，本文的前章已提及中国有据可查的第一个股份制企业是牧屿人干出来的。这第一个股份制业主陈华根从1万元起家，通过20多年的艰苦创业，已经发展到现在拥有占地108亩标准厂房和6000多名员工的中国民营企业500强之一。说来有趣的是，陈华根当年也是一位走南闯北的“补鞋匠”。他与同村村民王华森等四个农民一起创办的牧屿牧南工艺美术厂成为中国第一个领到正式“户口”的股份制企业，该企业干了没多久就改成了生产鞋子的厂子。原因是，牧屿这个出补鞋机和补鞋匠的地方的百姓通过补鞋赚得“第一桶金”后，开始由补鞋和卖补鞋机发展到制鞋业了。而陈华根是牧屿制鞋业的“领头羊”，他把企业的名字后来也改成了“宝利特”。这“宝利特”从制作低档鞋子到现在生产各种高档仿皮鞋等数十种产品，成为日产10万双鞋子的“中国鞋王”。牧屿这个地方除了陈华根的“宝利特”外，还有“雅迪”“远霸”“海王星”“天马行”“奥利莱”等众多著名制鞋企业，小小牧屿一年生产的鞋子，可以让每个中国人都能穿上一双。不仅如此，牧屿的鞋业还辐射到了周边的横峰、泽国和潘郎等镇，成为中国制鞋业的主要出口基地。

牧屿从制造补鞋机和销售补鞋机到最终成为闻名中外的“中国鞋业制造地”并非特例。在台州，像牧屿这样的“浙江制造”和“中国制造”可谓遍地皆是。

管康仁所在的水仓头仅是一个小小的自然村落，也许正因为第一台补鞋机是从这里诞生的，所以注定了水仓头的不平凡。

那一天采访管康仁出来，走在水仓头的那条狭窄的乡间公路上，我不免有些感慨：世界上那些曾经辉煌了近一个世纪的缝纫机霸主，怎么也不会想到，仅仅一二十年时间，他们彻底地败在了一群中国农民手里。这群中国农民便是来自台州的邱继宝的“飞跃”牌缝纫机、来自台州的阮小明的“宝石”牌缝纫机和阮积祥的“杰克”牌缝纫机等。你自然不会相信，在全世界每年近千亿销售额的缝纫机产业中，这个中国浙江台州的小小水仓头村就占了三分之二的份额！就说“飞跃”老总邱继宝，现在他的“飞跃”缝纫机，一年销售量达上百亿元，全世界一百多个国家都有他的“飞跃”。邱继宝在许多国家，享受的是最高等的待遇，一些国家的总统都认识他。有国家领导夸邱继宝是“真正的世界名牌”。邱继宝告诉我，他也是补鞋匠出身。如今身价百亿元的邱继宝在1978年党的十一届三中全会召开时，他正在中国北方的那个天寒地冻的街头，靠着一台补鞋机为过往的行人补鞋。正是这半年积攒下的几百元钱，使他回乡后动了想自己办厂的念头。而正是这一念头促使他第二年便开始做起了缝纫机零件的小生意，之后又办自己的缝纫机厂，一直办到现在。如今邱继宝家产过了百亿元，5000余人为他的企业做事，100多个国家销他的“飞跃”牌缝纫机，那缝纫机大的能做像球场一样的巨幕，小到能手提着作为“国礼”送给外国元首们。

我还认识另一位奇人，他至今也是几十亿身价的台州人，他在1983年也是个补鞋匠。因为他年纪小，别的补鞋匠都赚到钱回家办厂了，可他还刚刚迈出赚钱活养家人的第一步。为了多补鞋，他只身到林海雪原的兴安岭，因为他听说那里的伐木工人的靴子是皮的，伐木工人很少出山，靴子坏了没人补。于是他扛着补鞋机进山，白天走雪地，晚上住在人家的狗棚里，几次半夜里被野狗叼出来差点丧了命。后来他学精了，逢到雪夜没地方住，就帮人家补鞋，补鞋换得一宿。就这样，他只身在大兴安岭挣得了“第一桶金”——是用自己的性命挣来的那桶金。回家后他也办起了缝纫机厂，现在他的“杰克”牌缝纫机同样是世界著名的品牌，他便是水仓头村又一位名人，叫阮积祥。小伙子看上去仍然像个二三十岁的青年，整天一脸可爱的笑容。

台州还有一位传奇的人物，叫李书福，是有名的“汽车狂人”，中国民营汽车“吉利”的老板，五六所民办大学的老总。这位模样憨厚的农民，小时候就是挑着补鞋机满世界走的台州人，他现在搞的“中国制造”，把外国汽车霸主们搅得常常夜里做噩梦……

台州更有几位现在拥有几十亿资产的民间金融家，他们的发家初始，依然同样没有离开补鞋机。

台州人为浙江人制造了补鞋机，成全了浙江人发家致富的“第一桶金”。浙江人通过补鞋换来的“第一桶金”，办起了自己的家庭小厂，又把家庭小厂慢慢扩建成拥有一定规模的私有企业，有了企业就有了工业产品，有了工业产品就出来摆地摊交换成现钱，于是一个个像义乌那样的自由市场便出现了。市场渐渐变大了，全国的商人和全世界的商人都来做买卖，于是浙江人又开始从仿制到自制的阶段……后来生意越做越大了，他们就开始独立研制自己的产品，“浙江制造”从此一发而不止，并且把中国民营经济带动了起来，直到把中国的现代化进程推动得如此波澜壮阔……

这就是台州人——确切地说，是台州农民在30年前所掀起的那一波又一波惊天动地的春雷，这春雷如今仍在中国大地上回响着、回荡着……

补记　发现历史的意义

2006 年、2007 年到 2008 年初，我先后在一个过去根本不熟悉的地方进行采访，其缘由是时任浙江省委书记的习近平同志的一个提议：浙江是中国民营经济的主要发源地，应当请作家和学术界的专家们好好总结一下。于是我成了这一提议的主要执行者之一。

不少理论家走进浙江后，多数跑到了温州。温州的经验和“温州模式”早已摆在那里，无须着力就已经很完整。然而这不是历史的全部真相。

马克思说过，考察历史，必须追求真实，而真实的历史才是人类文明进步的起源点。

中国的农民永远是历史的创造者！从大禹治水、到陈胜吴广起义，从太平天国到韶山冲走出的毛泽东，农民革命一直在改变和推进着这个具有五千年文明史的大国的命运。今天我们看到的中国的现代化如此繁荣，而真正影响和推动这个现代化的繁荣进程的仍然离不开 9 亿农民。

我的结论源自我走进的一个农民创造了当代中国经济模式的地方，那就是浙江台州。过去我们对这块土地非常陌生，即使是现在，对许多人来说仍然是陌生的。但台州以另一个角色出现在当代，我们早已不陌生了。比如过去人们常说的“温州模式”，其实多数是台州人在支撑着这样一个“假温州、真台州”的现象；比如在全国影响广泛的最初的个体户形象，也是民营经济最早形式的“浙江补鞋帮”就是台州人创造的；比如第一个尝试农村股份制的是台州人；比如第一个搞农业新型合作社的是台州人；比如第一个民间银行的诞生也在台州；比如创办第一个民营汽车制造厂并做成名牌的也是台州人；比如第一个个人制造飞机的也是台州农民——这位农民虽然没有把土制的飞机飞上几千米的高空，然而他至今仍然在不停试验……够了，有这些现象和事实，足可以证明台州人的与众不同。

然而，既然台州人做出了如此伟大和了不起的丰功伟绩，为什么却一直默默无闻呢？著名学者、当了新华社《瞭望》10年总编辑的陈大斌给过我们这样的答案："台州改革与发展的特点，都是静悄悄地推进，一切都不事先声张，在快速发展的过程中，十几年间一直默默无闻。这与山水相连的温州形成鲜明的反差。温州人敢为天下先，大力发展个体、私营经济，经济发展上取得突出成果，而政治上却陷入了众矢之的险境。'复辟资本主义'的指责、批判，扑天盖地，有如黑云压城。有人说，改革开放的前十几年间，温州的航道上风疾浪高，雷电闪鸣。而近在咫尺的台州，却是悄无声息，没有任何'惊险动作'引起左邻右舍的关注。台州的航船在悄悄地绕过激流险滩。这是台州人审时度势做出的智慧的选择。"

这就是台州人的聪明与智慧所在。这也是台州人做了那么多伟大贡献而至今仍不被外界所知道的主要原因。

其实台州人并不只是因为看到左邻右舍当"出头鸟"的不幸命运，才收敛自己的"硬气"性格，而是他们自己也曾有过"血的教训"才慢慢懂得了"政治智慧"这四个字。

英雄有两种：一种是不顾一切地向前冲，结果还没有冲到目的地，就已经倒下牺牲了。另一种英雄也冲锋，可他一边冲一边在观察，结果别人牺牲了，他则成了冲到顶峰的继续生存着的英雄。台州人属于这样的英雄。而这样的英雄有时不被历史和他人所标榜，无可否认的是这样的英雄才是真正的历史推动者和历史继承者。牺牲的英雄可以将历史定格在一个悲壮的画面上，而活着的继续在努力创造着的英雄则可以将历史推向更辉煌、更文明的新时代。

天台山脚下的一位老人告诉我：1951 年，第一次获得土地的台州农民最先联手办起合作社，结果 1952 年使得这里的农业大丰收，于是大办农业合作社成了全国性的让毛泽东同志极为欣喜的一件事。浙江因此也成为全国办社的先进省份。但到了 1953 年、1954 年，办社就出了问题，那些中农有意见，说拼起来种稻没有谷，合起来养猪没有肉，于是他们要求退社，而且有的地方退社后发现谷也多了，肉也能吃到了，农民们因此纷纷效仿。上面的一个领导也支持这事，提出办社的调整思路。毛泽东知道了，怒斥是“小脚女人”，并再度号召“书记动手，全党办社”。于是全国一哄而上，中农也被大批特批。后来是统购统销，农民的自主权基本被剥夺。1957 年，农民开始闹事，因为他们发现交了公粮后自己吃不饱肚子。带头闹事的就是台州的仙居人，一时间这个县的合作社全部垮掉了，一些坏人借机兴风作浪，把政府的牌子都砸了，再度惊动中央……自古就有硬气性格的台州从此再不敢在政治面前碰硬了。他们开始以另一种方式进行着自己的革命——想明白了，悄悄干，干对了也不说。这样的行为的结果是：台州人空前地收获了实惠。

只干不说，静收实惠，于是就成了台州人自我发展、自我保护的传代经典经验和处世方式。

“以往一直需要国家大量返销粮的台州人竟然在混乱的‘文化大革命’中没有饿死一个人。”我问台州人是什么原因时，他们笑着告诉我：“全国工人在造反打架，我们台州农民在家种粮生娃。”

智慧的台州人已经老道起来了，就像得了天台山上那些隐士的真传。

种田人知道，种什么样的田，就有什么样的收成。“人民公社”之后，农民们种田的自主权其实被彻底地剥夺了，被剥夺了种田的自主权的农民等于没有了天生的能力，时间一长，就没有了进步。而在地薄人多的山区，没有了自主权的农民就只能靠国家来养活自己。笑话！农民们对这样的寄生生活自己也不满意，加上返销粮还常常不够和不及时，饿肚子的日子是难过的。走出大山到政府去闹事？去造反？农民们最后选择的不是这些，而是“土地革命”——把集体的地分了，分给各家各户种，结果发现他们基本能丰衣足食了。这等好事怎不做？再说，山高皇帝远，没人说就没人来管——皂树村的老百姓和干部们在山外的世界都忙着大批“资本主义”时，他们却瞒天过海地进行着彻头彻尾的分田到户。这样的日子竟然使全村的人在国家没有返销粮的年份里照样可以养活了全村人，于是他们认为这没有啥错，符合毛主席说的“自力更生”。慢慢的日复一日、年复一年地成了习惯。再后来，周边的村子也悄悄地跟着学，一直把几个村、几十个村和两个公社的农民们全都带动了起来，所以等到 1980 年 9 月中共中央以 75 号文件向全国转发了总书记胡耀邦同志主持农业工作座谈会的纪要文件——《关于进一步加强和完善农业生产责任制的几个问题》之后，那个报道安徽凤阳小岗村分田到户的新华社记者的长篇通讯《中国，有这样一村庄》发表时，浙江台州的农民们带着半嘲讽的口吻说，小岗村人做的事，在我们这里早已成了历史。也就是说，被写入中国改革开放史的 20 世纪 80 年代初在我国农村掀起的一场最让 9 亿农民们激动的分田到户、承产包干运动，在台州相当多的地方根本就没有溅起一点儿水花——原因是这里的农民早已把地分光了！

比小岗村和其他地方的农民们早承包、早分田户的台州人，在别人还在忙着争论分田到户到底是社会主义还是资本主义时，他们又悄悄地离开家乡、离开庄稼地，开始向外乡、向城镇做起买卖来了——第一批穿村走街的补鞋匠、卖糖换破烂的货郎担延伸到江浙各地，随之到了全国所有角落……

“你们是哪儿的？”当货郎担和补鞋匠出现在全国各个角落时，有人好奇地问他们时。这些人告诉大家：我们是台州来的。

台州，台州在哪里？台州？是不是在台湾哟？什么，你们是台湾来的？是不是台湾特务？坏人！特务！竟然一时间在外补鞋、做货郎的台州人，连连被莫名其妙地关进了派出所和监狱。

台州人再不敢轻易说自己是台州人了。这个时候温州人跟着也“资本主义”起来了，而且温州人性格外向，“我们是温州人”。温州人因此有了好名声。于是与温州连山连水的台州人干脆也跟着说“我们是温州的”。结果是：他们不再被人莫名其妙地关起来、吃官司。

温州人的名声越来越大。台州人默默地在80年代、90年代下的“温州热”中茁壮地成长与发展着，而从20世纪90年代后期开始，当“温州人”和温州货及“温州模式”被举国臭骂或抨击时，台州人则聪明地躲过了一次又一次的劫难，毛发未损地照旧按自己敢作敢为的方式在自己的土地上和自己的经营世界里，不断往前冲锋，向前行进，直到把一个默默无闻的台州市建成硬朗朗的现代化城市和全国民营经济最繁荣、最坚强的地方……

这就是台州的一部当代改革史。简明爽朗，智慧诙谐，从从容容，遇险不惊，最终变得光辉灿烂。

多数中国人没有去过台州，而且可能多数中国人还不知道台州这个地方。但今天去过台州的人几乎没有不被那里人的改革精神和思想解放精神及那里的民营经济所震撼！

本来我是要写一部关于台州的大书的，后来因为工作关系没能完成，但我的采访任务完成了，并且前后去过那里5次，记录下了厚厚的5本采访记录，在我书房里有几大包关于台州的书籍和材料，它们已经伴随了我三年多时间……至今我仍然时常感到台州之风的灼热与台州的温度。许多台州的当代人物和他们的敢作敢为，时常在我的眼前闪动，不用翻阅采访本，我就能说出他们的名字，说出他们的事迹——

农民阮小明，从补鞋匠起家，一直把"宝石"缝纫机做到全世界，在亚非拉的许多国家，只要他阮小明出现，那个国家的总统就会亲自迎接他；

农民叶仙玉，能够让曾经名噪一时的北京"雪花"冷柜从市场上消失，而他的"星星"牌冷柜后来则成为中国的"冷柜之王"；

农民张小赧，1971年时他就聚集了24个农民兄弟凑钱"打硬股"，成为一家戴红帽子的私营企业，在前七八年里他屡遇失败却从未挫伤办厂发财的理想，在后30年间他把企业建成全国同行之首，如今他的"三友集团"名扬天下；

农民叶洋友，生产队会计出身，头脑灵光，按捺不住那颗想发财的心，于是外出搞建筑承包，后来生意越做越大，成为台州民营第一家上市公司的"老董"。现在他的"腾达"在上海滩声名显赫；

农民吴金火，天生的聪明人，他因为听了一个当化学老师的亲戚说冲胶卷的定影水里有"银铝"，于是便从1974年开始，挑着水桶，到各医院和照相馆去收定影水……如此"银铝之路"，一直走了30多年，一直到他的徒弟可以排成几里长的队伍，最多时他的"收银队伍"多达四五万人！现今全世界都有他的"收银兵团"。他所在的台州仙居，一个季度可以出口白银120吨！没听说过吧？没一寸银矿资源的仙居，竟然成了影响世界银业市场的"银都"！

台州农民现在干的事你无法想象——

一位姓丁的农民，他与几位农民兄弟在20世纪80年代初开始收旧货，后来到上海“收破烂”，从此一发不止，一直将“破烂”收到全世界。现今他的“收破烂”行当改叫废物利用的“循环经济”，并将这一产业建成为台州的一大特色经济。

农民谢启定，小时候全家人住在半山腰，因为没有干净水喝，他就动脑筋为挑水的母亲架设了一条将山脚下的井水引到家里的自来水管，受此启发，他开始搞土水泵，后来搞“洋水泵”，一直搞到世界各地。我去采访他的时候，这位“水泵大王”竟然正在老家的那个山窝窝里建一幢五星级的摩天大楼。“我要让村里的农民都能享受到世界上最现代化的生活设施。每户四五百平方米，家家都有室内游泳池……”在即将竣工的大楼前，谢启定这样对我说。我走进那幢大楼的样板间参观之后，感叹地无法形容一个山区农民所做的伟业——因为即使在北京，我也很少见过如此豪华的住宅。而我的这位台州农民朋友告诉我，他的这幢楼，是要以特别的优惠价卖给他本村的农民兄弟。

……

台州人和台州农民的一切都让我无法不感动，这里掀起的农民改革风暴，虽然已经刮得很久了，但由于它不曾以自己的本来面目出现于世人面前，所以没有引起人们足够的认识。现在我们的党和国家已经非常成熟了，路线和方针政策都不再叫人有后顾之忧了，已经非常硬朗和殷实的台州人也开始知道挺着腰板站立起来的意义。

本书的写作恰逢举国纪念改革开放30年的伟大历史时刻，因此我将这段过去一直鲜为人知的历史公布于众，意在让研究中国改革史的专家们和想了解我们曾经走过的30年辉煌历程的世人们，能够更客观、真实地撰史与阅读中国，这样有助于全面地认识那些创造历史的英雄的人民，让那些创造历史的人们获得应有的尊敬和荣誉。

我一向认为，文学不仅仅是一种消遣品，它更多的功能应是鼓舞和激励我们的人民与后代能够在阅读作品中获得积极向上的精神与动力。而作为文学工作者，我们如果能在历史的发展进程中，为当代和后代发现一些具有重要价值的历史经验与历史真相的话，那这样的文学意义比创作一部言情小说或写一篇爱情诗歌不知要伟大多少！

发现历史，将使人类自己清醒地明白以后的道路该怎样走；发现历史，可以让智者更加聪明，并从已知世界获得更多的灵感与智慧去创造更多的辉煌与梦想；发现历史，可以使所有喜欢踏着时代足迹前进的人，能够不再迷失方向，以最快捷和简便的方式，赢得成果，争取未来成为居上者。在文明社会的进程中，发现历史与发现未来一样具有金子般的重要性，因为它可以改变我们的世界。

我为我的发现而感到自豪。

2008年中秋节于北京

苏州博士商

千年天堂姑苏，出过多少文豪巨匠？那秀美之景，又哺育了多少才子与佳人？每每说起家乡，我的心头总是涌起一种抑制不住的骄傲。美景润佳人，秀水育才子。苏州的历史，有太多值得人回味的资本。但是，人们对今日之苏州仍然缺少足够的了解，这一点即便像我这样的苏州籍游子也同样十分匮乏。

今日之苏州，最炫目的不仅仅是她的美景。苏州突飞猛进的经济，已经使姑苏的园林美景退至次位。我早知道自改革开放以来，苏州的经济年均增长率一直在20%以上，财政收入年均增长率在17%。持续20多年如此高速递增，在中国和世界地区经济史上也许是独一无二的。我还知道，苏州现今的人均经济生产总值按现行方法计算，已超过5670美元，为全国人均之首。这一水平，标志着苏州地区的经济已经进入现代工业化的中级阶段。2004年底，全市的工业生产值达10000亿元，GDP总量已跃居上海、北京等全国五大城市之列。你想不到吧，今日之苏州的魅力何止是秀美的水、秀美的园林……苏州现在是中国第二大制造业城市，1000亿美元的关贸又使之成为全国第三大进出口城市！苏州还是全国利用外资第一大城市！

苏州真的是魅力四射，光耀神州。

苏州腾飞的奥秘在于有一大批高端的专家型人才在支撑着这个古老而伟大的欣欣向荣的城市大厦！在助推着这个快速发展的城市车轮！

呵，今日之苏州，让人敬慕的除了美女秀水园林之外，还有辈出的济济人才与精英！

其实，苏州的人才自古就为举国之耀。有资料表明，自唐代开始科举考试之后至明清时代，历代考出的状元，按地区划分，苏州一直居全国之首。仅明清两朝的202位状元中，苏州一市就占35人。其中不乏像文震孟、翁同龢这样的良相诤臣，也有历史学家毕沅、外交家洪钧这样的知名贤士。兄弟状元、父子探花、祖孙状元，在苏州不为少数。唐代归氏一门还出过五个状元，号称“天下状元第一家”。难怪范仲淹曾如此赞叹道：“吾苏也，郡甲天下之郡，学甲天下之学，人才甲天下之人才，伟哉伟哉！”苏州乃名副其实的“状元之乡”。

在当代，苏州杰出人士更是名扬海内外，如诺贝尔奖获得者李政道、朱棣文均为苏州人。建筑大师贝聿铭，大科学家中国“两弹元勋”钱三强、王淦昌、王大珩等都是地道的苏州人。中国科学院和中国工程院中，苏州籍院士更是数不胜数，按地区人口占有的比例，苏州高出全国35倍。

苏州出人才，苏州的人才托起苏州经济的持续快速发展，这是一个不争的事实，它越来越被东西方学界所推崇。

鉴于此，我格外隆重地把本文的主人公，这位“苏州博士商”介绍给国内外广大读者——

徐钊的名字很硬，可见其本人我才惊叹眼前这位博士商是个地道和标致的苏州才子相。徐钊本来就是才子。他出身于书香门第，父亲就学于名校“苏中”，是袁伟民同班同学，后留苏。回国时恰逢中苏两国关系恶化，从此失去专业，落脚昆山，创办了当地闻名的“文武中学”。徐钊的母亲是当地一名18岁就成为中共党员的优秀女干部。奇特的历史政治条件下，徐钊的父亲一生信仰共产主义却无法加入中国共产党，老人一生写过无数入党申请书，退休后某一日见报端报道一位80岁的老人入了党，于是徐父发誓说：“只要不死，我还要写入党申请书！”

在除父亲之外都是中共党员的“党员之家”里，徐钊为自己父亲的那份忠贞不渝的信仰而感动，并从中获得巨大的精神支持。徐钊说过这样的话：“在我家，我母亲、我妻子以及我的大姐二姐都是中共党员，党外人士的父亲其实最像一名共产党员。真的，他的那份党性，使我们这些身为党员的人更加坚定了对党的信仰和做一名党员的责任。”

徐钊之所以能够今天成器成才，正是因为他完成得最好的人生第一课就是如何做人，做一个为国家和民族先忧而后乐的人。苏州历代英豪辈出、流芳百世的原因，就是他们都有一颗“先忧后乐”的爱国爱民爱家爱人之心。徐钊也在其列。

大学时徐钊学的是政治学专业。对中学时拿过全国奥林匹克数学竞赛名次的他为什么报考了政治专业的疑问，徐钊今天仍然这样回答：“小时候我在昆山念书，那时有个县委书记叫姜德仁，在当地威信很高，百姓有困难他就去帮助。于是我想如果长大后当一个大官，这样就可以更好地造福一方，所以我报了政治学专业……”

“可后来为什么又做起了经济？”我问。

“时代催发的，是赶上了这个以经济为中心的时代。”徐钊说。

大学毕业后，徐钊可选择的机会很多，但因为他的优秀而首先被苏州市平江区委组织部选中了，那是1990年下半年的事。徐钊到社会上第一个人生经历是组织部让他挂职到区属的一个国营旅游帽厂当挂职副厂长。偏巧，正厂长身体患病需住院治疗，徐钊就直接担任正职。20世纪90年代的苏州，那会儿改革开放的程度还处在初级阶段。计划经济下的国有企业正处在最低潮，小小旅游帽厂一百七八十个人，亏损却也在人均万元左右。25岁的大学毕业生徐钊挑起的第一副担子不算轻。

“工厂不赚钱，要我们干什么？搞企业的不能养活自己，还算啥企业？一句话：要想活路，要想活出个人样来，就得好好干！干出名堂来！”才子徐钊的“就职演说”实实在在，没有一点书生意气，让工人们感到“这个小年轻蛮有能力”。可不是，徐钊拿出在大学里当学生会主席的本事，一件件、一桩桩地厘清旅游帽厂的生意业务。他发现，厂里亏损，主要是大家吃惯了公有制的大锅饭，接活不卖力。旅游帽厂是外贸系统的企业，没有活儿干，企业自然只有死路一条。徐钊上任后就把目光放在接单子上。人缘好、社交能力强是他的优势，因而他一发力，订单就“哗哗”的到了手中。

“哇，1 万顶帽子！”

“我们小厂只是 3000 顶制帽能力的小厂，这么多活儿怕会耽误事吧！”

工人们边议论边看着年轻厂长。

“我们自己干不了，可以让周边的乡镇企业帮着干嘛！”徐钊似乎早有准备。

“那可不行！你给了人家做，早晚有一天人家厂家和客商一串连，会把我们给甩掉的。”有人提出异议。

徐钊笑：“这么大的订单，是笔赚钱的生意，我们自己又没有这能力，丢了可惜。所以只能选择‘分包’给人家帮着做。再说，如果以后真是你们所说的，那也算我们做了一件好事嘛！”

厂子的人觉得年轻厂长想得“活络”，说得有情有理，于是都支持他的做法。

这一年下来，旅游帽厂减亏 60 万元。真是个不小的收获！

做外贸生意没有能耐就得被人牵着鼻子走死胡同，而国际贸易间的许多事普通人弄不明白“老外”到底是怎么想的。就说美国吧，它对中国的纺织品进口限定了许多看起来很荒唐的条件，比如对一种全棉的擦台布料进口，全白色的它就要配额，而染色的就不用配额。中国多少商户为此被美国人拒之门外。徐钊挂职旅游厂时就接到过一位美国商人的白色擦台布料的订单，可配额又拿不到，怎么办？徐钊脑子一转：要是有一种色织或染色的布在进入美国后能褪成无色的白布就好了，这样不就越过了美国设置的配额壁垒吗？

这容易办到！工人师傅们告诉徐钊他们能做得到，说只要在白布里夹两条特殊染色的红线，这样不就成“有色布料”了吗？这种特殊染色在入美国海关后，再经过技术处理就能恢复商家所需要的白布了。

徐钊笑了：“这叫‘国际惯例’，人家可能有人家的考虑呗！不过你们想的这一招倒是不错。”可当徐钊拿起美国外贸的相关规定一看，又有些犯难：美国进口“有色布料”的标准里明确写着“有色”与无色之间不得少于10厘米距离，即如果你的布料长度上出现10厘米仍见不到白色以外的颜色时，那得算是白布，就必须有配额指标方可贸易。

看来美国人也不是太傻，似乎早有防备别人跟他们玩猫腻。

“那我们就在9.98厘米处加红线，这不就符合要求了吗？”道高一尺，徐钊招高一丈。

行行，小徐厂长年轻，脑子就是灵哟！工人们对徐钊这位“挂职厂长”赞许有加。

如此一年下来，昔日亏损不堪的旅游帽厂不仅恢复元气，而且生意兴隆。更让人意外的是，原先对从政充满激情的徐钊一改往日志向，在组织部门准备调回他任区党委办公室副主任时，他竟然说：“我现在最大的兴趣是想踏踏实实地在经济战线做一名实业家。”

“怎么，你不想回机关了？你可是组织上作为重点培养的后备干部啊！”组织部长亲自出面找徐钊谈话。

“我决心已定，请组织给我一个机会。”徐钊露出恳切的目光。

“真想好了？”

“想好了。”

“好，既然这样我们支持你！现在的苏州经济已呈腾飞之势，但外贸这一块仍是薄弱行业，预祝你干出一番事业来！”

“谢谢。我决不辜负党组织培养。”那一刻，徐钊仿佛又回到了19岁在大学入党时面对党旗宣誓的那一刻……那一刻他对敬爱的党说了些什么？说了很多，但有几句话徐钊一直记在心头，那就是：他立志要为国家的强盛尽一名共产党员的责任，也想为所在单位和身边的群众创财富、谋幸福！

一个光有远大理想却不能做好实际工作的人，成不了真正的社会栋梁。大学毕业后，徐钊一边工作一边专攻经济学、政治学和哲学，做了硕士，又当博士，理论基础越坚实，他越感受到了投身实际工作的意义。

改革开放的中国发展速度之快，令我们身在其中的人也常感不可思议。今日的苏州外贸在全国名列前茅，但在徐钊大学毕业刚涉足时的20世纪90年代初，苏州的外贸尚处于起步阶段。计划经济时代，全国外贸只有五大门户：上海、天津、青岛、厦门和广州，像苏州这样的内港城市只有代理收购的资格，根本没有实质意义的独立外贸。1987年，苏州才有了独立报关资格，但只有一些香港、台湾客商。外贸没外商，外贸人不会说外语，这是当时的中国内地外贸行业的基本景况。

徐钊就是在这个时刻进入外贸的。一个从小热衷当“政治家”的青年学者，是什么力量改变了他的人生风向标？

“在跟意大利佛朗哥做生意时我就发现一个问题：一件真丝电力纺衬衫，上海外贸单位接活时人家外商给他们的价是七八美金，相当于60多元人民币。而上海外贸转手到我们这儿只给20来块钱，我们还得千感谢万感谢上海人！苏州与上海仅一个小时路程，可只因为一个懂行一个不懂行而有了天壤之别的收益。都说苏州出状元，哪有在从事经济工作中差到这个水平的状元？不行，我得给苏州秀才们争回这份面子！再说，苏州当时的经济已蒸蒸日上，外贸水平却如此低，我有颗不甘落后的雄心。”今日已成大业的徐钊回忆起当时的情景时如是说。

“当时我初入外贸，特别羡慕上海外贸的业务经理刘明明，他能讲一口流利的英语，跟外商谈生意无任何障碍。为此我狠下决心攻外语，来了个‘恶补’……”徐钊用“恶补”这词来形容他为弥补外语口语上的劣势而下决心迎头赶上的疯劲——只要是英语的好磁带、好录音，他就买来听；碰上一个外国游客，他就上前搭讪……“恶补”的结果是出现奇效，徐钊往日羡慕的“英语通”，现在回过头看着徐钊与外商如同从小在一起打滚的伙伴那样交流甚至都要流露几分嫉妒。

徐钊现在要做的是找一家能够可以施展自己抱负的外贸单位。

一个具有讽刺意义的现实是，搞外贸的见不着外商、做外贸的不会说外语，而外贸单位却是没有路子进不得的香饽饽部门。当做了一番雄心勃勃准备的徐钊第一次走进市轻工业品进出口公司的大门时，被告知“专业不对口”而被拒之门外。

自小不曾被任何门槛拒绝过的徐钊第一次尝到了啥叫“苦头”和“不识相”。

“你就一定能干好外贸？说来我听听——”

“我是党员，大学一年级时入的；我有过搞外贸的经历，市旅游帽厂一年之内扭亏为盈的事实能证明；更重要的一点是我认为目前中国的外贸之所以做得不大，主要原因在于我们的外贸人素质本身还存在……”

苏州市五矿进出口公司的老总沙金星人称外贸战线的“金星眼”，听了眼前这位一脸书生相的年轻人滔滔不绝又能切准要害的一番宏论，喜上眉梢地一拍大腿：“行，小伙子，明天就到我这儿上班怎么样？”

“明天？”这回轮到徐钊发愣了。

“对，明天！”

徐钊就这么简单顺利地正式跨进了外贸大门——那时的外贸单位清一色的“国有”体制，不少单位虽挂着公司名号，干的活儿却跟机关没什么区别。上班一张报纸、一壶茶，有没有订单根本用不着操心瞪眼珠儿，反正活儿来了悠着干，没活儿聊天侃大山谁也不管谁。

徐钊到五矿进出口公司上班，被分在公司五部。

“就这样？”徐钊一连几天发现部门办公室里的那只水壶空了除了他外再没一人主动去隔壁灌一灌。“来来，泡上泡上……”徐钊提着水壶，日复一日地给那些看报、聊天的同事们倒茶泡水，一直坚持了两个多月。

“谢谢老徐！”“老徐辛苦！”本来年龄最小的徐钊只因他主动为大家泡水而被同事们尊称为“老徐”了。

但徐钊无法忍受这般碌碌无为的工作。他渴求的是订单——外贸人的“金饭碗”。

半年下来，一心想有所作为的徐钊发现自己不想整天“一张报纸、一壶茶”的也不行，要命的订单不会从天上掉下来呀！这是真正要命的。

“老徐你怎么啦？口腔都起泡了！别太上火，是不是累着了……”一日，几位同事瞅着满嘴起泡生疮的徐钊关切地说。

“没事没事。”徐钊嘴上说没事，可扭过头的那一瞬，他的眼眶湿润了：哪是累嘛！整天坐冷板凳，急火攻心。这叫外贸？分明要养出一身懒病嘛！

徐钊越急，越摸不着头绪。

“哈哈，兄弟，看来我们还得改叫你‘小徐’为好啊！”有人拍拍徐钊的肩膀。

徐钊尴尬地笑笑：“只要大家喜欢，爱叫什么都行。”

办公室内仍然是叽叽喳喳的聊天声和热气腾腾、污浊呛人的烟味……整个五部的工作似乎只有隔壁房间内那台老掉牙的传真机偶尔还在工作——可惜接收来的一份份货单征询函件被当作废纸甩落在墙角的那只废纸篓里，成了一封封“无头信”。

徐钊发现这一现象后，从此开始有事无事走进放着那台传真机的房间……

突然有一天，徐钊所在的五矿外贸公司五部的办公室“炸”了起来：“不得了！不得了！ 51000 美金的订单呀！”

“谁的？谁做的业务啊？”

当同事们将一份寄自香港的信用征订单传来传去时，徐钊进门了，他抢过一看，心直往外蹦：“是我的！是我联系的！哈哈……还真成啦！”

“大块头，你是啥关系弄来这么大的一份订单呀？”同事们又惊又妒地凑过来追问（徐钊长得有些胖乎，大伙儿有时叫他“大块头”）。

徐钊这才把底儿端给了大家：“喏，我就是前些日子从传真室的纸篓里捡起一份信函，然后给客户回了封信，没想到人家真把业务给了我们……”

原来如此！同事们从此开始一改旧习，将看报、喝茶的心思转到了注意传真件上那些可能的商务信息。这是另外的话题。这当儿徐钊开始忙了起来。他拿着订单左看右看，兴奋了一夜。这一份 51000 美金的订单是他踏进外贸公司的“第一桶金”，当时整个五矿外贸公司一年的出口业务量也才几百万美金。徐钊“捡”来的这笔生意当然算是“大宗”了，从此五矿公司上下，尤其是长年搞外贸的人都知道，客户开出信用征订单，基本上是宗牢靠的业务。但真要把客户留住，仍有跑断腿的路程。

订单是香港“海发”公司的肖女士发来的，她希望徐钊他们在内地给她提供自行车配件。业务虽好，可徐钊一数信用证上附加的条件傻了眼：妈呀，四十几条呀！哪一条都够他上吊的。搞外贸的人都知道，信用条款是供货方和客户之间的一种交易互信条件，双方必须共同执行，一方违反条款，另一方就有权索赔或退货等。信用条款中有些是贸易中正常的"硬条件"，如交货期限、货物包装、提供产地证、通过国家海关商检等。而隐在条款中的一些"软条件"则最容易使本来赚钱的生意成为赔钱买卖。圆满了九十九个细节，忽略了一个细节，就足够让其中的一方吃不了兜着走的。徐钊像用显微镜似的对港商列出的四十多条信用附加条件逐一清理，发现其中的"凭客户的检验单去银行取款"这一条让他心头一惊：这不行，如果我们费心费力忙碌到最后，客户仅凭他一个很随意的"不满意"或"不够满意"就把供货方备齐的物品全部给否了，那可是赔死的买卖！最关键的问题是：客户满不满意，没有硬性的指标，随意性很大。既可能是商品的问题，又会因客户一时一地的情绪和个人的好恶习惯等原因。通常双方都可以接受的是借助如国家商检部门开出的商检合格证书来解决供需双方在这一问题上的矛盾。

徐钊为此向港商肖女士提出删除"凭客户的检验单去银行取款"的条款。对方表示同意，但提出要亲自来看一看徐钊提供的货物是否符合其需要。

这是对等合理的意见，徐钊很快同意表示可以。

港商来之前，徐钊专程火速赶到生产地的上海崇明岛一趟，先做一次验货，以做到万无一失。

上海虹桥机场，徐钊与港商肖女士第一次友好握手。

"喔，不仅是个帅哥，而且办事十分认真，对货、对人我都非常满意！"肖女士对自己的合作伙伴说。

这是徐钊第一个独立接触的"外商"，所以他格外细心，哪怕在对方有想喝水的半点儿想法出现前，他徐钊都会适时地给对方递上一杯可口茶水。就是这细微的“额外付出”，使徐钊在客户眼里获得了货源之外的“良好信誉”。

“徐，你好好做，我手里每年都有200多万美金的订单呢！”在送别客人时，肖女士忍不住把自己的愿望告诉了徐钊。

200万美金呀？！徐钊的心“怦怦”直跳。“只要你信得过，我一定努力！”徐钊保证道。

1993年是徐钊正式从事外贸工作的第一年，他做了70万美金的贸易额，成为五矿外贸进出口公司业务量最高的业务员。

1994年，徐钊铆足干劲，做了700万美金的业务量，是前一年的10倍，成为全苏州市的个人出口创汇标兵。

从此，徐钊在苏州市外贸战线乃至全国外贸系统成为一名光彩夺目的“黑马”，一路领先……

“来，来来，别客气，多吃一点！”这一年广交会，徐钊第一次以“中国外贸人”的身份来到五彩缤纷的广州，与来自五湖四海的外商们有了零距离的交往与接触。而这期间让他难忘的一件事是：初试成功的港商“海发”的肖女士在广州一家名叫“南海渔港”的饭店请他吃的那顿饭，一次消费5000多元港币！

“那派头，当时我简直被吓晕了！”徐钊说。

“实在不好意思，让您破费了。谢谢。”当时心里极度不安的徐钊说。

“谢啥嘛？要谢也是我谢你，是你让我赚满了口袋！”珠光宝气的肖女士为徐钊频频举杯，真诚而又兴奋地说。

有道是：真正的好生意，赢的是双方。港商要感谢徐钊，徐钊同样需要感谢对方。因为正是肖女士使徐钊踏上了外贸之路。

广交会是中国外贸的一个最大舞台，它一直担负着中国开放之前和开放之后进出口贸易的衔接。而徐钊说，他是把广交会当作自己从事外贸业务的主战场来上阵的，徐钊的许多成功也正是从这里开始和最终获得的。

徐钊说过这样一句话：对外贸人来说，广交会除了是锻炼外贸业务能力的战场，同样还是历练人生的好地方。

曾几何时，参加广交会对许多中国人来说，是一种奢望和待遇。徐钊初入广交会时，也是这种情况。那时苏州外贸系统的人能到广交会的人也很少，全市外贸系统仅有两个摊位，而有幸轮到去参加广交会的人不是忙着守摊位，就是想着千方百计往深圳、珠海几个特区走一走，采购点自己想要的东西，开开眼界，这无可非议。

徐钊开始对这一现象很不适应，可后来他喜笑颜开，高兴还来不及。为啥？简单，别人都走了，来了生意全归他嘛！

现今外贸“中国第一”的苏州，当时去广交会的算上徐钊才五个人，另外四位都跑到珠海等地方旅游去了，剩下徐钊独守摊位。可摊位位置不好，设在最没人去的五楼。徐钊守了几天，发现一些“老外”大买家一般都在一楼二楼转悠，累了在那儿喝喝咖啡，绝少上五楼摊位。

徐钊初来乍到广交会，但他善于观察和琢磨。他随即调整自己的战术，经常从五楼下到一楼二楼……

广交会大门口，人们进进出出，熙熙攘攘。一位阿拉伯商人从门口走出，徐钊给他一张自己的名片。

“先生，很高兴认识你。我也是做自行车贸易的……”徐钊一口流利的英语。

“老外”仔细看了手中的名片，又打量起站在面前的中国青年，十分惊诧：“你怎么知道我是做自行车生意的？”

“是先生的脸上写的呀！”徐钊友善且幽默地说。

“是吗？”“老外”被这位中国青年逗乐了。“那——你能告诉我中国自行车及配件的货源情况……”

“好的。”徐钊随即一口气把各种自行车的报价、货源、生产厂家及其产品之间的特点，一股脑儿地端了出来，足足说了二三十分钟。特别是上百种货源的价格，他没用计算器就脱口而出。

“徐，你真了不起！哎，我能上你的摊位去吗？”“老外”说。

“可以呀！”徐钊把已经准备离开交易会现场的“老外”拉回到自己的五楼摊位时，那外商看看四周几乎没有留人的环境，有些好奇地问：“徐，你是家庭公司吗？”

这回轮到徐钊有些不解了：“为什么？”

“因为我知道，在中国参加交易会的只有那些很少的私人公司职员才可能像你这样敬业。”

徐钊内心有些酸楚，他说：“不，我的公司是国家公司。我们国家公司的人也有很多人是非常敬业的，我只是其中之一。”

“老外”高兴地说：“好，愿意跟你合作。”

1995 年，徐钊完成的个人业务量达 1200 万美元，为国家贡献 700 多万利润，并被提拔为部门经理。因为贡献大，公司怕他跳槽，比惯例多给了 10 万元奖金。年终表彰会上，徐钊对公司领导说：“你们放心好了，我是共产党员，为国家多创汇是我的一份责任。再说，是单位给我提供了参加广交会的机会，才使我开阔了业务路子和视野。”

徐钊说的是心里话，而他与那些参加广交会的一般人的不同之处便是他的认真劲和钻研劲。当然，还有他充满智慧的头脑。

“我先后参加过 28 次广交会，有过许许多多的机遇。”徐钊给我们说的那些故事让我们这些“生意盲”听得入了迷——

之一　名片传奇

徐钊说，名片是他走进财富之门的“入场券”。茫茫商海，生意的缘分在于人和信息的交流。徐钊把一个初级而简单的名片交换看成成功生意的第一要领。通常一般人获得名片后往口袋里一塞就完事。徐钊不是这样。打开徐钊的“私人领地”，你会发现，一本本厚如砖块的“名片簿”堆积如山。尤其引人注目的是每一张名片上写着他亲笔留下的客人所需的货种、价格、款式要求、供货时间等各种事项，甚至在许多名片后面还夹着数量不一的便笺——那上面有客户更多的个人资料，比如长相、年龄、性别、爱好甚至家庭成员、喜欢吃什么样的中国菜……

有电脑后，徐钊把这些名片资料存入电脑中，但更多的还是存在他的脑海之中。他对名片的阅读兴趣如同对名著的阅读兴趣一样，时常忘情和忘时。徐钊可以将中外世界名著中的许多片段背诵下来，而他更能从数以万计的商务名片中任意调出一张将主人的商情与个人情况说得头头是道。

美国赌城——拉斯维加斯，规模宏大的世界自行车博览会在此举办。参加完博览会当日，徐钊在街道的一个公共汽车站等车，突然眼前一亮：一个打过交道的“老外”就在他的面前。徐钊迅速调集头脑里的“名片库”，然后上前亲切地与之打招呼。

这是位上了年纪的厄瓜多尔商人。他见徐钊不停地与自己打招呼，有些生气：“你为什么总跟我打招呼？”

徐钊微笑着说：“我们是老朋友啊！”

厄瓜多尔商人警惕地看着眼前的东方人，紧张地往后连退几步：“我们，我们是老朋友吗？”

徐钊不再往前迈步，站在原地彬彬有礼地说：“是，我们是老朋友。我是中国人，我们在 1997 年巴拿马展览会上见过面，而且我知道你非常喜欢中国的自行车配件，比如你需要……”

“噢——你是中国的戴维徐？！”

“我就是。”

厄瓜多尔老商人惊喜万分地伸开双臂，快步上前拥抱住徐钊：“徐，我找你很困难啊！知道吗？自从那次见面后，我一直想跟你联系，可我丢失了你的资料，后来又搬家了，再也没法与你联系上了……”老人一个劲地诉说着。

徐钊告诉他：“是，我也一样。每个月都给你发传真、发电子邮件，可就是不见你回音。现在好了，我们终于又见面了！”

“太好了！走，我要跟你好好谈谈……”厄瓜多尔老人挽起徐钊的胳膊，就往下榻的饭店走。这一夜两人畅谈了很长时间，最主要的收获自然是生意。

徐钊从这个“老外”那儿接的贸易一直延至今日，而且始终是厄瓜多尔地区最大的客户。

“有一回我参加交易会回来，没注意把衣袋里的名片洗湿了，徐总将我好一顿批评，说我对工作、对朋友缺乏真诚和用心。”徐钊现在是公司“老总”，他的一位部下对我们说。

“我是这样要求员工的。因为名片对搞贸易的人来说，就跟生活中的朋友一样，你得真诚对待，珍惜‘一面之交’。而在外贸工作中，全世界做生意的人那么多，又分散在五湖四海，这‘一面之交’可能就成为终生朋友，也可能永远是陌生人。你把别人记在心头，你的事业可能就因为这一张名片、一次‘一面之交’而彻底改变。”徐钊对人的真诚和友善在外贸行业是出了名的（其实生活里的他也是如此）。

之二 矿泉水与咖啡传奇

广交会现场什么最多？什么最缺？善于观察、细心研究的徐钊在头两次参加广交会后对此立即有了自己的结论：广交会上生意人最多，现场喝水的地方最缺。所有参加交易会的人都是为了生意而来。但颇有苏州人性格的徐钊有自己独到的“生意理念”：生意要做好，先得给跟你做生意的人留下一个好印象，而好印象可能是点点滴滴积累而成的。

徐钊第一次上广交会看到人山人海的展会大楼里，那些外商停留时间最长、人去得最多的地方，不一定是著名企业或气派很大的摊位，倒是那些生意之外的喝水处、免费供应茶水的地方。

“记住：什么都可以少带忘带，免费矿泉水必须多带，不得落下！”从第二年开始，徐钊与同事一起参加广交会时，他要求自己，也要求同事在布置自己的摊位时，这一条放在“必须”之列。

“先生，不好意思，我想到你这儿要点水喝。”一位气喘吁吁的港商过来，冲徐钊笑眯眯地乞求道。

“可以可以。我们这水本来就是免费给朋友们喝的。”徐钊以同样的笑脸回敬对方，并亲自给对方倒上一杯矿泉水。

“谢谢。”港商非常满意地在徐钊他们的摊位处坐下，然后舒心地喝起水来。

徐钊友善地上前聊上几句：“先生做什么生意？”

“噢，我做自行车配件。”

徐钊心喜，又问：“有主了？”

“有主了。”

徐钊仍然耐心地说："欢迎先生以后有机会上我们苏州旅游。"

"苏州好啊！上有天堂，下有苏杭。"

"现在苏州不仅是旅游名胜，而且经济发展也非常快，特别是我们的外贸这几年发展迅速……"

"是吗？可我的自行车生意过去一直是跟上海那边做的……"

"上海是中国的自行车之都，品牌好。不过我们苏州有许多是上海自行车厂的配件企业，质量好，价格便宜。"

"噢？你能给我们说说吗？"

"可以。"徐钊没有直接回答，倒是先为对方满上一杯矿泉水。

看着对方喝过了清爽的矿泉水后，徐钊以其吴语特有的柔软亲切的语调，将所知道的中国内地自行车制造与配件生产情况娴熟地介绍了一遍……

"哇，徐先生你怎么知道这么多啊！我跟你好好谈谈。我也想到你们苏州走一趟……"

徐钊谦逊而欣喜地："好啊，我们真诚欢迎！来来，再喝一杯水，润润嗓子，先生这几天一定很累了，声音都有些哑了。"

"可不是！我刚才楼上楼下没找到个供饮水的地方，这不看到你这儿有矿泉水，所以就……哈哈哈，没想到我还见到了中国内地最棒的自行车配件的行家！"

"谢谢夸奖。如果能为先生和你的公司做点事，我们将十分荣幸。"徐钊依然彬彬有礼。

"别客气。要谢的是我。来，我们通力合作，做成几件事！"香港朋友兴奋地向徐钊伸出手。

两双手紧握在一起。徐钊获得了一个新客户。

苏州展台前开始人头攒动。一桶又一桶的矿泉水被"喝"空，徐钊笑脸相迎，不厌其烦地与同事们一边照顾着展览摊位，一边招呼来来往往喝水的客商。

“徐经理，你看那个欧洲‘老外’又来白喝我们的咖啡了！”一日，同事悄悄捅捅徐钊的胳膊，眼色指向一位悠闲自得地坐在他们摊位旁喝着咖啡的欧洲商人。“去年你提出我们摊上除了免费供应矿泉水外，针对欧洲人再提供免费咖啡的建议后，你瞧这个老外，我已经注意很久了，每年他准上我们这儿白喝一通。你想上前跟他聊几句生意上的事，嘿，这家伙，一句话都不跟你说！好像我们给他喝咖啡是前世欠他什么似的！”

徐钊听着心里笑，可脸上一本正经地制止同事：“不许这么想！既然我们是免费让人家喝的，那就得诚心，不能有功利心！”徐钊说完，见那“老外”杯子又空，便亲自上前给人家倒上一杯温度适宜的咖啡。

“谢谢。”那“老外”友善地向徐钊道一声谢后，又把头扭向一边，丝毫没有想再多说一个字的意思。徐钊也只好无奈地忙摊位上的事……

第二年、第三年、第四年、第五年，这位“老外”依旧毫不客气地上徐钊的摊位来喝免费咖啡，而徐钊他们同样热情不减地为其递杯让座，脸上充满真诚的笑意。

“徐，今晚你有空吗？”这位喝了五年免费咖啡的欧洲“老外”在放下杯子的那瞬间，突然轻轻拉住徐钊的衣袖。

“有空！先生有什么需要，我一定努力效劳。”徐钊忙回答。

广州某豪华宾馆。这位“老外”终于亮出“底牌”：“徐，我参加中国广交会十余次，有五年是来观察你的，知道吗？”

徐钊有些吃惊地：“是吗？”

“老外”神秘地点点头，笑道：“我还想告诉你和你的公司：这五年里你们的咖啡没有白给我喝……”

徐钊有些疑惑：“先生这是何意？”

“老外”取出自己的名片，这是我的名片：“我的公司是……”

徐钊接过名片一看，差点叫起来：“哇，先生您就是欧洲著名的自行车商户……”

“对。我就是。”“老外”一改宾客身份，“徐，今天我要请你喝世界上最著名的巴西咖啡！来来，品尝品尝。”

“太好了！真正的咖啡之王！”浓香的巴西咖啡散发着醉人的芳香，一老一少两位商界俊杰在悠悠的咖啡浓香中彻夜倾谈，从此成为东西方跨国贸易的一对亲密知己，成功的生意合作越做越大……

之三　拜客传奇

美丽的广州夜晚，异常迷人。参加广交会的人劳累了一天，多数国内与会者或找个风味饭店“加油”充饥去了，或在珠江边欣赏羊城美景。可此刻的徐钊精心洗浴打理后，异常精神地出没在外商下榻的宾馆饭店……

“××先生，您现在休息了吗？”

“你是……”

“噢，我是中国苏州五矿进出口公司的徐……”

“徐？你有什么事吗？”

“是这样：白天在展会我们的交流刚刚开始，我想现在再利用些时间对先生所关心的一些细节做进一步的介绍，以便你更好地了解和把握，你看可以吗？如果先生方便，我在楼下的咖啡厅恭候阁下……”

“很好。徐，我马上下来。”

咖啡厅里，徐钊与××先生在飘香的咖啡和轻松的音乐中，相谈甚欢，气氛自然而和谐。

半个小时后，徐钊回到自己下榻的饭店，同事们将他围住：“怎么样，又成了？”

徐钊满脸喜色：“成了。又是一个大户！”

“徐经理，你太神了！”同事跟着鼓掌，并嚷着一定要徐钊传经。

于是徐钊娓娓道来：“这交易会那么多摊位、那么多商家，就像我们买东西进大商场一样，出家门时你也许早就打算好要什么东西，可一进商场，当你看到琳琅满目的商品，再加上各个柜台的服务员、推销员都向你灌输一大堆他的商品如何如何好后，你常常会改变原先的打算，或者是被五彩缤纷的货物扰花了眼。外商参加中国的交易会，跟我们逛商场的情形差不了多少。何况，在‘老外’眼里，我们这些中国人长得都差不多。他白天在展台跟张三谈定的事，你李四一出现在他面前，他还以为又跟张三见面了……”

“哈哈哈……徐经理，你刚才是不是装成那个‘张三’去把‘老外’蒙晕了？”同事明白过后，拿徐钊逗乐。

“刚才那客商还真不是因为把‘李四’当成了‘张三’。”徐钊也不由自主地乐起来，说，“他呀，是个西欧国家的客商。前些天他在展览大厅里跟某市的一家外贸公司谈成一桩很好的业务。说得好好的，定在今天下午双方还要再洽谈一次。可这位老外等了半天就是不见人来，后来他等不及了，就上那家公司的摊位上去找人。哪知这摊位上的人除了一个守摊的，其余人都没在。老外就问前天跟他谈事的那个经理上哪儿去了，守摊的人只好说出真相：原来他的老板上珠海没赶回来。这老外一听就扭头回了宾馆。我去的时候，他正准备买返程票回国呢！这不，我的出现，再加上我又跟他详细介绍了我们公司的情况和我所知道的中国商情。老外听后，脸上由阴转晴，我们很快结上了合作生意的缘分……”

“看来，拜客真能事半功倍。”同事们听完后不无感慨。

“可不。都说客户是上帝。交易会上的每位客户，对我们供应商来说都是上帝，都是潜在的合作伙伴。交易会上签下合同当然最好，但很多客商到交易现场就是为了货比三家，再加上我刚才讲的交易现场那种气氛，成事签约的概率远远低于拜客所产生的成功率。道理非常简单，在交易展览现场，他一个客商面对的可能是几十个、上百个供应商和选择对象。你去拜客，你就与他是一对一。这一对一，跟一对几十、一对几百，不用说，前者肯定成功的概率高嘛！”徐钊不愧是哲学博士，他的商道里包含了对客观世界的基本认识论和基本方法论。

原来拜客的奥妙是如此这般呵！同事们恍然大悟。

拜客，是徐钊赢得商道顺畅通达的一门“精尖武器”，它虽无特殊技巧，却准确而有力，如果加上十分真诚、百分耐心，通常可以达到十发九中的效果。

不同的客商，以不同的方式拜访，是徐钊“拜客”艺术中又十分讲究的一环。

“徐兄，你给我把把脉。”有同行请教徐钊，“以前我在生意场上也算得上是个好手，可是才几年，我的业务量从几千万，降到几百万、几十万、几万……你说那些王八蛋，过去都是来求我的，等我将他们喂饱、喂肥后竟然一个个离我而去！”

徐钊笑笑，说：“兄弟，知道你的问题出在哪里吗？”

“出在哪里？”

“出在你对待新老客商没有一以贯之。”徐钊说，“不错，我注意到你在培养新客户方面确实有一手，而且在这方面下的力气也大。可你应该知道，老与新是相对的，所有新客户在今天、在今年他是新客户，可到明天、到明年，他就都是老客户了。新客户一般喜欢对我们出口商和供应商比较来比较去，他们也容易在这种不停的比较中随时放弃或离去。老客户通常会与你出现一些摩擦。而摩擦发生时你会觉得他们不如新客户好打交道，于是你容易消极地对待老客户。可这个时候你犯了致命错误，因为别看这个世界很大，商家万千，其实所有天底下的新老商家，像一根链，他们终究是串联在一起的。你连了这一节，却断了那一节，最后的结果只能是落得所有的链扣都丢失。你以为来自五湖四海进交易会的那些肤色不同、语言不同、国籍不同的客户真互不相通吗？

错了，其实他们都是相通的。一个阿拉伯人也许他本人不会说英语，但会有他的伙伴能用英语与欧洲人交流，他们之间一打招呼，说，哎，别跟这个供货商做生意，他不行。当另一个非洲客商从欧洲人那儿知道情况后，他会对自己的非洲商友说，听人家说这个中国供货商不怎么样，我们都不要做他的生意，如此一传一串，你不就完啦？”

“可不是。”朋友沉重地低下头颅，思索回味着徐钊的这番话……

所以，有人说商情跟爱情一样，只有真心诚意才能赢得最宝贵的和最永久的。我认为这话有一定道理。徐钊对自己、对属下始终这样要求：不管客户新与老，对待他们必须放在同等重要位置。尤其是对待老客户，对待那些曾经有过业务摩擦的老客户，更应当真诚地听取或征求他们的意见。生意场上最忌讳将与客户的摩擦看成是麻烦，你如果真把摩擦当成了麻烦，那才是真的麻烦了。老客户对你有意见，有看法，或者做一次、做几次后不想再跟你做了，这个时候你最好的办法是认认真真、诚心诚意地去拜客，让他把心里想说的话说出来。一定想法让他把所要说的全部说出来，他说得越彻底，越难听，你以后跟他的生意就可能做得越大、越长久。徐钊进而说：“知道这其中的关键是什么吗？是你我这些供货商是不是真正把这些客户们提出的问题认真去研究和改进了！”

与其说是徐钊在教育朋友、同事，还不如说徐钊通过一次次深刻的经验教训在教育自己。

通过头几年参加广交会，徐钊积累了不少老客户，但令徐钊不解的是，相当比例的老客户后来或者离他而去，或者订单数量在下降。徐钊在拜客过程中发现了症结：中国大陆出口商在与外商做贸易时的服务方面远不如台湾商人细致，因此不少外商宁愿从台湾那儿绕弯也不愿直接到中国大陆出口商手中要货。

“做生意想赚钱是天经地义的事，但做生意不能光想着赚钱，还得了解对方的感受。”一位“老外贸”的话给徐钊触动很深。

自己的问题在哪里呢？徐钊带着不解，以真诚之心一次又一次对老客户们进行“拜客”。这既是一种虚心吸取意见的礼仪，又是真诚合作的生意环节。徐钊在“拜客”中终于明白了，自己与台湾商家的差异最主要在于人家不仅在初次打交道时，提供给客户的资料齐全，更在于贸易过程中对每一个环节都能服务周到细致，比如一旦发货后，马上会通知客户，货是哪天什么时间上的船、上了哪条船、应该在什么时候到达目的地、在接货时应该注意些什么事等，为贸易对方想得十分周全。“这样做，会让对方感觉你是一直在为他服务、为他着想，减去了他的许多不必要的繁琐与麻烦。西方人特别是非洲人对这样的客户最放心，结果是他也会把最好的生意留给你，即使一件商品多出几毛钱、几元钱，他也愿意交给你做。”徐钊不仅满足了贸易对方所需，也为国家和单位赚进了更多的财富。

“我第一次与新加坡南华公司做生意时，客户告诉我，南华公司的单据做得怎么怎么详细，开始我有些不信，结果一看真是如此，新加坡商人跟中国台湾商人一样，十分讲究生意过程中的那种细致周到。从这以后我十分注意向他们学习，也要求公司的同事们向台商和新加坡商人学习，收效十分明显。后来在与印尼商人做贸易时就尝到了甜头……”徐钊告诉我们，“中国出口印尼等东南亚国家的童车很多，但有几次我们发现跟某一个印尼客商做几次生意后他们就换人不跟我们做了。经过拜客才知道，印尼客商对我们提供的童车颜色不是太满意。中国的童车质量不成问题，但单一大红、天蓝色不能满足外国小朋友的需要，孩子们喜欢像粉红、嫩绿、鲜橙这样一些很明亮的颜色，这是其一。其二是跟我们做生意的印尼客户多数是老华侨，他们一般有了问题也不好意思跟我们说，把订单给了其他供货商就算完事了。这事对我教育很深。于是我及时调整了战略战术，从找客户转到既抓客户更抓对客户的信息反馈和不断改进我们的服务质量。做到每个季节拜客一次——这样的拜客活动就不仅是在交易会上了，而可能是走出去、请进来。我们会在拜客中及时了解到我们出口的产品到底好在哪儿、市场预期会是什么样、顾客满意程度如何、存在什么问题以及应该在什么时间以什么方式改进等，就是一次完整的市场调查。有了这种细致真实的第一手材料，再接下去干的事就有了针对性，贸易效益也会成倍体现。”

广交会对徐钊来说，仿佛是个不发毕业证书和学位证书的高等学府，他在那里如海绵吸水、似蛟龙腾潭，本领越学越多，生意越做越大。后来苏州外贸系统摆的摊位由两个增至三个五个、十个八个、一直到二三十个。而徐钊只要一坐到那儿，就会商客盈门，等着跟他签订合同的外商总是排着长长的队伍……这是一种对智慧的认可，也是对一种诚信的肯定，其实更体现了一种心灵与情感的亲和力。

“中国改革开放才二十多年，而开放型的外贸时间更短，可像徐钊这样的官商能获得国际同行的广泛认可，他的个人魅力令我们敬佩不已。”一位欧洲商人由衷感叹。

徐钊在短短几年时间内跻身国际外贸商界并称雄天下，其力量源泉更多的在于他是个不懈学习、努力进取的专家型人物。而这种学习进取的方式与独特性也充分体现了苏州人与众不同的优势，这种优势如果可以用一个名词来确定，那就是“苏州商”的特有商情。他们的特点是：虚心好学，勤奋刻苦，追求细腻，力求周全，讲究面子，看重实效。

无疑，徐钊是众多成功的“苏州商”中的一位佼佼者。可不，人家是“博士商”呗！然而“博士商”并非是个概念，他的成功与品牌，来自于徐钊作为一个博士学者对商道、商情和对这个现实世界的理解与规律的摸索。

天下没有不经加倍努力而获得的成功，更没有不经锤炼就可以创造的品牌。

徐钊作为一位学者，他在大学和大学之后的人生道路上，从来不曾停止过对知识的追求，尤其是在政治、经济、贸易和国情方面的理论追求，更是达到了执着的地步。从学士到硕士、博士，他不断学习，又不断变换专业。用他自己的话说是：“学经济的不懂政治，就等于瞎子手里没有拐杖；搞贸易的不懂本国国情和贸易国的历史与人文知识，乃至天文地理、风土人情、民族习性，就等于风筝断了线……”

一个智者与愚者的差异就在于知识上的不等距。智者加思想、加追求、加勤奋，便是构架“博士商”的三个阶梯。再融入与生俱来的苏州人特有的性格亲和力，便营造了苏州博士商的特殊品牌质地。

博士的学识台阶很高。然而徐钊告诉我们，作为一名外贸商人，博士商首先必须具有商人最基本的精明与敬业。

有道是无商不奸。徐钊认为，对一个想长期在商界做出一番成就的生意人而言，“奸”可以暂时获得一些微利，但终成不了大器。只有诚实的精明，才能获得长久的大利，而且这个利永远应该是贸易双方共同获得的。

精明的商情不是凭空产生的，它来自于日积月累的勤奋学习与刻苦实践。

徐钊那会儿在苏州五矿进出口公司任部门经理时，有两件事让他在公司出了名：一件事是弄打字机，一件是翻电话号码簿。前者是指为把其所有的进出口商品的明细表记录在案，为此他总是亲自打字录入自己的资料库里。别人下班了，徐钊就开始在公司大楼里跟打字机“亲密接触”，那“嗒嗒嗒”的老式打字机声音虽然不怎么悦耳，可公司总经理沙金星对此有过高度评价 ：“徐钊不是音乐家，但他用打字机奏出了我们五矿公司最好的乐章！”

翻电话簿有什么奥秘？那可是商界最省事、最简单的“技术活儿”之一，谁都会，因为那上面有各种企业的名录，只用一个电话，就可以掌握该企业与你的生意是否有可联系的相关信息。但这种最简单的“活儿”，不同的人可以做出完全不同境界的质量。徐钊的能耐是他不忽视一般人翻号码、打电话的低级本领，还在于他获得相关企业的商情后，能一个不漏地跑遍所有厂家，对其厂况和产品摸个底朝天。而这样徐钊认为仍远远不够。他认为 ：一个优秀的想有所作为的外贸人，了解熟悉提供货源的厂商只是最基本的一环，想要使自己的供货永远在国际市场上立于不败之地，就得把供应货源的厂家当作“亲生儿女”一样培育和爱护。

“徐钊，你在想什么呢？还打不打算结婚了？”这一天，徐钊正在江苏高邮的一个钻轧厂，马上要成为徐钊太太的“新娘”打电话气呼呼地责问他。这也难怪，婚礼明天举行，新郎却在远离苏州的一个小县城的一家自行车配件厂跟那儿的工人师傅在捣鼓自行车的一个零件。

徐钊不是那种不食人间烟火的木头人，他是个对家人、对友人十分忠贞和多情的汉子。他唯一跟常人的不同之处是，他把这分多情同样付给了那些与他有生意来往的客户和供货厂家，这也使他在商界获得了至高的声誉。

“三毛钱面子。”这是同事们称道徐钊的一句口头禅。什么意思？“就是只要徐钊出面，那些供货商就能在商品价格上给他三毛钱左右的优惠。你们可别看这三毛钱的面子！自行车配件大到上百元、小到几分几厘钱，徐钊能把供货商的‘三毛钱面子’要回来，这可能就是我们出口商的全部利润啊！”

原来如此！

中国的外贸基本是改革开放后才兴起的，尤其是中小外贸企业的历史更短，他们通常没有多少经验，虽为国外生产和制造产品，却对国际市场不甚了解。正是鉴于自己供货厂商的这种情况，徐钊把培育供货厂商的思维意识、产品开发和市场观念当作与公司创造财富同等重要的任务去努力。

“我们公司的许多供货厂商之所以能与我们长期合作，就是因为他们多数是在徐钊经理的扶植下不断壮大起来的。”徐钊过去和现在的同事带着这样的自豪向我们介绍道。

苏州市郊某香包厂，做了十几年出口香包，但国外的市场到底是个什么样，外商如何看待自己的产品，厂长老蔡其实两眼一抹黑。厂长如此，这企业还有多少前途？徐钊与这个香包厂开始仅是一次生意往来，但老蔡厂长那种渴望自己产品走向世界的急切目光，使徐钊在参加一次次国际展览会时有心留意着那些在世界市场上流行的香包、香球、香棒等。当他把这些信息一次次带给蔡厂长他们后，这个厂迅速上了路，产品款式和质量也都跟了上来。正当老蔡厂长他们的企业蒸蒸日上时，徐钊利用多年在广交会上积累的经验，特意为老蔡的香包厂在广交会摆设摊位，并亲自充当翻译和推销商。

老蔡厂的市场开发越做越大，而这个时候企业的资金周转通常会出现一些困难。“徐总啊，我现在可真是热锅上的蚂蚁！好不容易又跟外商订好一批供货合同，可家里告诉我资金周转出了大问题。你说这不是急死人的事嘛！”八月的一个深夜，徐钊接到老蔡从国外打来的越洋电话。

“先别着急老蔡，容我想一想……”徐钊接到电话，像是自己的公司出了问题一样，他一边安慰老蔡，一边脑子盘算着。随即他拨通电话："财务小张吗？我有急事找你……"

"徐总，你、你兄弟真是给我们厂雪里送炭啊！"又是老蔡从异国打来的越洋电话。这回老蔡激动得有些哽咽。怎么回事？原来，老蔡刚刚获得厂里的消息：徐钊以公司的名义给老蔡他们厂及时汇去一笔救急款……

"我们厂在短短的几年里，从过去一个只会做礼品香包的小厂，变成今天拥有几十种流行产品、能到国际芳香制品市场上争得一席之地的外贸定点企业，这中间，徐钊博士的无私帮助功不可没。"前年，老蔡厂长带着全厂职工对徐钊的感激之情，要将企业 10% 的股份送给徐钊。徐钊自然没有接受。他对老蔡厂长说："你这就错了，我帮你们一把，其实你们也给了我公司更多实惠。"是的，老蔡的香包厂现在每年会有几百万美元的出口订单是给徐钊他们做的。

获得双赢，正是徐钊作为外贸人在供货商与求货客户之间谋求的一种佳境。

"贸易，有时就像壁垒，你攻而不力就不能破；有时它是一条战线，顾此失彼，你就不能获得最终胜利；贸易，有时像英语的单词，你得一个一个地背记；有时它又像阵地，你得一块块地去占领；贸易，有时又像爱情，你不用心去思恋，就培育不出婚姻的幸福果……"徐钊这位哲学博士，在中学时得过江苏省中学生作文比赛二等奖，所以他的诗才一旦涌动起来，充满哲理的诗句频频蹦出。

但徐钊的诗，绝非来自书斋，而是在腥风血雨的商战中的磨砺之作。

我们常听说"贸易壁垒"这四个字，而只有像徐钊这样长年厮杀在贸易战线的高手，方会领略其真正的血腥与残酷。

商界如战场，这儿没有常胜将军，有的倒是层出不穷的"翻船”者和“跳楼”者。

处在战场中心，徐钊不可能总是那么好运。

许多人以为做外贸生意的人很风光，穿得最时尚，坐的车最洋派，常年游逛世界各地，吃了玩了还拿美金。但他们却不知一旦遇险后的“翻船”和“跳楼”是什么滋味。

“翻船”和“跳楼”不是你想避免就能避免的。谈判和签约的红地毯上，只有香槟与音乐，不会见到惊涛骇浪，更没有地动山摇，但一转眼，你可能从红地毯上坠入万丈深渊……这不是恶意的夸张，也不是虚假的形容。

“OK，我们是真正的朋友，我方保证尊重阁下的优先选择：离岸价和到岸价均可由阁下定……”抖着小胡子的外商 U 先生，品着红葡萄酒，一派宽容大方的风度。

“那如果是离岸价，先生能付多少？要是到岸价，贵方又能出什么价？”中方外贸人 J 先生试探着。

“用你们中国人的话，我们友谊第一。好说好说。离岸价自然要比到岸价低出不少……”

“那我选择到岸价。”

“J 先生的选择真是充满智慧！好，我给阁下到岸价。”U 先生抖着小胡子，在贸易合同上“唰唰”签上自己的名字。“请吧。”他把笔递给 J 先生的同时轻描淡写地补了一句：“看在我们的交情上，我只在答应给阁下的到岸价上附了一点点小条件：货物运输途中发生损耗和不能按时抵达我国口岸的，保险阁下可得给我买哦。”

“那是自然。”此刻的 J 先生眼里都是对方给出的那优惠的到岸价。签字落笔的那一瞬间，老奸巨猾的 U 先生在一旁正抖着胡子阴笑。

“OK，成交！”U 先生和 J 先生走在猩红的地毯上，四周是迷人的音乐声……

“丁零零！”若干天后，正在等待“老外”将大笔美金汇至账号的J先生被一阵急促的电话铃惊醒。“什么？真翻船啦？”J先生的第一反应是自己从铺着红地毯的楼梯上滚下后连连撞在尖利的木柱上，那个疼呀！

船没有翻，但这与翻船没多少区别。J先生的部下告诉他：公司给异国U先生运去的货物，因为海航运船在印度洋遇风暴，不得转运，由于中途耽搁时间和换运货船，整批货物受损严重，且按照合同签约的条款，J方必须向U先生支付因不能按时抵岸的延时费和货物受损费，两项相加，差不多是整批货物的贸易价。

“J先生，是阁下先付给我两笔赔偿费呢，还是我方将货物退给阁下？”U先生从异国发来越洋传真。

J先生看着传真，欲哭无泪，最后只能问：“货物就别退了，能不能抵那两笔赔偿费？”

U先生爽快地告诉J先生：为了我们今后更好的合作，我同意。

又一次新的合作开始。这回J先生牢记“到岸价”的教训，毅然提出“这回按离岸价结账”。

U先生再抖胡子：“OK，我总把最优先的选择权留给阁下。”提笔签约的那一瞬间，他又是那样潇洒。只是笑眯眯中他轻声对J先生说：“有个小小的建议，小小的。”

“说，只要符合惯例。”J先生心中只有尽早将往日的损失夺回之念。

“痛快！好，我的小小建议是：如果阁下不能在按约定的时间内将货物离岸出运，我是否可以向阁下索赔滞留金？”

“这是自然。”J先生觉得对方提的“建议”属于情理之中。

香槟和音乐声中，合同又一次签订。之后的日子里，J先生与公司上上下下的同事们到处奔忙着组织货源，而且在与U先生预约的时间里将货物交给了海洋外运公司。海洋外运公司也在与

J 先生的合同里明确规定了：如果延误离岸时间，将向 J 先生的公司赔偿。

然而，意外还是出现了：海洋外运公司不能在预定的时间里离岸，一拖就是十天半月……

赔！U 先生在接到货物后，笑嘻嘻地将一份索赔账单传真给 J 先生。

J 先生看了那数字吓了一大跳——尽管他早在签订合同时对这笔数额扫过一眼。痛苦中，J 先生突然想起手中有份同样可以提出赔偿的与海洋外运公司的合同书。

"我们履行合同，赔！"海洋外运公司没有食言。可 J 先生接到这笔赔偿后却大哭了一场："这还不足我赔老 U 的十分之一啊！"

J 先生后来真去跳楼了，外贸界再没有了他的身影和声音……

其实，徐钊遇到的此类贸易陷阱远比 J 先生遇见的多得多。他始终没有跳楼，是因为他在一次次签订合同之前，有了更多如何避免陷阱的知识积累。

那年徐钊他们接了一个客商的 1 万把自行车锁的订单，人家非说锁的质量有问题。业务员们找到供货厂，结果检查来检查去就是没有检查出问题在哪，于是就觉得客户故意挑剔。但客商坚持认为锁质量有问题，并声明如果徐钊他们不做出赔偿和改进供货质量，他们之间的生意就到此为止。

"不做就不做，少了一个和尚，天底下就没庙啦？见鬼嘛！"有的业务员嘀咕起来。

徐钊坚决果断地说："不行，既然客户坚持认为我们供应的锁有问题，那肯定是他们发现了问题。我们不仅要如数赔偿，而且必须找到问题的症结。"

徐钊找到供货厂后，与技术厂长潜心分析研究，终于找到了问题的根源：原来锁本身并不存在质量问题，而是个别锁的弹子少了，这个比例仅为四百分之一，也就是说400把左右的锁里有一把锁里少了一粒弹子而造成锁要重开的问题。按照合同规定，徐钊他们供应的锁的重开率是六百分之一，也就是600把锁中允许一把锁可以重开，如果是599把锁中有一把锁出现需要重开时，这就算是不符合要求。外贸生意严的时候就这么铁面无情，你达不到人家的标准，哪怕只差一点点儿，理亏在你，对方就有权要求你赔偿。这是国际贸易的规矩，也可以说是国际贸易法则，越线就是失败者。

“赔！问题属于我们的，就必须如数赔偿。”徐钊在查明事实后，二话没说便责令部下如数为客商做了1200把锁的赔偿。他的这一举动让客户感到满意，因此这位客户一直视徐钊为最可靠和最值得信赖的合作伙伴，而徐钊以自己的诚信每年都可从这位客户那儿为公司赢得400万的利润。

许多人以为搞外贸的赚钱很容易，哪知当你一脚踩进这个“堡垒”时，却会发现这个领域才最不容易赚到钱的。

“听起来是悖论，其实是真事。做外贸生意，看起来遍地是黄金，但哪个细节上你处理不好，不仅黄金跑了，而且连自己口袋里的钱都会飞走的。”徐钊这样说，是因为他有切实的体会。

徐钊和他的伙伴没有做过赔本生意，关键在于他特别重视贸易中的细节，而使细节演化成金钱正是细腻的苏州人的本领。

“就说说集装箱吧。”徐钊向我们娓娓道来，“外贸离不开集装箱，外行人也不可能像我们那么注重它。但集装箱对我们外贸人来说，就像一只‘金钱魔术箱’，能不能赚到钱，这集装箱往往主宰着我们的钱袋子。通常一个集装箱，全部装满是25吨货物，它的体积为30立方。”

徐钊说他做的是自行车配件生意，如果某次发运的是自行车链条，那么装满一个集装箱25吨的链条时，它占有的体积只有9

立方，还有21立方等于浪费了。如果这回发货的是车圈，满塞满装一集装箱的车圈只有5吨分量，等于又浪费20吨的装量。怎么办？在过去的计划经济年代，某些不负责的商贸者几乎很少考虑这些细节。但徐钊不是，他通常在这些问题上要花费很大精力。为使集装箱能最大化地合理利用起来，每一次外运前，徐钊都要反复精确地计算，直到“魔术箱”的多余空间变尽变绝为止。正是他将这份心思用到了家，他和他公司在外运货物上所花费的成本总是比别人的少二三成，甚至有时少一半，降下成本的钱其实就是利润。有一回一个外销员自以为是地在一只集装箱内装了21吨货物便很满足，哪知徐钊狠狠地将他批了一通，说他浪费了近五分之一空间，不算什么功劳。

“全球化的市场经济条件下的国际贸易，竞争异常激烈，你想赢得成功、赢得市场，不在细节上下苦功夫，你就会被人淘汰出贸易舞台。”徐钊说。

不做生意的人不知赚钱的苦衷。就说一个到南美西非的集装箱，如果你少装了十分之一的货物，等于五六千元美金就没了。不算这笔账的人肯定成不了贸易商。

仅运装上的奥妙就足够学一阵子的。

先说说集装箱的运装法，一般有两种：一种是把你的货物运到有海关的码头装入集装箱。还有一种叫“门到门”，它是由集装箱专运公司用车将集装箱开到你货物的地方，然后装满后拉走，似乎看起来方便了你。但这“方便”中他们会狠狠地“咬”去你一大块肉——运输成本高得吓人。可不动脑筋的人还容易为人家的这种“方便”产生感恩，哪知人家使了“温柔一刀”。

再比如，有的国家是按箱子数量来计算你的码头装卸费用的，巴拿马、加纳等国就是这么个算法。这就需要供应商根据发货的情况，自行想法设计箱子。但不是箱子越大，装得越多就越好。

箱子超大，往往会压坏内箱中的纸垫板，结果反而造成货物挤压破损更严重。还是一句话：合理、科学的设计才会有钱赚。

世界各国的贸易“壁垒”各不相同。再拿集装箱来说明，一些欠发达国家不按装运货物箱子的大小收费，而是根据箱内的货物价值收费。比如有的国家规定：凡集装箱内的货物超过3万美元时，征10%的关税，而低于3万美元时只征收5%的关税。徐钊的招数是：只装29000多美元的货物。这让进口商很满意，一下为他省去一半的关税。另外，有些国家对成品和半成品收的关税差距很大，徐钊就合理地安排工厂生产A、B包装，并隔一周出运，这样既为客户降低了关税，也不影响客户对成品的需求。但作为供应商的徐钊，他们则通常会多花不少时间来完成高低价货物的合理搭配。那些几毛钱，甚至几分钱的小配件，一次合理平衡的装运安排，本身就体现了一种机智的敬业精神和供需商户双方为对方着想的默契。

其最终结果，自然是双方又一次多赚了钱，又一次延续了合作……

在国际贸易中，中国香港人和新加坡人过去一直被世界同行所尊重，这与他们东方文化的背景有关，其共同特点是“活儿做得细”。而作为东方文化发源地的中国大陆，由于长期受计划经济的影响，反倒在国际贸易中失去了应有的被人尊重的地位。改革开放之后，中国的外贸迅速发展，走出去的机会也多了，但一些变了味的“官商”们不注意在同世界贸易接轨中自己的形象，一有出国参加展览会等机会，整天忙碌的不是如何洽谈生意，而是大把大把地花着公家的钱去旅游玩乐，给外人留下不好的印象。

“徐，你不像他们，你甚至比香港地区的人和新加坡的人都做得更好。”所有跟徐钊有过合作的外商们都这样评价来自苏州的这位博士商。

“这常常让我感到尴尬。”徐钊说，“其实要讲东方文化，还有比我们中国人，尤其是中国大陆人更能理解、更能体现的吗？没有。这就使我经常在思考一个问题：在国际贸易中，我们中国的生意要做好做大，国家的强大当然是最关键的，但商场如同战场，光有坚强的国家经济做后盾还不够，中国人必须以东方文化铸造出的特殊魅力去征服和影响世界。我们苏州又可以说是东方文化之精髓、典型的代表，塑造中国苏州商人的形象，无疑对传播中国文化和在世界各地打开外贸大门会有不一样的作用。”徐钊说：“我们不仅拉动了经济的发展，也已成为向海外宣传中国和苏州的先锋战士。”

徐钊因此给自己在国际贸易中的定位是：真诚、勤奋、智慧、亲和、周全、双赢。

“中国是个发展中国家，虽然我们的劳动力价格廉价，产品工艺精美，但贸易中的成功因素绝非仅是这些，它往往最终体现在一个商人的文化底蕴上。而文化不是个空概念，它更多时候是一种细节，一种能让对方心境舒畅的细节，一种让人不得不产生感情的细节。”

1996年，徐钊带队参加在科隆举行的国际展览会。布展那天，有个德国人在徐钊他们的摊位前转悠，通常这个时候是不接待人的，但徐钊立即停下手中的活儿，很礼貌和客气地与那个德国人聊起来。

“您好，斯蒂文！德国最大的自行车配件采购商哦！”徐钊拿着对方的名片后一核查，这才知道“送上门”的这位名叫斯蒂文的商人，竟是自己想见却一直没机会见的大客户。

“徐，中国的徐！你在贸易商界的名气也很大啊！”斯蒂文同样相见恨晚地紧握住徐钊的手。

朋友归朋友，生意上的事决不能有半点含糊，而德国人办事又最讲究有板有眼。“我愿意与徐合作，他让我完全放心。”斯蒂文说。

徐钊之所以能获得像斯蒂文这样的大商家的信任，个中原因自然是徐钊的苏州博士商的特殊魅力在起作用。

你德国人不是讲究有板有眼吗？徐钊便拿出苏州绣花姑娘的细工本领，为德国客户备货发运：你进口商想的我按你要求想到了；你没有想到的我想到了也给你做好；你我事先都没有想到的，我经过一次次反复检查给补上让你更满意。

一来一回，斯蒂文对徐钊这批苏州供货商的满意程度与日俱增。徐钊他们呢，也在同斯蒂文这样的国际采购大家的交往中不断学习和提高自己，并以东方人的友善和机智求得双赢。

“徐，我的这批货必须在15号装船。无论如何你要保证这一天把货装到海运船上。”一日，斯蒂文急电要求徐钊。

“15号装货？”徐钊感到为难了，他知道他的这批货因受条件限制，只能在18号装货，可斯蒂文说的很肯定，没有回旋的余地。

“对，15号，必须是这一天装货，到时我要你的发货时间签单！”斯蒂文说完就挂了国际长途。

徐钊知道斯蒂文的脾气，更知道德国商人的办事习性。他们与你说准的时间，如果你改动了，他会认为你失去信誉，后果将是很不好的。可这边，徐钊知道15号发货是根本不可能的事，18号装货这已是他想尽办法争取来的。“倒签！倒签到15号！”一个意外的情况，让徐钊松了一口气，于是他果断做出这一决定：给斯蒂文传去的装货签单时间仍然是对方所需的15号。

15号，码头上没有动静。到18号那天货船才“呜——”的一声长笛起航……

“徐，我收到你的货了！”斯蒂文在预期的时间内收到了徐钊这边发过去的货物，在赚足一笔美金后，他兴奋地给徐钊发来一份感恩的传真。

“这里有个情况要说明：我们虽然向斯蒂文发去的装货时间比实际装货时间早了3天，可我们的货上的是快船，到达对岸的时间与15号装的货只差了一天，所以斯蒂文很高兴。外商办事讲究合同条款，讲定的事必须做到，否则就是合作信誉有问题。像上面这件事，如果我们一看15号装不了货，就按实际的18号装货时间那么大大咧咧向客商一发传真，人家就会很不高兴，觉得我方没有履约。处理这样的事，需要我们拿出东方人特有的聪明和智慧来。”徐钊说。

1996年，徐钊以其卓著的工作业绩被提升为苏州市五矿进出口公司的副总经理。不多日，他被苏州市政府指派到新加坡贸易学院深造。期间，他的论文获得同届学员中唯一的最佳论文奖。

历经数年在国际贸易界的摸爬滚打，徐钊已对中国这样一个发展中国家如何迅速跟上世界贸易不断变化着的发展形势，以及在激烈的全球市场经济条件下探索出适合我国国情的中国外贸之路，有了自己很多独到的理念。

“中国的外贸，从国民化的层面上讲，应该说是自改革开放后才有的，所以我们跟别的国家相比相差了很大一段距离，但有距离并不说明就不能有所作为。我们国家的外贸与国际外贸的关系，有些像百事可乐与可口可乐的关系。可口可乐是百年驰骋市场的老品牌，可20年前谁知道世界上还有个百事可乐呢？但百事可乐的经营者不简单，他们面对可口可乐一统天下、称王称霸的局面并不气馁，一步一个脚印地培养自己的消费群体。他们用了20年的时间，在麦当劳、肯德基的商店里免费送给青年人喝百事可乐。20年后，当年免费喝上瘾的一代年轻人又有了自己的孩子，百事可乐这时又推出‘百事可乐新一代’的宣传广告，迅速成为这些孩子的珍爱饮料，抢走了可口可乐的一大批消费者。加之当年可口可乐把主要消费市场定位在城市，百事可乐就把基础市场重点放在农村，如此两个战略齐头并进，使一个默默无闻的百事可乐在并不漫长的20年时间里，成为可以同可口可乐这样的‘巨无霸’抗衡的世界第二大饮料。百事可乐的成功道路给我们很多启迪，中国的外贸要真正跻身世界强林之列，就得有百事可乐的精神。”徐钊的外贸理念无疑在他心中已经形成了属于他自己的也是中国的一整套瞄准世界贸易列强为竞争目标的方式方法，这就是他的“从长计议，一个一个客户、一个一个产品地稳步发展推进，从而实现全面出击”的战略战术。

此时的徐钊，无论在经验还是理念上，在中国外贸界都是一位学识与激情并存的勇敢实践者和不懈探索者。正是他具有了学者及行为者的双重身份，所以他在中国外贸界实践了许多传统外贸人过去根本不做也不曾想做的创新。比如过去搞出口的外贸企业是从来不参加国内展览会的。徐钊就把自己研究的新思维告诉给他的供货厂，想在国际贸易上有所作为，就必须在国内的同行中获得竞争的优势；他对部下和搞外贸的同行灌输一个理念：如果没有对国内商品的全面完整的了解，就无法到国际市场上去拼搏和获胜。搞外贸，并非是外语好了、社交能力强了就行，必须“袋子里的东西要多”。徐钊说的这“袋子里的东西”，指的就是对国内整个行业的商情要了解透、掌握透。徐钊本人为了让“袋子里有东西”，只要有可能，他都会去（同时也带着单位同事一起去）参加各种各样的展览会。听给徐钊开车的司机介绍，平时徐钊在大街上突然看到某个人骑了一辆漂亮的自行车，他会立即让司机停车，然后自己追过去问那骑车的人这车是哪儿买的。得到信息后，徐钊会千方百计上商场或直接上自行车厂去把那漂亮车子的情况摸个透。

徐钊很爱用“一网打尽”这个词。他要求自己和部下积极认真地参加各种展览会等，以这类最简捷的方法获取最多行业信息，这个方法便被称为“一网打尽”。

参加过展览会并非就完事了，回来需要做认真精细的分析、总结、罗列。如参加一个文具展览会，对各种型号的铅笔、本子、橡皮、书包、文具盒、贺卡、信封等，都得有一个专业商情的认识和掌握。而每个小品种里面还有分支分类的认识与掌握。一个外贸人要把生意做得“服服帖帖”，就必须先把需要了解的商品知识了解得“服服帖帖”。以为到此就可以蒙头大睡？差矣！你还得考虑这些产品的生产地是否适合你，它包含了运输距离、成本价格，甚至自然气象等与商品不直接相关的其他因素，因为这些东西都与生意能否做成有密切的联系。当然，货源地的政策性问题、区域性问题更需要认真去研究和制订对策方案。这些都是“一网打尽”之前必须做到的事。

而徐钊认为，要想实现信息资源上的“一网打尽”，光考虑外贸人员自身一方还远远不够，还要努力让供货方成为你的“一体化”成员。为做好这一点，徐钊经常将供货商一起拉进国内各种展览会，为他们摆摊设位，宣传产品，展示形象。徐钊始终认为，要把中国的外贸做好做强，既要突出外贸专业公司的优势，更要注重发挥产品厂家的优势。对外贸公司而言，货源厂家比客户还重要。中国已成为世界工厂，货源是否稳定，这是决定外贸公司能否在国际市场上赢得胜利的关键所在。与一个具有创新意识、信誉保障、产品质量过硬的货源厂联手，瞄准目标，一个地区、一个国家地攻克市场，就能达到事半功倍的效果。这是徐钊之所以那么看重供货厂家的根本原因。

生意人的终极目的是赚钱。代表国有贸易公司的外贸人的终极目的是为国家赚钱，而中国今天的许多企业是民营、私人企业，他们赚钱的表面目的似乎只是为了他们个人，其实他们与代表国有贸易单位的外贸人也有同样的另一层赚钱目的，这就是共同促进中国的发展。徐钊对此要比别人更具超前意识和高瞻远瞩的气度，这也使得他在帮助供货厂家发展时有了明确的价值取向。

“其实，外贸与国家的外交有着相似的功能。一个国家的外交工作做好了，世界上的国家都同我们友好了，得益最多的仍是我们国家。从这个意义上讲，我们做外贸的不能光想着自己赚钱，光想着掏空别人的口袋，这样最后必然导致自己的口袋也空了。明智的理念是：首先要让对方感到实惠和赚足钱，你才会心满意足地赚自己想赚的钱。”徐钊的贸易理念折射着一种哲学思想，也包含着东方文化的一种“求大同、求和谐”的本质特色。

在徐钊出任五矿进出口公司副总经理时，同年他为公司全面打开国际市场立下了汗马之功。而许多人并不清楚，徐钊在为公司建立这一功勋之前，更多心思是花在帮助那些著名的外国企业了解和获取中国企业与市场上。这一年在他参加的德国科隆展览会上，徐钊为了让德、英、法、土等有影响的欧洲国家的企业家们能够进一步“吃准”中国产品和市场，他使尽了浑身解数，让欧洲商人们第一次感叹“原来中国大陆有比台湾地区、香港地区以及新加坡更优秀的贸易人”。

“你是中国自行车王！我愿意跟你合作。”阿根廷最大的自行车进出口商被徐钊的真诚友情和个人魅力所折服，当下就给徐钊下了30万美元的单子，据说这是阿根廷商人第一次涉足中国市场。而此次展览会期间，徐钊为欧洲国家的几十位商户进人中国市场铺平了道路。这些商户如今成为将中国自行车带向欧洲和世界的骨干力量。徐钊也因此在众星争雄的国际商界有了“中国自行车王”的美名。

1998年，“中国自行车王”带了助手小王来到埃及开罗参加博览会。著名的开罗横跨尼罗河，气魄雄伟，风貌壮观，是整个中东地区的政治、经济和商业中心，也是阿拉伯联盟总部所在地。市内既有苏丹·哈桑清真寺、艾资哈尔清真寺、萨拉丁城堡、阿布丁宫等古代伊斯兰建筑艺术瑰宝，又有鳞次栉比的现代化高楼大厦。规模宏大、富丽堂皇的开罗国际会议中心则是中埃人民友谊的象征。漫步街头，可见各种肤色的人。本地人宽袍大袖、古风俨然。在某些街区，偶尔还可见到骑着毛驴放牧的村姑。郊外的荒漠、骆驼以及屹立在眼前的金字塔，又仿佛把人带回到三四千年以前的法老时代。但这一切徐钊都没心情欣赏，他埋头于样品、样本、客户资料，掂量了一遍又一遍。虽然徐钊已积累了 1995 年洛杉矶、1996 年科隆、1997 年巴拿马国际博览会的丰富经验，但他仍然还像第一次出国参展一样细心周到地研究了每一个细节问题。比如以前出国参展样品只带一个，这次热销商品的样品就带了两三个，有的客户要当场取样，这样便可当场交给客户；否则如果等到回国后再寄，费用大不说，还耽误时间。此次开罗博览会上，中国有 10 个公司的展位，徐钊的展位被安排在最前面。整个展览会 10 天时间，其间大会安排去金字塔、尼罗河、埃及国家博物馆等名胜古迹参观，徐钊均无暇去观摩欣赏。虽然身为一个学者，他特别向往去一睹世界第一奇迹埃及大金字塔和狮身人面像，也渴望能在游艇上欣赏尼罗河两岸的美丽风光，还有埃及姑娘热辣辣的"肚皮舞"……但为此要损失半天或一天时间，徐钊实在舍不得。对一个外贸工作者来说，展位就是战斗的岗位，展览期间是一刻也不能离开的。与徐钊一起去的业务员小王心里不免有些埋怨"工作狂"的经理，可当她看到外国商客对"中国自行车王"的那股涌自内心的亲切感时，她渐渐明白了自己的经理为什么舍不得离开展位。"开罗作为阿拉伯市场的中心，代表中国水平的苏州外贸商品原先在此却是一片空白，我们的任务就是来开辟战场的。"小王不止一次听徐钊说过这样的话。

而通过此次参加博览会，徐钊他们手上一下有了十几个客户，而且都是大客户。这真是一分辛勤一分收获，老天不负有心人。直到现在，埃及的市场每年都有300万美元以上的订单。那次徐钊组织的中国展览展位也被开罗国际展博会组委会评为最优秀展位，徐钊本人荣幸地受到开罗市长的接见。

“中国自行车王”的名声从此也在中东世界响起。

一般来说，展览结束后是参展人员可以放松的时光，一是任务完成了，二是订单在手上握着，玩起来也轻松愉快，加上展览会的组织者也为与会者做了精心安排。但各路商户没有见着中国的徐钊和小王登上出游的轿车，而是看他们忙着“打的”上当地的几个大进口商那儿拜访去了。其中为了到亚历山大市的一个进口商那儿去，徐钊他们花了5个小时的路程。

那一天，徐钊和小王与这位亚历山大的客商在非常友好的气氛中洽谈到傍晚，奠定了苏州外贸与这个埃及名城之间的长期合作关系。“从那次的经历，我才理解了徐总为什么能够抓住那么多大户，他靠的是像我们苏州姑娘绣花一样的精细本领。”与徐钊同行的小王事后深有感触地说。

徐钊在跟我们谈起此事时，讲了一个细节：

在亚历山大结束拜访后，徐钊他们第二天一早又要赶到埃及的另一个城市汤塔。汤塔在埃及相当于苏州或无锡这样的城市。当日因为时间紧走得太晚，路上共花了5个小时，从晚上9点一直到第二天的凌晨2点。路上，出租车司机突然停下，问徐钊他能不能耽误半个小时？徐钊不知其意。司机说，他刚才看到后面有辆出租车抛锚了，他得帮着将车拉到维修站，否则这位出租车司机就惨了，得在露天待一夜。“那就去吧！赶紧去帮他一下。”徐钊立即反应过来。

“这事让我印象深刻：人家阿拉伯国家的现代化程度没有我们

高，可你瞧人家的道德水准！这让我联想起生意场上的事。都说生意场上大家为了赚钱你死我活地斗，其实这是错误的。生意人最需要相互之间的帮助支持，而且常常需要关怀一些与生意无关的可又是公共义务层面的事。这样的生意人才能受人尊敬，生意也会越做越大。”徐钊对生意行当越深入，理念也越深刻。他说：“中国商界许多人恰恰忽视了这方面的素质。”

在埃及，还有一件事也让徐钊深受感动。参展期间，有一辆展车的车铃不见了。这本来是件小事，谁也不会在意，徐钊和小王更没有将其当回事。可第二天他们刚站到展位，只见一对埃及夫妻带着一个小孩，来到他们的摊位，说他们的小孩昨天拿了徐钊他们的车铃，现在他们是带孩子来道歉的。孩子的母亲又说，她的孩子特别喜欢中国的这个车铃，是不是可以卖给他们？

“OK。但不用卖，我们愿意将车铃正式送给这位小朋友。”徐钊惊异之余，充满感情地对埃及朋友说。

“谢谢，谢谢中国朋友，你们真好。”这一家人喜出望外。

“可真正受感动的是我们。”徐钊说。通过这件小事，他和同事们深深感受到了埃及民风的淳朴，这也更加坚定了徐钊他们与埃及人做生意的决心。后来的事实也证明埃及人非常讲诚信。由于中埃两国关系比较好，再加上有徐钊他们这样一批同样让埃及朋友感到真诚的外贸人的辛勤工作，使得埃及老百姓对中国货十分认可。友谊和生意一起发展，这是徐钊这位具有思想和战略眼光的中国博士商在从事外贸工作中一向追求的“双管齐下”的“双手硬”操守。

“把生意做好的同时，又要维持中国人的良好形象，还要发扬光大，这在国际贸易中绝对不是一句大话，它在我们点点滴滴的培养和感受之中。而且这种培养与感受，完全是自然而然的。”徐钊说。

故事仍在继续。这是开罗展览会后的第三天……

徐钊带小王去离苏伊士运河不远处的一个自由贸易港——赛德港。在这里他们要拜访两个客户，其中一个是交易会上认识的自行车进口商，还有一个则是徐钊在国内时从“埃及商务”簿上查到的。徐钊知道此人是自行车进口商，可就是不知道对方的地址。由于生意领域的特殊性，在参展时徐钊他们不好通过另一个自行车进口商打听此人，所以只能另想办法。最后他们不得不找到当地邮局，让邮局的埃及朋友帮助找这个自行车商人。邮局工作人员明白徐钊他们的意思后态度很友好，马上查出了那家公司的地址。当徐钊他们不辞辛苦地找到那家自行车进口商的老板时，对方惊喜不已地说：“仅凭中国朋友不远万里，这么真诚地来找我们做生意，这个生意我们就做定了！”

订单就这么简单地到了徐钊手里。

第一次生意，按惯例供货商要求进口商付一定比例预付款。埃及朋友问徐钊应付多少，徐钊说进货款额的30%足够了。

“我先付你们50%!”埃及朋友如此痛快地挥笔在合同上签上了自己的名字。

国际贸易生意再没有比零风险的生意更让人放心的了。徐钊用自己的真诚与细腻的为人，在陌生的异国商界为自己的国家和单位获得了一个又一个这样的“零风险生意”。

“噢！我的中国朋友是‘十大杰出青年’！你们放心跟他做生意好了！”埃及朋友在徐钊公司的网上得知徐钊被评为苏州市十大杰出青年后，逢同行就为徐钊宣传。这使徐钊这位“中国自行车王”的名声在埃及和阿拉伯国家广为传播。

“戴维徐，你的名字怎么跟苏州的名字一样啊？”徐钊的中文名字，在埃及人的英文发音中，恰巧与“苏州”二字的英文同音，使很多外国朋友感到很惊诧和好奇。

每每此时，徐钊就会笑得很开心，他会以其独特悦耳的苏州口音讲述自己家乡及祖国的美丽与友好。“做一个国贸好商人不易，赚钱多少是一回事，而珍视对自己的祖国和亲人的那份感情与尊严常常更重要。任何时候待人要真情、真意、亲和、谦逊，同时也要不卑不亢地做人……”徐钊建立了以商贸活动作为锤炼人生和国格的一种崇高职业境界。

米兰是一个古老与现代交融的欧洲城市，它一直是意大利经济、金融、时装业的代名词，是意大利的“经济首都”。米兰全市集中了意大利全国化学工业的20%，冶金工业的15%，机械工业的8%，还有其他重要的工业如橡胶、制药、家电、服装、纺织、食品等。米兰更是著名的博览会城市，它与巴黎、莱比锡统称为“世界三大国际著名博览会之都”。有一个专门组织机构“米兰博览会”（FIERA MILA.O）就在此，它始创于1920年。从1923年起，“米兰博览会”一直将会址固定在城西的多莫多索拉广场（PIAZZA DOMODOSOLA）1号。

这一年的米兰国际博览会，徐钊带着助手小张和小施去参加。意大利市场一直是徐钊想致力开发的，但在国人传统的印象中，意大利人没有德国人那么豪爽和讲信誉，也不像埃及民风淳朴，意大利人总有一种让你感觉很难接近的感觉，似乎对你永远设防和保持着距离。如何打开这样一个国度的市场，徐钊颇费了一番神思。

那天，三人乘坐汉莎公司的飞机。飞机晚点，深夜3点才到米兰。徐钊他们第一次到意大利，事先也没有跟博览会的任何人联系。但令徐钊他们没有料到的是，他们一下飞机，就见一位意大利客户在机场等着他们。

徐钊感到心头一热：意大利人并非拒人千里之外嘛！第一感受让徐钊充满了对意大利人的好感。接下去的事更让徐钊终生难忘：

因为当时时间太晚，一下找不到宾馆，意大利朋友就支起随身备好的两顶帐篷，大的请徐钊和小张、小施他们住，意大利朋友自己则睡在另一顶小帐篷里——帐篷就搭在公园里，这是意大利人的家常便饭。“谁说意大利人不好接近？这是个多么讲情义的民族啊！”那一夜徐钊他们虽然睡在公园里，心头却一直是热乎乎的。

第二天布展，因为随身的工具被机场暂扣，所以他们在布展时遇到很大麻烦，要什么没什么。在他们一筹莫展时，隔壁的一家意大利商户见此情景后，主动给徐钊提供了全部布展工具，其态度既热情又友好。徐钊他们完全被这个古老而现代的城市感动了，从而更加增强了他们开拓这个处女市场的信心。“也许那次我们真的受了意大利朋友真诚和友好情谊的感染，我们的工作干劲与待人处事特别努力和周全，结果为我们苏州主推的‘小羚羊’自行车赢得了突破性的市场份额。从那年起，意大利商户每年要给我们的‘小羚羊’下3000辆左右的订单！如今中国苏州的‘小羚羊’不仅在米兰，也在罗马等地尽展风采……”徐钊对意大利市场的感受始终那么好。

徐钊的真诚为人和商业才华得到了商务部和外国专家局的重视，在全国选拔的为期一年全国首期WTO学习班60名候选人中，他脱颖而出，成为最后入选的20名精英。正当徐钊打点行装准备去澳大利亚新南威尔士大学公费留学时，他被组织点将到了曾经在几年前将他拒之门外的苏州市轻工外贸进出口公司任总经理。而此时的徐钊，在苏州和江苏省外贸系统都是明星级的人物了，不少单位早已盯上他，如省工艺外贸公司、招商局、科委等纷纷向徐钊抛来“绣球”。而在1999年苏州市首次公开招聘副处级以上干部中，徐钊又以优异成绩名列全市第二名。以徐钊的学历和一线工作的业绩，可以说他当时在这一批选拔的干部中最具发展实力。不少老领导和好朋友劝徐钊借此机会在“省长摇篮”的苏州市府谋一要职，这会让他将来的政治前景无限风光。徐钊一笑，说："我已经恋上外贸了。"最终，他还是服从组织安排，到了市轻工外贸公司报到。

过去徐钊听说过轻工外贸的一些情况，但报到后他才知道这个已经连续4年亏损的公司当时账上仅有42000元钱。这钱够干什么用？出一趟外差都不够嘛！更严重的问题是：公司在外面还欠了供货厂及运输公司好几笔账呢！一个外贸公司混到这个份上，也确实到了前途无望的境地。由于资金匮乏，业务量就更少了，一个月没几张订单。没事干，没钱发，这样的单位自然留不住人。徐钊去之前公司的老总已经撤换了三任，业务骨干也都各奔东西了。他第一天上班时，时针已到9点钟，公司还看不到一个人。下午3点，徐钊从办公室出来想找个人商量点事，结果整个公司找不到一个人。人心涣散，怎么可能干出业绩？

如此局面怎么创造出新气象来？徐钊向市外贸局领导提出了一个"条件"：请允许把他在五矿公司带的自行车工作部人员和业务带到轻工外贸公司来。

"为了便于工作，可以。"外贸局领导与五矿公司老总给徐钊开了绿灯。

徐钊把自己的"嫡系部队"从五矿公司调来后，对过去的手下说："我要的是你们拿出以往工作的良好作风给大家看看！我先把话说在前头，你们现在是这个单位的新员工，谁要是学坏不学好，我照样一律辞退！"一向温合治下的徐钊此时一改风格，拿出铁腕作风要求老部下。

这一招还真让松松垮垮的轻工外贸员工震动很大，上班不见人的现象没几天就改了过来。

但作为第四任新来的老总，徐钊知道：要收拾眼前的这副烂摊子，时下最需要的是周转资金和业务量。但此刻的轻工外贸公司正处于大滑坡时期，想力挽狂澜谈何容易。

到底怎么办？徐钊为此苦苦思索……

“好朋友，兄弟现在有点难处，想请你帮一把……”徐钊想到了一位与他有过十余年业务往来的老客户，不得不厚着脸皮打去这样一个电话。

“没问题！徐总，你是什么人？你能向我开口，是瞧得起我！说，要多少？”朋友一腔豪气。

“50 万美金，算预付款，在以后的发货中扣除。”

“说什么呢徐总？我对你还不放心？能交你这个朋友，我十分高兴，只管拿去用，什么时候你重振威风时再说。”朋友到底是朋友，而像这样肝胆相照的朋友，徐钊有一大批，他们多数是前几年在徐钊帮助下走上成功之路的企业家和外商。

朋友这笔钱被徐钊用来还供货厂和船运公司的欠款。但还完欠款，徐钊又两手空空，他不得不重辟新径。

“哇，是徐总啊！有事需要帮忙？”苏州农业银行，徐钊过去的业务结算单位。他们与徐钊有多年的业务交情，建立了良好关系。当听说徐钊到新单位上任伊始遇上困难，二话没说：“你徐总就是信誉和保障，3000 万元贷款我们负责！”

“谢谢。谢谢！”徐钊这时才真正体会到一个人良好信誉的含金量。

精诚所至，金石为开。农行的 3000 万元贷款很快批下来了。

仅仅 3 个月，徐钊已经让公司进入一种良好的运行状态，业务量随之也成倍增长，原来忐忑不安的员工们开始平静下来，他们为新来老总的那种大刀阔斧、雷厉风行的工作作风所感染，更为徐钊杰出的业务才能和熟练的谈判技巧所折服。在员工眼里，任何问题徐钊都能迎刃而解，有困难找徐钊，总经理室成为“急诊室”。各类外贸出口的突发事件，徐钊一个电话一口流利的外语都能“OK”。

对此，公司“十一部”经理颜铭德颇有感慨：“别看徐钊总经理年轻，可他身上有一股让人畏惧的韧劲。我们部门为了谈一笔176万美元的文教用品代理业务，不知到客商那儿登门拜访多少次，电话也打了无数，可对方就是一直不松口。通常这种情况下，我们一般就会放弃了。可徐钊知道后，仍然一次次‘逼’我同那客商打电话联系，甚至亲自约见客户，在谈判桌上徐钊以其真诚感人的肺腑之言终于说动了客户，为我们部门拿下了这笔176万美元的代理业务。可以这么说，没有徐钊的这股韧劲，这笔业务肯定打水漂了！”

公司五部的张雷经理体会更深：“前年阿富汗有个客户慕名前来公司订五六万美元的自行车配件，可当时我们苏州轻工外贸公司在阿富汗还没有一个业务。阿富汗的局势大家知道，战乱不断，这样一个国家里的客户信用根本无从调查。信用保险下不来，做业务存在相当大的风险。徐钊听完汇报后，认为阿富汗虽然前几年战乱，可它是我们的邻国，现在国家正在恢复秩序，是个非常有潜在外贸前景的地区，我们一定要抓住机会进入。于是果断建议我从确认付款方式着手与客户商谈，最后确定客户先付30%货款作为订金备货、出货前一周付清70%余款的方式把业务谈成了。这一着棋为日后公司打开整个阿富汗市场起到了战略性的作用。目前我们的公司在阿富汗每年已有300万美元的自行车出口业务，为国内同行之首。”

“办法总比困难多。”这是徐钊初到公司脱口而出的第一句话。在创业过程中，徐钊以其娴熟的外贸知识、丰富的实践经验，带领公司员工攻下了一个个堡垒，公司先后与一百多个国家和地区建立了长期的贸易合作，出口商品达150余种。2001年当年就完成了2500万美元的出口额，摘掉了长期以来压在公司头上连续多年亏损的帽子。2002 年公司再创佳绩，实现销售收入 3.6 亿元，出口创汇 5000 万美元。

徐钊以其卓著的业绩和才能，再次证明了他作为“博士商”的实力。

2003 年 6 月 28 日，对徐钊和徐钊所带领的团队都是个历史性的时刻。通过改制后的轻工外贸以“苏州恒丰进出口公司”的新名称横空出世。徐钊出任公司董事长、总经理、党委书记和法人代表。

面对竞争越来越激烈的国际市场和企业的集团化任务，徐钊开始让自己的团队向“中国一流、世界前列”的目标奋进。而这其中，他始终认为人才和团队的素质是最重要的。什么样的人才符合“中国一流，世界前列”呢？“我认为对外贸人而言，必须具备五个基本素质：勤奋的工作态度，良好的外语基础，丰富的商品知识，较好的应变能力，以及他的亲和力。”

为此，徐钊在近几年把很大一部分精力放在对人才的培养和引进上。

“培养人才不是说培养就能培养的，它跟种花栽树一个道理，你得细工慢活，你得倾注心血。”徐钊从自己的成长历程中感悟到了一个优秀外贸人所需要的一步步台阶。因此他从招聘大学生的第一步就十分认真。这几年公司进了不少应届大学毕业生，每年在招聘会上徐钊都亲自去。他最不喜欢三类学生：一类是孤芳自赏，一类是好高骛远，一类是眼高手低。最欢迎“基本素质好，专业素质好，肯踏实工作”的年轻人。那些刚进“恒丰”的大学生都得上一堂令他们感到新奇的课——“角色转换课”。台上的“老师”就是他们的总经理徐钊博士。“虽然只有两天时间，但徐总像老师一样，生动形象地给我们介绍公司概况，讲述外贸形势以及如何把握风险、谈判技巧、如何为人处事等知识，让我们很快实现了从大学生到外贸员工的角色转换。”大学生新员工如此说。

课还在继续——平时员工们除了忙于业务外，他们随时可以听到徐钊总经理一次次具体而生动的讲演，有时令人惊心动魄：

“……比如汇款单，一部分信誉较差的客户，一般在星期五‘安排’汇款，他们利用了星期五下午这一特殊时间段，因为星期六、星期天不上班，星期五下午四点半以后就查不到了，所以他催你，逼你，说这批货已经到了，如果你不放单，就会要你出许多滞港费。如果你再不放单，就会如何如何。许多经验丰富的业务员在这个时段‘心软’一把，结果形成大错，到下周一、二永远查不到这笔货款。还有DP的这种付款方式，银行交单，虽然货物是交给银行收单的，但上面写了银行的抬头，而地址是他们公司的，所以你的提单等于是寄给了他们公司，故而一定要查清楚银行的地址，比如美国花旗银行在纽约的分行是不是这个地址，这很重要。这虽然是些细枝末节，可一不小心就会出大问题。还有装运时，对方货代（货物代理商）总要仔细严格审查，如果对方的货代资格没有在中华人民共和国注册，他没有合法的代理权，那么你的货物交给他，就等于交给了一匹狼，因为他的货单是没有货权凭证的，等于你的货扔给了一个根本不认识的人，其结果可想而知，那可是几百万、几千万美元的货物啊……”

徐钊娓娓道来，新员工听得聚精会神。

“国际贸易战线比较长，收款时间较慢，风险也在时时处处。那么怎么防范呢？首先得把好信用证这一关。而我们要知道，客户开的信用证，仅仅是客户保证付款的承诺，并不代表其他；有时恰恰相反，它还会是让你掉进去的陷阱。因为客户通常在他所需的项目里提出各种条件。不研究对方的信用条件，哪怕漏一条，你都可能完全陷入困境。别看人家信用证开给你多少购货订单和多少汇款，只要你做错或漏掉了一项，你辛苦干了一大通可能白流一身汗，甚至还要赔本舍命……”徐钊还讲道 ：“谈判的技巧，也不能急于求成，拿到一个好的项目，你不能立即喜形于色，因为下面还要与客商谈及价格等事宜。一个细节谈不拢，就可能完全丢掉整个项目。但谈判通常起伏不定，出现了困难，你也不能轻易地放弃，放弃就等于前功尽弃。谈判是一种意志的考验、一种能力的展示 ；它又是一门艺术，让你理解别人、认识自我 ；它更是我们贸易人成功与失败、业绩与效益的接力赛，也是我们汗水和智慧的体现过程……”

作为一个学者型的管理者，徐钊比谁都明白人才培养的重要性。今天的“恒丰”能成为外贸系统的一面创汇旗帜，从某种意义讲，就是徐钊抓人才培养的结果。现在他的公司里有一批年轻人，个人的年业务量在1000万美元以上，正是他们使全公司的工作充满生机和活力。

“我不太同意一说人才好像就是那些年轻人，就是大学生、硕士、博士。其实人才人才，应该理解为人尽其才。中国是从长期的计划经济走过来的，我们今天讲发展、讲经济，不能割断历史，不能不从单位的实际出发。如我们外贸系统，过去一直是热门单位，进外贸要靠‘关系’，而这些靠‘关系’进来的人在专业方面不一定很强，但还是有不少优秀的同志在外贸岗位上做了许多贡献。发挥每一个人的主观能动性和创造力，把所有人的积极性调动起来，才是一个企业管理者的全面人才观。”徐钊来到轻工外贸和“恒丰”后，之所以能用短短几年时间开创了崭新的工作局面，其中原因之一，就如他讲的一样，他做到了让单位每一个职工才尽其用。

老同志郁序新自觉在公司是“老人”了，所以干业务时显得非常保守。徐钊觉得老郁工作稳健踏实，有外贸人必须具备的不少优势，因此为了发挥这位老同志的长处，他坚持让老郁参加广交会。

在激烈和快节奏的交易会舞台上，老郁学到了徐钊所期待的敢闯的作风，加之老郁办事稳健老练，不少客户很愿意与他谈生意，这使得老郁收获颇大，感受很深。

从此老郁越干越活跃，当年个人出口量超过400万美金，成为全公司“老当益壮”的典型。年末公司职工聚会时，徐钊带领干部给老郁敬酒，老郁感动得热泪盈眶，说：“徐总，如果没你，我这一辈子也就等下岗了。可现在我一点没觉得自已老，我至少还要为单位、为国家干上几年。”

“老同志有很多优势，他们外语好，业务熟悉，为人又谦和。如果恰当地给他一个舞台，他们的作用一定很大。过去公司老职工作用得不到发挥，重要的原因是管理机制上没有什么相应措施。年轻人眼灵脚快，信息掌握得及时，他们的业务来得也快。相反老职工在这方面就处在劣势。这个时候管理者就更应该为老职工提供平台和资金保证，让他们树立干好业务的信心。同时还要注意和他们及时沟通交流，大胆放手让他们去干。现在我们公司里在业务问题上分不出谁是老职工谁是新职工，他们都干得很欢、很有朝气。”徐钊谈起老职工在公司里的作用时，感到异常欣慰。

现在的公司专职副书记老姚，在徐钊刚上任时是总经理助理，人实在，原则性又强，看不惯那些歪风邪气，但这样的同志让一些人感到不舒服。久而久之，老姚觉得委屈，有不想干的念头。徐钊与在老姚接触中，认定他是个一心为公、坚持原则的好同志。

“老姚，既然我们是想让单位往好上走，你也希望有人改掉你指出的毛病。但你要让他改，先得让他接受你的意见，而要让对方心服口服地接受意见建议，这里面就有个方法和方式问题……”

徐钊与老姚几番促膝倾谈，使这位老同志明白了好的愿望还必须再加上好的方式才能实现。从此老姚很快成为既能独当一面，又善于团结大家的领导好助手。徐钊为董事长兼总经理，很多时间在外忙于业务，他觉得平时有老姚这样的同志在家会让公司上下运营十分正常，于是极力向上级推荐老姚担任了“恒丰”的专职党委副书记。这几年来的实践证明，“恒丰”的发展突飞猛进，这其中老姚的党务工作功不可没。

女职工徐小兰，是原来的“老轻工外贸”，由于她顶撞过领导，被安排到与公司合营的一家企业。徐钊一次来到这家企业，发现徐小兰很正派，给领导提的意见也非常有见解。徐钊心想：公司要不断发展，发展过程中当领导的难免会出现这样那样的问题。要是有徐小兰这样出于公心，能及时向决策者提出一些告诫的人有什么不好？于是徐钊找来徐小兰，与她长谈一次，并希望她回到公司来。

徐小兰有些意外和吃惊：“徐总，你真的要我回来？”

“当然。而且我还想让你当储运科的科长。我知道你原则性强，组织能力又好……”徐钊的话让这位女同志顿时热泪盈眶。

“我……我一定干出个样子来！”后来担任储运科科长的徐小兰确实也有一套，很快让这个原来比较落后的部门一跃变为先进部门。被公司重用的徐小兰事事认真负责，处处以身作则，她管的货物、报关、退税、供货集装箱等事务，徐钊和公司一点不用操心。过去储运科是个谁都不愿去的部门，原因是它工作苦、收入低。徐小兰通过与同事们不断改进工作，部门的效益迅速提高，现在职工的年收入都能达到五六万元。储运科的同志们说，他们的女科长虽然年龄过了 50 岁，可干工作还像当年的“铁姑娘”。

“常听有些成功企业家在谈论企业辉煌时，总把自己看成是企业的救世主。其实一个企业的成功，管理者和决策者固然非常重要，但要使企业长期稳健地发展，关键是企业的主人们是否能够长久地保持向上的干劲和团结的力量。作为一个企业的‘老总’，就像一个钢琴手，如果他能用十个手指非常到位地弹好每一个琴键，那这台钢琴弹奏出的就是动听悦耳的乐章。我们公司有个叫施宏的同志，每年都给公司创造200万的利润，是公司的功臣。我作为老总，内心非常感激他。小施个人素质好，能抵御各种协作单位的‘进攻’，平时所有的业余时间都花在工作上。但对待这样的同志，做领导的就该为他们多想想。因此，我和公司的几位干部平时从各方面努力去关心他。我本人为了给小施找女朋友，就跑过数次。后来小施要结婚买房子，我又动用自己的关系，给他找好的地段、好的楼面。业务上出现问题时，我也会及时帮他处理。去年5月14日小施结婚，邀请我作为证婚人。小施在结婚典礼上说了一段在公司成长的感受，让在场的人都很感动，而我听了也感到无比欣慰。”徐钊讲的这个小施，现在自己也带了三个徒弟，他常说："当年是徐总带了我，如今我也应该无私地把学到的东西传授给新同志。"公司的同志都说小施身上有徐钊的风格。

“现在党中央提出构建和谐社会这个概念，我认为非常重要。对一个企业说，能否构建和谐的工作环境和人际关系，是确保企业生存的重要条件，这也应该是每个单位的党政负责同志落实‘三个代表’重要思想的具体体现。而对我们基层工作的干部来说，构建和谐社会的工作可能就要落在一些细微的具体事情上、一些与职工的关系问题上。”徐钊常说，对自己的部属，不能只知道强调他们为企业做了多少贡献，而不知道平时如何为他们精神和生活注入营养。所谓注入营养，就是注入人与人之间的亲情。“亲情有时比说教更具力量。”这是徐钊的理论，也是他的主政理念。

老高是恒丰公司的老看门伙计。他的第一个女儿丧生于一场车祸，现在的小女儿才10岁，可老高本人却五十多岁了。日理万机的徐钊并没有忘记对这样一位普通职工的关心，坚持每年去老高家看望一次。老高全家现在养成习惯：董事长来家，是他们家最隆重的事。而徐钊除此之外，还经常利用出国出差机会，给老高的女儿买些小礼品和学习用具。老高逢人常说：“在恒丰工作，我感觉比在家里还舒心。”

员工李强是公司的业务骨干，但由于平时业务量大，整天在外跑，慢慢地对家里的事关心少了。老婆下岗后，李强心里不是滋味，一度情绪低落。“李强，我帮你夫人找了一份工作，愿不愿意去？”一天，徐钊问李强。李强一听发愣：“徐总，你这么忙，连我家里的事你都知道啊？”徐钊笑笑：“先别说这些，你先说愿不愿让你爱人上货运公司做货代业务的内配员，只是工作稍辛苦些。”李强忙说：“啥辛苦不辛苦，都是劳动人民出身，有你徐总这么关心帮助，我们没说的，保证干好工作。”去年年底，李强夫妻一起上徐钊家拜年，李强爱人对徐钊说，自己现在已经在合资的货运公司当调度了，一个月 1800 港币，年底老板还发了 5000 港币奖金。“徐总，我爱人能有今天全靠你。我向你保证，我李强一定在恒丰死心塌地地干好工作！”李强哽咽地说。那年李强带领的业务九部以 1400 万美元的业务量，跃居全公司第三名。

我们采访徐钊时，正值今年春节期间。那天徐钊的手机不断有“嘀嘀嘀”的短信响声。徐钊偶尔看一看，又会心一笑。这引起了我们好奇，问他怎么回事。

“又是一个员工发来的。”徐钊亮出手机，读着短信，“这是财务总监姚祺福发来的，我给你们念念：恒丰崛起，是总经理有统军将才；领导支持，让老同志焕发创业激情……”

“蛮有诗意嘛！”我们都笑了。

徐钊笑：“你们都是作家。作家的创作来自灵感。一个单位的职工，他们能够发自内心地想用歌声和诗句来表达内心的感受时，我想可能就是一种和谐的体现。不久前我们公司上合肥开年终总结大会时，业务六部今年出口创汇达 2300 万美金，成为部门创汇的全国第二。两位副经理精心准备了节目，七个人齐唱‘恒丰公司好’，唱得全场掌声雷动。我也很感动，因为职工们积极向上的精神状态对我也是鼓舞和激励。当时我不知怎么想起了一件小事：有个女大学生被招聘到我公司后，工作非常好。她是镇江人，结婚的日子定下后，我曾答应过一定去当她的证婚人。可那天特别忙，需要我处理几件大事。单位的同志知道在这种情况下我一般是不会离开岗位的，但又十分希望我能同他们一起先到镇江去参加这个女孩子的婚礼，因此他们在楼下一直等着没有走。但那天我确实被繁忙的事弄得有些晕头转向，也十分疲倦。我办完事后以为他们早已到镇江去了，下楼那一刻，看到好几十个职工都在雨中等着我上车。我当时心头一震，二话没说，立即钻进车内……到镇江后，我用沙哑的声音为这位女孩子主持完了整个婚礼，下来时身子都有些摇晃。这女孩和她的父母、亲友不知跟我说了多少感激的话，我则对他们说，其实我很开心，也很幸福，因为我觉得自己和单位的职工是心贴心、情连情的，你们说还有比这更让人舒心的吗？”

这就是徐钊，一个充满激情与智慧、充满朝气与亲和力的苏州博士商。

“尊敬的各位领导，同志们，我受恒丰77位员工的委托，在这里向大家汇报工作。在苏州市府、外贸集团总公司的领导下，在全体员工的努力下，我们恒丰历史性地突破了1.23亿美元的出口创汇，成为苏州市一支不可忽视的创汇大军。在这过程中，演绎了很多感人的故事，走过了一段艰苦而光荣的心路历程。过去的一年里，我们获得了苏州市工商局授予的AA级重合同守信用企业，公司完成了ISO 9001认证，出口五部以4500万美金的骄人战绩傲视群雄，被苏州市人民政府授予‘五一劳动奖’，我本人也依托恒丰公司的强劲增势，荣膺苏州市‘十大杰出青年’，并被团市委授予了‘新长征突击手’的光荣称号。当然最重要的是去年9月，购置了公司新的办公大厦，占地面积6700平方米的恒丰大厦，屹立在凤凰街265号，它将成为我们恒丰人创业过程中一个坚实的里程碑，将和我们恒丰人一起去实现我们的光荣梦想。虽然取得了这些成绩，但我们还存在许多不足，无论是业务上，还是管理上，都还有需进一步改善的地方，最后让我用刘欢的歌词结束我今天的报告：所有的成绩已成为了遥远的回忆，让我和我们恒丰人一起从头再来！”这是徐钊在2004年年底向苏州市领导汇报时的一段让人心潮澎湃的话。

2004年，徐钊领导的恒丰公司全年实现销售收入10亿元，进出口总额1.37亿美元。这个数字并不算大，但如果知道这是徐钊带领的一个只有几十人组成的外贸团队所创造的，你就会感觉到它非比寻常，而且更重要的是它还包含了这位苏州博士商给我们提供的许多可借鉴的深刻思想和超前理念。

我们的事业需要高智商的人才，更需要那些对自己的职工和人民充满感情与亲和力的、能对国家和民族进步与发展事业倾心倾力的如徐钊一样的高智商人才！

徐钊已经为后来者树立了一个榜样。

写于2004年

（本文合作者唐晓玲）

义乌：田埂上崛起的『曼哈顿』

引子　感受“华夏第一市”

这里的每一寸土地都会让人感觉到它的富有，富有得满地都铺着黄金，如山的黄金灿烂地映照着这里每一个人的脸庞，他们那么自豪，那么从容，那么轻而易举地将自己变成一个个千万富翁、一个个亿万富翁……

这里的人告诉我，如果你稍稍用些心，你就可以在三五年中成为千万富翁；如果你认真一把，三五年中你就可以成为亿万富翁；如果你智慧加努力的话，你就可能是驰骋国际商界的巨富——巨富的财产可以跃居世界富人榜。

这里的人拿着一份最新排名的“百名富人榜”朝我笑道：不准，这太不准了！我们这儿至少有几十位富商可以进入这个排名的，可他们没有进去，其实那些所谓的富人调查机构根本也不知道我们这儿到底谁最富。

这就是义乌。这就是中国的义乌，一个农民们靠做小商品起家的中国义乌，一个叫人不可思议的富有之地。

这个城市靠鲜活的市场演绎了令世界震惊的传奇。仅仅20年时间，从原本一个贫困的农业小县变成了影响世界小商品市场的国际性商贸名城，实现了“买全球，卖全球”的伟大理想。它以42万种小商品、年成交额近400亿元的力度打造了一个名副其实的“世界超市”！这里的海关每天出口的标准集装箱有1000个，每年有40万个集装箱把40多万种商品运往200多个国家和地区，光世界各大商家就有8000位代表长年驻扎此地！

20年里，这里的生产总值年均增长速度达到24%，高出全国发展水平15个百分点!

义乌，一个中国最赚钱的地方！一个赚全世界钱的地方！一个全世界人都在此赚钱的地方!

你无法相信，这里过去是个完完全全的“一无所有”之地：既不靠海也没有肥田，浙中盆地交通不便；没有资源，人均耕地稀少；没有工业基础。义乌最初唯一留在中国人记忆中的就是“鸡毛换糖”的拨浪鼓声。

但是20年后的今天，所有来义乌的人都会赞叹这儿的市场之大。有人曾经做过这样的计算：如果想把义乌遍布全城的50个专业市场和专业街全部逛上一遍，以一天8小时计，每个摊位逛1分钟，整个义乌市场则需要走120天。

义乌，世界商城之最!

同样，所有来过义乌的人都会发出一个疑问，这个疑问是：这里的人到底是怎样富裕起来的?

有关义乌市场和经营这个市场的文章现在很多了，但对于这个市场到底是如何走过来的，亿万富翁们的昨天是什么景况，看一看8年前笔者用3个多月时间调查采访得来的第一手素材，你会看得津津有味——

对长久居住在首都北京的我来说，当第一次有人告诉我说在中国某一小地方有个“华夏第一市”时，不免有些觉得好笑；不过后来很快得到证实，这的确是个事实。1998年末和1999年初的三四个月里，由于工作需要，我在北京、深圳、海南和苏南几个城市间穿梭着，在感受了中国的首都、特区、大特区和被誉为改革开放最具活力地区之一的苏南之后，我两次来到了浙江中部那个以往名不见经传的小城义乌市，令我没有想到的是：我真的在这里见到了真正意义上的“华夏第一市”——一个以繁荣和生机取胜的城市。

在深圳和海南时，或许这里已经走过了它最辉煌的时代，或许受东南亚金融风暴影响尚未走出阴影，我没有像过去来时被其欣欣向荣、蒸蒸日上的景象所激动，眼下的深圳和海南一切都很平和，或者说商业明显有些萧条。

苏南是我的故乡，在以往的几年里我曾对其投入过极大热忱并用笔多次讴歌过。但走过义乌后再看一看我的故乡时，我必须承认：今天的义乌人，无论从外部的直感或从深层次的实质内容上看，都已超过了苏南地区，而且至少5年甚至更长一段距离……

虽然目前还没有哪里可以同首都北京相提并论，但有一件事却异常令我深思和吃惊：这几年，北京城里盖了一家又一家大商场，其规模、豪华程度一家胜一家，但很多商场开张之后的景况却不尽人意，场内冷清的、没多时又关张的不在少数。地处二环路边的"新万通广场"便是一例，然而这家论档次、论规模、论地势都是一流的新商业大厦，却在开业不到两年即不得不关张歇业，令附近的京城百姓嗟叹不已。1999年元旦，我再一次路过此地时，恰见"新万通"改头换面成了"小百货批发市场"。经不住人山人海的诱惑，当我走进大厦之内，不由得阵阵惊喜，因为这儿的商业气氛远胜于西单、王府井那些老牌名街而一举成为北京人渴望一走的商厦。细细一打听，更为吃惊的，那就是托起这首都繁荣商厦的业主竟有三分之一是义乌人，那些叫京城百姓如醉如迷的商品则几乎有一半以上来自千里之外的义乌市!

不服是不行的。随着时代的发展，我们在论说谁英雄谁好汉时再也不能按照传统的概念了。君不见，一个年轻的比尔·盖茨电脑王国竟然可以抵我泱泱中华几十个甚至几百个国有大企业的全部产值和利润；君不见，一个弹丸之国的日本，就有优于你十几二十个国家的财力和技术；我们不是也有像"春兰""海尔"这样一两个品牌抵得某些省份几成或过半国民生产总值的事吗?

义乌人正在成为“华夏第一市”这样一个角色。不管你承认不承认，这已经是一个不容置疑的事实！

这里已经有了一个全国规模最大的小商品批发市场；

这里有一家兄弟 3 人开的“浪莎”袜厂，一年生产的袜子能供 13 亿人每人穿一双；

这里的一个叫大陈的小镇人还能每 3 年给全中国每人供应一件质地优良、款式新颖的衬衫；

这里……这里还有数不清的“全国第一”，信不信，只有那些到过义乌并能细心观察的人才会认识到这一点。

我称义乌为“华夏第一市”，既不是因为它在全国几万个专业市场中连续 7 年营业销售额居首位，也不是因为这个几乎在一夜之间崛起的已具现代化色彩的城市如何在浙中闪烁着夺目的光彩，而是从耳闻目睹的几件事中所感受到的——

我第一次对义乌受到触动的是，这里的主人亲自领着我来到那个无边无际的商品大世界里，无比自豪地用脚随意在原地划拉了一下，说：“这儿的每平方米土地出售价高达 6.9 万元！”6.9 万元 1 平方米？那在此处设店的业主光买下这么小的一块地皮就得 50 多万元？在我倒抽一口凉气时，主人潇洒地笑笑，说业主虽出钱多些，但能获得如此一块风水宝地，赚的会更多！后来我查阅资料方知，深圳黄金地段的地价历来是中国最高的，曾经拍卖过 1 平方米为 7.2 万元的天文数字，可那是 10 年前的事，现今别说深圳，就是香港最繁华的商业用地能开出 5 万元／平方米的价来，也是超级新闻了。但义乌的 6.9 万元／平方米是在 1998 年发生的事。有道是，贫市长街不留一分银，贵市寸土卖得成吨金。可见义乌的“市”含金量之高。

第二件事是我今年初再赴义乌途中的一路感受。那夜我下飞机出杭州城已过 10 点钟，从西子湖畔到义乌需要近 3 个小时的夜路。我原本以为可以一路打盹，但后来始终没能，因为我的双眼完全被公路上车水马龙的热闹景象所感染，而这样的感受使我一下联想起一年前我访美时从纽约到华盛顿那一段夜路。虽然杭州到义乌的路远比纽约到华盛顿的高速公路差得多，然而如此川流不息的车辆怎能不使人对义乌这个名不见经传的小“市”肃然起敬？由此我联想到在同样时间，有一次行进在京津高速公路上的那种几分钟甚至十几分钟不见一辆车的情形。于是那一夜虽说风尘仆仆，却也加深了我对义乌市的真切了解和体会。

义乌就是一个叫人从心底称道的商市。义乌的市既在你所能看到的高楼与大厦、马路与商埠的视觉中，又在你用同样的钱买到比其他地方更多种类、更高质量商品的实惠中。而更多的是你能从这儿的空间，从这儿的氛围，从这儿的每一个飞驰而过的车辆，从这儿每一张精明脸庞与每一句随口说出的言语中感受到……

第一章　三个里程碑式的人物

如果说20世纪后20年的中国是条真正醒来的巨龙，那么催醒这条巨龙的人便是邓小平。短暂的历史中中国所发生的巨变，证明了邓小平走中国式社会主义道路的理论是中华民族再度称雄世界的思想基石。

如果说当年安徽凤阳农民在一张土地承包书上重重地写下自己的名字而走出了中国农民实践小平理论的第一步，那么义乌人仅用十几年时间在一片贫瘠的黄土地上建成了一个令世人瞩目的现代化大市场，则是中国农民真正运用小平理论，进行着一场祖先们几千年来一直梦想却始终得不到实现的伟大革命，使脸朝黄土背朝天的“泥腿子”们得以扬眉吐气地成了城市的主人，使每一块过去只种粮食的庄稼地奇迹般的变成了生金收银的市场。听起来似乎很平淡的一段往事，然而作为同一时代的我们，又怎能不理解这瞬间的历史中曾有的那充满曲折与惊涛骇浪的过往……

义乌在哪里？义乌人是谁？义乌——好怪的两个字，什么意思？兴许几年前像我这样常在各地奔跑的人都会提出这样的问话。

是的，连义乌人自己都这样告诉我，换在十几年二十多年前，他们自己都不愿张口让外人知道自己是义乌的人。那时义乌人没有可炫耀的名称，取代这些的是被人瞧不起或吐唾沫的“鸡毛换糖”的“敲糖帮”。在过去的江南，有句话这样说：“苦，苦不过大年初一披风戴雪走千家的敲糖帮；烂，烂不过夜宿猪棚日讨饭的叫花子。”据说，已有几百年靠敲糖换鸡毛历史的义乌人，到十二三年前的1986年、1987年时，才彻底扔下那副靠赚一把鸡毛一根猪骨来维持生计的换糖担子。

后来我才明白，今天的义乌人为什么一听说我要写一部义乌新史时就最先把冯爱倩抬了出来。

出现在我面前的冯爱倩，是个很典型的南方阿婆。她今年已经 59 岁了，生意做得不大不小，现在主要精力在参与管理“中国小商品市场”。“忙哩，几万个摊位，十几万个商家，天天都有你干不完的活，做不完的事……”冯爱倩递过名片，我一看职务还真多：义乌市政协委员、个体劳动者协会副主席、市场治保副主任……

“人家说我是华夏第一市里的‘一号臣民’，这还真不是吹出来的。你们外人现在来看看我们义乌市场今天这么热闹，这么了不得，可你们是怎么也想不出我们现在这些百万富翁、亿万富婆，在当年是如何一步一磕头、一跪三作揖走过来的。”冯爱倩眼里闪着泪花。

“过去义乌人穷得远近闻名。别说乡下种地的农民，就是我这样吃商品粮的城镇居民的日子也过得有了今朝没明朝。”如今早已是“百万富婆”的冯爱倩一谈起往事，总会情不自禁。她说，她年轻时也是种地的乡下人，为了实现做“城里人”的梦，敢作敢为的她不顾别人在后面指指点点，大姑娘一人扎到爷们堆里参加了“生产合作社”。那时冯爱倩的生活根基虽说还在乡下，但那种“吃商品粮”的感觉使她内心充满着自豪感和优越感，成天小嘴里有唱不完的小曲。但穷乡僻壤的义乌小城镇，在当年就像一艘漂泊不定的破船，没几年，冯爱倩就被上面一声令下，又把户口转到了乡下。为了养活 5 个儿女，仅靠在供销社工作的丈夫那几个死工资，一家人连嘴都填不饱。冯爱倩十分辛酸地告诉我，有一次为了给孩子做一顿饱饭吃，她竟然连跨了 6 条门槛也没借到一粒米。她不得不携子拖女在丈夫单位下面当家属临时工，并且一干就是 7 年。一晃到了1979年，孩子们也开始大了，上学、穿衣都得花钱，做妈的冯爱倩顾不了啥“面子里子”了，她看到稠城镇的一块火灾烧毁的房基地上有人提起篮子在卖各种小商品，一天也能赚回几块钱来。这对巧妇无米炊的冯爱倩来说，太有诱惑了。当她兴冲冲地到街道申请“做买卖”时，街道一名负责人大眼瞪小眼地朝她嚷嚷道：“我们正准备抓那些投机倒把分子呢，你可好，还想跟他们合帮呀！”冯爱倩吓得再不敢进街道管委会那个门。

可日子还得过。1980年，做了近40年“城里人”梦的冯爱倩终于实现了梦想。为了把农村的户口迁到城里，她卖掉了10担谷子，每担8元，总共80元。入夜，冯爱倩摸摸口袋里的钱，心里不停地想着“小钱变大钱”的事。

“哎，你有没有钱借我？”她推醒正酣睡的丈夫。

“你……半夜了想什么事吗？”老实巴交的丈夫揉了揉眼，问，“要钱干啥？你不是刚卖谷吗？”

“我想做点生意，那点钱不够本。”

“啥？你要做生意？”丈夫似乎一下被吓醒了，“我们今天下午还在开会说要狠狠打击投机倒把，你不是将鸡蛋往石头上砸吗？”

“啥砸不砸的？我全家人要吃饭，谁管？”冯爱倩生气了，“你到底有没有钱借我？”

“除了工资全交给你了，我哪还有钱嘛？”

丈夫说的是实话。无奈，冯爱倩后来只好托人从信用社贷了300元。有了这380元的本钱，40岁的冯爱倩便开始了艰辛的从商之路。

最初的生意很简单，先到百货公司那儿进点很便宜的纽扣、鞋带、别针什么的，这些都是义乌“鸡毛换糖人”的必需品。少进小出，第一天摆摊，除去成本、开支外，净赚了6元多。冯爱倩的心里别提有多高兴！她过去当了十几年的临时工，一天工钱不过 9 毛钱，一个月下来也就是 27 元。如今一天就是 6 元，这笔账谁都会算。第二天摆摊比第一天还多赚了几元，第三天冯爱倩回家一点当天的生意，呀，整整赚了 22 块！

做定了，这“奸商”我做定了！尝到甜头的冯爱倩从此一发而不可收，她知道要赚钱，一是必须进货便宜，二是必须出手快。当时义乌只有两个像样的集市，一是稠城镇集市，另一个便是“鸡毛换糖”的发源地廿三里集市。两个集市一逢农历双号，一逢农历单号。为了赶这两个集市，冯爱倩头天早晨在这个集市摆完摊后，下午就得立马乘车赶到外地进货，当天夜里必须赶回并配好货，这样才能赶上第二天的另一个集市。不说一个妇道人家在大街上摆摊做买卖会遇到什么样的事，单说上外地进货这一项，冯爱倩说她现在想起来都觉得是一场场噩梦——

“……头年夏天，我到金华百货公司进货，求人敬佛，好不容易进了 2000 把纸扇，当我担着担子往回赶火车时，因为天热担重，又空了两顿没进一口水和一粒粮，我沿铁路走着走着，突然心头发闷，两眼直冒金星，连人带担子倒在了铁路边……我怎么也起不来，心想这回惨了，别说赚钱，就是性命都捡不回了。就在这时一位好心的道口工瞧见了，是他把我扶进小屋，又是端水又是帮着揉腰，才算使我缓过劲来。说起到外地进货的苦处，真能讲几天几夜。那时各地的政策还没放开，我们这些个体户上国营单位进货，人家就像见瘟神似的害怕，生怕多收你一分钱也会沾上‘资本主义病菌’。可毕竟有不少企业的积压产品太多，又见我们都是现钱交易，所以我们的货源还能解决。但回程的路常常比上门求货更难，铁路线上的‘打击投机倒把’比抓小偷还严。为了躲避一道又一道的检查，我们都不敢走火车站的检票口，全得等火车出站或到站放慢车那段时间里扒窗上下车。你想都是几十岁的妇道人家，又带着筐子拖着货，那扒车的光景谁见了都说我是要钱不要命啊！可他们哪里知道，为了一家人的生活，为了孩子能上学吃饱饭，我这么做是既要钱来又不敢舍命啊！有一次带着货跳车，结果差点摔断我的双腿。那时我们这些上街出门摆摊做生意的人，都被看作‘投机倒把分子’，你一不留神就可能被‘市管委’那些戴红袖标的人抓进去，罚没钱物，上学习班。我印象中最可怕的情形要算外出进货回义乌的事了。那时哪像现在条条大路通义乌，只有一条铁路连着外面，所以我们出去进货只能搭乘火车。每次回义乌时，眼看快到站时的那几分钟里，远远先把货从车窗口扔到铁路旁边的庄稼地或野草丛里，然后人再随着减速的车子一个跟头跳下去。转身猫着腰重新捡起货物拔腿便跑……你问为啥这么做？怕呀，每趟车到站时总有好几队戴红袖标的人，像宪兵似的在站口左右的几百米之间巡逻，抓住还了得！说出来你可能会觉得好笑，有一次我跳车下来刚刚把扔下来的货物重新收拾到担子里，刚直起腰就见迎面有个戴红袖标的人朝我这边走来，吓得扔下担子"扑通"卧倒在地。你说戴红袖标的他检查就检查吧，可偏偏这冤家遛遛逛逛不走人，害得我整整趴在野草堆里好几个小时，苦啊，现在回想起来就要掉眼泪……"

刚直的冯爱倩不想让别人看到自己掉泪，她把头往上一仰，嗓门一下高出两倍："你说我们这么玩命从外面运回些百姓日常生活用品，到市场上摆摊换那么几个辛苦钱，可偏被说成是‘资本主义的尾巴’，硬要砍断不可。当时我们义乌城关的稠城镇没现在这么多的人口，城市面积也没这么大，但也有几万人在这里生活着呀。我们这摆小摊的人天天就像游击队似的东摆一时辰，西摆一时辰，好不容易后来在县委、县政府门前附近的一块空地上有了可以做买卖的气候，有关部门一下出动了好多人，把我们这些做生意的和来买货的顾客赶得四处奔逃，当时百姓们敢怒却不敢言，因为上面也一直在喊不准这不准那。可我们是小老百姓一个，要吃饭要生活呀，卖个家家户户都离不开的针头线脑、牙膏笔头有什么不可以的嘛！我们一帮在北门街摆摊的小贩们扎堆在一起议论，一议论就心里来火。大伙好不伤心地说，阿拉义乌人看来永远只能外出披风戴雪去当‘敲糖帮’，过吃百家饭的苦日子了！我听后心里也好难过，寻思着难道自己的人民政府和共产党就这么不能体察民情？不行，我一定要弄弄明白，说啥也得让当官的明明白白地告诉我一声，到底让不让我们百姓有口饭吃？

“决心已定，我就一连几天守在当时的县委大门口。因为听说县里刚来了个新书记，我想要找就找最大的官。大伙都知道我要找县委书记论理，都又盼又怕地跟在我后面想看个究竟。一天，有人告诉我说那个个头不高、衣着很朴实的人就是新来的县委谢书记。我见他刚从理发店里走出来，便壮着胆迎上去问道：‘你就是谢书记吗？’他打量了我一下，问我是干什么的？我说：‘我是在市场上经商的，做点小买卖养家糊口，可政府为啥赶着我们天天无处落脚，或是拿高得吓人的收费来逼我们干不下去呢？’我说完这几句话，谢书记用不同寻常的眼光打量了我一番，见在我身后又站了一大群围观者，便把头一甩，说你到我办公室。一听县委书记这句话，我身后的那些伙计们真吓坏了，心想你冯爱倩这下完啦，不是被抓起来，也要狠狠地被批一通。那时‘文化大革命’刚结束没几年，大家受阶级斗争的影响太深了。我当时心里也紧张，人家是一县之官，我小小老百姓一个，他一句话说不定够我坐牢呢！可又一想，事已到此，我即便是坐牢入狱，也要从共产党的书记嘴里弄个明白：到底做买卖错在哪里？就这样，我跟着进了谢书记的办公室。不想这个谢书记一进门嗓门就大了，说你在县委的大门口吵吵嚷嚷成何体统？我一听也来火了。看他在桌子上敲一下，我就在桌上拍两下。兴许谢书记还是第一次看到有那么一个普普通通的平民百姓，敢在他面前为了摆摊与不摆摊的问题如此动肝火，于是竟然慢慢平静下来，给我让座倒水，又坦诚相待地问我义乌百姓的生活。我呢，一看这么大的父母官能静下心来听百姓的话，顿时多少年憋在心头的话像开了闸的水，我说，我们义乌人祖辈穷，穷就穷在人多地少田又薄。可为什么还能在此生活繁衍至今呢？就是义乌人会经商，你可别小看这‘鸡毛换糖’，它作用可大呢，一方面解决了我们这儿人多地少劳动力充裕的矛盾，另一方面大伙通过做些点点滴滴的生意弥补了家家户户的生活困难，更重要的是我们义乌人最敢闯，肯吃苦。如今其他地方都在搞开放，我们义乌人没有啥优势，也学不像人家，但我们这儿的人都会经商，都会‘鸡毛换糖’呀！要能把‘鸡毛换糖’的精神和经商积极性发挥出来，我就不信义乌人不如别人。我说到这儿，谢书记眼睛也跟着亮了起来，问我，你真认为行吗？我说怎么不行？随后我把自己前阵子做小生意，有时一天赚的钱比过去一个月挣的工资还多的事一说，谢书记频频点头，又不停地在办公室里来回走动起来。后来，他站在我面前，大声说道：‘好，你先回去，让我好好想想。’我一听很高兴，刚出门又想起一件重要事，便转身问谢书记：‘那我们能不能在街上摆摊呀？’他一挥手，说可以，你们先干干再说。我又担心地说道：‘可市场管理人员天天赶我们呀！’谢书记双手往腰里一叉，说：‘放心，我会打电话给他们的。’跟县委书记见面会有这么好的结局，是我做梦也没有想到的。难怪当我走出县委大门时，那些等候在外准备看热闹的经商朋友一下拥了过来，说你怎么没被抓起来呀？我笑笑说：‘谢书记还给我让座倒茶呢，怎么会抓我呢！’可大伙最关心的还是让不让摆摊经商的事。我说：‘只管摆，我有谢书记的话呢！’大伙将信将疑，我心里有底，像以往一样挑起担子往马路边一放，便吆喝起来，而且这天的嗓门比平时更清脆响亮了许多。伙计们一看我真的毫无顾虑地重新做起生意，便纷纷跟着摆摊设点起来。这不，一连几天我们红红火火摆摊卖货，顺顺当当，再没有人来赶我们了。而且不几日，县委以'整顿市场领导小组'的名义，发布了在义乌改革开放历史上有名的第一号《通告》。这个《通告》是手抄的，在北门街上贴了有七八张。这对我们这些'地下工作者'经商户来说，是天大的喜讯。《通告》一贴出，市民们里三层外三层地围观着，那场面至今让我难忘。没几天，北门街头的小商小贩一下多了几倍，而且每日见涨，直到后来整个一条街上摆满了摊位，到这儿来买货看热闹的就更多了，这就是我们义乌中国小商品市场的雏形。现在一说起当年的事，义乌人就半真半假地说我是义乌市场的'第一个吃螃蟹的人'。他们夸我说要不是你冯爱倩敢冒坐牢房的险，跟县委书记较真，'第一号《通告》'就不会那么快出台，小商品市场就不可能形成今天这个样，咱义乌市的发展更谈不上了！'哎哟，我区区一个小百姓哪敢贪天之功呀！要说义乌有今天，当家做主的谢书记才有最了不起的功勋！'

"对，正好这次博览会他也来了，你一定采访采访他才是。"冯爱倩从那段难忘的回忆中回复过来的第一句话对我这样说。

她说的谢书记，全名叫谢高华，是 1982 年 7 月调任到此的义乌县县委书记，任期至 1984 年底。谢高华在义乌只有两年多时间，但他是义乌历史上口碑最好的一位县领导。因为在 60 多万义乌人心目中，他们一致认为，是谢高华书记当时排除阻力，顺应民心，果断地站出来砸碎了紧箍在人们手脚上的枷锁，之后才有了义乌飞速发展的商品市场和现代化建设，以及人民的富裕生活。

谢高华是义乌人心中的丰碑。

我来义乌便听说，前两年就有人自发起来集资，要为他们的谢书记立一座大理石碑，后来因为远在衢州过着退休生活的谢高华本人极力反对，才放弃了此事。1998 年 10 月底，我作为中国作家协会访问团成员，在义乌市参加中国小商品博览会期间，有幸见到并采访了谢高华本人。

现今卸任颐养天年的谢高华，比我想象中的传奇人物显得瘦小得多，然而谈起当年他在义乌的政治生涯，却是滔滔不绝——

“我是浙江衢州人，刚调任义乌时情况不了解，但对这儿‘鸡毛换糖’的传统却早有所闻。80多岁的老母亲听说我要到义乌工作，很心酸地说，儿啊，你干吗要到一个穷地方？就是老母亲的这句话，在我心头留下了阵阵隐痛。俗话说，为官一任，总得给百姓留点什么才是。义乌是个穷得出名的地方，我去后能有些什么作为呢？当时党的十一届三中全会召开不久，但下面‘左’的干扰还很严重，可是我到义乌后的感觉是，这儿的农民思想很活跃。外出经商、上街摆摊的不少。但由于当时的政策不太明朗，有关部门对这些现象一般都是采取‘批、打、管、刹’，百姓为此怨言很多，那天冯爱倩上我办公室论理，说真的是给我上了一课。她走后我一直在思考这样一件事：既然义乌有善经商的传统，而且百姓能从中改善生活，为什么我们不好好因势利导，网开一面呢？当我把自己的想法放到县委领导班子会议上讨论时，我没想到大多数人沉默不言，这是为什么呀？后来我才知道，正是因为义乌自古以来有‘鸡毛换糖’做些小买卖的传统，‘文化大革命’中的历任领导甚至包括公社、大队、生产队的干部都一直遭上级的批评，原因是即便‘批资本主义’最激烈的岁月，义乌始终没断过有人摇着拨浪鼓偷偷外出‘鸡毛换糖’搞经营的历史，而且一些大队、生产队甚至公社干部带队外出。这在‘文化大革命’年代当然是‘严重的政治问题’，抓住一个这样的典型，肯定没好结果。但义乌的同志又告诉我，在咱义乌，‘鸡毛换糖’的事，就像野火春风，你怎么打、怎么禁、怎么赶，它就是断不了根。我问那到底是啥原因呢？他们只告诉我一句话：穷到头了自然就得想法求活命呗！冯爱倩和这些干部们的话，给我心灵上的触动巨大，我决心要把义乌一直受压制的‘鸡毛换糖’经商风，做个彻底的调查，看到底是该刹还是该放。为此我发动县机关的一批干部，到下面进行全面的调查，听取各方面的意见。我本人亲自到了稠城、义东、苏溪、佛堂、义亭等许多村镇实地了解。因为我新来乍到，那时不像现在县里市里都有报纸、电视，我这县委书记也没多少百姓认识，所以下去很容易获得第一手材料。但也有例外的，有一次工商局的一名干部坐在吉普车上跟我一起下乡，当地那些参与经商的人过去被工商局的‘打击投机倒把办公室’的人‘打’怕了，一见我们下车便纷纷躲避。我对那位工商局干部开玩笑说：‘不行，一两年之内，你不能跟我同行，否则连我都接近不了一个百姓！’”

通过调查摸底，大家汇总的结果是：50% 以上的人认为开放经商市场没问题，应当大力提倡，40% 的人认为问题不大，可以试着办，只有百分之四五的人反对。有了这个调查依据，谢高华在县机关大会上就提出：“义乌的小商品经营不是一大‘包袱’，而是义乌的一大优势，应当大力提倡和鼓励……”这话音刚落，会场上顿时议论纷纷，看得出大多数人是喜形于色，但也有人立即反问：“可上面要严厉打击各种投机倒把活动，像‘鸡毛换糖’这样的经商活动，分明算投机倒把，是资本主义的尾巴，我们应当给予坚决的打击，应当毫不留情地割其尾巴！”这是一个敏感的问题，但又是不可回避的。当时他内心也很激动，但还是强压着自己的情绪，用通俗的语言坦诚地对大家说：“过去我在别的县也干过‘割资本主义尾巴’的事，结果事与愿违，影响了当地生产力发展，百姓怨声载道。而今我们的党号召改革开放，干工作实事求是。我到义乌虽然时间不长，但从百姓的话里，从干部的深切感受里，我觉得‘割资本主义尾巴’没道理。就拿我们义乌人‘鸡毛换糖’的传统来说，人家过大年欢天喜地，咱义乌货郎却在冰天雪地里走南闯北，没日没夜，挨家挨户去用糖换鸡毛、换鸡内金。回来后将上等的鸡毛出售给国家，支援出口，差的直接用来做地里的肥料。把鸡内金卖给医药公司，自己呢赚回一点利，这样利国又利民的事，怎么可以说成搞‘资本主义’，当‘资本主义的尾巴’割呢？我在这里向大家表态，从今开始，我们要为义乌人‘鸡毛换糖’正名，不仅不准再把这类经营活动归为搞‘资本主义’进行批判，而且要大力提倡，积极鼓励！”后来的第一号《通告》就是在此次会后，谢高华敦促下面的人搞出来的。最先开办的稠城、廿三里小商品市场便名正言顺地由“地下”走到了“地上”，义乌人的命运从此开始了历史性的转折……

义乌小商品市场的开禁，使几十万本来就善经营、敢干事又肯吃苦的义乌人，解脱了多年束缚在身上的枷锁，纷纷加入到了经营行列。一大批农民从田埂走向了城里，有的重操拨浪鼓干起传统的“鸡毛换糖”，更多的则上街摆摊开店，到外地批发进货运回义乌。特别是一些能工巧匠，全都行动起来，他们把祖先留传下来的本领，重新用于开发像制糖、产枣等传统加工业上。正当农民们欢天喜地，甩开膀子大干时，那些国营和集体商业的干部职工却大呼其苦，说谢高华这一放，把整个义乌搞乱搞烂了，一时间，县里收到的告状信就多达两麻袋。尤其是城内几家国营商业单位的人，甚至堵住县委大门，要求谢高华撤回“一号《通告》”。“你们是不是文具用品商店的？”谢高华扫了眼，见人群中有几位是商业局下属商店的职工，便问。

“是嘛。”对方不明其意。

谢高华笑笑说：“我先给你们讲件几天前发生的事，那是我的亲身经历。那天我批文件用的铅笔用完了，便上街到你们那儿买笔。当时我见一位营业员正在埋头看小说，又正看得起劲，我问她有没有铅笔卖，她头也不抬地说没有。我低头往玻璃柜内一看，里面明明放着很多我想要的那种笔嘛，我说同志这儿不是有笔吗？这营业员很不耐烦地站起身，拿出一支笔往柜台上一扔，也不说价，只管低头看她的小说……同志们，我说这件事可不是胡编的呀，你们自己承认不承认有这样的事？就是这样的经营态度和服务水平，人家小商品市场上的经营者怎么可能不把你们冲垮？要我说，你们不解决自己的问题，堂堂国有、集体单位被小商小贩冲垮挤掉，也是活该！”

书记的一番话，说得这些刚才还理直气壮的人一个个面红耳赤地低下了头。

但问题远非那么简单。

外埠人都知道浙江有闻名中外的名特产——金华火腿，其实“金华火腿”的真正发源地是义乌。谢高华放手让农民搞经营和市场后，具有传统工艺的佛堂镇几个农民办了家“田心火腿厂”。消息传出，省、地、县食品公司不干了，找到县委坚决要求关闭佛堂镇农民办的火腿厂，理由是金华火腿在过去几十年里一直是由国营食品公司独家经营的，农民无权参与。谢高华一听很生气，说：“金华火腿是金华人民创造的而不是食品公司创造的。农民创造了火腿，哪有没有加工火腿权利的道理？至于私人火腿加工的质量和产品出口的问题，只要保证达到有关要求，服从上面的计划安排就行！”

“谢书记，你这么说，就等于放纵农民破坏国家政策，我们不能同意。如果你不令他们关张，我们就到省里、中央去告你！”来者不善，且针锋相对。但他们碰上了一个为了人民利益从不害怕的县委书记。

“要告随你的便，但让我下令关农民的加工厂，就是撤职我也不会去做！”谢高华回答得斩钉截铁。

历史便是这样一位无情的法官。我们不妨做个假设，如果说，十几年前不是谢高华一手为个体经济大开门渠，一手力挽狂澜顶住方方面面的压力，义乌会有今天的“华夏第一市”之称吗？

不会。64万义乌人明确地告诉我。

历经沧桑，如今依然过着平民生活的谢高华却这样说：“在当时还没有明确的关于开放发展市场经济的具体规定出台的情况下，县委、县政府根据党的十一届三中全会所提出的实事求是的思想路线，从义乌的实际出发，敢于承担风险，允许个体经济，开发小商品市场，这不是哪位领导者的功劳，而是义乌人民从祖先那儿继承的血脉里就有一股敢为天下先、敢说实话办实事的精神所致！”

是啊，论自然条件，论地理优势，义乌没有一点可以同沿海开放地区的县市相比，就是在浙江，义乌也无半点先天优势可言，然而它恰恰比别人在改革开放的道路上先行了，并且走得那么雄赳赳，气昂昂！难以想象，没有足够的精神力量和大无畏的胆识是断不可能的。

勇于探索，敢于实践，自古就是义乌人的秉性。当我踏上这块热土之后，方知儿时熟吟的“鹅，鹅，鹅，曲项向天歌，白毛浮绿水，红掌拨清波”这首诗的作者竟是义乌人，他便是人称“初唐四杰”之一的骆宾王。想当年，骆宾王“试看今日之域中，竟是谁家之天下”的讨武檄文，震荡武氏朝廷而后又成为千古名作。《共产党宣言》中文版首译者、著名语言学家陈望道，革命文艺理论家冯雪峰，杰出历史学家吴晗先生，皆为义乌人士。

我第一次来到义乌时，正值举国上下纪念党的十一届三中全会召开20周年之际，邓小平理论作为中国共产党人在新的历史时期的指导思想，如今已被写入党章，写入国家的宪法。这是民心所归，国魂所归。邓小平理论的核心是什么？对，是提倡实事求是，走具有中国特色的社会主义道路。

什么是中国特色的社会主义？什么是真正的社会主义？小平同志和他的理论就是针对上述问题为我们找到了科学、准确和开创性的答案。任何一个真理与历史经验都需要实践来检查。而真正哲人可贵之处就在于它最初的敏锐与发现。在走向21世纪的今天，我们回过头看一看义乌人在十几年前领先于全国，首创了以个体经营为主导的小商品市场时，你会发现冯爱倩、谢高华等人，在当时的所作所为是何等了不起！写到这里，我不得不重墨写到义乌的另一位人物，他便是骆宾王的子孙、冯雪峰同族后裔冯志来。

冯志来几乎与义乌现今的市场没有什么直接的关系，从稠州北门路上冯爱倩他们摆摊开始，到今天遍地开花的义乌社会主义市场经济成长的整个历史，冯志来只是一位热心和冷静的旁观者、思想者，虽然他也出版了有关对义乌市场思考与发展的专著《兴市边鼓集》。就像今天被称为“华夏第一市”的义乌农民市场经济令国人不可思议一样，作为一个普普通通的平民百姓，冯志来竟在30多年前的1962年就写出了与今天我们高举的邓小平理论旗帜内容极其吻合的《半社会主义论》和《为什么》两篇著作，是中国式社会主义理论最先提出的非凡人物之一。

1962年时的中国是个什么历史阶段？那是极左思潮和严重的困难时期正重袭神州大地的特殊时期。人民共和国在风风雨雨、颠颠簸簸中行进了十多年，虽然人民翻身做了主人，但国家的躯体和人民的心灵上却留下了千疮百孔的伤痕。什么是社会主义？社会主义往何处走、怎么走？这些似乎早已被中国共产党的领袖们下了一个个定义的问题，又一次次使那些善于思考和探究的哲人产生了疑问。在没有哲学纷争只有贫苦困扰和时时处处受人监视的一个偏僻的浙江农村长大的、一位年仅27岁的义乌青年，正在暗淡的煤油灯下写下了六个大字《半社会主义论》。

怎么？社会主义还有半个一说？！

是的，这位刚被摘掉右派帽子不久的义乌青年，面对一件件触目惊心、屡屡刺痛国民心脏的严酷现实，他大声疾呼："虽然中华人民共和国的人民民主制度，保证了我国能够通过和平的道路，消灭剥削和贫困，走向繁荣幸福的社会主义社会。在土地改革以后，我们开始逐步实现国家社会主义工业化，逐步实现对农业、手工业和资本主义工商业的社会主义改造，使我们的国家出现了一片繁荣发展的景象。但是近年来，由于照我们所创造的一套办法行事之后，那一丝刚刚挂在多灾多难的中国人民脸上的笑容，又不得不去坐它的禁闭……"一句话："中国不能通过资本主义而后进入社会主义，这是早有人论证过的，但是它也不可能马上进入社会主义。只有通过半社会主义的相当长的发展阶段，才能完成社会主义建设。这是由中国生产力状况所决定的，这是中国的主客观多方面的历史条件所决定的，任何人都不能违背这个经济发展规律。"

我看到冯志来的《半社会主义论》原文是在他写出 30 多年后的今天。今天是个好年代，今天我们共产党人通过对半个世纪的社会主义道路的探索，得出的一个重要结论是：我国现阶段只是社会主义初级阶段，而且这个初级阶段还需要相当长的历史。聪明的人们自然会发现，当今天我们认真读一下江泽民总书记在党的十五大上所做的报告，读一读关于全国人大会议所做的修改宪法的决议，你是不是感觉到为什么 30 多年前义乌人冯志来所论述的"半社会主义"理论与今天我们党所说的社会主义初级阶段理论何等相似！

不错，就其精神实质，冯志来当年的"半社会主义"概念完全可以说与今天我们常挂在嘴边的社会主义初级阶段理论如出一辙。冯志来了不起也就在于此。要不然，他这么个小人物也不至于成为毛泽东所言的“两个半包产到户理论家”之一而载入中国农村社会主义革命和建设的特殊史册。

30多年前中国社会正处在一段灾难的历史阶段，以毛泽东为代表的中国共产党人对什么是社会主义、怎么建设社会主义有着很多迷茫，致使社会民生危机四伏。义乌人冯志来就是在这样的背景下，开始了对真理的重新探求。他生活于社会底层，对农民和百姓生活有切肤之感，当然对社会上刮起的极左风所带来的灾难性后果有更深刻、更直接的了解。他从祖先骆宾王那儿继承了刚正不阿的血脉，又从同族叔伯冯雪峰身上学到了献身真理的勇敢精神，故而他孜孜不倦地在常人难以想象的艰苦条件下，向毕生所挚爱的党投出了一部惊世的诤文——

> 我党近来犯了主观主义、急躁冒进的毛病，非但在生产力不能为农业提供成套农机的时候，实行了全盘合作化，而且还利用加重粮食征购，平调农民财产的手段来发展工业，从而使生产力和生产关系的统一遭到破坏。
>
> 我认为包产到户确是一条唯一出路。有人认为这是资产阶级路线，是资本主义复辟，是恢复小农经济，是单干。我说这是十足的装腔作势，借以吓人。诚然，包产到户实质上是单干，是搞小商品生产。但它是在中华人民共和国、无产阶级专政下的单干和小商品生产，它是在土地国有的前提下的单干和小商品生产。这难道和封建社会、资本主义社会的小商品生产一模一样吗？难道有人看到自己的父亲有鼻子，就认为有鼻子的人都是自己的父亲吗？
>
> 应该得出结论：目前唯一的办法，就是实行属于社会主义范畴的包产到户的小商品生产，允许农民独立经

> 营，允许为他们服务的商贩和手工业的独立经营……这样做，是完全从中国现阶段生产力出发，完全是为了调动农民的劳动自觉性，完全是为了解决6亿人民的吃饭穿衣问题，完全是为了抑制农村高利贷苗头、防止阶级分化。这是6亿人民的呼声！中华民族的呼声！是巩固工农联盟和人民民主专政国家所绝对需要的！

听，中国人民听到了吗？

呵，义乌人，我好为你们感到自豪！想象你们在30多年前，就有人站出来为你们后来所进行的包产到户、发展小商品市场而大声疾呼！智慧的哲人总是先知于别人。当我激动地读着冯志来当年写下的《半社会主义论》原稿时，我一遍又一遍地思考着，如果历史允许有一种这样的假设——当年义乌人就按照冯志来所疾呼的“包产到户”、搞小商品市场，那今天的义乌是不是就可以同新加坡比个高低了？整个中国的发展是不是比现在要强很多倍呢？然而，我们假设的一切都没有在现实生活中发生。倒是冯志来这位不屈的硬汉子做了一件书生气十足的举动，最后落得自己的几十年苦役……

1962年4月底的一天，就在《半社会主义论》完稿一周之时，冯志来满怀壮志，带着口袋中仅有的农业局补发的160元工资，踏上了北去的列车。当然，他的身上还有最重要的东西，那便是他几个月呕心沥血、几经易稿写出的《半社会主义论》文稿。为了能让最高层的决策者和舆论界重视，他特意抄了三份，每一份前面都附了一个便笺，上面引用了文天祥就义前的名句：“人生自古谁无死，留取丹心照汗青”，以表骨鲠在喉、一吐为快、不计生死的壮志。两天之后，他来到北京前门的一家小旅馆住下，随即分别将文稿送至中共中央、《红旗》杂志和人民日报社。

“你？一个兽医竟大谈政治？”在中共中央办公厅的信访处，一位年轻干部不屑一顾地扫了一眼冯志来递上的文稿，然后不无轻蔑地说，“下面刮‘五风’的情况，中央已经知道了，你就去干好自己的工作。”

冯志来望着那张十分幼稚，又一副装腔作势的脸，心头顿涌无名之火，可他又能说什么呢？冯志来当时并不知道，眼前的这位中央办公厅信访科的“跑腿”，就是后来在“文化大革命”中出尽风头的戚本禹。

回到故乡后，冯志来一直天真地期待《人民日报》《红旗》杂志能把他的文章刊登出来，或者派人来征求意见什么的，可一等几十天如同石沉大海，他周围的农民兄弟们依然狂热地举着旗帜，在进行着所谓的“社会主义革命和建设”。更使他不能置之不理的是他一直热心关注的安徽省包产到户经验也开始被批判了。于是在无人理会他的《半社会主义论》的两个多月后，冯志来压不住心头之焦虑，用更加尖锐的笔锋直向权威发出挑战。

“我这篇文章是为了修正与补充《半社会主义论》一文的。都是给党内的同志们看，给革命者看的。所以我不想隐瞒自己的观点，因为那是懦夫的表现，不是老实态度。为了革命的利益，为了国家民族的利益，我觉得在困难关头，人人都应该挺身而出，去挑几斤担子。任何明哲保身或袖手旁观的自由主义态度，都不是革命者所应有的，它有负于天下苍生，有负于人民期望。为此，不管本文怎样触动权威，都希望同志们耐心读下去……”

冯志来这回又同样将文稿一式三份寄至中共中央、《红旗》杂志和《人民日报》，只是为吸取上次杳无音信的教训，要了个“小聪明”：在署名处加了“冯雪峰侄儿”几个字。他知道同族叔叔是名人，容易引起有关人士的重视。

不久中央召开八届十中全会，“以阶级斗争为纲”就是此次全会上提出的，冯志来从此被打入十八层地狱。直至1980年，他上书中央，终于在1983年10月彻底平反。此时正值好官谢高华在义乌当县委书记，他读完当年冯志来写的《半社会主义论》和《怎么办》后，拍案叫绝："这是个人才呀！"不几日，谢高华把冯志来从兽医岗位调进了县委机关。几年后，冯志来成了义乌市经济研究中心负责人，直至1998年退休。而这段时间，正是义乌农民联产承包、个体经济蓬勃发展、小商品市场逐渐形成的时期。冯志来不曾想到的是，30年前他在受监视管制的茅棚油灯下畅想的"半社会主义理论"，不仅如涓涓小溪流进了邓小平理论这条大江之中，而且就在自己的家乡，父老乡亲们依靠劳动和智慧，取得了市场经济的卓越成就。

八月秋高蔗正甜，
枣红橘绿桂花香。
风吹禾稻连曦色，
迷尔楼台笑夕阳。
滚滚车轮近日月，
纷纷云燕竟翱翔。
市场吞吐五洲利，
喜鹊招来四海商。

在一派繁花似锦、商意浓浓的社会主义初级阶段蒸蒸日上的景象面前，冯志来这位沉默了几十年的哲人，诗兴大发。

第二章 “拨浪鼓”奏出的乐章

义乌地处浙江中部，古称乌伤。它的地名，还与一则美丽动人的传说相联：有一个叫颜乌的孝子，此人出身贫寒，却深知礼义和孝敬之道。那时中原战乱频繁，为避战祸，颜乌和他相依为命的父亲来到江都义乌地域居住。不久父亲病重而逝，悲痛欲绝的颜乌因家中一贫如洗，为了埋葬父亲，他用双手刨坑。手指破了，鲜血和着泥土。一群乌鸦被他的孝行所感动，纷纷帮他衔土葬父，乌鸦的嘴伤痕累累，颜乌也因此悲痛欲绝地倒在了父亲坟旁……这里的地名便取自“颜乌葬父”之说。

义乌二字，反映了义乌人的传统美德。然而，为了能在这块贫瘠的土地上繁衍生息，颜氏的后代用自己勤劳的双手开山耕地，培育和种植出了大批枣树和甘蔗，从此义乌因盛行制糖业和出产金丝琥珀枣而名扬天下。地处浙中的义乌，旧时山穷水稀，交通闭塞，虽说有钱经商者不愿长此驻足，却也留住了一批历代官府贬谪的人众和一拨拨战乱中的败将伤卒。渐渐地，义乌成了一个人多地少更穷得出奇的地方。穷则思变，于是，就有人想法将地里的甘蔗制成糖块，然后到异乡以糖换物，再将换来的物品分类，或卖掉变现钱，或做肥料种植粮食。据《义乌县志》记载：早在清乾隆时，本县就有农民于每年冬春农闲季节，肩挑糖担，手摇拨浪鼓，用本县土产红糖熬制成糖块或生姜糖粒，去外地串村走巷，上门换取禽畜毛骨、旧衣破鞋、废铜烂铁等，博取微利，清咸丰同治年间，糖担货仓增至妇女所需针线脂粉、髻网木梳等小商品。抗日战争前夕，本县操此业人数增至数万，发展成为独特性行业——“敲糖帮”。

也许北方人谁也没有见过“敲糖帮”是个什么样，但在南方，30 岁出头的人几乎都见过那些手持拨浪鼓、肩挑货郎担的换糖人。在我小时候的记忆中，一到农闲，特别是正月过年的那些日子里，换糖人来得就特别多，几乎天天能见着。此次到义乌采访，方使我明白儿时天天盼的换糖人原来竟是今天的写作对象，这不免让我忆起小时候的一幕幕情景。那时，家居乡下的人过年过节时，总要杀鸡宰猪，而余下的鸡毛猪骨头常常被扔在一边，老人和小孩则喜欢把这东西捡起来收拾好，一等摇拨浪鼓的货郎担来，便可以换一块甜甜嘴的棒糖、卷糖。如果东西多一些呢，家里的大人就要从货郎担那儿换回些针头线脑的日用品。我印象很深的是，我奶奶每次梳头时总要把梳子上的一缕缕掉下的头发卷好后积存起来，等货郎担来后就拿出一卷卷头发给我这个大孙子换上一两块糖吃。那时我多么希望奶奶每次梳头都掉下些头发。而我奶奶呢，虽然已是 90 高龄、风烛残年的老人，可她至今仍保留着积存残脱头发的习惯。说来也巧，1999 年的春节，当我从义乌采访完毕顺道回老家时，我的奶奶竟又从她的床底下拿出一大卷头发，说阿明（我的小名），你看我一直把头发给你留着呢，可现在的换糖人怎么再也不来了？我赶忙接过那一缕缕花白的头发，忍不住告诉奶奶，说过去那些换糖人早已不出来了，他们现在做大生意，都富了。奶奶一听，两眼一亮道：真是世道变了，过去的换糖人是最苦、最可怜的人哪！

我奶奶的话没错，但她老人家不像我这样有福气，亲眼看到过去的换糖人现今个个都富得快要流油的景象！

“敲糖帮”，拨浪鼓，如今我还能见得到你们吗？

当我知道儿时看到的换糖人货郎担都是义乌人时，来到义乌的第一件事就想再见一见那二三十年前常常盼望在村头出现的

“敲糖帮”，以及他们手中咚咚响的拨浪鼓。然而我寻觅了多少天后，一直没有见过一把拨浪鼓（遗憾之际，我特意向当地干部建议应当将传统的拨浪鼓当作一个特色产品大力开发），于是说到了挑货郎担的“敲糖帮”。义乌人都笑了起来：现在哪有呀！我们都在摆摊开店办工厂，谁还干那行当嘛！其实这一点我也能猜到，只是因为到了义乌，到了拨浪鼓的故乡，它勾起了我儿时对“换糖人”的那份特殊感情，在今天日日尝惯了冰激凌和雀巢咖啡之余，很想再尝一次阔别了几十年的正宗的义乌青糖块。义乌人又笑了，说我们现在可以给你搬来很多很多糖，却实在没有哪家能一下给你拿出一块当年换鸡毛的那种糖块了。我听后虽然多少有些遗憾，但在看到当年的换糖人如今家家富裕、户户小康的新景象，心中仍然兴奋为多。

但我还是有一个要求，就是要亲自到一趟廿三里，看一看这个曾经是拨浪鼓和义乌小商品市场的发源地。

廿三里在义乌一带名气很大，由于它同周围 5 个集镇的距离在旧时均为 23 里路，故而得名。眼前的拨浪鼓发源地，与我想象中的小镇差距实在太大。你看那数公里长的宽阔大道，当地人说最宽处有 36 米；再看大道两边全是清一色的崭新楼宇，均有四五层高。“从路面到楼房，都是农民自己花钱修建的。”当地人不无自豪地告诉我。

就是这个以往只有一条小街的拨浪鼓故乡的小镇，如今仅集镇面积就达四五平方公里，本地城镇居民人数达 2 万多。加上 1 万多外地打工者，集镇人口已超过 3 万人。近千个大中小私人企业密布全镇，组成了已具现代化规模的浙中名镇。据说，小镇上的一块四五十平方米的地基，现今售价在 30 万元以上。如果在好地段还不止此数。当我跨进镇政府的大院，抬头仰望正面耸立的办公大楼时，我马上为京城的“部委楼”叫屈，因为廿三里的镇政府大楼好气派！

“这是托改革开放政策和义乌市场红火的福。”接待我的几位镇干部连声谦虚，等中午就餐时我才知道他们说的全是实情，与我同桌的5个镇干部中，有3个是当年摇拨浪鼓出身的“敲糖帮”。主人们介绍说，在他们这儿近几百年以来，几乎每家每户都是摇拨浪鼓的。那时，男人挑着货郎担走南闯北去“鸡毛换糖”，家里的女人则把男人们换回来的货物分类处置，或制糖扎花，做些小工艺品，为当家人再次出门备货。廿三里的那条不足两百米的小街，便是远近“敲糖帮”们进行自由交易的唯一场所，也就是后来发展成整个义乌小商品大市场的“始发站”。

“旧街现在还有？”

“有，镇里保留了它。”

这是个喜讯，我情不自禁让主人带着前往。

眼前的这条一线型小街，是那种我儿时熟悉的江南小镇街道。它的街道仅有两根扁担那么宽，弧形的石子马路，左右两边的铺面依然是旧时的内容：杂货铺、小面馆、剃头店，而这里注定现在不会再顾客盈门了。在一个字画店铺里，见一位斯文的老者正在写春联，我便过去招呼。

老伯姓赵名伟懋，今年66岁，以前是位教书匠，退休后在自家的临街小屋里开了个书画铺面。“现在大家都富裕了，逢年过节，大利大吉什么的都爱添点喜色，所以我的小生意一月也能挣上几百元。”老伯乐滋滋地说。

“这条小街有多少年头了？”

“远的说不上，但现在这条街，据说太平天国时就这个模样。”

“那……你记忆中什么时候来这条街上做生意的人最多？”

“割尾巴的时候呀！”老伯脱口而出，我却一下未解此意。他忙又说一句：“就是割资本主义尾巴的时候！那时我们义乌这一带的人没得好日子过了，所以外出‘鸡毛换糖’的人最多，那时这条街也就最热闹了！”

老人的“黑色幽默”使我们忍俊不禁。在农村大割“资本主义尾巴”，把中国老百姓割得苦不堪言！“狡黠”的义乌人有这“鸡毛换糖”的高招，故而廿三里这条小街上长着的“资本主义尾巴”竟异常粗壮，这不正是一则义乌人创造的绝佳“政治幽默”吗？

但义乌人自己清楚，为了这则“黑色幽默”，他们所付出的却是滴滴血泪……

在义乌几十万经商大军里，施文建是第一批从廿三里走出的“红色地主”……因为他不仅当过村支书，还是现在的“中国小商品市场”的劳协第一任党支书。1985 年时，正值义乌市场大发展，施文建已经是当地从商人员中的“大哥大”了，但这位“14950”摊主却放弃滚滚而来的钞票不赚，当起了为别人赚钱做铺路石的个体协会副主任。施文建不是傻人，他做生意时的精明是出了名的，但他义无反顾地放弃了当亿万富翁的机会。现今已 65 岁的老施告诉我，他愿牺牲个人的赚钱机会而让更多的父老乡亲富起来，就因为他有太多的摇“拨浪鼓”的苦难经历，他太知道他的众多摇“拨浪鼓”的乡亲们渴望摆脱贫困。

“我是土生土长的廿三里人，我生活的那个如甫村在义乌是出名的穷村。1956 年我就是村上的党支部书记，但党的十一届三中全会前，我们农村受左的思潮影响太重太深，特别是‘文化大革命’期间，干啥都不行，你想带领大伙弄点好日子过，就得挨批挨斗。我们村所在地土质瘠薄，播种水稻如果没有家禽家畜的毛货做基肥，水稻就会发棵分蘖不良，产量也就上不去了。为了肥料，我们的祖先就利用当地产青糖的优势，很早就有了‘鸡毛换糖’的经商传统。其实义乌人最早的‘鸡毛换糖’并不是为赚钱，而是为改良土壤不得已之举。后来在‘鸡毛换糖’过程中发现它不仅能解决用家禽家畜的毛充作肥料，从而达到改良土壤的目的，还能赢得一些可以改善生活的薄利，于是‘鸡毛换糖’从此成了义乌人在这块贫瘠的土地上赖以生存繁衍的一种基本手段。”

施老先生向我讲述了一般义乌人讲不出的“鸡毛换糖”的道道来。然后他用充满沧桑的语调，以自己的经历，向我诉说了义乌人“鸡毛换糖”的那些不堪回首的苦难：“咱这儿的人本来就穷，哪有什么本钱出去做买卖？不是靠家里的老母鸡生下几个蛋不舍得吃或者等圈里的猪仔大了后卖掉凑上几个钱，添一些小百货，再挑上一副货郎担，摇着拨浪鼓就出门了。以前我当村支书时不能带头外出‘鸡毛换糖’，造反派把我打倒了，使我也有了摇拨浪鼓的机会。1967 年我第一次出门到的是一个大山区，因为只有那些没有人去的地方，才可能用我们的义乌青糖和小百货换得些农家人闲置的家禽兽毛。我至今还记得第一次出门走的那趟路，那真叫‘吃的六谷糊，走的上脚路’。雪大风大，出门时我挑着担子没敢穿衣，这一路哟，进不能进，退没处退，而风尖子雪花儿照常直往我心口里钻。眼看天快黑了，我心头急，脚想抬得快些，结果不小心，连人带担跌倒在路边的潭子中……那一瞬间我只有一个念头：不能这样白白淹死在他乡异地！我到现在都不明白自己当初是怎样从刺骨的潭水中爬到岸头的。等到上岸后，我又最先想到了担子里换来的货物，于是顾不得透湿的全身，挑起担子直奔当地的供销社，待到把货卖掉时，我的衣裤全成了冰碴碴，身子上下没一处不是通红浮肿……可要说最受苦的还不是这。我们摇拨浪鼓的，最怕的是被人无端地怀疑或误解。那年我看到一些地方的农民兄弟很喜欢毒鼠药，于是也在货郎担里带了几包。哪知有个村的一位妇女因同丈夫不和，歹心想用毒药害她男人。幸好那男人闻得饭中有味，当即倒给家犬吃掉，那可怜的家犬当场倒地而死。我并不知其前因后果，所以路过那地仍然吆喝着：

‘有鸡毛换老鼠药的吗？’我的话刚落音，一队臂套红袖标的‘红卫兵’不由分说就把我揪住，并一顿围攻……好在事后有群知情的老太太争先恐后地一边来买老鼠药，一边取笑地对那些红卫兵们说：‘我们买药可不会去毒死丈夫的，再说我们的男人早就入土了！’一阵嘲笑声中，我方才被‘解放’，可那受惊的心几天都没平静下来。”

骆有华，廿三镇的副镇长。他并不是我预先定下的采访对象，但我们一坐下来，这位曾有6年军龄的汉子忍不住挥泪与我诉说他的“拨浪鼓”生涯。骆镇长说他1975年从部队回乡时，在生产队干一天只能得2毛钱，最好的年成也就5毛一天。那时一斤大米4毛钱，一个壮劳力一天怎么也得吃一斤大米，出力流汗干一天，却还不够一天吃的，日子自然无法过下去。他骆有华在外从军6年，也算见过世面的人，但生活所逼，也不得不低下高昂的头，手持拨浪鼓，远离家门去“鸡毛换糖”。“我当时是生产队干部，又是在部队入了党的人，上面规定是不能带头出去搞啥‘资本主义’的呀！可当干部的也得过日子嘛！无奈，我托人从外生产大队开出了一张证明。那时没有证明外出可要吃苦头的。我们义乌就有人因为半途身上带的证明丢了，结果到江西‘鸡毛换糖’的路上，不仅被没收了全部货物，而且整整关了几个月，当家人几经周折将其救出来时，早已成了半人半鬼。我现在还清楚记得第一次出去时的40元本钱是怎么来的：那是全家3口人省下的四丈五尺布票换来13块5毛钱……那时每尺布票能卖3毛钱，另外自留地里的菜卖了2块，加上生产队分的9斤黄豆卖掉后换来的一些钱，加上我退伍剩下的24元，这总共40块钱的来源已时过30多年了，我还一笔笔都记得清楚。这说明啥？说明那时我们义乌人太穷，不出去做点小副业就别想过日子。可我们义乌人‘鸡毛换糖’也不是啥好生意呀！除了义乌人，没听说谁干过‘鸡毛换糖’的事嘛。为啥？还不因为那是又苦又没利可图的生意嘛！但我们义乌人比别人不一样之处也在这里：敢吃苦，不怕利小，再小的利只要是利就去做，这兴许是我们今天义乌的大市场能形成的精神内涵吧。你问我‘鸡毛换糖’的生意怎么做下来的？我告诉你是这样：譬如我开始出去就40块本钱，先得把这40块本钱换成货，那些所谓的货都是些针头线脑，以及女人用的头花发卡什么的。到一地你先得找好落脚点，在那里花1块3毛钱住一宿吃两顿饭，早一顿，晚一顿，中间十几个小时就是你摇拨浪鼓的时间。‘鸡毛换糖’的生意说简单也简单，比如我用本钱一毛钱买上一包纳鞋底的针，一毛钱一包的针有25根，我们出去可以用两根针换一把鸡毛，一毛钱一包的25根针，通常可以换一两斤鸡毛，一两斤鸡毛是可以卖好几块钱哪！所以一般我们从秋后的11月份开始外出“鸡毛换糖”，一直到春节过后的2月底3月初才往回走。三四个月奔波下来，除了每天交一块钱给生产队记工分外，也能积下三四百元。那时一个冬里攒下三四百块钱可不是个小数目。所以我们义乌人虽然自知吃的苦可以用担子挑，但从不愿轻易放弃拨浪鼓。”

“你最远的地方到过哪里？”我问。

“江西。是搭火车去的。”骆镇长说。

“一天最多走过多少路？”

“嗯……反正记得有一次连爬山走路，过了两个县城，足有百十多里路吧！”他说，“我记忆中最惨的一次是自已两天没好好进一口食。”

“为什么？”

“那次本来计划是当天返回落脚点的，后来见生意不错，只管往山里走，不想一进去就出不来了，整整两天两宿不见人烟，虽说早已肚皮贴着后背，可肩头的担子不敢丢呀，那两天的路就像当年红军走了两万五千里……我们现今四五十岁的人，很多人有胃病，十有八九都是摇拨浪鼓弄出来的毛病……”

骆先生的话使我陷入了一个久远的回忆：我记得那时我才刚上小学，这一年春节我的一个小姑姑结婚，家里来了很多亲戚。中午时分，村边来了位“鸡毛换糖”的“野人”——我们苏南那一带这样称呼养蜂换糖的外乡人。在当时，我当然不知道那个摇拨浪鼓的“野人”是义乌人，更不知道他们为了生计所承受的苦楚。那“野人”进村后突然倒在了地上，参加婚礼的我家亲戚们慌忙将那人扶起，给口水喝后，那摇拨浪鼓的人慢慢醒来，随后我和在场的人都看到了他的口角流淌着一丝鲜红的血痕。我吓坏了，听到大人们在不安地说：“不好不好，今天触霉头了！触霉头了！”于是有人摇来一只摆渡船要送那换糖人到镇上的医院，可那“野人”摇摇手，就是不愿去。我看着那人担着担子，摇摇晃晃地走出村子，手中的那只拨浪鼓后来也掉在了路边的水沟里。我和村上的孩子虽然很喜欢拨浪鼓，可谁也没敢去捡，因为听大人说第二天人们发现这个丢拨浪鼓的换糖人就死在半道上……这件事是我小时候几个有限的记忆中始终没有忘却的其中之一，如果不是 30 多年后有幸与义乌人相识，恐也渐渐淡漠了，然而当我再度在拨浪鼓的故乡重新回忆起这个孩提时的片断时，更增了几分对换糖人的怜悯之心，同时也想借机纠正一下我们苏南人对外乡人的那种明显有歧视成分的称谓。

“哎——有鸡毛猪骨旧衣破帽换糖哟！拨啷，拨啷……”义乌之行，我没有想到自己的情感竟然始终难以弃舍那童年时耳边常常回荡的吆喝声。这吆喝声，使我不禁无数遍地体味着昨天的义乌人是怎样生存与奋争的！也许正是我从小就有过对拨浪鼓旋律的特别情感，因此现在似乎更容易倾听和接受义乌人从原始生命中所奏出的那种旋律。

在义乌，我听人讲了很多有关拨浪鼓手们的故事：

——有一位拨浪鼓手到江西“鸡毛换糖”，因为当地人认定他是搞“资本主义”，而这位义乌人又半途丢了生产大队开出允许出外经商的证明，结果人家把他当作流窜犯对待，在一个石场被迫干了近一年的苦役。而在这期间，家人以为他饿死在外，结果当他从石场回到家时，妻子和独生女都成为别家的人了。

——有一位拨浪鼓手刚出门就遇上倒霉事，夜行山路，不慎双腿摔断，留下终身残疾。80 多岁的老母亲把儿子伺候了一辈子，最后还是老母亲为儿送了葬……

——有一位现在仍经常流浪在小商品市场的疯女人，她的丈夫就是在三四十年前的一次“鸡毛换糖”途中得病后身死异乡的。那个亡夫与妻子当时是新婚，新娘子日盼夜盼郎君回家，可她盼枯了眼窝，哭干了泪水，几年后她突然哈哈大笑，从此便变成了疯婆子……

在廿三里镇的廿三里村党支部书记朱有富家，主人告诉我，拿他们廿三里村为例，过去一到农闲季节，村上就见不到十五六岁至 60 岁的男人了，哪一家男人不出门“鸡毛换糖”是不正常的事。朱有富的名字起得实在贴切，他家的四层楼房可以眺望廿三里新镇的全景，风水之好远非一般。但与周围新楼迭起的左邻右舍相比，朱有富家已经有几分寒酸了。这也许更证明了他大堂内 3 块由市政府颁发的“富民书记”金匾为什么一直闪闪发光，也由此可见这位当年的拨浪鼓手是位名副其实造福于民的好带头人。

谈起今天的廿三里，朱有富异常激动，从他的嘴里我知道了现今这个现代化的廿三里镇，十几年前还是个仅有一条不足两百米长的小街，以及几户不拿工分的城镇居民的“小码头”而已。如今的廿三里，仅镇区面积就达 4 平方公里，宽阔的马路，成行的楼宇，处处都是繁荣的景象和通达八方的商品市场。在农民心目中被视为“上层社会”身份象征的城镇居民户口拥有者已达3万多人。朱有富说，他的村现在全都是“城里人”了，2000多号人个个都变成了“居民户口”。他说你们城里人不太明白，可对我们农民来说，这拿到“居民户口”那真是了不得的事。有人说百万元千万元的钱好挣，但谁能把农民的户口变成“居民户口”才叫真本事哩！看，现在我们全村人家家户户都成城里人了，这对农民来说可是最大、最实际的变化呀！还有两个现象也可以说明我们廿三里人的今非昔比。你看到咱新镇区了吧，几平方公里全是新街新楼，而这些新街新楼不是政府出钱拿经费盖的、铺的，全是我们个人拿钱盖的楼铺的路，政府只是进行了规划布局。可能你已经听说了我们廿三里镇的一块40多平方米的商业用地已经卖到21万元了！过去都说大城市里的黄金地段寸土寸金，现今我们偏远的农村土地也值钱了，这难道不是最大的变化吗？还有一件事可以说明同样道理，仅拿我们村来说，本村人口仅有2400多，而现在常住的外地人口却已超过了5000，是本地人口的两倍以上。他们中间不仅有打工的，而且已有不少人落脚在这儿做生意了。你问为什么一个小镇留得住这么多外地“凤凰”，当然是因为这儿有经商的市场呗！

“廿三里自古是块经商宝地，也是义乌人‘鸡毛换糖’的拨浪鼓故乡，可以说，义乌有今天，就是因为先有了我们廿三里至今仍留在新城区边的那条老街。作家同志你不是已经去过那条老街了吗？它可是我们义乌人从被人看不起的‘鸡毛换糖’的货郎叫花子，到今天成了让全中国人都羡慕的经商骄子的见证。”朱有富有理由这样理直气壮地说，因为他个人的成长经历也就是义乌整个社会的变化过程。他在临别时说的一句话叫人刻骨铭心：“咱廿三里对义乌市场的贡献是用血与泪铸造出来的……”

当我深入采访那些当年从廿三里小街上每天一分钱一毛钱起

步，到今天每年创造一个“百万富翁”的义乌商贾们时，对朱有富的话便有了更深切的体味。是的，这是一个任何时候都否定不了的事实：如果没有昨天在廿三里小街头的那种为了一根鸡毛一根猪骨而不惜摇断拨浪鼓的精神，那么今天的义乌人自然不可能有“华夏第一市”的大市场，更不可能富得流油，说不定会有更多的拨浪鼓手依然背井离乡。

历史的任何巨变，总是锻造着一种深刻的民族精神。义乌人也不例外。

第一次来到义乌时，我随的是中国作家代表团参加在这里举办的“1998 年中国小商品市场博览会”。在那隆重、热烈的商业气氛中，我的那颗难以平静的心时刻在思考这样一个问题：义乌既没有广州、深圳那样的“资本前沿”的好风水，更没有上海、苏州那样具有数百年沉积的经商韵律，可为什么偏偏在这儿创造了本世纪中国农民的奇迹?

我终于弄明白了，那便是只有义乌人才有的“拨浪鼓精神”。这种“拨浪鼓精神”便是勤劳、敢闯和不懈地努力向上。

拨浪鼓是一种经商附用乐器，它的每一声旋律都用来为“鸡毛换糖”服务的，因而它的全部魅力也在于鼓手的摇力上。几乎每一个义乌的经商者都懂得这一点。

何海美是我见到的众多的经商者中很不一般的佼佼者之一，如今年近 50 的她依然风采不减。何海美年轻时没奔上好时光，聪明伶俐的她因为“文化大革命”只好过早地做了“初中毕业生”。由于个头矮小，与别人一样干一天重活，她只能得四五个工分，到年底分红连块衣料都扯不起。1976 年她嫁给了城里做工的小金，丈夫一个月有 33 块工资，那时他们也算“富裕”人家了。但第二年等儿子生下后，由于户口只能随母亲，何海美家的日子依然不好过。更让何海美难上加难的是她母子俩所挂的户口所在地竟以何海美嫁给了城里人为由，连其儿子的口粮一起吊销了。家在城里的何海美在城里又找不到一份可以糊口的活，于是就凭着自己手巧开了个成衣店。这可是个“彻头彻尾的资本主义尾巴”呀，突然有一天“打击投机倒把办公室”的人闯进何海美的成衣店，不由分说地抬走了她的缝纫机，并严厉地责令道：“出路只有一条：关店别干！”何海美天性倔强，可为了儿子和丈夫，她含泪低下了头。俗话说：置之死地而后生。就在何海美欲生无路时，她的哥哥在部队回家探亲时带了几张剧照，令左邻右舍的年轻人爱不释手。对啊，这是个来钱的好买卖哩！何海美心灵手更灵，她知道照片制作并不太难，于是就花了 35 元本钱，买了一套简易的洗相设备。当时义乌电影院正在放《红楼梦》戏剧片，看厌了样板戏的人们对这种古装戏异常有兴致，几乎场场爆满。何海美似乎有种特殊的商业敏感，她拿了一台借来的旧照相机坐在电影院的第一排，看准年轻人喜爱的几个镜头连连“咔嚓”，又回家连夜将照片冲洗出来，第二天当她带着自制的照片在影院门口的石板上摆起小摊时，围观者竟然里三层外三层的。一场电影下来，她所洗的几十张照片全都出手，许多小年轻连价都不问一声便买走了。“一二……五六……”何海美偷偷一点，净利十几块钱！那一天她乐得嘴都合不拢。生意就这么做开了，但那时城里根本不允许有生意人出现，何海美只好到乡下的廿三里镇，据说那儿每逢农历一四七集市时可以摆摊设点。头一回到廿三里，何海美看到的所谓能做买卖的也就是有那么百十来个人，分坐在那条老街两边，摆上些各式各样的小百货小杂品而已。何海美对当年到廿三里摆摊的情景记忆犹新：头天晚上夫妻俩先把照片洗好，第二天天不亮就得出发，那时从城里到廿三里镇不通汽车，就是通了汽车也没人乘——做小本生意时的义乌人从来不会轻易花一分钱。在廿三里时做生意的光景，何海美一回忆起来就想笑：“那时既没有摊位，也没有桌椅，我就在胸前挂一只哥哥给的军用挎包，站在供销社门口把一大把照片样张往一张白纸上一粘，就开始吆喝起来。我当时做的生意对一直做鸡毛换糖的本地人来说是个新鲜事儿，开始没有人买我的货。我便一边招呼顾客，一边对他们说，你们只管放心拿去转卖，卖得好我们双方赚钱，卖不掉可以退回，反正我天天在这儿，放心好了！这一吆喝还真灵，三三两两地就有人从我手中把照片买走了，因为有人真的把我洗的照片带到南昌、合肥等地赚了钱，他们把一两毛钱的照片卖到一块钱一张，所以后来好多人从我手里进货，我便成了廿三里市场上唯一一个经销照片的业主了，生意自然超出了想象。不夸张地说，后来我们义乌出现闻名全国的印刷品市场，最早就是由我卖小照片成功后引发的。”

关于义乌的印刷品市场几年前我就有所耳闻，不想它的发源竟是一位普通农家女的几张照片，这真让人感到市场经济的魔力之大。如今已经发展有几万种热销全国乃至全球市场的义乌小商品，毫无例外地都有像何海美那样一个个动人肺腑的传奇故事。

我第一次走进义乌中国小商品城内繁花般的世界，一眼就被市场里头那望不到边际的头花类摊商所吸引。记得在京城有一次“误闯”小商品市场，我的女儿竟然再也不舍得挪动脚步，无奈中我也耐住性子细细观赏起这些据说来自义乌的头花小商品，不想我完全被义乌人创造的这些奇妙的手工艺品降伏了，一方面不仅它有巧夺天工之奇，另一方面它的品种之多让人难以想象，更重要的是义乌农民们所拥有的那种叫城里人都感到超前的意识，令人由衷地钦佩。那天我女儿趁机大捞了一把，回家的路上要不是我帮着提溜那一大包“玩意儿”，她一个人无论如何是回不了家的。更叫我称绝的是一向对商品异常挑剔的妻子，这一次却格外喜爱女儿买回的义乌头花产品。来到义乌的收获之一是使我有机会直接认识开发头花商品的这些拨浪鼓手。

义乌人告诉我，他们的头花产品源于廿三里的郑山头村。现在这个小村子已经成了头花专业村和全国的头花生产基地，每年出产的各种头花、插花、礼品花及其他花类商品已有上千种、万余吨，除供给全国几百个小商品批发市场外，还销往中国香港地区、美国和南非等十几个地区与国家。“其实头花产品只是我们义乌人在‘鸡毛换糖’过程中所创造的无数商品中的一个小品种而已。”郑山头村的百姓回忆说。1982 年，廿三里派塘村的李樟弟从广州带回一朵头花，是用纱绸制作的。老李买来是给他媳妇戴的，偏巧被郑山头村摇拨浪鼓路过的金正海看到了，他当即想仿制。但李樟弟给媳妇买的头花用的纱绸只有广州才有货，有心计的金正海想能不能改用他平时“鸡毛换糖”从湖州红旗绸厂买的纱绸替代？一试果真行，金正海把自制的头花往市场上一投放，姑娘、媳妇们爱不释手，销路旺盛，而且每只头花可净赚利润 5 至 8 毛。金正海也是好样的，见头花生意好，毫无保留地向村上人传授开了，于是郑山头村在短短的时间里，家家户户都做起了头花生意。郑礼龙和郑朱龙、郑以枫、金益平 4 人还率先在这一年办起了头花专业厂。虽然当时这 4 户的厂不算大，但却是义乌农民从手工作坊式的加工业向机械工业迈出的关键一步。郑山头村离城镇较远，开始大伙用自行车驮着货上街卖，可供不应求；他们再改三轮车驮，还是供不应求；于是就同城里的汽车站商议开通一趟客车送货，然而依旧满足不了要货的客户。干脆，再加租一辆行李车！几位头花生产的大户一商量，事情这么简单地定了下来。稀罕事——农民进城经商买月票！郑山头村人的头花生意，惹得《人民日报》等都发表文章称道。

现今有“头花大王”之称的郑礼龙，忘不了当年郑山头村从事头花生意的初期，他为了留住进城送货的汽车司机们，亲自出钱修建了驾驶员停车场和宿舍。冬天里，他怕司机冷，便每人供给一条电热毯；夏天热，只要司机一进村头，他便送上冰过的红枣绿豆汤。有个夏季，光红枣他就买了100多斤。“那时其实我不是怕送货的司机跑了，而是怕咱们郑山头村的头花生意给别人抢走了。这不，后来我们的生产发展了，生意越做越大，自己都有了汽车，村上也有了四通八达的商业专线，头花的生意更是做遍了全国、全世界……”郑礼龙不无感慨。

在廿三里的街头，我还听说了这样一个故事：当年有位妇女叫金惠明，她丈夫在廿三里的街头听人说有种铁皮五角星很走俏，她听后暗喜，因为金惠明的远房亲戚在办铁皮加工厂，自然每天有不少边角料白白处理掉。金惠明心一动，连夜从亲戚那儿拉回一车边角铁皮，又和丈夫一把剪刀一把尺子地干开了。丈夫军人出身，对五角星有特殊感情，他把铁皮五角星认认真真地漆上了红颜色，于是一个个闪闪发光的红五星就这样出现在廿三里市场上。令金惠明没有想到的是她的货一上市就被人“一口吃掉”，而且卖了个好价钱。她回家把喜讯告诉丈夫，俩人兴头上决定：咱就做这红五星！这一干就收不住了：每天上午金惠明蹬着车到亲戚的铁皮厂把边角料运回家，下午就动手干起来，一直到晚上十一二点停工。第二天天蒙蒙亮再到街上卖掉，如此一阵子干下来，她金惠明竟成了市场上销售铁皮五星的专业户，本地商外地商都找她要货。于是金惠明由手工加工改为机械化生产，她的红五星后来竟然走遍了江苏、湖南等大半个中国。几年之后，从事铁皮生意的金惠明成了义乌市场上的家电销售大户，而且直接能在自己的家庭工厂里生产出热销的产品。

仿佛还是昨天的事，20年前，城市里的姑娘们突然对一种折叠伞如醉如痴。谁要是手中有把花色小折叠伞，便是一种可以在别人面前炫耀的本钱。记得有一次我从云南边境花了20多元买了一把带给了在北京的女朋友，她单位的小姐妹们见后嫉妒死了。但之后没几年，中国大陆的市场上便到处有了各式各样色彩鲜艳的小花布折叠伞。而给中国人创造这美丽世界的竟是我们的义乌农民，这就是在义乌无人不晓的九联村制伞专业户们。九联村龚姓居多，十几年前，村民龚益民、龚昌金等龚氏兄弟看到南方一带的城市姑娘爱随身带一把花布折叠伞，雨天晴天都能用得上，便回村一商议，办起了一个制伞厂。不多日，小花布折叠伞就在廿三里一带市场上卖开了，客商像疯了似的抢着要货。于是小制伞厂变成了大制伞厂，一个厂变成了 5 个厂、10 个厂。不到两年，全村 80 多家农户在农闲时一半以上参与加工折叠伞。由于九联村的花布折叠伞在市场上销路好，自 1994 年起，全村人全部投入了制伞业，即使这样，他们的产品仍供不应求，因为每年市场需要他们 500 多万把伞。现今的九联村不仅自己成了制伞基地，周围的几个村子也成了他们的联营户。有人曾计算过：中国现在每年的折叠伞市场销量在 1000 万把左右，而义乌出品的则达 95%，从九联村一带出品的占了其中的 90% 以上。你看，常常是义乌人的一个小小的动作，就给中国这么大的市场带来某种革命性的冲击！以花布折叠伞为例，十几年前的每一把这样的小伞市场价在 20 来元，现今在义乌市场上三四元钱一把就可以成千成万地批发到，这不是革命性的变化又是什么呢？

真不要小看了义乌人的“鸡毛换糖”精神。

在中国乃至世界的商业史书中，专家们几乎通病般喜欢记述昨天的徽商和今天的比尔·盖茨式的传奇与业绩，但我以为应该在今后的世界商学史中加进摇拨浪鼓的义乌人的“鸡毛换糖”经商精神。在我看来，影响中国封建经济的徽商和影响今日世界的比尔·盖茨固然值得我们作为榜样来推进未来的市场经济革命，但在中国这样的一个发展中国家，发扬“鸡毛换糖”的经商精神似乎更重要，更有中国特色，符合中国国情。

千千万万义乌人前赴后继地摇动拨浪鼓，不懈地进行着“鸡毛换糖”，其市场意义的理论价值非同小可。它可以被视为中国的一种固有的民族精神，也是中国人朴素勤劳的美德遗风。“鸡毛换糖”在一定程度上既是人类最原始的交易取值方式，同时又是现代人们倡导的敬业精神。有一种简单的理解：先不论在我们已经比较富裕的今天，即使是在我们手头都比较拮据时，有人可以厚着脸皮去讨饭，或者干脆去偷去抢，但很少有人愿意学着义乌人的样，挑着货郎挑，摇着拨浪鼓，专在别人欢声笑语的喜庆节日里出远门、走长路；每每论说生意，有人总会夸口要赚大把大把的钱，却从不愿像义乌人走百里、上高坡，依靠“鸡毛换糖”挣回那一分两分的脚力钱。许多专家在考证义乌小商品市场之后常常感叹：为什么一无地理优势、二无产业特色的义乌人能创下震惊世界的奇迹？左说右说的论点很多，但没有哪一条叫板叫到点子上，原因就在于我们的理论家们无法深刻地理解和感受义乌人在“鸡毛换糖”中所磨铸的本质东西。一句话，没做过拨浪鼓手，焉能懂得“鸡毛换糖”的奥秘和甘苦所在。不懂得这一点，自然也就无法真正弄得清义乌市场发展的内在动力是什么。

“鸡毛换糖”有着深刻的商业奥秘与精神实质，只有在久摇拨浪鼓的旋律中才能细细品出它的独特性与深刻性。

对义乌人和义乌市场来说，廿三里是一个特殊而又不可抹去的里程碑，它不仅缔造了“拨浪鼓”和“鸡毛换糖”，更重要的是它在新的历史时期为形成义乌中国小商品城奠定了基础。如果我们把义乌农民在20世纪末所进行的伟大实践，看作是中国农民运用邓小平理论，在我国社会主义初级阶段所进行的市场经济的成功实践，那么，廿三里走过的路则是这种伟大实践的缩影。

廿三里，当我再一次满怀情感走在那条百米老街时，我仿佛听到脚下无数块青砖都在隆隆作响。啊，那是千千万万个拨浪鼓手在向苦难的历史告别发出的铿锵步履声和向往新生活的怦怦心跳声。啊，当我的脚步轻轻移动在那每一块青砖石块间，分明清晰地感受到，那一条条缝隙间流淌的，正是义乌人几百年来向命运抗争所付出的血与泪；而踏步在老街尽头那小桥头的级级台阶时，我分明意识到义乌人在建立社会主义市场经济和奔小康过程中所肩负的重担。

有人告诉我，在那割“尾巴”的年代，有一妇女想上街用自己的长辫去换几盒“蛤蜊油”。途中，一群造反派丧心病狂地抢走了她心爱的长辫后向她吐下一口唾沫，并骂道：“见鬼去吧，臭资产阶级分子！”

有人告诉我，当有个农民第一次提着自家的母鸡上街想为新出生的儿子换几块稍稍柔软的尿布时，突然一群“打击投机倒把办公室”人员将他拉进一间黑屋责问，而胆小的他竟然吓得当场小便失禁……

有人告诉我，那年的一个风雪之夜，有位“地富反坏右”子女刚把几盘“义乌青”糖块和货郎担备好，几个打砸抢分子带着棍棒和手电不由分说地横冲直撞进门，将那副未挪窝的货郎担和青竹做成的拨浪鼓，连同其主人一起砸得皮开肉绽……

我忘不了冯爱倩说的：“有一次上苏州没有进到货，我就改道到上海，费了九牛二虎之力将货进到后，老天下起了大雨。为赶路，我便冒雨挑着担子上火车站。哪知车上人很多，车厢挤得水泄不通。车门进不去，我便想扒窗子。可当时衣服湿，手也湿，车身也湿，我攀着车窗刚往上爬，手突然一滑，我的整个身子儿像小泥袋一样重重地摔在铁轨上，头也摔破了一层皮，疼得怎么也动弹不得。可眼看火车快要开了，我不顾一切地跳起来伸出双手再一次扒住车窗，但我还是钩不住，因为我的手是滑的，车也是滑的，火车则在隆隆起动，我当时真的眼泪哗哗往外流，就在这时，是车上的好心人伸手将我拉了上去……等火车到了嘉兴，我透过车窗见也是经商在外的我们义乌的楼香云等4个妇女，正在站台上焦急万分地一边嚷一边跺着脚，个个全身淋得像落汤鸡。我心头一阵酸痛，忙伸出双手招呼她们。我一手接过她们的货担，一手抓住她们的胸前衣襟，拼着全身力气将她们一个个拉进车厢，楼香云她们上气不接下气地倒在车厢内，脸色苍白，刚开口就哇地号啕大哭起来，那情景我至今想起便想哭……"

我更忘不了朱关龙说的："那是1985年正月，我同堂弟楼桂贤和楼华明一起到温州进货。由于春节刚过，在温州一时找不到货源，于是我们又回到以往落脚的永嘉一带寻找货源。我们搭乘的是一辆机动三轮车。那三轮车刚开出不到十分钟，突然与迎面驶来的一辆大客车顶头相撞，我当时只听到耳边一声巨响，随后是身子翻了个个儿，便不知人事了……当我清醒过来，从倒地的车厢爬出时，第一眼便看到我的堂弟一动不动地倒在一边，他的嘴上和鼻子边直冒鲜血。坏了，堂弟他死了——我的最初反应就是这个。楼华明呢？我转头一看，楼华明正痛苦地呻吟着指指他的腿：快快，我的右腿不行了！我一看，他的脚不多不少，被扭了个180度。我想起了自己曾在部队学过医的，便迅速上前抱住他的腿，来了个扭正动作。老天有眼，还真的成功了！当我再回头时，发现堂弟的身子轻轻地扭动了一下，啊，他还活着！还活着！我悲喜交加地一边告诉楼华明，一边开始上路招呼过路的车子，请他们帮忙搭救我奄奄一息的堂弟。可……可我太失望太痛苦了，从我身边至少驶过了十多辆车子，他们没有一个人愿意搭救我们，我眼看着倒在血泊中的堂弟带着对生命的无限眷恋痛苦地离开了人间。当时我的堂弟年仅25岁，原定正月十五完婚，可为了生意而被意外的事故夺去了生命。多少年来，每每想起那一幕，我的心总难平静，因为春节，我求了好多人想把堂弟的遗体运回义乌，却在很长时间里找不到愿意拉尸体的人，我为此伤心了好久好久……”

我更忘不了卢浩说的：“我父亲原在国民党军队当过中校教官，1949 年在杭州投诚，经过党和政府的教育，后被留在人民解放军南京军事学院任教。在极左年代，我父亲阴差阳错被打成‘历史反革命分子’，于 1965 年病逝。他老人家一死了事，而我却从此成了‘罪人’。‘反革命狗崽子’成了我儿时的别名。长大了，没人愿意嫁给我这样的‘坏蛋’，无奈我跟自己的表妹结婚，对此我从没后悔过，然而有人却连这点生活的权利都要从我这儿夺走。村上的人可以出去摇拨浪鼓，我却不能，似乎一放我出去我就会跑台湾去。‘文化大革命’结束了，我也由‘狗崽子’变成了与别人一样的可以行使正当权利的公民了。村上的人都开始经商做小买卖，我学着也捣鼓起来，可刚一动手，背后的‘枪手’就来了。那年，队上分给我 1200 元的政府征地费。苦了快半辈子的人了，我也想学着大伙的样做买卖。于是我到杭州边的一个地方进了 1200 双袜子，下午坐火车回义乌。那时车站上的‘打击投机倒把’的便衣检查人员到处隐伏。我刚把 200 双一包的袜子从车窗递给妻子，突然几个彪形大汉从我妻子的背后冲上前来，扭住我妻子的胳膊。我一看吓坏了，慌忙将头缩回车厢内，随即脱下外衣，又转换了一个座位。我知道不这样做的话，马上就会面临厄运。果不其然，几个便衣检查人员迅速登上车厢，逐一搜查，好在我若无其事地装着与一位乘客聊天，才未被认出。可等检查人员下车时，我摸摸自己的衣襟，早已湿了一片——那是冷汗呀！我好怕好怕，怕得不知如何处置：是下车还是怎么着？我心头只有一个念头：绝不能让我全家的 1200 元货物泡汤！就在我不知如何是好的时候，车开了，开到了另一个地方，我又急又怕，这时一个好心的乘客帮了我，使我在半途跳车逃下了火车。我终生难忘的是那个不能再黑的夜晚，当我一脚高一脚低地摸着回到家门时，妻子‘哇’的一声哭得差点背过气。她告诉我，来搜家的人刚走十几分钟……第二天一早，我就被叫到车站候车室一个房子内受审。他们的第一句话就是：把你弃农经商搞资本主义的罪行交代出来！瞧，那时候做点小买卖有多难！从‘坦白从宽，抗拒从严’的小屋子出来后，我的后背就像多长了两只眼睛，时不时地要往后看看有没有人在后面盯着。妻子劝我说有什么怕的，咱一没偷二没抢，让我再去街上卖袜。我就是不愿去，她偏让我去。最后我只好去，当我战战兢兢提着一包袜子上到街头刚放下正准备吆喝，我又一下目瞪口呆：几个‘打击投机倒把’人员像铁面包公似的站在了面前……我怕！如果不是后来党的政策放开，我现在恐怕早已得神经病了，咱义乌人做买卖的开始时期，没有几个不像我这样天天是在心惊肉跳的情况下出外摇拨浪鼓，做小买卖的……”

在我去拨浪鼓故乡的那一天，廿三里镇正在举行一个特殊的表彰会，几十名自动出资捐助政府修路的农民披红戴绿、手持镜框，从崭新的镇政府大楼里走出。当我得知此情况时很想上前采访一下这些无私为公益事业做贡献的农民兄弟。但我始终未上前打扰哪一位，原因是廿三里镇女党委书记告诉我，她这儿的大多数公路都是农民自己集资兴建的。开始我心头有些疙瘩，想是不是这里“坑害”农民的现象很严重……女书记大笑起来，说这可是你们太不了解咱义乌人了。她说我们义乌在处理农民利益问题上在全国也是做得比较好的，从不在利益问题上坑害农民，恰恰因为在政策和制度上这么多年来始终坚持了正确的方向，农民才真正富裕了起来。而富裕了的农民今天又主动自愿地出钱出力来支持政府搞基础建设和公益事业。比如最近镇政府为了进一步加强当地的投资环境，决定修建一条交通要道，由于政府一下拿不出那么多钱，当农民们知道后，主动组织起来进行捐献，300多万元没几天就集齐了。女书记自豪地说："在义乌，农民们在做生意上一分一厘会算，但对支持公益事业也最是大方，几千元、几万元甚至几十万、几百万地拿出来不眨一下眼，而当作一种荣耀。1998年的那场大洪水过后的捐助活动中，义乌农民的捐款数额在全省是最高的，如果按人均计算恐怕在全国农民中也是最多的。有位农民一个人就捐了10万元。"

这就是义乌人，他们的每一次举手投足都叫人心服口服，都叫人难以置信。

"廿三里市场后来人越来越多，再加上受改革开放不断深入的影响，我们义乌的多数出外做小生意的拨浪鼓手，此时已经感到传统的'鸡毛换糖'远不如直接做其他的生意收益好了，特别是那些经常跑广州、上海方向的人，更感到摇几个月拨浪鼓，不如走两趟广州、上海贩点小商品赚得多。再就是感到廿三里毕竟是小镇，离火车站和县城又远，很不适合做买卖，于是摇了几百年拨浪鼓的义乌人，从此放下'鸡毛换糖'的活计，把注意力放在了做各类小商品买卖上。在告别廿三里老街的旧市场时，我们小镇上齐山村曾经出现了一户农民，用了两台拖拉机把全家积存的1吨多重靠'鸡毛换糖'而赚来的硬币，拉到信用社储蓄。银行为此发动了全体工作人员整整数了5天，才把这两拖拉机的硬币数清，总共是43439元！"临别时，村支书朱有富别有一番感触地向我透露了当地的这一传闻。这个真实的传闻，虽然是在无意间听说的，但它在我心头却占了很大的空间，因为我不止一次地品味拥有1吨多重硬币的主人平时是如何积存它的，而当这些辛辛苦苦积存下来的硬币被满满地装上两台拖拉机驶向信用社的路上时，其主人该是怎样的一种心态呢？虽然因为时间关系我没能采访到这位存硬币的农民，但从他一户所拥有的如此多的硬币以及他最终毫不犹豫地将其存入银行的那一瞬间，我们似乎可以感受到义乌人独特的积财方式和从商的决断行为，那是十分令人钦佩和深思的。

许多精神是可以学习到的，而许多精神又是无法学习到的。义乌过去创造的“鸡毛换糖”从商方式流传了几百年，使在一方贫瘠土地上繁衍生息的骆氏后代得以传宗接代。今天他们继承和发扬“鸡毛换糖”的精神，在建立农村市场经济时谱写着新的乐章。

就在被如今的义乌人视为“中国小商品市场”奠基者的谢高华书记到任义乌前夕，义乌县城所在的稠城街头便开始有了一群群做小买卖的生意人。这中间有上面提到的冯爱倩、何海美、金莲珠等人，他们都是义乌市场的第一代经商者。这些人中间我们不得不提到另一位人物，他便是黄昌根——现今义乌市场里绝对的大亨。

黄昌根也干过“鸡毛换糖”的事，而且是廿三里市场上最早的客户之一。但因为黄昌根是“地主狗崽子”，生产队不发他外出从商的证明，于是他只好在家摇他的拨浪鼓。而正是这种非人性的压迫使这位具有经商天才的农家汉子饱受痛楚。在今天千千万万个义乌经商者中，上一点年岁的都知道黄昌根这个人。因为在义乌所有经商者的眼里，早期的黄昌根是受苦最多的一个。他母亲是解放前的“地主小老婆”——解放后改嫁才当了“好人”，所以这就决定了黄昌根要比别人更没地位。黄昌根多才多艺、聪明过人，因而也就决定了在那个特定年代里他要比别人更多地碰上倒霉的事。那年他实在脚痒也想偷着出去“鸡毛换糖”，可老天不作美，在经过一条山溪时，滂沱的大雨带来咆哮的山洪，挑着货郎担的黄昌根只觉脚底一滑，连人带担掉进了滔滔而去的山洪激流之中，当时他唯一的念头是：这次是死定了。但上帝没有让他过早地结束苦难，一位卖山货的人路过时搭救了他……黄昌根因此认定“大难不死，必有后福”。可哪来福呀？他听说廿三里市场上能做小买卖，于是手巧心灵的他便在自个家里办起一个小作坊——其实就是在家门前挪出一块空地，做黄泥哨子。这种不用任何本钱的事正好适合他黄昌根做。黄泥哨在当时对小朋友们来说是很受欢迎的一种玩意儿，只要有力气和手巧就能制作，经黄昌根十个指头来回掐掐捏捏，一把把小哨子就成了，而且他一天竟能做500个这样的小哨。“快来买啊，一分钱一个！”黄昌根哪敢在市上把这些泥巴做的小玩意儿卖高价？没想到这些小玩意儿大受欢迎，毕竟一分钱能买到一样东西，再穷的人也不会在乎。黄昌根回家一点钱，整整5块！他想我在家挣工分一天也就几毛钱，这几毛钱与5块钱之间的差异可非同一般呀！黄昌根望着门前的一堆黄泥巴乐得合不拢嘴，而就在这一瞬间，他的心灵深处从此牢牢根植下了要出去做生意的坚定信念。但黄昌根想不到他的生意越兴旺就会越倒霉。“地主狗崽子”搞“资本主义”肯定是罪加一等。一天，“革命领导小组”来了一群人把他的家特别是门前那个制作黄泥哨的家什搅了个翻天，最后留下一句话：“你要是再干，就准备再在批斗大会上下跪吧！”黄昌根心想，下跪的日子太多了，我又不是没跪过，但要让我瞅着5块钱一天的生意白白闲过去，那怕是难了。这不，不让“狗崽子”干了，可左邻右舍的老百姓们闲不住呀。捏黄泥哨的活儿大伙都学会了，可没有人会做那模具。于是东家出5块钱请黄昌根做一个，西家又出5块钱请黄昌根再做一个模具。哈，黄昌根乐死了：不到半小时做一个模具赚5块钱，比自己上街卖小哨子还来钱呀！黄昌根真是因祸得福着实赚了一大笔——当然，邻居们也没有少赚。这是1966年至1970年的事。黄昌根那时正年少，脑子聪明好使，看到卖泥哨子的人多了，他便翻着花样卖老鼠药。两分钱一包的磷化锌，经他一加工药性不改价值却变成了两元，升值 99 倍。那时正值“抓革命，促生产”，杀老鼠和斗“地富反坏右”同是农村斗争的重点，黄昌根因此常常一天就能赚得四十几元钱，而当时一般工人一月的工资也才三四十元，用黄昌根自己的话说：“老鼠药简直让我对老鼠都有了感情！”

黄昌根自己也不会想到，义乌今天出现令世人瞩目的庞大市场，正是当初有了一批人像他一样依靠自己的聪明与勤劳，又不断根据形势的需要与可能，做着一样又一样小而实用的百姓日用品，才慢慢形成与构筑起了现在“中国小商品市场”的根基和它的商业定位。光阴似箭，日月如梭。义乌人还清楚地记着 20 年前的稠城街头，时常有一批极怕被抓却又始终抓而不走的地摊小贩们，整天串东街走西巷。别小看了这些人，在义乌人眼里，这些提着竹篮或者仅拿着一块破布满城跑、满街摆摊的“游击商”们，无论是在昨天还是今天，他们都是英雄，是了不起的英雄。因为正是这些“街头游击商”的吆喝，才唤醒了千千万万曾经只会在异乡和偏远地方去“鸡毛换糖”的拨浪鼓手，同时也让管理这片土地的那些父母官们重新认识形势。

第一代的义乌市场经商者都还记得这样一幕：手巧的黄昌根在大街上正向来回走过的行人演示着他用肥皂重新加工制作的一种新型油渍洗涤剂。用了几十年固体肥皂的百姓，对黄昌根发明的用液体洗涤剂去污特别是去普通肥皂去不掉的油渍，颇感神奇。因此每当他在大街上吆喝售卖这些东西时，总能吸引里三层外三层的围观者。而正是这种非正常的街头行为，使得黄昌根一次又一次地被早先的“造反派”和后来的“打击投机倒把”工作人员抓起来批斗。黄昌根呢，好像就根本不把这种批斗当回事，似乎自己这样的“地主狗崽子”不被批斗才不正常呢。生活的无奈和有利可图的诱惑，使他无法不上街兜售他自制的产品。那时商品匮乏的义乌街头上的众多行人，又特别喜欢黄昌根这些人手中既便宜又花样新的小商品。因而除廿三里外，义乌县城街头便从此不断开始出现像黄昌根一样的小商小贩，他们最初是各干各的“游击”式的兜售，后来是自发地成群结队地满街吆喝，再后来便是占地为市，设棚摆摊。老城的新华书店门口来往的人多，黄昌根等最早“吃螃蟹”的小商贩们就集中在那儿叫卖。后来他们觉得挤在大街上影响过路行人，容易被有关部门取缔，这时正好对面有块火烧房基空着，于是就到了那儿。不多日子，做买卖和来买货的人越来越多了，黄昌根他们就把小摊延伸到了北门街的两侧人行道。

义乌城内的这条叫北门街的小街从此失去了它的宁静，而整个县城乃至县城外的所有1105平方公里的义乌大地也失去了宁静。神州大地的改革春风和本土上涌动的叫卖声，此时正剧烈地撞击着千万个行程途中的拨浪鼓手，他们从自己的亲友口中知道了家乡的土地上正在发生着的每一个细微变化。再不能犹豫了，再不能单一地依靠传统的货郎担去从事“鸡毛换糖”了！义乌农民们心底里期盼的自我革命的时刻到了！

而此时，一个重要人物也像天降大任似的来到了义乌。

他便是谢高华同志。冯爱倩的一席抨击，打开了这位县委书记的心扉。

义乌人的一场新的为改变自己命运的革命由此开始……

第三章 神奇的“无形之手”

1998年10月底，中国作家协会作家团一行十多人应邀赴义乌参加由国内贸易部和浙江省联合举办的“1998中国小商品博览会”。我们老中青三代作家都是第一次到义乌，对一切都感到新鲜，感到惊喜。虽说我们中间的大多数人都是走南闯北的文人墨客，啥世面没见过？但我们却真的没有见过那么大的市场，而且是在一个显然远离开放地区的小小的县级城市。历经中国农民几次革命运动的《李双双》作者、老作家李凖先生本来身体有病，一到义乌却比我们这些年轻人更有活力，兴致勃勃地参观市场。著名诗人李瑛先生更是诗兴大发，长吟《农民兄弟赶天路》……由于我在义乌逗留的时间比其他人长，所以许多当时令作家们惊愕的事我都得到了满意的答案。比如在开幕式那天义乌大街上举行了声势浩大的踩街游行，这样的街头大活动在京城也是久违了的。当时我们作家代表团中就有人惊叹着想弄清义乌市政府为了举办这样隆重而热烈的场面花费了多少财力物力。后来我才知道，整个踩街活动及其所展示给来自四面八方宾客的几十个方队的彩车等，义乌政府有关部门除了组织外，几乎没有花费任何钱财。组委会的工作人员则向我透露了另一个有趣的信息：考虑到整个活动时间，计划中的方队出场是经过严格的筛选和控制而确定的。但后来活动布置时则令组委会的同志大伤脑筋，因为政府原考虑为了节约经费，便对参加踩街的方队做了原则上的规定，即采取各单位、各企业自愿报名、自筹资金的做法。这一条一公布可不要紧，却使具体办事的组委会人员不知如何是好。“最初一些日子，报名参加踩街的单位和企业有上百个，后来我们做了一定限制，但新的问题又出来了。比如一个彩车方队，早先我们怕因为经费比较高而弄不起来。可事实上消息一出去后，想参加彩车方队的最多。有影响、有实力的单位和企业就不用说了，光个人或以家庭出面的就多得让我们来不及应付接待。大伙都这么说：‘只要让我参加，几万几十万的钱是小意思！’”听了市政府同志的介绍，我手中的笔忍不住有些颤抖，心想义乌人也不知咋回事，做“鸡毛换糖”这样一分一厘的小本抠门生意的是他们，像踩街这样过市一回扔下几万几十万元钱不眨一下眼的也是他们。说真的，我有些弄不懂。后来宣传部长朱连芳解开了我心头疑虑，他说，富裕了的义乌人现在最想做的是回报社会，因此像参与博览会这样很有面子的事，谁都愿意干。

是啊，人们追求巨大物质利益的最终目的，不就图过上更加自由自在的幸福日子和心情舒坦的精神境界吗？

人所具有的巨大的贪婪性与博大的公益性，总常常同时存在于我们的身上。对曾经非常贫穷的中国农民来说，追求基本的生存和富有从来都是唯一的也是最终的目标，他们为了实现这个目标，几千年来一直为之奋斗，然而就从来没有真正意义上成功过。今天的 9 亿中国农民中，虽然很多人在新政策下得到了基本和良好的生存环境，但大部分人仍然处在非富裕阶段。义乌人则不然，他们已经改变了自己过去的一切，已经由贫穷过渡到了小康，又从小康迈向富有……而这正是中国农民梦想实现的王国。

中国农民梦想的王国是个什么样呢？是有田地？不，他们现在已经都有了。是有饭吃？不，他们也已有了。是有钱花？有很多钱花？是的，富有的第一阶段就是物质上的满足，而物质上的满足，也是中国共产党承诺为人民在社会主义初级阶段所要做好的头等重要的事。

实现农村的富裕生活，在我们的传统理论和概念中似乎只有靠土地一条出路。当然这本身并没有错，错就错在我们不能千篇一律。义乌是个人多地少田又薄的地方，人口密度比全国平均密度高出 4 倍多。义乌人既继承了祖先的从商传统，又适应了新历史条件下走中国式社会主义道路的需要，开创了一个农民市场经济的新天地。

在今天，义乌的小商品市场不仅已被从商的经营者首肯为“华夏第一市”，中国政府部门的官员和外国实业家们也一致承认它是“中国乃至亚洲最大的小商品集散地”。然而在我看来，义乌市场的有形世界纵然令我们中国人自豪和扬眉吐气，但我更看重义乌人创造的一个缤纷多彩的无形世界，这就是义乌人在建立大市场过程中所表现出的独创经验与不懈追求的精神。它的存在，远比一种指标、一幅蓝图要宝贵得多。

义乌人创造的无形资产早已开始发生魔力。看一看它与周围地区已经拉开的距离，看一看它与同时代中国农村的进程差异，我们就会发现很多很多值得深思的问题。

1982 年，谢高华书记在听取冯爱倩等经商者的心声后，毅然决定在当时的县城一条老街上辟出一块地用作小市场，并随即发出了农民进城经商的“四个允许”，这无疑给早已憋了一股劲要想好好干几把的众多“拨浪鼓”手开了绿灯。但后来发展的形势之快又是谁也没有料到的。很快，北门街的小市场人山人海，逢到赶市高潮更是无法行车走人，这一方面也影响了市容，更重要的是在一定程度上限制了市场发展。面对这突如其来的现象，多数人包括不少干部在内不知所措。那时在人们的思想里通常把经商与“搞资本主义”连在一起看待。是放任这样的潮水漫天冲涌，还是及时制止或者睁一眼闭一眼地不去管它？三种态度，后一种态度居上风。然而已经冲出堤坝的潮头怎有回逆之理？就在徘徊时刻，一位颇有远见者站了出来，他就是义乌市场管理部门的前身——稠城工商所负责人徐至昌。

徐至昌这个人物在义乌也算是位名人。倒不是因为他后来成了义乌市场最早的管理者之一的缘故，而是因为他年轻时在与单位的人一起到乡下调查的路上说了几句不合时宜的话，而被人背后捅了一刀，结果当了20多年的右派。这期间吃了多少苦连他自己都说不清。在稠城工商所当负责人时，他刚平反和恢复公职仅两三年时间。那时北门街冯爱倩、黄昌根他们那些做小买卖的商贩，已经有了六七百个摊位了，可徐至昌他们的工商所小市场管理工作才刚开始，连一间正式的房子也没有，临时租的一间农民房，内放一张办公桌、一台扩音机和两条专门用于接待及处理小商小贩的木凳。为了照顾另一位处理日常事务工作的同志，徐至昌甚至连张办公桌都没处放，于是只好天天上外头与工作人员们为伍。这样的日子还真给徐至昌这位工商干部带来很多意想不到的收获。十几年后，已经退休在家的徐至昌谈起当年的事依然激动不已："当时我感受和印象最深的就是，我们义乌市人多地少，干啥啥都上不去，可为啥冯爱倩那帮做生意的事却越做越红火？而且从县委发了第一号《通告》后，来北门街摆摊的人与日俱增，最后达到无法走路的地步。好多小商小贩也不断向我建议扩展市场。这一切我都看在眼里记在心里，作为市场管理人员，我当然认为自己有责任把经商者的心声向上反映，而且结合我多年对义乌经济与社会的研究考察，心里已经形成了一个想法，即我们义乌要在没有任何自然优势的条件下发展经济，就应当紧紧抓住农民经商这个积极性，大力开发和拓展商品市场。于是我决定将自己的想法和经商者们的意见，汇总成一份报告提交给县领导。工商所的同事听说后就劝道，说老徐你平反才刚过几天舒心日子，千万别再忘了心直口快的教训啊！听了大家的话，我心头也矛盾，同事们的好心我明白，但令我不能平静的是众多经商者们一颗颗滚烫的心。他们听说我有可能因为给他们说话而面临‘双开除’时，便都来找我说：‘老徐你为我们写报告，如果有一天被开除公职，我们就带你一起做生意，去赚比你现在多几倍的钱；如果你坐牢，我们就天天给你去送饭……’”徐至昌说，他活了大半辈子还没有人如此向他掏心窝子，于是就更坚定了他向领导建议在义乌正式建立商品交易市场的决心。1984年3月15日，一份署有“徐至昌”大名的《关于建议中共义乌县委采取强有力措施，迅速建成规模巨大的小商品专业市场的报告》送到了县委……

十几年过去了，义乌已今非昔比，徐至昌也从一位年富力强的汉子，成了两鬓斑白的老人。现在再看看当时他写的那份报告似乎并不感觉它有什么太高明之处，然而在那个时期的那种情形下，有人如此大胆地构想出了义乌今天这样一个宏大的市场，这不能不说非常了不起。因为它所包含的内容可以任我们去畅想，去思考。像今天的经商者不忘谢高华书记一样，不论义乌现在的经商大户还是小户，只要曾经在北门街一带摆过摊的人都还记得徐至昌给他们提出了一个使他们命运发生根本变化的好建议。

徐至昌的报告正巧转到了县委书记谢高华手里，自1982年九十月县委发出第一号《通告》后，百姓对公开允许经商一片赞美，但随即也有人不断在谢高华耳边吹冷风，说打小市场开放后，所在街道人满为患，经常发生行人与车辆的矛盾。一个时期里居民对此还真有些怨声载道。到底怎么办，当时县委和谢高华书记也正在思考之中。徐至昌的关于移址扩建市场的建议，无疑给谢高华和县委决策“以商兴县”的大目标点了把火。

“我们是共产党的干部。共产党的干部做什么事？说到底，就是为人民群众办事。徐至昌的建议说明了啥问题？说明了我们当干部的有些思想和观念还跟不上群众。这怎么行呢？这可是要拖改革开放的后腿的！”县委扩大会议上，谢高华一边抽烟一边不时地站起身子向干部们大声说着，台下则静得出奇。大家知道，这个会议有非同一般的意义：县委要做出一项将影响未来义乌的决策，要把经商、兴商当作彻底改变义乌落后贫穷面貌和实现现代化的首要战略任务。

“我们义乌需要发展，可我们既没有沿海地区的地理优势，又连个侨胞侨眷都找不出来。靠什么呢？有呀，人民群众已经给我们指出来了，那就是我们义乌有不怕吃苦不断进取以小本滚雪球的看家本领——‘鸡毛换糖’呀！别小看了这一把鸡毛、一个纽扣，它里面的学问还是参考了马克思《资本论》的哟。今天我们要把这看家本领统统地全部地毫无保留地拿出来，你们给我举个手，看看谁摇过拨浪鼓？”

谢高华书记的话音刚一落，台下顿时“哄”的热闹起来。

“举手啊！”台上又催了一句。于是台下竖起了森林一般的手臂……

台上的谢高华书记重新点上一支烟——他的烟瘾使他的嘴上基本不断在“燃烧”，特别是在异常兴奋之际。“好好，我们义乌不愁富不起来！你们自己看看，除了我这个外地来的和个别同志，你们都曾摇过拨浪鼓，都干过‘鸡毛换糖’嘛！行，义乌以商兴县一定能成，这是我们最大也是别人无法与之相比的优势！”

“谢书记，是不是我们可以从现在开始放开经商这个口子了？”有人问。

“这还用问？而且明年再开县委扩大会议，第一议程我就要让诸位讲一讲谁发动群众经商最好，谁就是第一个受表彰的干部！”谢高华答道。

“那么私人开厂也是可以的了？”

“这也还用问吗？不开厂就干不了大事。义乌人的厂开得越大，我这个县委书记就当得越踏实！”

“哈哈哈……”谢高华的回话引得一片欢笑。

“再想问个问题：我们干部家属能不能也去经商？”

“可以。干部家属也是群众，也是义乌人民的一分子嘛！”

“那我们当干部的能不能去参与经商呢？”

这可是个尖锐而敏感的问题。喧哗一片的台下顿时安静下来，几乎所有的目光集中到了谢高华的脸上。只见谢高华再次接上一支烟，然后把话筒往嘴边挪了一下，大声说道：“只要不影响工作，不搞特权，我看就可以利用业余时间去经商做买卖！就像你们当年偷偷外出‘鸡毛换糖’一样！”

“好、好！”干部们说这是“文化大革命”以后一次最开心的会。而就在这次会上县委做出了《关于建造稠城镇小商品市场的决定》，并批示工商局在县城内的太祖畈一带划地建市。

1983年12月26日，义乌有史以来第一个有固定场所的小商品市场建成并开业。冯爱倩、黄昌根、何海美等一批多年来一直游荡街头、东搬西移的小商小贩们，第一次佩戴着胸徽，穿着整齐的职业服装，像国营商店的营业员一样站在自己的柜台前售货卖商品。他们中间好多人都激动得哭了，因为他们不仅第一次有了属于自己的固定的经营场所，更重要的是他们第一次像个正经人似的被顾客叫作“同志”“服务员”了。别小看了这种变化，它给予经商者的不仅是简单的一处漂亮的经营场地，它所给予的东西恐怕连冯爱倩他们自己都难以说全。那应该是一种人格的恢复，一种必需的尊严，一种可以施展才能的战场，或者说是一块通向自由王国的天地吧。总之，你只要能比喻出的都可以用上，因为今天的义乌人在建立正式市场后从中获得的内容太宽泛和丰富了。

赚钱在当时是重要内容，但并不是全部。现今在义乌声名显赫的“大户”几乎都是在那个时期发迹的。

此间担任市场个体劳动协会主任的何海美，给我讲了她在那段时期的心路历程。

从简陋的北门街的地摊市场向第二代市场进驻时，有一天县城所在的稠城镇一位领导的秘书突然来找何海美，给她带来一个意想不到的消息，说何海美你的工作问题解决了，领导安排你到义乌饭店上班。如果这个消息提前几年，何海美一定激动得向这位秘书同志跪下来谢他。你想，一个乡下户口的农家女子嫁到城里后，她何海美近10年间为了寻找一份工作，不知求过多少人，但回答她的最多也就是一份临时工。那时对何海美来说能有一个正式工作不仅保证了自己和新出生的儿子有饭吃，而且更重要的是那意味着她的身份得到了彻底改变，即由一个农民变成了城里人！那时在普通的农民眼里，一个城镇户口、一份正式工作，就是搬不尽的金山银山。但令这位秘书没想到的是，他过去一次又一次接待的这位要求安排工作的何海美，竟然摇摇头回答说她现在只想经商，不想再要啥正式工作了。“想好了？可别后悔。”“早想好了，决不后悔！”何海美拒绝接受有关部门的好意，是有她的道理的。她说她当时看到第二代市场的建设，特别是政府和顾客们开始把她这样过去被赶来赶去的小贩也当作商家一样对待了，心里有种说不尽的感激。而这种精神力量远远超过了多赚与少赚钱的意义。另一方面从经商的条件看，“马路市场”与正规市场之间的差异也极大。过去在马路边摆摊，其规模、信誉都受影响，进入室内市场后就大不一样了。每一个工商户都有固定的摊位、固定的经营场所，顾客从你这儿买东西也放心，如果发现问题可以随时找到货主，还可以找工商管理部门论理索赔。摊主的经营形式更是发生了质的变化。“马路市场”时期一不敢多进货、进长货，二都是现钱进货、现钱交易。正规市场的经营形式就多样了，摊主从货源地进货时如果该商品销路好可大量吃进，如果资金周转紧张供货方可以很放心地向你先发货，待货出手后再结账。而何海美告诉我，她和其他一批早期的义乌经营者之所以“发”，是因为他们这些个体经营者进入小商品营销市场时，货源大部分是国营企业的滞销产品，他们进货时不仅价低，且大部分都是销完再结算，这使得何海美他们左右逢源，八方得利。特别是当某一滞销产品的企业得知义乌人给另一个滞销产品的企业解决了大困难后，就主动找上门请何海美他们代销代售，甚至出现“半送半卖”的现象。

这一阶段，义乌很多人赚了大钱，也使义乌小商品市场的名声大震。一时间，似乎好卖或不好卖的商品，只要到义乌、到义乌人手里就可以卖个好价钱，就可以变死钱为活钱。早在“鸡毛换糖”时就有异地交易传统的义乌人，这回更是发挥所长，有的经营者人未出义乌，却把广州的紧俏产品与上海的滞销货就那么一交换，嘿，钱赚老了！然而这仅仅是有形的物质世界。对义乌广大个体经营者来说，他们通过政府对市场经济的支持获得的收益，不单单是丰厚的钞票，更丰厚的是思想上的飞跃与进步。黄昌根、何海美、潘茂法、吴承先等一批曾在极左年代被视为带头“搞资本主义”的经商积极分子，都是在这时先后加入了中国共产党，他们以自己守法经营、助人为乐和慷慨支持公益事业的行动，在广大个体经营者中间发挥了不可估量的影响力，为整个义乌市场的良好风气奠定了基础。十几年后当我来到义乌实地采访时，虽然主人没有专门为我介绍这方面的情况，但当年这批个体先进分子，至今一直保持的带头作用却给我留下了深刻印象。我到市场里找何海美和冯爱倩等人采访时，她们都忙得很，但奇怪的是并非在为自己的生意忙碌，而是在专门为市场和别的经营户做事。什么劝架呀，什么帮助联系运输呀，或者找“消协”呀，总之没有一桩跟自己的生意有关。开始我很奇怪，问何海美、冯爱倩她们，为什么你们放着自己的买卖不做而专为别人忙乎？她们告诉我，市场发展大了，每天有几万经营者和几十万客户，而买卖之间既有合同协议一类的大事，又有缺斤少两一类的鸡毛蒜皮小事，光靠工商和市场管理部门管不过来，所以我们这些积极分子就把这些事都揽了下来。一方面我们本身是经营者，熟悉和了解经营者之间或经营者与顾客之间的问题，加上我们又都是市场的“元老”，处理啥事时大伙容易听得进。

我在采访何海美、冯爱倩时，正好有两个经营者为了摆放货物发生矛盾而来到市场办公室论理。快嘴利牙的冯爱倩几句话就将两个刚刚还像斗鸡一样的小老板说得无话可说，低着头出了门。虽然在短暂的采访中我无法获悉更多的相关事例，但义乌市场管委会冯爱倩、何海美、龚辉潮他们这些人的身影，引起了我无限的思索：义乌市场之所以能够与众不同、之所以不断地繁荣，它有一条极其重要的经验就是充分发挥和依靠了冯爱倩、何海美等一大批积极分子，这些创业者的勤业精神与无私奉献，是义乌市场闪闪发光的基石，它支撑着这座五彩缤纷的新兴市场。

在第二代市场建立不久，原设计的1800多个摊位在开业不到一个月里由于经商人员猛增，市场管理部门不得不采取应急措施，利用可利用的一切办法，使场内摊位扩至2800多个，但参与经商的人员依然如潮水般的涌来。经历当时这一幕的义乌人都还清楚记得，新市场开业时，大伙对当时全省第一大室内市场叹为观止，可转眼间竟然被挤得无立足之地，别说远道而来的客商们进不了市场，就是本地的摊主进出都成问题。由于越来越多的人看好市场，因此几度出现摊位租赁费猛增的现象，有人看着摊位抢手，便干脆倒腾起摊位来，这更加剧了市场管理的混乱。1985年4月下旬，已经从谢高华手中接任的新一代县委领导现场办公，在征求工商户的意见基础上，决定为适应市场需要提出了再建一个市场的方案。然后令决策者意想不到的是此次再建方案一传出，当即引起了另一种异议，由于新方案中必须占用一定数量的良田，因此一部分人就借此向省里甚至向中央写信说："这么好的田毁掉建市场太可惜了，光靠市场能吃饱饭吗？"一句直截了当的话是：你们这么干，既毁田，又盲目，不要被眼前这些自发的又自由散漫的个体户、小商小贩们所制造的某种不正常的现象所迷惑！在当时，这种意见不是没有社会基础，而且从大多数人特别是大多数干部的心态来看，对搞市场到底能不能持久和能不能成为义乌发展社会经济的主导产业打了问号。怎么办？路只有两条：或者再建，或者不建。再建就是把市场向前推，不建就是让市场发展到此为止。两种泾渭分明的意见都集中到了县委。那时的县委书记是赵仲光，此次拍板得靠他。赵仲光书记处理此事既简单又不简单，他叫上县里五套班子成员，跟着他实地考察，最后来了个集体表决的方式把再建市场的事定了下来。"有意见只听不改，定下来就快上，明年国庆节前开业时我来剪彩！"赵仲光书记最后特意指示道。快刀斩乱麻，义乌的决策者们从谢高华开始就一直做着一件功德无量的事，那便是顺应市场发展的自身规律，积极采取有效措施确保其蓬勃向前。

1986 年的 9 月 26 日，仅用了 10 个月时间，一个更大规模的小商品批发市场在义乌城内建成。

形势依然超乎想象。新市场开业之初呈现的欣欣向荣景象，令义乌人自已都无法解释到底是怎么回事，总之市场之好连经营者都有些弄不明白了。时隔仅半年，在 1987 年的春季到来之时，义乌的第三代新市场再度告急：经营场地爆满不说，整个义乌城内已经变成了一个大市场——由于室内场地不够用，许多经营者和客商只要见空地方就凑在一起买卖交易起来，曾出现过有人什么生意都不会做，就在火车站旁边租了一栋楼给外地人提供进货发货中转，结果此人一年下来轻轻松松赚了100多万元！义乌人太精明了，有人听说出租房屋赚大钱，于是便掀起了在县城内大兴新宅基的热潮。哎，这一热，连一向头痛如何把城市建设赶上去的城建干部都没想到的事出现了：搞了几十年却从没多少改观的义乌城市建设在一夜之间楼群遍地，马路一新，整个城区面积一下扩大了好几倍！叫人兴奋的是政府没掏多少钱，仅仅多拿了几套规划而已。

市场带给义乌许多意想不到的变化，短短几年间的市政建设使以往的一个小旧镇，瞬间一跃而起成了浙中的现代化城市。1988年，义乌正式由县变成了市。而这撤县改市的进程中，如果没有小商品市场的发展，也许今天的义乌仍然是个县级建制的小地方。

革命导师马克思曾经在政治经济学中指出，资本进入自由经济时，它的发展将常常不以人们的主观意愿为转移。社会主义市场经济有着同样的道理，当它一旦进入良性状态后，它的发展将超乎我们想象，并对整个社会形态都将产生非同小可的影响。在第三代市场开业不久，摊位的紧张再度成了义乌市场的首要矛盾，而此时外地客商对义乌市场的热情则越来越高，故经营者纷纷向已经是市府的义乌领导们强烈要求再把市场扩大，其急切心情胜似火燎。看来第三代市场的决策过程又是短期行为了。别犹豫了，再扩吧！这回上下几级干部和大多数群众都看法一致，因为实打实的好处使义乌很少有人再对市场说三道四了。集体决策很快形成：把第三代市场后侧过稠州路向东延伸的120亩地作为第四代市场规划区。6月份决定，7月份就以市委办公室名义向全市发出了通告。

一切都在紧锣密鼓地进行之中，千千万万个经营者和60多万义乌百姓都在期盼着更大、更精彩、更宏伟的“中国小商品市场”的诞生。然而一场意想不到的政治风暴从北京刮遍了中国大地，一时间神州大地上空乌云阵阵。中国人民陷入了痛苦和迷茫，未来的前途到底如何，成了每一个人关注的大课题。让义乌人感到最不可理解和难受的是社会上此时盛行“个体户是动乱的根源！”“国家要继续举起红旗，就必须先得产除私营经济！”等言论。义乌人和义乌市场此时承受着来自四面八方甚至是当头悬着的利剑般的压力，虽然有些现象现在想起来是莫名其妙的，但在那些日子里却被说成是有鼻子有眼的事，似乎个体经济就是产生动乱的土壤，个体户便是动乱的有力支持者，义乌的小商品市场最活跃，故而那里的政治问题就最值得关注。简而言之，义乌的人和义乌的事应当引起上面足够的重视和注意！

“什么，这个时候你们还要扩建市场？这不是火上浇油吗？”

“先把个体经营行为是姓‘资’还是姓‘社’的问题给弄弄清楚再说！”

有人对义乌呈上的报告不屑一顾，打着一副很政治味的官腔。更有令义乌人心寒的事：一向对义乌市场热心，并常常喜欢将义乌市场发展的成就纳进自己成绩挎包里的个别领导，到了义乌市场却不敢往里走一步，好像走近一步就会把他的乌纱帽摘掉似的……那是一个令义乌人失望与期望并存的时刻，义乌人因此而更加相信当时的市委书记郑尚金和他的“一班人”。在大风大浪面前，郑尚金等领导做出了果敢和负责的决策，百姓们因此一直记着这些在义乌发展史上起过重要作用的历史性人物。虽然我没能有机会采访到现已是金华市委书记的郑尚金等人，但他们在特殊时期为义乌所做出的功绩，在义乌人民心目中是座不朽的丰碑。当时参与《关于扩建义乌小商品市场问题的论证报告》的现任市委宣传部朱连芳部长向我介绍说，当时整个义乌市场人心浮动，其根本点是弄不清个体经济还是不是社会主义经济成分的问题，由此引发了义乌办小商品市场到底对不对、还要不要办的问题。中国有许多事可以等着决议了再做，但当时义乌市场已在全国挂上名了，庞大的市场一天不经营就会影响几万经营者的利益，几天不经营就可能使我们几年苦心经营和造就出的市场一下垮了，所以那时我们市里领导急，市场管理者急，个体经营者更急，怎么办？那时每走一步都是要冒政治风险的。让义乌人感到欣慰的是，当时的义乌市委、市政府领导迅速做出了正确的决策，即坚定不移地肯定个体经济是社会主义经济的重要组成部分，个体经营者是社会主义的劳动者，办义乌市场昨天没有错，今天扩建它更没有错。为此，我们做了大量艰苦而有成效的稳定人心的工作，如每天把市委、市政府的意见用广播等形式，不时地向经营者们宣传，出动机关行政干部深入市场给群众做耐心细致的解释和宣传工作。同时又专门配合中央电视台播出的反映义乌市场的专题片《独立的王国》宣传，使在义乌从商的全体经营者都明白，义乌走的路没有偏离社会主义方向，不仅没有，而且是完全正确地走在社会主义道路上。搞个体经济光荣，参与办市场就是为社会主义办更好的事。认识清楚了，信心也就坚定了，我们的市场也就越办越好。

1990 年 10 月 5 日，当时的浙江省省长沈祖伦大笔一挥：义乌市场扩建确有必要。于是经历了一场史无前例的政治风波之后，义乌人办市场、办大市场的决心更大了，这回他们是彻底要瞄准“全国第一”的目标进军，因此第四代小商品市场的设计一出台就令人激动不已：义乌要建总面积达 5 万平方米以上的全国最大的室内商品交易市场！

第四代市场从提出到开工到正式营业，用了 1 年零 10 个月时间，这场决战令义乌人非常难忘，它既使从商者完成了从商品交易的原始和简单的阶段到具有现代知识和技能色彩的整个过渡，也弄清了什么姓“资”、什么姓“社”的经营性质上的根本认识。几年后，中国共产党第十四次全国代表大会上，党中央明确了社会主义市场经济的理论。1999年初的第九届全国人民代表大会第二次会议上又把邓小平理论连同“个体私营经济是社会主义的经济组成部分”一起写进了宪法。其实对义乌人来说，他们对邓小平建设有中国特色社会主义理论的实践和运用，与发展市场经济来推进社会前进的实践，早已开始并获成功。义乌人遵循市场经济规律，市场经济也真的像一只“无形之手”，帮助和促进着整个义乌市场的健康发展。

1992年，在义乌的历史上可以重重地记下几笔：由国家工商局确认的全国十大市场中，义乌市场名列榜首，并由此得到国家批准，将义乌小商品市场改名为“中国小商品城”（在这之后义乌的小商品市场连续7次排名全国第一，即年年处在几万个商业市场中的“老大”地位）。其二是，义乌当年向国家上缴的财政收入中，个体私营企业税收达50.5%，第一次实现了过半。别小看了这一“过半”，它的意义对中国共产党人和全中国人民认识社会主义初级阶段理论，可是个极其重要的实践依据，当然对于义乌人自己来说，搞市场此时已不再是简单的管与不管的“副业”了，它是实现本地经济与社会发展占主导地位的大产业！非抓不可！非抓好不可！

我曾同一位经济学家讨论过这样的话题：在中国，类似义乌的商品批发市场不下几千几万个，为何独有义乌市场发展得如此迅猛与健康？这位经济学家运用了很多政治经济学的理论，试图来向我论证义乌办市场的成功经验。但他的那些出自亚当·斯密的经济理论无法使我信服，因为一般意义上的市场规律别人也曾运用过，但中国很多市场在办的过程中就时好时坏或者压根儿就失败了，可义乌从来就没有失败过，一直发展得出乎意料地顺利，这是哪只“无形之手”在作怪，在发魔力？

这正是我和许多人想弄明白的。

这正是义乌超人的魅力所在。

曾经听到一则民间传说：有个广州商人在80年代中叶认识了一位义乌人，当时这个广州商人已有30多万元资产，在那时这样的数目绝对是大款了。当时那位义乌人是刚扔掉拨浪鼓第一次出门去广州想批点小商品回家赚个过年钱。他身上仅有500元钱，本来只够批一些最便宜的文具小商品。广州的那个老板问：你要货不是？是想便宜点不是？好啊，你就请我进一次“OK厅”玩玩怎么样？那义乌人心想城里人不就是爱“寻开心”嘛，去就去呗。这一进去不要紧，最后一结账那义乌人差点急出性命：整整花了他400元！这怎么进货呀？那广州人大概看出对方的窘境，说老弟你放心，我看你还算仗义，进货的钱你暂时可以不付，留下身份证下次再付也成，不过有个条件：必须在半个月之内把钱送来。人家已经够朋友了，那义乌人还有啥可说的？行，就这么定了。那义乌人挑着货物往火车站就跑，哪知一掏口袋只剩了20多块钱，连张火车票都买不到。这可咋办？义乌人急得全身直冒汗，他想过回去再到广州老板那儿借点钱买个回程票，可又觉得自己太丢人现眼，说不定人家以为你是故意敲诈啥的。左思右想不得要领，正在他极其为难时，他看到附近有个小店有卖竹担子的，义乌人对竹担怀有特殊感情呀，那义乌人便马上过去用身上所有的钱跟那店主讨价还价买了副竹担，并把批发来的货物全部装在担里，就迈开双腿重新当了一回特殊的“货郎担”。从广州到义乌1000余公里，那义乌人一路摇着拨浪鼓，边卖货边兼程回家，整整用了12天时间赶回了义乌。第16天，正当那广州老板心里骂着“不能当好人”时，义乌人突然出现在他眼前，并且把准备好的钱一分不差地呈上去，说了声：“大哥，实在对不起，因为赶路我耽误了一天时间。”待广州人听完义乌人从头到尾那么一说，“老广”感动得连呼：“义乌人天下第一商！天下第一商是义乌人也！”5年后，那个义乌人已经是“千万富翁”了，而那个广州人则老老实实在义乌打工。有人奇怪地问他为啥放弃生意不做而来义乌为别人打工，你知道那广州人说啥？他说：“天下既然已有义乌人在做生意，何必再有其他人从商？”关于这则民间传说的真实性我无法去查证，但可以让人从侧面认识一件事，那便是义乌市场的兴旺发达、长荣不衰，与义乌人独特的经商之道密不可分。

义乌人从小孩到老人，都能说出下面几句话：“踏遍千山万水，想尽千方百计，说尽千言万语，历尽千辛万苦。”这个“四千”精神是义乌人祖传下来的经商法宝，它源于“鸡毛换糖”的摇拨浪鼓生涯，可以说是义乌人经商成功的精髓。

与众多初次到义乌的人一样，开始我同样弄不明白为什么中国最大的一个商品交易市场，它既不在北京，又不在上海、广州这些大城市，却偏在义乌这么个贫穷偏远的小城市？现在我才明白，这既是邓小平走中国特色社会主义道路的理论在这里实践得好，也是义乌人的独特经商之道所决定的。也可以这么说，除了义乌人之外很难有第二个地方能与它竞争。这是因为在中国这样一个市场经济刚刚开始不久，尤其是在我们的商品信息与流通渠道十分不健全的国度，特别是长期以来我们实行的是计划经济，国有经济占了主导地位，人民的生活用品及生产资料都有赖于单一渠道的供给，横向的流通渠道几乎是零。在这种特定的机制下，我们一旦始发市场经济的快车时，就会发现其不健全和不畅通的轨道常常会严重地阻碍我们的进程。而义乌人则在此时此刻充分发挥了他们独有的优势，这就是他们用双脚踩出的信息与商品流通的渠道。最初的义乌市场，基本上仍然是“鸡毛换糖”的延伸。但绝不要小看了这种延伸，正是这种蚂蚁搬山式的延伸功能，使得义乌在得到政策允许大办市场时，它所释放出的巨能就像原子能所产生的裂变。当成千上万的拨浪鼓手们发现用货郎担将各地所产、所剩的商品，以蚂蚁搬山一般往回拉的形式，已经无法满足日趋上涨的需求时，他们就改用车拉、船装甚至飞机代托等办法一次次地将全国各地的那些紧俏货物像蚂蚁似的搬回家乡……而就在此时此刻，他们的家乡义乌便成了万千货物的集结地。这些货物都是些百姓日用的紧缺用品，当然很快就有人买、有人批走了！这你一运，我一卖，他再一批发，物品流通便越走越快。这时拨浪鼓手的身份已经成了采购员，但由于他们的本质没有改变，肯吃苦，肯赚小利，所以从不怕别人抢自己生意，也不怕别人与之竞争，相反他们十分愿意在这种激烈的相互竞争中练就自己更过硬的从商本领。在80年代，我们国家的交通行业远不能适应物品流通需要，很多地方连车都不通，或者只有一两趟班车。有个义乌人对我说，他在一次外出采购货物时，不说车上没座位，就是连个立足的地方都找不到，为了保证把货物运回家，那次他整整在火车上睡了一个星期“卧铺”——就是把身子横卧着钻在座位底下。有谁设想一下那种不能抬头、不能直腰，连撒尿都不能的滋味是怎样一种生活体验？我不知道这是不是也该载入世界吉尼斯纪录。其实义乌人今天呈现在国人面前的大市场，在很大程度上正是由于他们中的无数人，曾经以同样的吃苦耐劳精神，像蚂蚁搬山一样一点一滴地积累起来的。

全国各地的小商品就这样神奇地跑到了义乌，这种巨大的流入过程同时又向外传递着一个信息：义乌有各种你想要但别的地方没有或者价格不如义乌便宜的货物。于是无数经商者就跑到义乌来，他们兴高采烈地搬走他们想要的商品。而在这同时，义乌人再一次发现了什么东西是别人最喜欢的，什么东西是最能赚钱的，于是又形成了新一轮的采购，蚂蚁搬山式的采购再一次从各地运回义乌。不久，聪明一些的人就不来回跑了，而是常驻某一地，通过调拨来及时运回义乌方面所需要的商品；再有高明者在向义乌运回货物时，又从义乌市场发运常驻地紧缺的商品，如此坐地一方，来回赚钱，不亦乐乎。更有高明者，完全靠义乌市场上或者是从其他渠道获得的信息，根本不经义乌市场，直接从有货的某地调拨至缺货的某地，如此天马行空，赚的钱便更多了！但不管哪种形式，源头始终在义乌，因为操纵整个市场和流通过程的是他们义乌人。千万别小看了义乌人这“一进一出”的运作过程，它对市场形成和促进中国产业发展起的作用非同小可。

有个叫楼香云的服装商，最初从上海进了一批丝织方巾，很好销，后来她听说这是嘉兴产的，就拿了方巾直奔嘉兴，到那儿一打听才知这是距嘉兴市还有20里路的王江泾生产的。楼香云一看此地，交通异常不便，当地农民劳动力大量剩余，但生产的丝织产品却工艺精湛，于是对他们说以后你们的产品我全部包了。原本一直为产品销售犯愁的王江泾人听了这话就像见了财神爷，于是一口答应。从此楼香云每天往这儿跑一趟，几年过去，王江泾就在楼香云的一次次奔跑中盖起了一排排楼房，农民们今天都过上了小康生活。楼香云呢，自然不用说，她的口袋里早已鼓得发胀。像这样的事太多了，目前义乌人在外跑生意的约有五六万人，与楼香云一样跑富了自己又带富了一片的比比皆是。

义乌人在历经上面这阶段后，慢慢发现，要使市场一直有竞争力，赚更多的钱，以往的那种来回运拨式的生意成本仍高，而且商品的式样受原有式样的限制。义乌人便动起了脑子：为啥不能自己动手生产？干呗！这一干不要紧，心灵手巧的义乌人几乎把各地出现的紧俏商品和尚不被人认知却必大有市场的商品，全都给制作出来了，比如有人在广东发现了“呼啦圈”，三天之后，义乌市场上就能成车成车地批发，哪来的货？义乌人自己做的呗！那一年开始流行女式长丝袜，义乌人在三天之内生产出的长丝袜比广州百货商场里销售的花色品种还要多，当然价格低了近一半，袜商们兴奋得夜不能眠，源源不断地从义乌批发，一直批发到今天，而今天义乌的袜子生产量已经是全国的绝对第一，占全国总生产量的三成以上。袜子是义乌市场几万种商品中的一种，几乎每一种商品对义乌人而言，都可以形成他们的某一个拳头产业。这里面的奥妙其实不算太复杂，用他们的术语叫作“前店后厂”。所谓前店后厂（或叫前摊后厂），就是经营者在市场里开个店租个摊，店里摊上卖的什么货，其生产出处就在他的店后或摊后的工厂。别小看了这种前店后厂的生产经营方式，它也许是中国农民市场经济的一大特色，就像曾经统帅过中国工业生产“半壁江山”的乡镇企业一样，它正在或者有可能再度成为中国国民生产的“半壁江山”。在义乌我最初感受到的就是这儿的百姓的房子特别的大，每家每户基本都是一栋四五层的大楼，而义乌城区到义乌下面的城镇，大部分街景都是由百姓自己动手建的楼宇组成。开始我有些不理解义乌人为啥要造那么大的楼，三四口人住那么大的房子不都空着吗？后来我一进这些人家，才知道义乌人的家居跟其他地方都不一样，他们一般把一层开设为商店或铺位，直接售货，二楼三楼是厂房，只有最高一层的一小部分才是主人的生活用房。目前义乌的四个大市场上，共有6万多摊主，其中很大一部分都是“前店后厂”。因此进义乌市场批发货物，你千万别小看了只有小小一两平方米面积推位的摊主，说不定站在你面前的就是位亿万资产的大老板。

我遇到这样的事不止一次。有一回我到市场采风，见摊主是位卖服装的。看到她不足3平方米的摊位上放了好几种品牌的衬衣，我问她这么多品牌的衬衣都是从哪儿批发来的。女主人一笑，说都是她自已的。我心想，这也许正是那种自己做了一大批各种名称的假商标，然后往别人的产品上那么一贴便冒作自己商品的投机商。女主人听说我是专门来写义乌市场的，又见我如此不信她的话，便非要带我到她家瞧个究竟。“否则你大作家凭自己想象一写，我们义乌人的脸面不就全没了吗？”哈，女主人很有“义乌意识”，于是我就跟着到了她家。这才让我大吃一惊：原来这位女老板家竟有两栋五层大楼，光雇用的工人就有600多个。走进她家的厂子车间，我看到的已经不是我想象中的那种家庭作坊式的生产模式，而是一色的日本进口的现代化制衣机。她家的产品陈列室里，总共有6个品牌的衬衣，其中有3个获得过全国或省级专业机构颁发的优质证书。真是不见不知道，一见方知义乌人之厉害。

我们知道，无论何种市场经济，供求、价格与竞争是它的基本要素，三者之间相互联系又相互影响的过程，便是市场机制发挥作用的过程。即市场供求关系的变化引起市场价格的变动，价格变动反过来影响供求关系的变化，无论是价格变动还是供求关系变化，都会导致利益格局的改变，进而引发市场竞争；竞争的结果又反过来影响供求和价格。市场机制的如此动作，激发商品生产者和经营者的进取精神，使他们不断想方设法提高技术，降低成本，改善经营，从而推动整个市场及社会的发展。而这促进生产力提高和社会发展的整个动作过程，便是我们所说的那只“无形之手”——即市场经济的规律。

义乌人从80年代初始，仅用了10年时间，由最初的“鸡毛换糖”的经营方式，争取到了自我生存的机会，发展到建立起一个庞大的商品流通市场，垄断了全国小商品生产和流通及交易行业，使12亿人的日常生活用品市场的价格，随义乌市场的变化而变化，把自己从一个连吃饭问题都难以解决的贫困小县，建设成“中国百强县（市）”，人民安居乐业，家家富裕小康。这一切正是他们恰到好处地将传统的“鸡毛换糖”精神与市场经济的那只

“无形之手”连在了一起，并使之发挥出了最大的魔力。考察一个市场是成功还是失败，最好的时机并不是在全社会或者说整个大市场都欣欣向荣之时，而应该是在像这一两年中我们普遍都受到亚洲金融危机等影响，各种市场不太景气时，方能看出谁是英雄谁是好汉来。当这两年国内大小市场都在大叫“跳楼”时，我们再看看义乌市场依旧风风火火、热热闹闹，你才意识到义乌确实值得我们思考这样一个问题，即建设中国式的社会主义道路，或者说建立有中国特色的社会主义市场经济，绝不是一句空话，也不是乌托邦，它是完全可以实现的。义乌就是这样的典范。

我一直想弄明白为什么中国最大的小商品市场、最活跃的商业流通市场、最繁荣的日常生活用品生产基地，不是在别的什么地方，而偏偏在浙中那个不起眼的义乌？我也一直想弄明白像上海、广州、苏州、常州这些一向统领中国轻工产品的著名生产企业的产品，为什么十分愿意舍近求远，跑到义乌来抢占市场？甚至我们还会发现，这些地方生产的名牌产品在义乌市场上的价格，比它们在本地或自己的出厂价还要便宜？而且十分有趣的是这些地方的老牌或名牌企业的老板们，还时常以在义乌抢占的市场份额多少作为自豪的本钱！俗话说，外行看热闹，内行看门道。在1998年那个金秋日子召开的“1998年中国小商品博览会”上，来自中外几千个商家抢占同一市场的热闹场面我是看到了，但这并不能满足我这个外行想研究一下吸引那么多商家到义乌来的“门道”。深入之后，我恍然大悟：义乌人运用市场经济那只“无形之手”可谓到了令人称绝的境地。我们已知市场经济的“三大要素”，其中能吸引商家的最重要的无非是价格。在义乌市场，价格的力量是一切商品能够生存的最重要因素，也是每一个经营者及商家成与败的关键。通常一种同类同质的商品，在义乌市场一般都要比其他市场便宜三成以上，有的甚至便宜一半。这三成以上的差额便是商家的利润和义乌市场可以同别的任何市场决战的本钱。那么义乌为什么可以洒脱地做到而别人却难以做到呢？除了上面已经说到的义乌人敢吃苦、会利用“前店后厂”的办法外，再就是义乌人头脑里从来就树立着不求赚足钱而只求能赚或少赚钱的经营思想。说起来似乎有些不可思议，做生意人不想做大生意，不想多赚钱？究竟义乌人为啥要这样做？首先，义乌人清楚只要自己的某一种商品出手时利润一大，马上就会在一夜之间有十家百家跟着你来做同一生意，那么你昨天赚大钱的生意到了今天、明天可能就连老本都赔了进去，三三得九地赚钱，再来个二五得十赔钱，结果你是赚了还是赔了？义乌人比谁都会算这笔账。除非在自己有足够的实力的情况下，我做某一产品的“独家代理”或独家生产者，那我就可以足足地赚它个“天昏地暗”。其实现在义乌市场上早已有这样干“独家代理”和独家生产与销售的主了，他们理当是市场上的“老大”。其二是，义乌人把赚钱的最大渠道放在批发上，量是义乌经营者追求的最大目标，在他们看来，与其抬出某一高价引来千百户商家跟着自己竞争，而一下枯了赚钱的“大江”，远不如开拓十条百条价格上有绝对竞争优势的“涓涓小溪”实惠得多。义乌人有个竞争法则：同一类商品，你有一元赚，我绝不赚过九毛九；你把赚一毛作为目标，我不把赚五分钱视为吃亏。你卖一分钱不赔不赚，我五厘卖出去眼睛不多眨一眨。啥道理？他们自己说这是赚钱的真正奥妙：出手快、快出手，才是根本。到义乌市场亲自转一转，亲眼看一看，你会发现，同一个商品，在同一个市场内会有几种甚至几十种价格，就连你在同一个摊主那儿，此一时与彼一时买的货，也会有完全不同甚至上下差异极大的价码。你用不着瞪大眼珠，因为这就是义乌市场的独特奥妙。如此强大而又不可抗拒的价格竞争所出现的后果是，你必须提高供求的能力。供者，有别人无法求取的远来货，也有近得不费任何费用的“后厂”直销货，更有名厂名牌的独家货，这些都是在激烈的价格竞争中取胜的某些先决条件和必要因素。你这样做了，我便想出更绝的办法超越你。于是他便不能再重复前者的路子，只能去另辟蹊径：或靠更新技术，或靠提高素质，或靠引进先进管理机制，总之你得想尽一切可以想出的办法。如此循环往复，螺旋式地前进，市场便在这种循序渐进中发育和健全，处于不败的境地。上面所说的市场运作规律是对那些直接在商场内参与经销者而言的。而那些外地的著名企业、名牌产品，它们在义乌又为什么甘心情愿“舍利卖血本”呢？第一次到义乌采访时，正巧有位苏州老乡和我住在一个楼里。他告诉我他是苏州某丝绸厂家的，这个厂名与所生产的丝绸产品，我知道在苏州当地颇有名气，但我不明白的是为什么我的苏州老乡舍近求远来到义乌，而且听说他在这儿的批发价比苏州还低出几块钱。老乡笑了，说表面上看我们来到义乌市场似乎是在做赔本生意，其实天底下哪有专做赔本生意的事呀？所谓的赔本是专门念给那些要买你产品的人听的。你想，当有人听说你是拿了比自已出厂价还便宜的货到义乌来，就凭这一条，他客商不买你的货才怪！好啊，这一卖你的生意不就成了嘛！这只是第一步，我们看中义乌，更重要的是因为这里现在已是全国包括服装在内的最大市场，它是整个国家的轻工纺织产品的集散地，其价格和销售情况便是整个行业的晴雨表。我们在这儿插上一只脚，就会知道全国乃至海外的市场信息。有了这样的信息，便可以指导我们企业的生产销售决策，在今天越来越激烈的市场竞争中，“晴雨表”掌握好了，就能使我们在市场上的每一次出击都取胜。你说，我们在义乌市场上的局部“赔本”换来的是什么呢？合算不合算？

我笑了。生意人都是“狡猾狡猾的”。据说现在义乌市场上全国著名轻工产品的商家大部分在此设有总代理和总经销。我专门探访了上海某著名笔厂的一位总经销，他告诉我为什么外地那些著名厂家愿意来义乌市场的另一个秘密。他说他是义乌本地人，市场开放的早期，他自己专门跑上海这个笔厂。后来熟了，厂里也看他一次次来提货的数不断往上涨，很高兴，因为上海厂他们自己的销售已经有点走投无路了，没想到义乌一个个体户帮了他们不少忙，自然很感激。上海笔厂的厂长又专门上义乌市场考察了几天，发现这儿正是一块他们过去从来没有发现的销售大战场。厂长这时跟那个义乌人说，干脆你在义乌当我们的总代理吧，我按低于出厂价给你，你批发给别人多少钱完全由你自己定，我总厂还给你一个奖励政策：每多销 100 万元产品，我给你奖励若干万元，如何？这么好的事傻瓜才不干！义乌人很快接受了，从此这位义乌“总代理”就把上海笔厂完全看作自己的厂一样，尽心尽力地一方面不断开拓市场，打开销路，另一方面随时注意整个笔业的发展动向，及时向厂子提建议、提改进方案。几年下来，他先后为厂里提出了几十个改进产品与市场对策的建议，厂子根据他的建议及时调整产品结构，不断推出了近百个符合现代中小学生的流行款式，市场销路大增。3 年来，这个笔厂的产值翻了两番，这在全国笔业生产面临严重倒退的时期，上海厂家不仅保住了饭碗，而且还吃上了“生猛海鲜”，上海厂家乐得常常把感谢义乌市场的话挂在嘴边。再说说义乌那位“总代理”，他当了上海笔厂代理后的 3 年间生意越做越顺手，因为再没有人跟他竞争了，整个同品的产品市场全由他一人操纵，所以十分得心应手，销售额较以往增加数倍，收入当然也随之水涨船高，仅上海总厂奖励他的钱就是好几百万！

哈哈，彼此赚钱！大家赚钱！义乌市场也再次向前大踏步地迈进了……

这就是市场经济学专家所言的“无形之手”的神奇之处？是

的，一百多年前，我们的革命导师马克思在他所著的那本厚厚的《资本论》里，其实早已给我们描述过，只是后来各式各样的继承者对无产阶级政治经济学的理解产生了多种分歧，使得本来为人类共有的社会基本规律，被当作资本主义社会的专利了，反而把社会主义社会该享有的经济财富给剥夺了。义乌人的成功实践又使我们得以重新认识和享用这种财富，并在这种认识和享用过程中创造着神奇。

从上面所涉及的事可以看出，市场经济就是这样令人琢磨不透又叫你每时每刻处在激动与兴奋之中。也许这就是它的魔力所在。义乌市场能有今天这样长盛不衰的景象，还有一个极其重要的因素就是它的联托运市场的完备发育，紧随其主体市场和中心市场的健康发展。只要踏进义乌市，你就会马上感觉到这儿的运输线路和运输车辆之多，用“四通八达”来概括似乎太缺少了艺术色彩和想象力。义乌的主人告诉我，他们的市场繁荣实在少不了以联托运为主体的运输管理体系的有效建立。而这恰恰是国内一些专业市场为什么最后不敌义乌市场的重要原因之一，即在抓“运”这个环节上输给了义乌人。最初的义乌人经商，靠的是两条腿。后来发展了，自己有了车子，虽然这在一定程度上实现了“多拉快跑”，可仅靠这要想与蓬勃发展的市场相适应，还是远远不够的。长期的计划经济严酷地限制了经营者的双腿，你不是有了车子想“多拉快跑”吗？那不行，路是国家的，线是集体的，我让你走你就可以走，我不放行你有车子也白搭——多少个市场最后就死在这个体制上。义乌人聪明，当中心市场已成规模后，他们随即把运输也纳入市场体系之中，并像管理中心市场一样，给予运输业以同样的政策，并且把运输业本身当作一个完整的关联性质的市场进行大举开发。交通路线是国家公有的，而我可以给你政策呀！于是一整套个人承包的“联托运市场”管理方法便出台了。这对经营者来说，就好比你在他的双腿装了两个轮子，就好比在他两胁插了翅膀……那才真叫舒坦、活络！现在，义乌每天出出进进的数十万吨货物，就是靠那数百条天上的、地上的、水上的运输线路源源不断、畅通无阻地连接着全国、全世界，并以最快捷的速度和最合理的价格满足着义乌市场的每一位经营者去编织他们心中的美梦。

从上面所涉及的各个环节可以看出，义乌的经验也向我们提示了另一些不可忽视的问题，那就是在正确利用市场经济规律的那只“无形之手”的同时，建立有序的管理机制、金融政策和人的思想行为准则，由于它们的得力，而使得市场经济条件下的那只神奇的“无形之手”能更好地发挥魔力。要申明的是：本作品不是篇学术论文，故而无法用过多死板的语言来论述那些十分宝贵的经验。比如义乌在办市场过程中自始至终的税收政策、公平合理的竞争机制、正规灵活的金融体系等方面，都有独到之处；政府的宏观调控、市场内部的管理体制，直到经营者之间一旦出现问题时所设置的调解机制等，无一不是一环扣一环，环环显神威。但我依然想写些片言只语让读者同我一起去感受义乌人和义乌市场的另一面——

一件是关于义乌市场管理部门处理和打击假货问题。

几年前，国内商界对义乌市场曾有个说法，说它是“中国最大的次品市场”。似乎有了义乌市场，便跟着就诞生了中国的“假冒伪劣产品”。这着实把为人正直的义乌人冤枉得不轻。可事情偏偏不是无中生有，义乌市场发展之快，市场之大，又有那么多赚大钱的机会，谁不往你义乌这块风水宝地钻？可苦了的正是义乌人。但埋怨没有用，担心倒脏水连孩子一同泼出去也不是办法。义乌人从 1991 年开始，工商部门连续 5 年甩了“四把斧子”，那听起来真是有点令人惊心动魄：头一把斧子是对所有名优产品的销售摊位实行“定点定摊、亮牌经营”。就是说，你对自己销的名牌产品除了要有厂家的代理代销证明外，你自己必须对销出去的商品敢拍胸脯，出了问题，不仅要加倍赔偿，还要在全市场列名张榜，使你不得再在有大钱可赚的义乌市场里设店摆摊。第二斧子更绝：来检举查证的不光是工商管理部门和广大消费者，而是请生产厂家派专人来监督查询。说到底，最恨假冒伪劣产品的还是厂家，请厂家派人到市场来监督不就等于耗子洞前养了一只猫，谁还敢轻举妄动？第三、第四斧子属于高明办法：义乌主动投入大量财力物力，定期承办名优新产品博览会；与各名牌企业建立联络机制，在商城特设名优产品展示柜等。如此连挥大斧，那些企图混水摸鱼者再不能随随便便在市场内兴风作浪。几年下来，义乌市场不说一片净土，却也差不多清澈见底。你今天到市场里走一走，再抬头看一看街头路旁铺天盖地又醒目多彩的大广告牌，就知道现在国内多少名牌产品的厂家已经在义乌立足了。有位上海国有大企业的老板，前几年听人传言义乌市场的假冒伪劣产品如何之多，去年他亲自前往考察了一趟，大呼不该轻信别人的偏见之言。当年，他的企业产品大举进入义乌市场，别人问他收益怎样，那老板笑着只说了一句话：“谁要是失去了义乌市场，就是谁最大的损失！”

第二件事是我在商场内碰到了一个不能不写的人物。

他叫黄昌桂，是义乌市场的派出所所长。黄昌桂的名声在几万人的义乌经营大军中非常显赫。从80年代初起，随着义乌市场的快速发展，这块生钱的宝地也成了各路不法分子竞相显身手的场所。国内某一市场，曾经由于法治不力，盗贼云集又猖狂，结果好端端的一个市场最后谁都不敢去了。你想，商客们外出辛辛苦苦做生意求的啥？当然是钱财，但钱财又怎能与性命相比？义乌市场不是没有出现过令经商者心惊肉跳的事，眼下仍时有出现。

然而那些胆大妄为的盗贼与歹徒一旦领教黄昌桂的铁臂火眼后，就再不敢轻举妄动了。黄昌桂听说我也是军人出身，便格外高兴地聊起他和同事们的事。他说组织上把他放在商场这个特殊岗位，是因为他的“反扒”本领突出。

“可以不含糊地说，凡是想在我们义乌市场里干偷偷摸摸的事，就别想吃好果子。”身材瘦小、面容清癯的黄昌桂一开口便让我颇为吃惊。

“几十万平方米的大市场，每天人流量就是十几万人，你有把握不漏过一个小偷？”

“只要他敢在商场里停留几个小时，我就可以逮住他！”

“真的？”

“军中无戏言。”

我看不出诚实可信的黄昌桂说的话能有半个字是含水的。其实在采访他之前就有人向我介绍，他是远近闻名的“全国优秀民警”荣誉称号获得者，但这样非常绝对的话出自一位对工作勤勤恳恳的老实人身上，更让我对他肃然起敬。看到不断有人来找黄昌桂处理事情，我只好请他讲些逮住盗贼的个别精彩“片段”——去年破获的几起摩托车大案。黄昌桂顺嘴说，你大概也看到了我们义乌市场外的摩托车群吧？咱这儿的经营者个人使用的交通工具基本都是摩托车，几个市场门口的摩托车加起来足有近万辆。盗贼早已看中了这块“肥肉”。现在的犯罪分子信息快，技术高明，团伙作案居多。我们公安部门早已在前两年就掌握了有几个在其他地方嚣张作案的犯罪分子扬言要“铲平”义乌市场。这些盗贼非同一般，都是偷、运、售一条龙作案的，而且出手快，遇到对手反击残忍。去年他们果然来了，看到义乌几个市场外有那么多停放着的摩托车，简直要流口水。可他们打错了如意算盘。我从“内线”得知他们流窜到这儿后，就及时带领便衣小分队在各个市场外巡逻。盗贼们大概看出门道，所以来义乌后的头几天里都没敢下手，后来他们改变了行窃地址和时间，专在晚上窜到居民小区探点。他们万没想到的是，其实我们一刻也没有放过他们，国庆节前后的那两个夜晚，这帮“黑手”以为该到上手的时候了，可他们哪想到黑手刚刚伸出，立即被我们生擒活捉。等候在火车站接应的那几个销赃的家伙，还没弄明白是怎么回事，就已经被我们铐进了囚车。事后这帮横行各地、屡屡作案的盗贼们沮丧地承认：他们曾多年走遍大江南北从未失手过，但却弄不清为啥偏偏栽在义乌！我对他们说了一个简单的道理。我说你们不是知道义乌的市场最能赚钱吗，可你们忘了最赚钱的地方一定也是治安工作做得非同一般。那帮盗贼听后细细一想可不是这理吗！黄昌桂说，去年以来的半年中，义乌境内连续破获了 7 个摩托车盗窃大案，其中经他之手破获的就有 3 个，共逮捕 17 个犯罪分子。“要让市场欣欣向荣，就不能让犯罪分子有机可乘。”黄昌桂说，这几年来，在经商市场里最多的犯罪行为是明目张胆地拎包和假装谈生意对你行骗，这也是广大经营者最惧怕又防不胜防的事。为了打击这一类犯罪，我们派出所干警本来就少，不得不经常全部出动，并且人人练就了一身过硬本领。就在前不久的某个周末，市场上的人格外多，黑龙江来的一群歹徒以为这时候我们公安人员都回家休息了，他们便集中在布匹市场瞅机会抢包夺取他人钱财。快到中午时分，其中一个家伙盯住一个准备进货的上海人动手。那家伙根本想不到就在他出手夺包时，一双更有力的大手死死地钳住了他，随即我们将这一个夺包团伙一网打尽……

如果不是又有两人因为生意上的事争吵起来而非要黄昌桂出面调解，我本可以听听他更多的传奇。因为我听说他和同事为了让经营者能安全地在市场正常买卖，曾不止一次地冒着生命危险与歹徒搏斗，而且已有几位干警永远地倒在了血泊之中……可他来不及给我讲这些，却出人意料地讲了另外一件事："我现在最感到不安的是，我手下的5名同志，由于人手少，大家天天都得加班，仅去年一年每人平均加班近3000个小时，等于一年干了两年的活。大家太辛苦了，可我又没法让他们过正常的节假日或正常上下班，你都看到了，咱这儿守护的是全国最大的市场，越到节假日，这儿的人就越多，我们的工作也跟着越忙，离不开人哪！唉——"临别时，黄昌桂无奈地朝我甩了一下手，便消失在人头攒动的繁华市场里……

望着人山人海的市场，看到人们一个个脸上挂着平和喜气的神情，我真想对黄昌桂好好说一声：可敬的英雄，义乌人民、和义乌市场息息相关的所有经商者一定会牢记你和你们的，因为大伙都明白，市场的繁荣，依靠的正是无数只有形和无形的巨手在支撑！

第四章　崛起在田埂上的中国“曼哈顿”

在义乌的日子里，那天晚上我到市科协大楼现场观摩农民们学外语，有一幕令我很激动，这本身也是件挺新鲜的事。曾几何时，中国的农民还在终日“面朝黄土背朝天”地“修地球”，后来苏南一带的农民首先走出了一条乡镇企业之路，再后来就有了安徽“小保姆”和浙江温州“鞋匠”进城的故事，近几年各地又纷纷出现了农民搞企业、办市场，欲与城里人争个高低的事，但我还是头回听说农民们做生意已经到了要学外语的层次！其实这在义乌已经有两三年的历史了，不算啥新鲜事儿，只是我们这些太缺少对中国农民现状了解的人才感到新奇而已。

那晚最令我激动的是，在远离京城的浙中地区我发现了一个中国“曼哈顿”！因为它同样也有像西半球海岸边一样纵横交错的宽阔大街；也有人流车水拥簇着的高楼林立、广厦成群间那灯火熠熠的不夜城；也有海潮卷浪下听不够、数不尽的舞与乐……其实当时我知道，这是由于自己沉浸在对新城义乌的一种陶醉之中的感觉。可第二天，我依然感觉自己是在“曼哈顿”城！没错，微有不同的是两年前我在大西洋东岸所见的那个曼哈顿四面都是潮海，而现在我眼前的这个“曼哈顿”四周都是商海——商的潮海。

曼哈顿是世界商业之都。

我激动和自豪于自己的发现，是因为中国的“曼哈顿”不仅已崛起在我们面前，而且已经成为亚洲的商业之都。1105 平方公里的面积，并不是一块小地方，它大于美国纽约的曼哈顿几倍，也近乎是两个新加坡、一个中国香港特区那么大。在西方，有谁敢轻视那片承载着美利坚合众国经济巨轮的小岛屿曼哈顿？在东方，有谁怀疑过称雄“亚洲四小虎”之一的弹丸富国新加坡？那么，从现在起谁藐视中国的义乌便是犯了一个不该犯的错误。

有几个数据，也许可以最直截了当地介绍给那些没有去过义乌的人们，使其有个清楚的认识：在改革开放的前夜，义乌全市的国内生产总值是 1.28 亿元，财政收入为 1779 万元，农民年人均收入 180 元。20 年后的 1998 年，全市国内生产总值超过 120 亿元，财政收入达 5 亿元，农民人均纯收入 4500 多元。弹指一挥间，在同一块土地上，衡量一个地区主要社会发展的三大指标，竟出现了分别为 94 倍、28 倍和 25 倍的变化。而在其他任何一个国家的同等时间里，能出现如此高速的增长，也许是罕见的。但义乌人实现了，并且面对如此高速的增长，他们会平静地微笑着告诉你：这个数字里还藏着不少的“埋伏”，实际的情况将远远不止这些！

其实我早已感受到这一点。你只要看一看市领导的年度工作报告中列举着的要完成的“几件大事”，以及亲身实感到的每天都在变化着的城市，再走进商城或普通市民家庭，随便问一声某人全家去年到底收入多少时，你听后定会大吃一惊。对此我已经不以为怪了，因为在义乌这个市场经济社会化、来自个体和私有制的经济已占主导地位的地方，通过简单的统计，是很难得出正确的数据的——“往低里说”则是普遍现象。有一个活脱脱的数字倒可以从侧面让我们了解一下义乌人的富有程度：每年年底浙江省从银行方面所统计到的资金净回笼情况，义乌一市要占浙江全省资金净回笼总量的三分之一！得了，浙江全省现今共有 68 个县市，小义乌原来是个重量级的“腰包”！今日之世界，早已明了一个新的公理：国的强弱已不在地盘大小，人的力量更不在体型胖瘦，义乌人在自己的田野上正垒起一个东方“曼哈顿”……

今天（1999年3月30日），晚上吃完饭时我正看《新闻联播》，突然荧屏上出现了一个亲切的名字和品牌——浙江义乌的大陈镇和“能达利”上了中央电视台的“榜上有名”。前者的大陈镇，是义乌市二十几个乡镇之一的“中国衬衫之乡”，后者则是这个镇上有对兄弟创出的“中国衬衫之王”的一个名牌产品。大陈镇这个地名了解它的人可能还不算多，因为中国这样的农村乡镇有几十万个，就是与它同名的镇也许都能排成一长串，但我们现在说的义乌市的大陈镇，则在任何一个同名或者非同名的中国乡镇中创造了独一无二的奇迹，那就是这儿生产的衬衫，每年可以供给12亿中国人中的十分之一人穿。一天近50万件，源源不断地流向市场，一年就是1.5亿件，如此的数量，如果将其平展开来，那不是可以把纽约曼哈顿整个地罩在柔软的温情之中——我为东方“曼哈顿”编织了一个美丽的梦。

今年春节前，我再度来到义乌采访，第一站便到了大陈镇。我渴望感受“衬衫之乡”的豪迈与温情。在这之前，我听说了一个动人的传说。在十几年前，有一个走出大山到外地打工的大陈镇农妇，因为第一次上城里人家做工，她特意自个儿扯了一块“洋布”，赶个夜缝了件罩衫。进门头天，城里的女主人欣喜地扯着她的罩衣左瞧右看，连声道好。第二天女主人也到街上扯了块更时行的布料请这位大陈农妇帮她缝了件罩衣。“好极了，我的同事们都说好，她们每人想请你做一件，工钱5块一件怎么样？”城里的女主人抱回一堆布料问。脸上充满喜色的农妇说：“行，允我几天时间。”大陈镇的农妇爽快地接了过来，几天后便将几件缝好的罩衣端端正正地交给了女主人，而女主人则欢天喜地地交给她整50元钱。“这是工钱，你一定得拿，是人家给的。”她无法推辞。日子久了，这位大陈农妇一日见女主人穿了一件绣花衬衣回家，横竖觉得标致。后来她在回大陈时试着给同村小姑子也带了两件绣花衬衣。这一下可美坏了她的小姑子！村上的姑娘见了好眼红，于是就偷着为自己缝起绣花衬衫。这一传十，十传百，大陈镇的姑娘家都穿起绣花衫来。后来便有人往外面和城里带这种绣花衫，这一带不要紧，不多时便有无数手巧的农妇加入了缝制绣花衫的行列。大陈镇的服装生意就是从那个时候开始形成的。后来男人们也加入了做服装生意的行列。大老爷们干起来就是不一样，这好比都说中国的女人主家事，会做饭菜，但当好一名烹饪大师的又多是男人，这是因为手巧和技术是两个概念。进了门槛的技术真正要说好的还应该是大老爷们——当然不排除也有女强人打天下的，就是大陈镇上也有为数不少的女能人。可是成大气候的毕竟大老爷们占多数，大陈镇在成为“衬衫之乡”的进程中也不例外。

“衬衫之乡”比我想象的要气派得多。年轻的镇党委书记徐江琦不像有的乡镇干部一开口就拿出“年度统计表”一类，堆给你如山一样的数据，他指着高楼林立的街道问我，他这儿像不像城市，他说你们北京人最有权威评判这个问题。我四周瞧瞧，颇有些为难，因为按照“城市”的标准，这儿似乎少了些喧哗，多了些幽静，虽然宽阔的大街上也有不少车来人往，但显然井井有条，没有那些叫人烦恼的拥挤。于是我只好直说：“城市还不一定够得上，但比起北方的中等县城，绰绰有余和现代化得多。”小徐听了哈哈大笑，说这就满足了，因为他曾同别人打过这样的赌，要是有人能说他们的大陈镇像座城，那他从市里下到小镇来当书记算是一种“高升”。现在他从我嘴里得到了“高升”的引证，自然有些自得其乐。小徐书记曾是市委宣传部的才子，因而很幽默。“不过我内心真的感到我们大陈镇很了不起。”他深情道，在过去“农业学大寨”年代，终年“面朝黄土背朝天”的大陈人也有过露面的时候，是省里的老典型，可农民们除了能得到几句空头的表扬外，两手依旧空空，儿女娶亲出嫁还得靠摇拨浪鼓的老父亲外出“鸡毛换糖”挣得的几个脚钱办事。改革开放给大陈镇人带来了真正的机遇。特别是后来随着义乌小商品市场的蓬勃兴起，大陈镇的农民们便着手建立自己的产业优势了，即已经渐成气候的衬衫加工业。最初是东一家、西一家的作坊式加工场，后来是东一村、西一村的小规模形式，之后便是成片成片的衬衫加工户；再后来就是一个又一个衬衫生产厂如雨后春笋般遍地开花。这一过程很有趣，就说销售运输这一块吧，大陈人最早的销售是靠几个妇女提着竹篮或是拿一个布兜搭乘拖拉机什么的去城里的自由市场上自己吆喝着卖；后来是男人们带着样品跑外联系客户，再通知家里发货；再后来是整车整车地往外拉；而今都是全国各地甚至国外的客商自己跑到大陈镇来拉货等货。农民们办厂和经商的方式也随之改变着。由最先的家庭作坊式，到几个人的联户互助式，再由几户联合到大户独立作战态势，发展到现在集团和名牌产品企业领头，与全镇千百户小企业互动并进的局面。集团企业与名牌产品构筑着今天大陈镇作为“中国衬衫之乡”金碧辉煌的大殿，千百家中小企业则是烘托这“中国衬衫之乡”大殿的基石和四围的绿地与花园……如此错落有序的产业形式结构，组成了大陈镇今天固若金汤和名副其实的“中国衬衫之乡”。

小徐书记指着几乎全为新建筑的街道与两边的楼房说：“农民们现在可懂得什么是市场了。我们现在全镇共有400多家制衣企业，为了提高其市场竞争能力，过去分散在各村寨的家庭式工厂，现在几乎都搬到了镇上，其中60多家大企业基本都集中在镇上。我们这儿过去的一户农民，现在差不多都是一个品牌甚至是几个十几个几十个品牌的企业。他们往镇上每搬一户，大陈新镇就等于延伸了一段，规模大了一片，现代化了一程。这种符合市场规律的聚集，带来了小镇建设的城市化、企业经营的规模化、地方优势的产业化、供销运输的快捷化、优胜劣汰的竞争化和整个大陈镇市场的良好气候与条件。而大陈镇自身形成的市场化给我们'衬衫之乡'原有的优势所带来的好处更是不计其数：信息的互用、价格的良性调节、企业与企业之间联合兼并的方便以及共同构筑'衬衫之乡'的形象与影响度。就在几年前，谁认识我们小小的大陈镇嘛，连义乌这市名在全国也没几个人知道。可现在的情况大不一样了，服装业尤其是搞衬衫行业的，他如果不知道或不了解咱大陈镇的行情那他准吃大亏。另一方面，正是'衬衫之乡'的市场影响力，使得全国乃至东南亚地区的衬衫行业的经商者都往这里跑，大陈镇本身就成了整个衬衫行业的市场中心，发挥着第一市场的作用。”

“面对这种发展，你们是如何适应的？”

这回小徐书记拿出了一份文字材料给我看，那上面是大陈镇“1999 年 18 项基础设施投资与实施计划、责任人”等情况的详细规划。我粗略一算，总投资超过 1 个亿。“这几年我们镇政府每年都要投入这么多钱来完善和改造好小镇基础设施，使小镇不仅具有产业上的'衬衫之乡'优势，更重要的是要建立'衬衫之乡'的市场优势。”他说，

“一个镇级单位每年要拿出亿元资金搞基础建设，钱从何处来？”

“当然首先得有实力呗！”小徐自豪地说，“去年我们全镇工农业产值达到 20 亿元，财政收入 1900 万元，农民人均收入 6080 元。从这个数字上来看，作为镇一级的经济成果已经很了不起了。大幅度发展镇区建设，仅靠政府的力量明显不足，但我们的潜力在于农民手里有钱呀！咱这儿的企业全是个体和私营者，现在的个体、私营者可是不一般了，他们大的几千万、几个亿资产都有。像我们今年要搞的 18 个项目中，5000 万元的资金是由镇政府出，

另5000万元就靠我们的那些个体私营老板了！”

从廿三里的百姓主动出资修路的事来看，我不再怀疑大陈镇人同样也有义乌人民的同一种美德：个人富了，从不忘集体和公益事业。

大陈镇的今天已经是规模很超前的城镇了，而政府今年的18项新投资项目，更让人心潮澎湃。看，他们又要在20世纪末建起美丽如画的“江滨绿廊”、可以开四道车的大陈大道和大都市里的那种立交桥……

我忍不住又想起了曼哈顿。于是便对小徐书记说：“希望你们的大陈镇成为‘中国曼哈顿’的‘时代广场’！”

“没问题。下次你来就可以看到我们的‘大陈广场’了。”我仔细再一看他手中的18个项目，可不是，里面有一项就是要在年内建设一个集各种交易和市场功能的“大陈广场”。

好你个义乌人，似乎你们昨天已经在做了的一切，都是在为明天成为中国的“曼哈顿”写注解！

来到大陈镇，我不能不去中国“衬衫之王”之一的“能达利”。

这是一个哥俩儿办起来的厂子。目前他们厂的“能达利”产品已成系列，国家服装公司认定他们在中国衬衫行业的市场销售量和品牌优势在前五六名。“能达利”在义乌是当然的“衬衫老大”，哥哥叫陈溪见，胖乎乎的，一副大老板的样子；弟弟陈溪东，清清秀秀，一表人才。哥俩从开始干衬衫业到现在成为全国衬衫行业的龙头企业并没有多少年头。1992年前，哥俩还是拎着皮包扛着麻袋满世界跑推销的“小货郎”。说起来陈氏哥俩的发展并不复杂，他们的父母都是地道的农民，共有兄弟姐妹4个。老大陈溪见高中毕业时极想上大学，可几次拼搏都没考上，于是只好回家当农民。这小伙是有理想有抱负的人，在别人已经开始做起服装生意时，他心里仍做着“大学梦”，但毕竟离生活的现实远了些。这时弟弟陈溪东也是初中毕业，哥俩儿一商量，说咱们也做生意吧。那时并不像现在正儿八经地办厂，他们先买了一台缝纫机，白天种地，天黑回家后在小煤油灯下试着做上几件，再到街上卖卖看。如果能卖掉，就再做几件。如果卖不掉便上地里种一段田再试着来。做着做着，便有人来接货，就是把货低价卖给中间人，这些中间人负责帮你推销。一件衣服最多赚上一两块甚至几毛钱，可这也比种地好啊！在与命运苦苦挣扎中的陈氏兄弟，决定把积存起来的钱全部买缝纫机，然后又雇了二三十个小工。这样他们在乡下又干了足足两年，等到第三年时便在小镇上租房办起了一个有点样子的厂。

“从 1989 年到 1996 年的那八年里，真的像‘八年抗战’，那段时间是我们哥俩最辛苦的年份。”在气派非凡的会客厅里，已是总经理的弟弟陈溪东感慨道：“当时我们的年产在二三十万件左右。这个规模属于既不能形成自己的独立产品，又缺乏市场价格竞争优势的阶段，唯一能跟人家拼的就是销售上的灵活性。可这不是件容易的事。那时我哥俩儿分工，他跑西安我跑沈阳，这一西一北大半个中国，你只要能说得出的地名，没有我们没去过的。有些当地人都不是特别清楚的，我们都涉足过。那几年你知道我们的生意是咋做的？嘿，现在想起来真觉得蛮有点意思。那其实不叫做生意，是认门呐！因为我们是小厂，没人认识我们，更不认我们的货，所以每次只能去认人家的门。但就是这几年，我们认门认出了门道。我们觉得在中国做生意太有潜力了，在广大的中西部和东北部地区，那儿的特点便代表了中国百姓的基本消费水平，而生产销售适合这些地方的对路产品，也就摸准了中国市场的门道。1996 年，经过‘八年抗战’的锻炼后，我们哥俩决定办个像模像样的衬衫大企业，于是一投资便出手 3000 多万元。当时仅买地皮一项就花了1000多万，因此有人猜测我们是不是炒房地产，等到我们的现代化厂房拔地而起，全套从日本进口的设备开始飞转时，大陈镇的父老乡亲们惊诧不已，说这才像做大生意嘛！”陈溪东一边领我参观他的现代化成衣流水线，一边神采飞扬地讲述他与哥哥俩人当年决策的英明：“你都看到了吧，这么大摊子，开始不少人说这哥俩，抽的洋烟穿的名牌，全都是贷的款，有他们哭的日子。可仅仅3年时间，我们依靠自己的技术优势和规模优势，一下占据了中国衬衫业的制高点。同时又由于‘能达利’的名牌优势，使得企业像乘了火箭一样飞速发展。如今年产值已达1个多亿，利润超千万元，光‘能达利’名牌的无形资产就值1.6亿元……”

陈氏兄弟是自己亲口告诉我有多少财产的“亿万富翁”。按照目前“能达利”在中国衬衫行业中所占的市场份额以及品牌效应，他陈氏哥俩就是躺着也有挡不住的滚滚而来的钞票。只有初中文化的陈溪东听了我的话，露出了一副只有农民儿子才有的憨厚的微笑，他说：“现在多少钱对我哥俩好像已经不是很重要了，你可能不相信，我们的父母亲还都住在乡下，我们还种些地，虽然他们可以从儿子这儿拿走用不完的钱，但他们依旧愿意保留自己的生活方式。我们则有另一种人生追求。我们更多想的是如何进一步开拓市场，占领市场，让中国的男士们都能穿上我们的‘能达利’，有朝一日也要让老外们都穿一穿中国的‘能达利’而不是‘皮尔·卡丹’。”

我完全相信陈溪东的话，因为义乌人用了十多年时间建立起了一个亚洲最大的小商品市场，“能达利”在中国衬衫行业称雄一方的时间更短，仅五六年。“皮尔·卡丹”老了，而陈氏兄弟才三四十岁，你认为谁能赢呢？当然是我们的义乌人，我们的“能达利”！在走出厂区时，陈溪东特别邀我到他工厂前的公园坐一坐。我举目四眺，在观赏花丛锦簇、小桥流水、青岭飞鹤之后，不免有些自卑起来：什么时候我在京城的家门前也能看到此一方仙境，那该是何种人生！

“光这儿的地皮我们就花了500万元。但为了让大陈镇的父老乡亲也能像城里人一样在公园里享享福，我们非常乐意做这件事……”陈溪东的话，让我感到大陈农民的胸膛里有股岩浆般的滚烫的情怀！（从报纸上获悉：陈氏兄弟现在更了不得。他们不仅在新加坡有了“中国时装”上市公司，最近还投资2亿元参与筹建“钱塘航天有限公司”，成为民营航空公司老板。）

不接触孙荣福这样的人，就不可能真正了解义乌市场的起源与变化的深刻性，也当然就说不上真正了解义乌人的精神世界了。

他把家安在义乌市郊的一个山头上。从义乌繁华的市区来到孙荣福的“领地”，有一种返璞归真的感觉。那篱笆还在，那菜地还在，那足前脚后的鸡鸭狗猫更是忽前忽后、忽左忽右地欢实着……孙荣福的“领地”是整个山头加上一直往下延展的山坡，总共有100多亩面积。这儿前后有两个家。旧的是典型的江浙农舍，新的则是我所见到的个人住宅中最豪华和气派的一栋西洋式楼——即使是某些京城的高级领导楼或者高级别墅也远不如孙府新宅。孙荣福让我领略了什么叫富。然而这还不是主要的，孙荣福让我领略更多的是义乌人所具有的崇高品质和追求。

老孙到底有多少钱？我没有问他，这是个很不礼貌的问题。但我知道，义乌市区内目前唯一的一个稠州公园是他孙荣福个人捐建的。这事发生在10年前，当时义乌的市场还处在一般水平，义乌人还处在脱贫过程中，孙荣福一下投资几百万元，用了两年心血，将义乌历史上唯一的一个公园建了起来。1988年，开张一年的公园就有了几十万元的收入，不用说，从投资回报的角度看，好多人都说老孙这家伙又瞅得比别人准，是着实的“冷门生意”。但就在这时，人们正准备看着孙荣福在第二年抱“金娃娃”时，他老孙竟上书市府，说要无偿将公园献给市里。当时，几十万义乌人全都被震住了：他孙荣福简直太了不起了！

孙荣福确实了不起，这并不在于他有钱，而重要的是他是个会经营且骨头很硬的汉子。在常人眼里，老孙是个不苟言笑的人，然而只有走进他的心灵，你才会明白这位硬汉的脸上为什么很少有笑容。也许在今天那些众多的义乌“富翁”身上每个人都有一部不平凡的传奇故事，可似乎谁也难比孙荣福，因为他曾经饱受的辛酸与折磨已经浸入他的骨头之中。我了解孙荣福的一些情况还是从老书记谢高华那儿得到的。“老孙在‘文化大革命’期间曾担任过大队党支部副书记，后来就是因为带领农民外出打工，结果被定为‘黑包工头’而开除了党籍。”谢高华说，“1982 年我到任不久，有一天孙荣福给我写了个条子，提出要承包凤凰山——那是个集体所有的果木场，连年亏损。凤凰山名字好听，其实只是个荒山头而已，共有 120 亩地。孙荣福提出承包的条件有三：一是承包期为 5 年；二是每年上缴大队 2 万元；三是原果木场的 10 个人的工资由他负责。此事在当时尚没有先例，而且他还是个被开除党籍的人。可我觉得老孙自已拍胸脯承包一个连年亏损的集体企业，并能给 10 个人开工资，这事利国利民，也算给一个‘犯错误’的人一条出路吧。我就在他的条子上批了‘同意’两字，又写道：‘5 年承包期太短，可以承包 30 年。’这件事我是顶着风险办的，后来果真传来很多风言风语。”

孙荣福家共 5 口人，除他与老伴俩人外，有两个儿子、一个女儿。现在大儿子结婚了，但作为家庭公司的“义乌永强养殖有限公司”，只有本家 5 个人的股份。孙荣福一家过得非常和睦，老孙现在是这个亿万公司董事长；大儿子是总经理；老二是女儿，当会计；老三小儿子跑外勤；孙夫人是出纳。很有趣，5个人看起来职务有别，但较起真来谁都不比谁权力小。你老孙头不是董事长吗？你不职务最大吗？可你决策要有错，在家做饭炒菜的孙夫人就有治你的办法——她不给你支付一分钱，看你董事长到哪儿牛去！

“我们家实行民主议政，集体决策，分工明确，各负其责。”老孙对家族企业的“内幕”首次进行了公开透露。他说：“前年我就想投资养殖娃娃鱼，但方案拿到股东会议上就没有通过，只有我是赞成的，他们4票反对。我没辙，大家认为养殖娃娃鱼投资大，风险更大，特别是中国市场到底娃娃鱼养殖能不能成气候，这还有待考察。我虽然个人认为中国的娃娃鱼市场必定前景可观，但既然股东会议不同意，我只能服从。又过了两年后的今年，当我再一次把开发养殖娃娃鱼的事提出来后，经过一段时间大家各方调查论证，最后全体举手，于是我们才决定拿出1300万元的投资来……”

孙荣福的家庭公司，让我看到了中国现代私营经济趋向成熟的喜人景象。

像孙荣福这样成功的家庭与私营企业在义乌不是少数。从孙荣福那居高临下的凤凰山下来，我看到了义乌市的另一个令人拍手叫绝的地方，那就是义乌农民们自己建设起来的一个个现代化的大型农庄。

义乌地处浙江中部，是个平原与丘陵兼有的地区，还有一部分山区，它具有中国农业县市十分典型的自然条件。在看到已经具备都市风采的义乌城区和如大陈镇、廿三里那样初具现代化规模的乡镇之后，我曾产生了一种对未来中国农村发展的担忧：以后农村都成了城市，那么那些自然条件差的山区或丘陵地区的农民怎样实现现代化呢？或者说，义乌市这样一个城市建设超乎想象的发展，会不会造成本地出现严重的贫富差异？假若21世纪里，许多过去种地的农民，后来因为办企业或经商而走进了城市，或者有的完全是因为我们的城镇发展而一夜之间由农民变成了市民，那时土地谁来种？种田的人能不能生存？怎样使我们的土地上依然有生生不息的儿女？

与义乌市现任领导见面时，采访到的已经不是我所想获得的那种表面文章了。当我把题目出给这些年轻的市领导时，想不到他们竟然胸有成竹地解答了我的疑虑与担忧。他们告诉我，在今后的5年内的重点是更好地解放思想，理清思路，并切合本地实际，坚定不移地实施“兴商建市”的发展战略，依托已经形成的专业市场优势，把义乌市建成一个具有相当现代化水准的中等城市。具体而言，便是要在进一步加快义乌市区建设进程的同时，重点加快苏溪、廿三里、佛堂和上溪4个卫星镇的建设。“那时，我们的义乌城区由于4个卫星镇的介入与并合，将是一个真正意义上的现代化中等城市。全市乡村行政区将向卫星镇集拢。而卫星镇与卫星镇之间、卫星镇与中心城区之间以轻捷快道相连接，整个义乌乡乡村村，围绕中心城区组成一个相互映辉、相互作用的网状构筑，从而形成合力互动的巨大发展态势。那样我们传统意义上所担心的城乡差别便将真正消除，农民与市民之间不分彼此……”赵金勇书记一边挥毫一边不假思索地坦言。我当时听后内心有种强烈的震动。我觉得在一个地方能看到某种繁荣的景象并不太费劲，费劲的是我们常常听不到当地的决策者们高屋建瓴的思想。

义乌决策者那充满时代色彩和无限激情的思路，使我联想起1997年的那个冬季。在那个冬季里，我用近一个月的时间走遍了美国东部的几座重要城市，那里记录了当今世界最强大国家发展的历史轨迹。我到了美国本土民族与英国茶商浴血抗争的波士顿，也到了华盛顿签署《独立宣言》的费城，后来又走进了林肯纪念堂，最后才久留于纽约。面对世界最强大的国家，我努力寻觅着一个答案：到底是什么使一个仅有两三百年历史的民族，能在短时间内发展得如此迅猛？靠的东西很多，有外在的，更有内在的。但我得出这样一个结论：每一段美利坚的强国历程，都总是有一位"领路人"。我们熟悉华盛顿，熟悉林肯，但遗憾的是我始终没能搞清楚是谁缔造了纽约的曼哈顿岛。当我站在"帝国大厦"俯视森林一般的楼宇和楼宇之间那涌动的车流人流时，我唯一想知道的是谁缔造了这个成为世界之最的商都？我当然知道商业的力量可以推动城市建设的发展，我当然也知道市场可以营造繁华氛围，然而我想寻求那个缔造了这座世界商都的领导者与开拓者的足迹，但我没能做到。我进一步思考：中国的建设与历史进程难道不是因为一朝"领路人"一朝繁荣吗？

改革开放20年，义乌市场18年，从谢高华那一任算起，义乌的领导已经换过数任，百姓们心里清楚，哪个时期发展最快，便必定有一位人民拥戴的好领路人。今天义乌在跨世纪的重要时期，又恰值从一个名不见经传的小城向誉满神州的现代化中等城市迈进的阶段，今天的义乌人民自然把眼光投向了他们今天的领路人。

显而易见，像义乌这样一个社会实力和人民生活已经发展到相当水平的地区，如何顺时应势，把握工作的主动权，将区域经济和社会发展提高到一个新的高度，这是摆在现任班子面前最重要的课题。在挑战面前，班子的头脑始终是清醒的，他们高擎"再创业、再发展、再提高"的旗帜，没有一天放松过肩上的责任。

市委书记赵金勇很清楚这一点，他对我说："作为一个农民出身的'县太爷'，我知道百姓想的是啥，要的又是啥。老百姓是一个区域发展的主体力量，是‘母鸡’。只有把这个主体力量充分地调动起来，把这只‘母鸡’喂饱了，它才有可能生下很多蛋，进而推动社会的历史进程。我们一说工作成绩，就总是先说在某某领导、某某部门的‘直接领导下’‘亲切关怀下’，最后才说到是‘在广大群众努力下’，这实际上是不对的。人民在创造历史和财富的历程中才是第一位的。义乌有今天，难道不是这个理吗？领导的作用当然很重要，可领导的作用只有顺应民心时才发挥真正动力。什么是民心？对一个地区而言，根本的就是发展经济，让人民生活富起来，让社会朝前走，这是体现民心民意的根本所在。要实现它，决策者和领导者就必须把工作的着眼点和心思放在人民群众最关心的事上，锐意创新，又能善于凝聚人心，上上下下营造出一个思想同心、目标同向、工作同步的局面。我因此要求自己和市级领导班子的同志都要把关心和解决老百姓的事放在头一位来开展工作。拿我们义乌来说，就是我们的市场越办越兴旺，大家口袋里的钱越来越多，而且多了以后还能生活得有质量、有情趣。这就是我们现任市级班子为什么把主要精力都放在要把义乌建成现代化水平的中等城市之上。因为对中国的农民来说，能在身份上和生活方式上成为城里人这是最高的一种理想追求，而我们因此不断强化加速城市和集镇建设，为的就是满足老百姓的这种追求。城市发展了，我们同时又不能放弃农业生产。如何处理这一矛盾？我们当领导的责任就在于此。啥叫当干部？当干部就是干老百姓心里想的事，或者是心里想却又不能如愿的事。我常对下面的人说，我就是要你们拼命地工作、干活，为啥？为的就是不能把百姓的事给耽误了……”

义乌市的领导从赵金勇书记之后已换了几任，现在的市委书记是楼国华。楼书记在义乌已工作数年，他的执政理念更令人折服敬佩，因而也有了义乌近几年的跨越式发展。

义乌的百姓告诉我，别看他们的市场好几年前就已全国闻名，可义乌作为一个像模像样的市还是最近几年的事，这得归功于现任班子具有强烈的时代意识和工作的大手笔。曾几何时，这个本来只有几万人的小镇，一下成了拥有二三十万常住人口和每天十几万流动人口的城市。然而尽管许多百姓的户口完成了“农转非”程序，但思想、意识和行为上，仍然是不折不扣的农民。而当这种非城市化的意识和行为，集中在一个公共区域表露出来时，它体现了我们城市形象丑陋的一面。义乌就曾有过“水不清、路不平、灯不明”，污水横溢、垃圾遍地、交通阻塞的时期……

“抓，一定要把城市的形象树起来，把市民的素质提高上去！”市委、市政府因此大刀阔斧地做出了加强城市建设的几大工程，而且在之后的连续几年里都投入了大量的资金。那时有相当一部分人对此并不理解，认为是决策者“拿百姓的钱为自己出风头”。

“其实我们是用心良苦啊！我们这些市级领导中，大半也都是农民出身。有时我们带着外面的客人上义乌街上一走，你猜人家对我们说什么？他们冲着我们说：义乌人靠小商品市场是赚了钱，赚了大钱，但看看义乌街头脏兮兮乱哄哄的样子，集市不像集市，城市不像城市，他们骨子里是成不了器的农民嘛！听了这些话，我们脸红呀！难道我们义乌人就只会赚钱，而不会把自己收拾成标标准准的城里人吗？”市府的一位领导在自己的办公室一边情绪激昂地走动，一边如此对我说道，“不信我们就只能永远做被人瞧不起的乡下人，更不信义乌人除了赚钱就不会建设自己的城市。于是我们发誓要把义乌的城市建设搞好，一方面是硬件要上去，比如加宽马路、规划新区等；更重要的是要提高市民的素质。可农民身上确实有些习惯不好，你去帮助他改掉未必被接受。这时候你推行正确的决策就必须坚决、果断，甚至敢冒落骂名的风险……”

这位领导同志自己没有给我讲述他们是怎样抓这些事和碰到了哪些可能要落骂名的事，但义乌的百姓却给我讲了。前年，市政府针对义乌城市建设中的突出问题，就大抓了街头“三禁”：禁喇叭、禁烟炮、禁养家禽，那阵势百姓记忆犹新。

先说禁喇叭。自打义乌小商品市场办起后，义乌人一直引以为自豪的是大街上“车水马龙、喇叭声声”，而且曾经有领导在大会上把这种现象归为义乌市场繁荣的象征。现在市里要抓禁喇叭声，这对已经无拘无束按了十几年喇叭的车手们可是一次前所未有的“禁锢运动”，一句话，谁也不习惯。

“不习惯也得改！”市领导铁了心要做这件事。“市交管部门要专门设一个箱子，用来装违章的驾驶证，这个箱子要上 3 把锁，交警部门一把，城管部门一把，市府一把。有话在先：谁也别想对违章的人开后门，谁也别想讲情。谁讲情，谁开后门，就撤谁的职！”那些日子里市委、市政府领导亲自带着能出办公室的机关干部、交警人员、城管人员，浩浩荡荡地走上大街。他们见一个按喇叭的就扣一个司机的驾驶证。百姓们讲述当时的情形时形象地说：“那段时间里，大伙对违章按喇叭者就像见过街老鼠。那劲头……哈哈哈！”

这一招可以称绝，连义乌人自己都不相信自己竟然能把按喇叭这样的“老毛病”治好了。有了信心之后禁烟炮、禁养家禽等也都大获成功。“三禁”一治，义乌市面上似乎一下换了个样！

决策者们笑了。

百姓服了。

然而这仅仅是“初级阶段”，在义乌市领导的一班人心目中，他们勾画的现代化义乌市，应该是个“农工商贸市”齐发展的中国式新都会。而要实现这个宏伟目标，就必须在建设好城市的同时，还要建设好农民的美丽家园和不断扩张“中国小商品市场”的经济外延。这就是我下面所要描述的义乌最令人激动的锦绣图景——

让我们回到距市区一公里外的那个“福田庄园”吧。

中国真的有农庄吗？中国的农庄是个什么样？像当年的地主（我们今天50岁以下的人根本就没有见过地主的家业是什么样）？还是像电影里看到的外国富豪们所拥有的那种庄园？总之，庄园这个熟悉的名词，在我的脑海之中是模糊的。前年的北美之行，我确实到过加拿大人的私人庄园。那些庄园基本是农庄式的，主人拥有很多地，一望无边。然后在一个合适的地方盖一个不太大的住宅。那住宅不像中国人那种四周有严实的围墙，或是一栋楼，或是几排加工厂。因为农庄主一般都要把生产的粮食或果品加工成半成品、成品。但我问过当地的农庄主：现在有没有真正的那种西方电影里看到的富豪们所拥有的典雅庄园，他们告诉我已经很少有了，整个加拿大都不多。原因是随着现代工业的发展，有钱的富豪们已经都搬到大都市去了，乡下的那种田园式生活，对新一代富豪们已经失去了诱惑力。西方的庄园不再叫人流连忘返，那么我们中国的庄园是什么样呢？

跨进义乌的福田庄园之后我才明白，原来中国的庄园是这样！你一定想象不到，这就是我们中国农民的庄园：有一泓无边的、碧波荡漾的水面；有人工湖畔架起的最现代化的水上乐园，以及清澈见底的海浪游泳场；有曲径通幽、风情万种的垂钓塘泊与一眼望不到头的种植、养殖园圃……然而我最钟情的是那十几栋别致优雅、错落有致的小木屋，以及小木屋四周郁郁葱葱的绿林和一条条不同形状的弯弯小路。呵，这就是我们中国的庄园，中国的农民庄园！

主人楼瑛财问我这个京城里来的人对他的庄园作何评价。我竟一时答不上来。“真的，这里太美，太气派了！”我似乎一下意识到自己目光的局限和想象的贫乏。客观地讲，在义乌，我曾被浩大市场震动过，也为飞速崛起的小城感叹过，但我坚持认为义乌农民们建起的无数像福田庄园一样的农庄，是最让我热血沸腾的地方！

楼瑛财的福田庄园始建于1996年，总面积达35.5公顷，其中陆地21.2公顷，水面14.3公顷，总投资超过1.3亿元。它的最大开发潜力是观光、休闲、旅游和附加值特高的商品农业及水面产业三大块。庄园的整体设计充满现代化色彩和乡村特色，是主人请了当代中国最有设计实力的中科院、浙江省农科院、南京大学、浙江大学、航天部、中船总公司等科研机构与高等院校共同完成的。楼瑛财说，整个庄园的投资全是他家庭的股份，预计在8年左右收回全部投资。

"有把握吗？"

"应该有。"楼瑛财回答得很肯定。1995年政府号召开发荒山，他是第一批从小商品市场上撤出来搞农业开发和农庄建设的人。我问他为什么敢冒过亿元的险，投资去搞农业开发，楼瑛财的话匣子就被打开了。

"我是农民呀，我们不种好地还有谁来建设农村呢？"楼瑛财动了真情，"我从小因为出身不好，初中毕业便回家种地。那时有门路的人死也不想种地。可对我来说就不一样，能不被别人歧视，再苦再累的农活干一辈子也觉得是一种幸福。可那时种地能得到什么呢？干一天10个工分，合3毛来钱！咋个活法？我全家8口人，老的老，少的少，全靠我和孩子妈俩人支撑着。那时我们生产队地少人多，又都是丘陵，大部分是荒地。为了养活全家，我几次想在荒丘上开块地种点农作物。可别人看到后就批你、踩你，把你当作'资本主义尾巴'又是批来又是斗。无奈，我也出去当拨浪鼓手，去外地'鸡毛换糖'，挑了8年货郎担，最远跑到湖南。1978年开始做些小生意，把上海市场上的卫生纸、彩色小纽扣，贩到江西、湖南山区等地。那时我到上海商店买女人用的10个小镜子，商店的服务员瞪大眼睛就是不卖你。我只好让买菜的老太太帮着去买，多出几毛钱给老太太作为报酬。1980年我被评为‘万元户’，乡里送来‘万元户’牌匾时我怕得要命，因为那时人们的思想还处在对什么都拿不准的年代。就在我当‘万元户’的当口，有一次我到宁波进了一批塑料气球，上义乌马路市场批销，结果碰上了‘打击投机倒把办公室’的工作人员，他们瞪着眼睛来查我。从那起我又不敢做生意了，回家想种地又没地，我们整个义乌人多地少，我所在的村更是这样。饭总要吃吧？于是只好又去做手艺活。一直到1984年以后，政策明朗了，我才又开始重新经商，接着是办厂，搞畜毛产品加工等，生意越做越大了。我有三个儿子一个女儿，那时孩子们大了，他们便与我一起做生意。我俩儿子脑子灵，他们敢作敢为，利用广州和义乌两地优势，生意越做越活，越做越大，当然钱也赚了不少。赚了大钱到底还干什么呢？我对儿子说，我们家祖辈是农民，过去连饭都吃不上，现在有钱了，搞其他投资自然可能赚钱更多些。但在外面赚得再多，如果不把家乡建设好，就对不起养育我们的土地。儿子很懂事，听我这番话后，钱赚得最多的大儿子说，爸爸，我明白你的意思，儿子一定要让家乡这块土地成为流金的地方。正好这时政府号召我们开发农业资源优势，于是我们全家一商议，决定买下现在已经建成农庄的这块30多公顷的土地……”楼瑛财抬腿用力踩一踩脚下的沃土，说，“这儿以前可是一片只长草不长粮的荒丘呀！但我们仅仅用了两年时间就把它变了样。”

楼瑛财深情地蹲下身子，轻轻地抚摸着嫩绿的禾苗，眼圈里滚动着晶莹的泪珠。“我做梦都在想，这眼前辽阔的一大片土地是不是我楼瑛财楼家的呀？有时我独自在办公室时常偷偷拿出政府颁发的土地使用证，左看右看，看不够。你知道为什么吗？因为我没想到党的政策会这么好，让一个过去追求了几十年想有块地种着养活全家的‘土地迷’终于圆了自己的梦，而且是超乎想象的梦。你说我们当农民的还有比这更高兴的事吗？”楼瑛财的话强烈地感染了我，这使我又能从另一个方面领悟到，义乌市的决策者在领导他们的人民建设中国特色社会主义进程时，为什么能以比别人快出几倍的速度在前进，归结点便是他们所做出的每一个决策都是从百姓的最终利益着想。

“听说你的儿子到美国去学习了？”

“是。因为这个庄园是他投资的，他是老板，我是给他打工的呀！”老楼说话很幽默。后来我才知道他真的是在为当“福田庄园”董事长的大儿子打工。

有意思。我问：“你儿子一个月给你老爷子多少钱？”

“1500 元。”

“有奖金吗？”

“这得看年度效益。”

“情愿给儿子干吗？为什么自己不继续做生意了？”

“年岁大了，就再没有年轻人闯劲儿足。再说儿子这一大摊子得有人给他盯着不是。”

“你儿子到美国学什么？”

“学农业综合开发。”

“听说光学费一个月就要 4000 美元？”

“是。”

“花这么高代价值得吗？”

“当然。我们搞庄园是为了实践中国农业现代化的综合开发，这就得应用先进科技和管理体系。你看，我这么大年岁还在学习操作计算机啊。新时代的中国农民，可不能再用过去的‘地主老财’那一套呀！”楼瑛财自己哈哈大笑起来。

在那开怀爽朗的笑声里，我强烈地感受到一个拥有土地的农民对自己的选择和未来所充满的自豪感。听陪同我的市委宣传部的同志介绍，在义乌像楼瑛财家这样的大农庄已有几十个，他们或从事农副产品开发种植，或从事禽牧业养殖与加工业，或从事连片的水面资源开发，或承包整个荒丘秃岭进行花林果树的商品化耕做开发……而正是一大批像楼氏家人这样的先行者，敢于花大钱并根据当地实际，按照现代市场经济的走向规划设计出的一个个宏伟蓝图，使得传统意义上的市场，成了一个更为宽泛、更为广阔的搏杀与竞争的大战场。这就是赵金勇、周启水等一班人，刻意要将一个具有更强实力、全面拓展的义乌带进新世纪的两大战略措施之一。

Where are you from？（你是哪里人？）

I’m from Yiwu，China。(我来自中国义乌。)

I’m a business man。(我是一位商人。)

I’m a business woman。(我是一位女商人。)

那天我们从“福田庄园”回到城里，已是繁星闪烁的夜晚了。在一个已经收摊的门市部前，两个商家的女主人在用英语对话。一问才知道，她们正准备随团到南非做生意。

“你们过去是农民吗？”

“是。8年前我还在家里种地呢！”其中一位姑娘抢过话头对我说。

“义乌市场的生意这么红火，为什么还要到外面甚至是国外去做呢？”

“为什么不呢？市场是没有界限的，我们义乌人生意做得好，就是从来不把自己划死在一个固定的地域。哪儿有钱赚，有生意做，哪就是我们义乌人要去的地方。”

这是义乌人的又一个特色！

我早听说中国的生意人中，浙江人是最吃苦耐劳和最能生根结果的。改革开放后，早期的外出做工赚钱的要算安徽的小保姆和浙江的修鞋匠，后来便是四川的打工仔。在这三股人潮中，浙江人最精，他们不仅仅是以出卖劳力挣个饭钱，而且靠自己的手艺与才智赚钱。在浙江人中，温州人是以自己制作产品而著称，义乌人则是以把商品交易做到每一个角落而见长。拿温州人与义乌人相比较，前者更多是依靠自己的土地，用制作出精良多样的产品来扩充自己的实力；后者义乌人当然也有很多自己独立制作的产品称雄市场，但他们更多的是依靠市场直接进入商品交易的流通过程，而这个过程其实是整个商品市场中最活跃、最快捷，又能产生最大利润的环节。这就是为什么义乌人之所以在连温州那样的地理优势都不具备的条件下，能称雄浙中乃至全国的原因。

在20世纪80年代初期，也就是在义乌市场刚刚开始形成阶段，义乌便有人手提肩扛，远涉千山万水，不顾生命危险，奔至西藏拉萨做生意。若干年后，在世界屋脊有了第一个小商品市场，而这种被西方经济学家称奇的“现代文明与原始地理相融合的奇迹”，着实让中国以外的人们瞪大眼睛惊叹了好一阵。这件事其实是一个义乌农民促成的。像这样的叫“老外们”甚至中国人自己都感到惊诧的事，在义乌人眼里实在太寻常不过。义乌的主人告诉我，凡有人群和可能形成市场的地方，我们义乌人就必去。

为什么？

很简单——做生意！义乌人的前辈在缺乏交通工具时，他们的“鸡毛换糖”能走出百里千里之外的跨省地域，而今天我们有了四通八达的路以及多种多样的交通工具，义乌人便更要走遍可能形成市场的每一个角落。

说到这里，我不得不说到余汉平。

余汉平是一个普普通通的义乌农民，可余汉平又是现在中国西部最有影响的巨商。说他是义乌的一个普普通通的农民，是因为像他在43岁这个年龄成了“亿万富翁”的有很多。他成功的经历，也与义乌富商们大体相近。说他是西部最有影响的巨商，是因为在中国目前还没有像他那样勇敢而有效地开辟出了一条将东部的现代化小商品源源不断地送到中国大西北的“新丝绸之路”，他极其成功地创办了一个规模巨大的“兰州义乌商贸城”。

1997年10月28日，这个日子对兰州人来说并没有什么特殊意义，但由于一个义乌人在这儿投资1个亿办了一个日后影响兰州人生活，甚至影响整个西北人生活的大市场，使得这一天变得有些特殊。这个名叫“兰州义乌商贸城”的大市场就是余汉平办的。

义乌人为什么要到大西北另辟商市？这是义乌中国小商品市场的经营者们大智大勇的战略决策。从赵金勇书记和周启水市长的口中，我不止一次听他们这样盘算：义乌要成为中国式的曼哈顿，第一步就要自己有个有形市场——已建了近20年的大市场；第二步就是把整个义乌的每一寸土地变成市场经济的基地和直接出产品、搞交易和从事流通的全方位市场；第三步就是把义乌现在的“中国小商品城”和义乌全市的每一块土地、每一个企业与家庭都当作大后方，然后利用义乌人的经商经验与精神，在各地建立义乌市场的无数只“巡洋舰”与无数只“航空母舰”。

余汉平是完全由自己航行出去的一只“西北号”义乌航空母舰。

余汉平选择建立西北市场，就像义乌人选择建立小商品市场一样聪明。义乌的小商品到目前为止，绝大部分是满足中国普通百姓生活所需的物品，所以它一直欣欣向荣。因为12亿中国人的内需市场就是一个让全世界所有客商感到眼红的肥肉。而在中国的内需市场中，辽阔的大西北便是中国内需市场中最具潜力的市场。义乌人运用了邓小平理论建立起了中国小商品市场，并繁荣了经济，富裕了人民生活；余汉平则运用了义乌经商办小商品市场的经验，成功地在大西北再度实践了邓小平走中国特色社会主义的思想理论。

“西北是什么？西北是中国未来的希望。西北的希望在哪里？西北的希望在开发，开发的先导在流通。”余汉平干的就是流通。他把自己的资金重重地投到了西北，就是因为大西北是块商品经济刚刚苏醒的处女地，它有太多的诱惑和太多的梦可做，当然也有太多的钱可赚。达到一定境界的巨商们对赚多少钱已经并不太看重了，看重的是自己的决策对头与否以及自己的行为对民族发展有没有利了。

听听兰州人对义乌人来办市场是怎么说的——

兰州人说，我们这儿几十年来一直是在计划经济体制下生活的，虽然改革开放也有 20 年了，但由于我们地处大西北，没有多少财力和物力像沿海地区发展那样快，单纯靠国家有限的投入已经不是快捷向现代化进军的唯一出路了。而浙江义乌人到兰州办商城，一方面在极短的时间内把资金投入很大的项目建在了我们的土地上，又直接把沿海的商品带入了我们大西北，并以最适合大西北百姓经济承受力的价格进入千家万户。而另一方面更为重要的是他们给西北人带来了东部人的开拓精神与市场经济意识，这是最宝贵的财富，它给予我们的远比商城本身的意义大得多。

余汉平的这艘“西北号”义乌航空母舰已经成功地停泊在西北重镇兰州，连续几年创下了甘肃省和西北地区室内市场销售额第一的纪录，成为兰州人必去和引以为豪的一个大市场。而余汉平办这座商城为远在数千里之外老家的义乌市场也带来很多好处。首先是一批义乌商贩把赚钱的机会延伸到了大西北，并且钱要比在义乌当地赚得还多；其次是义乌作为中国小商品城的中心市场，它的货源能得到更加合理的输放。现在，余汉平的“西北号”航空母舰不仅开到了兰州，1999年建国五十周年之际，又在青海省会西宁市再出现一所投资7000多万元的“西北号”子舰。然而这对余汉平来说仅仅是开始，在他的办公室里有一幅十分醒目的蓝图，那上面是他公司发展和准备要占领的市场的示意图。上面有一句豪言：立足兰州，辐射西北，服务大众——是我们不变的宗旨。

余汉平后来把商城不仅办到了中国西部数个省城，而且办到了韩国的首尔。他在那里办的商城面积达5万多平方米，为当地最气派的中国商品城。3亿多资产，5000多员工，这就是今天的余汉平。

其实在每一个义乌人心头都有像余汉平那样一幅幅充满激情与理想的奋斗蓝图，那就是尽力地占领可以占领的一切市场，为自己创造财富，为他人谋取幸福，为社会做出贡献。

义乌现有人口65万，除去老人和儿童，有将近40万人，而这40万人中间，除去国家公务员和国有企事业单位职工，在剩下的30多万人中，有60%以上的人在从商。而这部分人中，有近五分之一的人是在非义乌本土的外地市场上经商。主人告诉我，目前全国干托运的人中有70%是义乌人，据说广东、海南等地的公路段运输承包者几乎全是他们义乌人——公路段运输承包是个风险很大的生意，但带来的经济效益也是巨大的，所以都是义乌人去干了；义乌还出现了全国第一个个人承包火车运输的呢！此人叫贾建军，30多岁，魄力大，为了承包从义乌到东三省的火车行包专列，一下拿出500万元交给铁道部做押金！这样的事只有义乌人敢干。

义乌人在家乡的土地上他们把生意做得红火了近20年，如今又把生意做遍了神州大地与海外市场。

那天从福田庄园回城，宣传部的同志让我一定要见见一位三闯南非的义乌大亨。这位叫名赵贤文的大亨，就是义乌市第一个星级宾馆——华丰宾馆的老板，同时又是华丰机电设备公司的总经理。

赵贤文确实不简单，他是义乌经商精英中的精英。他钱比别人赚得多，但吃的苦也同样比别人多得多。已经快 60 岁的人了，谈起往事仍像小伙子那样激动。他说他也是农民出身，后来进了厂，可那时大家都在吃“大锅饭”，他想挑头做点事，让企业活起来，却反而落了不是，直至被免职。那年他和妻子俩人靠 2000 元起家做生意，第一笔生意就赔了个精光，妻子恨不得跟他拼命，可老赵一边帮妻子擦干眼泪，一边又重新开始在商海中学着摔打。几年下来，他有了些积累，便办了一个福利厂，组装发电机，生意就这么越做越大……但是老赵不满足，他觉得要把市场办好，除了占领国内市场外，还应当走出去。于是前年开始他就只身到国外转了一大圈，在领略世界经济市场的先进水平的同时，发现了一个适合我们中国人开拓的非洲大市场。这就是他日后三闯非洲的前奏曲。

“你看，这就是我要在南非建的‘中华门’商业中心。”赵贤文指着办公室一侧那面大墙上的一幅蓝图，介绍说：“它在南非的约翰内斯堡市，占地 9 公顷，耗资 1200 万美元，其规模是中国到目前为止在国外建设的最大商业城。”

“它主要经营什么呢？”我问。

“什么都经营。”他说，“当然首先是适合非洲人民需要的东西，而非洲是稍落后于我国的发展中地区，目前我们国内市场上拥有的大量商品，正是非洲兄弟特别喜欢的商品，所以我做这件事会很有钱赚。更重要的是我看好中国商品在整个非洲的市场……”

"'中华门'这个名字起得太好了！"

老赵颇为得意地说道："这是我一生中最后想做成的一件大事，从某种意义上讲也是我们义乌人办市场敢为天下先的一次大胆实践。因为这个市场一旦成功，它将给我们义乌乃至整个中国对外贸易带来深远影响，所以我给它起名为'中华门'。"

一个响亮而含义深刻的名字，它既包含义乌人追求市场最高境界的那种胸怀大志的气魄，同时也象征着12亿中国人的民族骨气。

老赵说，他的南非"中华门"已经投入商业运营，然而一些出境劳务手续令他十分头痛。但他坚信"中华门"就像其名字一样，一定会在非洲大地上响彻四方……

67岁的赵贤文现在在尼日利亚做发电机生意，因为尼日利亚盛产石油，开采石油需要发电机，老赵的生意因此像井喷的石油，滚滚不息，气势如虹……

我相信，因为义乌人那种特有的"敢做天下事，敢为天下先"的精神，正是他们沿着邓小平理论指引的道路，在强市富民的伟大实践中，留给20世纪中国农民经商实践的经典之作。

写于1998年

小榄启示录

中国第一镇

2005年，广东中山市的小榄镇全年经济总收入332亿元。

这是一个怎样的数字？——在欠发达地区，这个数字几乎接近一个省的经济收入！

天下的事竟有这般神奇！

当年，浙江温州人，靠着一台补鞋机，搞出了一个“温州模式”，制造了一个富裕浙江。如今，广东的小榄人，凭借一把锁起家，进入了中国“工业革命”的高层次领域——制造业，开启了中国又一个“致富模式”。

小榄镇的奇迹，源于一群共产党干部先进的执政理念，源于全体人民勤奋与智慧的创造。

关注中国社会主义新农村建设，我们的目光决不可以绕过“中国第一镇”——小榄。

2006年春，在中山市委宣传部、组织部的推荐下我们来到了这里。当我们的双脚踏上小榄镇这片神奇土地的那一刻，就被它深深地迷住了……

是城的世界，还是世界的城？是蓝天白云，仰头可见的清澈，还是绿荫鲜花，伸手可触的馨香？是欢言笑语的柔风，扑面而来，还是亲善和谐的氛围，沐浴身心？呵，这就是小榄镇——一个农民们用心血和汗水建设起的现代化城镇，一群时代开拓者用智慧与信念编织出的五彩锦绣！

2005年被中央文明委授予“全国文明村镇”荣誉称号和在国家统计局公布的全国综合实力百强镇排名第七的中山市小榄镇，

位于广东省中南部珠江口西岸的中山市，这里是革命先行者孙中山先生的故乡。

2005 年，当许多欠发达地区农村人均年经济收入才只有一两千元的时候，小榄镇的人均存款余额就已达到 7 万元——储蓄存款余额，那可都是实实在在的“闲钱”啊！

这一切，实在让人感到振奋。然而，在改革开放之前，小榄镇和全国其他地方一样，在经济上也是一贫如洗。这其中的跨度之大，变迁之巨，实在令人称奇。是什么让这个小镇在短短的 20 多年中获得如此迅猛的发展？他们在从农业化转入工业化，迈向城市现代化的进程中，又经历了一个怎样的过程？

这正是促使我们踏上这块土地的真正动机。

风流篇

说小榄是镇，真是有趣又无奈。这是因为，小榄确实是中国的一个镇级行政区域单位，然而小榄又不是“镇”，它实际上是个城市，一个非常现代化、非常有规模和气势的城市。与内地许多中等城市相比毫不逊色，甚至超过不少地方。

在小榄镇的城中驱车行走，一个小时之内出不了城。这就可以想象得出它的规模了。中山市像小榄这样的镇不是一两个，小榄只是更具规模而已。

1978年以后，党的第十一届三中全会精神开始给这座古老的小镇带来真正的发展机遇。小榄镇党政领导审时度势，抓住机遇，切实利用本地优势，在这块古老而年轻的热土上，迎来了自己的岁月风流。尤其是邓小平“南方谈话”之后，更为这里的经济腾飞插上了翅膀。

“首要的还是要发展经济。没有强大的经济基础做支撑，其他一切工作都只能是空中楼阁，纸上谈兵！”采访中，中共小榄镇委书记黄标泉多次向我们强调他的这一观点。

第一也“传承”

中山市可真是一块风水宝地！

这里不仅诞生了一代伟人孙中山，在近现代史上，还出现过唐绍仪、孙科、王云五、吴铁成等4位“民国政府”的总理级人物。一个中山市（时为县制）在不到半个世纪的时间内，竟出了5位总理级人物，实可谓“人杰地灵”啊！

在文化、教育界，仅近现代，中山就涌现出许许多多闻名全国甚至闻名世界的人物：岭南大学创办者钟荣光，被誉为高等教育“第一位华人校长”；萧友梅，近现代中国音乐教育的开创者，我国第一所音乐学院的创办者；阮玲玉，在她25年的生命历程中，主演了29部电影，演技高超过人，被誉为“一代艺人”；郑君里，我国著名电影演员和导演之一……

小榄原是南海古海湾的岛屿，因境内小山丘形似橄榄而得名。又以盛产菊花著称，曾被称为“小柴桑”，1959年被誉为“菊城”。

这个著名的鱼米之乡，也是颇负盛名的侨乡，有旅居世界五大洲27个国家和地区的海外侨胞、港澳台同胞4万多人。

小榄镇自南宋建村，距今已有850多年的历史，是一座具有浓厚岭南特色的古老城镇。各色氏族祠堂、文武府第、寺庙、坊表、文塔、桥梁、镬耳楼等古建筑逾千座。

小榄镇更是地灵人杰、名人辈出的地方。明清两代，科名鼎盛，共有文进士19人，武进士33人；文举人143人，武举人161人；贡、监生193人。总数达549人，占当时全香山县科举总数1832人的29.97%。较知名者，明代有吏、礼、兵三部尚书、东阁大学士、中极殿大学士何吾驺，南京礼部尚书李书宸；清代有湖北正考官、广西提学使李翰芬，镇威将军卢殿标，武探花何乃斌等。前面提到的那位岭南大学创办者、被誉为“第一位华人校长”的钟荣光，也是小榄人。

无独有偶，在距今已28年的1978年，中国农村涌现出来的“第一个农民万元户”，也是小榄人！这应该说是一件颇值得欣喜的事儿。

一个地方有一个地方的“优势”和“传承”。

南宋咸淳年间，中原人南迁，使这里人口骤增。中原人带来了先进的农耕技术，引水灌溉，围堤固沙，筑坝垦耕，使这里的农耕技术和堤围质量均有提高。

到了明洪武二十七年（1394年），朝廷陆续派兵在这一带屯田，大大扩大了这一带的耕地面积。农闲时，做竹织用具及刀、锄等生产工具，从事手工业的屯兵，逐步从农业中分离出来，成为小榄最早的手工业生产者。

历经500余年，到了解放前夕的1948年，小榄镇的工商业形成了电力、机械、碾米、制糖、制灰、制砖、建筑器材、化工、竹器、木器、玻璃、食品、五金利器、绩麻、纺织、绳缆、毛巾、草葵制品、烟酒等30多个行业。工业和手工业的发展，虽然使这里店铺林立，人民生活仍处在极其贫困的状态。

1949年11月8日，小榄获得解放，人民这才当家做了主人。

1953年9月1日，小榄成立了镇手工业独立劳动者协会。1954年1月5日，成立了中山县工商业联合会小榄镇分会。1955年，成立了小榄镇小商贩协会。由于人所共知的原因，在此后的20多年里（直到1979年），小榄镇与全国其他地方一样，工商业没有得到很好的发展，人民的生活仍然很困难。

但，小榄人勤劳、智慧、勇敢、聪明。

即使是在那政治上禁锢、物质上贫困、精神上套着重重枷锁的特殊年代里，小榄人也时刻在为增加收益，尽可能免遭饥馑之苦而发挥着自己的勤劳、智慧、聪明和才艺。农民兄弟为了发展经济，更多的是在大田地里种植蚕桑树、甘蔗林、优质高产水稻等一些农作物，干些开挖鱼塘放水养鱼的营生。

城镇居民则想方设法在手工业加工、商品贸易和物资流通领域追求着利润。特殊年代自有“特殊”之处，有许许多多本不应禁止的事儿却偏遭禁止，不准经营。别无出路，人们在呻吟感叹中挣扎着……

苦海无边，彼岸何在？

直到1976年粉碎“四人帮”之后，党在农村和城市的一些政策，才渐渐有所放松。随着经济工作方面一些政策的逐渐放开，“来料加工”“来图订做”“来单加工”和“补偿贸易”等经济活动允许开展了。后来改革开放春雷响起，小榄镇的工商业才渐渐得以复活。到1979年年末，全镇就拥有各类厂、社46家，职工人数（包括交通）达到9360人，工业总产值达到3740万元，农副业总收入达到150万元，社会商品销售总额达2038万元，储蓄余额570万元，向国家提供财税收入270万元。

如今，对于小榄镇来说，上述这些数字显然微不足道。可在当时，20个世纪70年代末，这些数字就如同欠发达地区的人们看今天的小榄镇一样惊奇！小榄公社埒西二大队第二生产队社员黄新文靠劳动致富，全家一年劳动所得10500元，使得他成为全国农村出现的第一个农民“万元户”。这便是小榄人在那个时候的骄傲！

小镇风流曲从一开始就显得美妙、动听！

气势和磅礴

走在小榄镇的土地上，看着那一眼望不到尽头的宽宽的街道，高耸入云端的林立楼群，清清的小河流水，绿绿的草坪与花园，大气磅礴的中心广场……小榄镇处处显示的是一种气魄！

这是我们对小榄镇的感觉，同时也是对小榄人的精神与行为的感觉。见过小榄镇党政领导人后，我们从他们身上感受到的仍然是一种磅礴的气势。

那天主人带我们走进一座19层高的现代化办公大厦。晚霞映照下的这座银灰色建筑，无论高度和质地，都使我们仿佛置身于美国有名的波士顿的金墙银座之中！泱泱中华大地，数万余城郭，像眼前这样的现代化银座建筑，怕不是很多。如此气派的建筑，即便放在北京、上海，也非常抢眼。何况，现在我们是在一个南国的边远小镇看到的！小榄的这座建筑在今天已不是唯一的，可它的建成时间是在多年前！

你无法不佩服小榄人的气势和胆识。

当我们登上耸入云霄的楼顶观光，鸟瞰小榄全景和远处的中山市，视野中一览无余的是繁华街市和四通八达的高速路、立交桥，以及别墅群、绿色公园和连天的碧水青山……小榄镇城镇建设发展总公司的银座，如“鹤立鸡群”于城中城间……

“这是小榄城镇建设的标志性建筑物之一。”站在大楼高处，现任小榄镇城镇建设发展总公司总经理的唐燕梅女士自豪地向我们介绍说。

唐燕梅这位跟随黄标泉多年拼杀在建设一线的“柔弱女将”，却是这栋顶天立地的银座大厦的“老板”哩！

唐燕梅本人就是小榄的一个传奇。她高中毕业后参加工作，先是在一家企业里干了一年多，后到小榄镇城镇建设发展总公司，一直干到今天。她说刚调来时，她是公司的出纳。公司最初是在一个极小极小的办公地点办公，当时只有 4 个人，后又调进一人，共 4 间简易办公房。她至今还清楚地记得，她与会计占一间房，叫“财务办公室”。财务办公室的左边是负责道路、桥梁的两位工作人员的办公室。财务办公室的右边是总经理办公室，里面除了两张桌子外，还摆着一条长木椅子，能坐 3 个人，是专门为前来造访的客人准备的。另有一间接待室。黄标泉是总经理，头衔不小，兵马可怜。但谁也想不到，弹指一挥间，这个小公司竟然把一个古老而破落的小镇，建设成今天如此规模和气派的都市！

黄标泉和他的公司职员在历届镇党委和镇政府的领导下，高举改革大旗，从实际出发，立足长远，描绘出了小榄镇炫目的现代化蓝图。

唐女士告诉我们，在黄标泉任职总经理的最初几年，公司便进入了快速发展时期，队伍也迅速扩大。短短几年时间，公司拥有员工 5000 余人。小榄镇城镇发展，正是依靠这支主力军，左冲右突，每年经济收益都以百分之二十几、三十几的速度增长，成为小榄镇经济发展过程中的一支效益最高的队伍。

小榄镇的镇志告诉我们，有 800 多年历史的名镇小榄，在改革开放之前也仅有 2 平方公里的面积，而现在，小榄镇城区面积一下扩大了十多平方公里！纵观小榄的发展，城镇建设几乎可以称为其龙头。而引领这个龙头的正是黄标泉与他的这支“城建队伍”。在今天的每一条街、每一座楼、每一个社区前，人们都可以讲述一串串关于小榄人当时创业的动人故事，但这仅仅是整个小榄镇建设与前进大协奏曲中的一些小音符而已。

我们身边的唐女士还是喜欢“建楼说楼”。“小榄城建要说的事太多，还是说说盖这楼的经过吧！”从银座大厦的顶部落地窗，唐燕梅指着我们身后的雄伟建筑说，当时小榄镇政府提出要盖这样一座具有小榄镇标志性的建筑时，有人听了直摇头，怀疑小榄镇 100 年后也不能发展成那样的光景。谁也不曾想到，十几年后，我们的小榄镇呈现出了现代化的都市式规模。从这事上可以看出，他们这一代镇领导的超前意识和干大事的能力。为建这座百年不落伍的标志性工程，黄标泉先后率有关人员多次赴香港、澳门、广州和深圳等地考察。从设计到施工，每个环节都凝聚了小榄镇的领导者和建设者的心血。

“你们觉得这楼怎么样？”唐燕梅笑着问我们。

“超一流！在小镇上能看到如此宏伟的建筑，简直不可思议！”

我们除了感叹，依然是感叹。

“黄书记做事，就是这个样。他所干的事，既想得很远，又想得很近。远是对小榄前景的展望有预见性，近能从实际出发，一步一个脚印……”唐燕梅的话，一语道出了小榄镇领导们的高瞻远瞩与求真务实。黄标泉自己和我们所采访到的许多干部群众都透露过同样一个事实：小榄镇党委和政府他们一班人，干什么事前，总要进行几番认真细致的调查研究，先走出去学习考察，再回来细细琢磨，最终做出自己的决策。

“一块红绸，一旦做了旗帜，就会布满弹洞……”在第一次与黄标泉见面时，这位小榄镇掌舵人，就曾充满诗意地对我们说。“其实我最害怕宣传我本人……”这位“害怕宣传自己”的镇党委书记，没有向我们讲述过他自己曾经的辉煌业绩与“难忘经历”，但从其表情中我们能够感受到他作为一名领航人对现今的小榄的自豪感。“我热爱这片土地，因为它养育了我，我对它有感情。有感情，就想把它建设好。这就是我对小榄镇的全部心思。”黄标泉用最朴实的语言，向我们展示了一位基层共产党领导干部的胸襟。

我们的视点，还是眼前这座 19 层大楼。据说大楼刚竣工那些日子里，由于它也是全中山市最漂亮的建筑，所以一时成了全市人民的一个新“旅游景点”。

建设部部长到小榄镇视察、考察工作，看了这座大楼，夸奖中又多少带点儿羡慕的口气说：“你们小榄镇可真不简单呀，我们建设部也没有这么一座大楼！”

离开大楼前，唐燕梅仍然没有忘记自己是小榄镇城镇建设发展总公司总经理的身份，不失时机地向我们介绍她公司现在的情况：公司已发展为集公用事业、房地产、电子、贸易、高新科技等于一体的多元化综合经济实体，是小榄镇政府的直属企业集团，其所从事的产业是镇四大经济支柱之一，年产值超 12 亿元。现在公司的主要业务，除在国内广为开展外，还在俄罗斯等国家和地区铺开。

小榄镇的哪一个人，哪一个单位，都不可小觑！

中国第一个农民“万元户”

20世纪70年代末，小榄公社埒西二大队第二生产队社员黄新文靠劳动致富，全家一年劳动所得10500元，使他成为全国农村出现的第一个农民“万元户”。

风流标签A

近年来，在这片神奇的土地上，小榄人创造了无数令人叹为观止的奇迹！

成功举办了第二十届世界男子乒乓球锦标赛、第九届全运会男子篮球赛；成功举办了“2004年中国轻工业产品博览会”“小榄（甲申）菊花文化艺术欣赏会”“全国首届‘小榄杯’县镇书法大赛”等。

先后被中国五金制品协会授予“中国五金制品产业基地”，被中国电子音响工业协会授予“中国音响行业产业基地”，被文化部授予“中国民间艺术菊花文化之乡”和“中国民间艺术书画之乡”，被中国书协授予“中国书协小榄镇创作培训基地”，被全国爱国卫生运动委员会授予“国家卫生镇”，被农业部等授予“全国乡镇进出口创汇五强镇”，被全国绿化委员会授予“全国先进绿化百佳镇”，被国家环境保护总局授予“全国环境优美乡镇”，被国家体委等授予“全国群众体育先进集体”和“全国亿万农民健身活动先进镇”等。

还被列为联合国开发计划署中国可持续发展小城镇试点……

风流标签 B

截至 2005 年年底，在小榄镇这片总面积只有 75.4 平方公里的土地上，户籍人口有 15.7 万，外来流动人口却有 16 万人之多。全镇拥有工业企业 6005 家，中等规模以上企业 619 家。

全镇经济总收入 332 亿元，其中工业销售收入 287 亿元，商业营业额 100 亿元，农业收入 1.36 亿元；税收总额 17.8 亿元，人均税收 1.1 万元；人均 GDP7 万元，人均存款 7 万多元，人均年可支配收入 1.62 万元，年末各项存款余额 150.8 亿元；三大产业比例为 0.8:63:36.2；形成了以固力、华锋制锁集团和聚龙公司为代表的五金制品基地，以美加、惠亚为代表的电子电器音响基地，以及食品饮料、服装制鞋、化工胶粘、印刷包装等六大支柱产业全面发展的良好局面；全镇民营工商企业 19980 多家，占企业总数的 94.5%，民营经济占全镇经济总量的三分之二，成为小榄经济的主体。

全镇 31 家企业拥有国家、省名牌名标 73 个，其中"中国名牌产品"5 个，"中国驰名商标"3 个，"国家免检产品"10 个，"广东省名牌产品"31 个，"广东省著名商标"24 个……在这 73 个名牌名标产品中，"华帝燃具股份有限公司"和"力王集团控股有限公司"两家企业，分别在深圳、新加坡上市，成为小榄经济发展史上的里程碑。

启　示

今天的小榄，无疑是"富裕"的象征。经过改革开放二十多年的努力，小榄镇的经济实现了一个质的飞跃，提前在20世纪末迈入了现代化进程。我们把小榄现代化进程理解为首先是经济发展的过程，而经济发展又是工业化、市场化、城镇化三个过程有机结合的一体化过程。

在今天的每一条街、每一座楼、每一个社区前，人们都可以讲述一串串关于小榄人当时创业的动人故事。

探索篇

著名经济史学家罗斯托曾经发问：为什么传统社会未能产生自我维持的增长？为什么会有近代以来席卷整个西方世界的经济增长？

在此，我们也想对小榄发问：小榄的经济发展进程到底是怎样启动的？

那是个凉风习习的傍晚。茶室的庭园外，灯光明亮而柔和，令人陶醉。善谈的董祖文副镇长与我们盘坐在飘着清香的茶室的沙发软席上。

“一个小镇，能拥有今天的辉煌，我们自己也感到自豪。一二十年前，我们同其他地方的农村乡镇也没有多少差别！就这一二十年的奋斗岁月，我们发展成今天这个样子，老百姓能够过上这么好的日子，社会和谐稳定，各行各业都充满生机，干群关系亲如一家。这种景象让我们每一个生活在这里的人，由衷地感到幸福和自豪。它从本质上，也体现了以胡锦涛为总书记的党中央所提出的科学发展观。而纵观我们小榄镇发展的特点，我个人的总结可以概括为：人——一群对这片土地充满感情的人，在各种机遇面前既激情张扬又非常理性地、忘我地在为小榄镇的发展努力探索着、奉献着……”

董副镇长不愧是小榄镇政府里的“秀才”。这位在由十几个人组成的小榄镇领导层中唯一的一位非本土领导者，能发自内心地发出这份感慨本身就是一种印证。它印证了小榄镇历届领导班子坚持以邓小平理论和“三个代表”重要思想为指导，始终坚持发展是硬道理，并在发展过程中，紧紧依靠人——这一决定历史与社会发展根本动力的因素，通过改革，放手让一切劳动、智慧、技术和资本的活力，竞相迸发出推动社会全面进步的动力。

“锁”中找窍门

小榄人，以前与所有乡村的人们一样，是背朝皇天面朝地的庄稼人，他们在过去的漫长岁月里饱含着对贫穷的厌倦和对富有的渴望，于是在改革开放的春风刚刚吹拂的那一刻，就敏感而迅速地行动起来了。人多地少的小榄人，素以手工见长，特别是对小五金加工的擅长，使得小榄人在20世纪70年代末，别的地方尚处在等待命运的顾盼与混沌状态时，就拿起小锤子“叮叮当当”敲打起来，于是古老的小镇满街的人摆摊设店，各显身手。于是乎，慢慢形成了“小五金”一条街、一个市场……

小榄镇过去有个制锁的小厂，别小看了这一产业的“萌芽”，有心的小榄人就是从锁厂那儿学得了本事，摸到了“制造”的窍门和商品的交换道道。这一回来，二回去，十人学艺，百人制锁，最后弄出了一个扬名四海的锁业制造基地！

天下的事就是这般神奇。浙江人靠一台补鞋机，搞出了一个“温州模式”，制造了一个富裕浙江。小榄人不笨，从一开始就进入“工业革命”的高层次领域——制造业。

你制锁，我卖锁；你卖锁，我“吃”锁——“吃”指因制锁业带动的商业、饮食业、旅游业。

“咱小榄地形如橄榄状，所以得其美名。小榄是块风水宝地，台风到此也会拐着弯转到别的地方去了……”小榄人得意自己处在天赐的风水宝地。这里风调雨顺，一年四季常青。只要你辛勤劳作，不愁没有收获。

然而千年的农耕经验告诉我们，手工业革命如果不进入现代化的工业革命，仍然无法摆脱小农经济生产方式。人，依旧是穷。

小榄镇自发式的工业革命是长期受“左”的思潮禁锢后所产生的反弹力作用形成的。它要进步，就必须适应一定的生产关系。要不然，人，依然生动不起来。

关键时刻，执政者站在改革潮头，审时度势，以“胆子再大一点”“步子再快一点”的大无畏精神，着眼从抓旧城改造入手，为已经开始形成的自发性市场提供养分与空气。

“这是需要拿出些勇气的！甚至还会有很大风险。但镇党委和镇政府认准一个理：一切从小榄镇的全局出发，一切从百姓的利益考虑。有了这两个基本点，再大的风险和压力也不会把我们吓倒。”年轻的镇长彭志辉在回顾几届前任时这样说。

“目标和方向一旦确定，全镇干部上下一条心，前进的路上没有一个人把责任撂在一边，更没有人对家乡这片热土感情游离……”董副镇长以一个外籍“小榄人”的身份，向我们这样保证。

“小榄发展这么快，首先有赖于一群土生土长的激情四射的干部。他们实干，永远想做第一，又正派和公道，知道怎样为自己的父老乡亲谋幸福。举个例子：在改造新永路时——现在这条街是全城最繁华的商业街，谁都知道能在此占一块地、盖一栋楼，就可以吃一辈子。可镇党委明确做出决定：镇干部中不得有人在此占便宜，即使你有钱买这里的房子，也得退至二线，把沿街的房子先卖给百姓。这样的举措，老百姓看在眼里，服在心里。”董副镇长讲到此，给我们讲了一则小故事。他说前段时间他负责接待来小榄参观的几个地市级领导干部，这几个领导每人从千里之外乘坐一辆专车。董副镇长见后，便问那几个领导：你们那儿的年财政收入有多少？人家回答说：有几千万。董副镇长一听，再也没有什么情绪去接待这群领导干部了。

“为什么？”我们好奇地问。

“你想想，我们小榄一个镇级行政小单位，一年的财政收入4亿多，可我们黄标泉书记和所有的镇干部外出或平时公务都没有使用过一人一辆专车。他们一个地区级市，几百万人口，却只有几千万财政收入，可这些干部们则要摆那么大的阔气，外出参观都要一人一辆专车！你们想想，这样的领导干部心里能装得了多少为民执政的意识？”

难道不是吗？

小榄镇党政办主任小冯姑娘在陪同我们采访时透露了镇领导干部的几个“内部情况”：一是小榄镇飞速发展的二十多年里，没有一位镇干部因犯错误而被处理过。“这是因为镇里有几个硬性规定。干部不能经商，干部不能上企业吃喝，一般干部不与钱沾边……”小冯说，这三个“不”，防止了经济腾飞过程中小榄干部犯错误的许多可能。

为百姓创造财富，并在富裕的社会里执掌权力的小榄干部们，个个给人一种朝气、正气和和气的感受。

有一个现象很让我们好奇：从黄标泉书记到镇长彭志辉，从镇党委女副书记梁丽娴到副镇长董祖文……他们每天每人有干不完的工作，但他们每个人都是体育运动的热心者和坚持者。他们或每天游泳、或每天一场篮球、或一小时跑步，个个精神抖擞，充满活力。

“丰富的精神，便是财富的创造动力。”有哲人这样说过。

“党委和政府在经济建设和社会发展中的角色是服务，既然是服务，你就得有旺盛的工作状态和健康向上的身体素质。我总以为，人是一切问题的决定因素。我们要求小榄镇所有干部首先对这片土地、对这一方百姓要有感情。有了感情，你干工作的所有出发点就会被人们接受。你的服务就会自觉自愿，并且到位。在二十多年的实践中我们体会到，政府与企业的关系是鱼水关系。“企业是水，政府是鱼，企业越多越强，水就越深，鱼就越肥，尤其是小榄镇民营企业势单力薄，更需要政府的扶持和帮助。企业发展了，群众就业解决了，群众生活改善了，社会风气好了，政府就收到税了……”黄标泉的这番“鱼水理论”道出了小榄镇党委和政府的执政理念。

从“橄榄”到“鲤鱼”

20 世纪 90 年代中后期，小榄人通过十多年的艰苦创业，开始形成规模相当的产业。各路群英崛起，同时又有“固力”这样日益壮大后的大型企业因产权不明晰而出现了生产关系阻碍生产力的情况。为此，镇政府大胆放权，对一批正处效益顶峰的优良企业进行产权改制或股份整合。

“像‘乐百氏’‘固力’这样的大企业，当时效益都非常好，可我们没有犹豫，首先把它们通过股份改造，卖给了法国、美国等著名企业。有人说我们这样卖，是不是亏了？其实相反，我们卖了十几个亿，一方面政府还清了企业在发展过程中欠银行的钱，同时又投入到了新的更有效的项目上去，一下子把小榄经济发展的瓶颈给破了……”董祖文副镇长激动地说。

那是一场惊心动魄的革命，并不亚于当年新中国成立初期的土改运动。有人甚至当面责问老书记，说你们在企业发展最好的时期把工厂都卖掉，是不是成心想搞垮社会主义集体经济呀？

老书记笑着耐心地向那些责问者透露出藏在心窝里的“秘密”：姑娘嫁人什么时候最好？是不是该在她最漂亮的时候？对

呀，姑娘最漂亮的时候才能找到好男人嘛！

原来如此！

发生在小榄镇上的那场企业改制革命，涉及的深度和广度是史无前例的，它对体制外和体制内的所有人都是一次巨大冲击。在观念和利益、眼下与未来的种种问题面前，小榄人历经了脱胎换骨，而所有人都在其中获得了新生。小榄镇的历史也因此跨入了全新的阶段。

接下来，是对中小企业的整合。这回镇里采取的做法不是“整厂整店卖掉”了，而是只卖经营权——厂房、土地还是归集体所有。这一招着实让小榄镇每一个百姓都得到了长久而实惠的好处——随着小榄城镇建设的迅速发展，成倍扩大和成倍增值的那些土地与厂房，使全镇人民都享有丰厚的利益，因为租赁出去所获的收益归属权都在集体那儿。人民的政府为人民赚钱，百姓拥护又欢迎……

“这里原是一个坑坑洼洼的庄稼地，即使风调雨顺也收不了多少粮食。自打新城区开发后，这里一下成为黄金宝地。农民们通过政府对土地资产的整合利用，单靠租赁土地和厂房及铺面，就可获得滚滚财源。”党政办主任小冯指着一片繁荣的街景，脸上泛着红光对我们说，“现在这个社区里‘百万富翁’‘千万富翁’有的是！”

“集体经济可以确保人民群众的利益。小榄镇这几年快速发展，每一平方公里的土地上，都可以产出巨额经济收益。由于我们始终注重发展和壮大集体，使得我们政府手中有钱，并通过这些钱，为百姓谋求更大的利益。”不愿别人宣传自己的黄标泉书记，却向我们透露了小榄镇的一笔“家底”：近年，他们用集体资金，与邻镇合作开发了5000多亩地。“过去小榄镇的地形是一枚橄榄，现在因为添了这5000亩地，整个地形如跳跃的鲤鱼……发展空间一下大了许多！”

这就是小榄镇干部——一群从百姓根本利益出发、致力于长远发展的智者！

永宁模式

在小榄这块热土上，到处都是闪光点。永宁村便是其中的一个闪光点。

永宁是小榄镇的一个村，然而它可能是改革开放前全国人口最多的一个村，总人口达2.6万多。据村干部介绍，如果把外来人口加上，现在少说也有五六万人。

永宁是个村，但现在不叫“村”了，小榄镇发展了，这个村也变成了“永宁社区居民委员会”，因为这里早已城市化和工业化了。现在，在小榄镇，15个村委会全都“村”改“居”了。也就是说，在小榄镇75.4平方公里的土地上，已经基本实现城市化、工业化了。

我到永宁社区居委会采访，一走进社区居委会会议室，我们就被会议室墙壁上挂满的各种奖状、证书所吸引——有中共中央组织部为他们颁发的“全国先进基层党组织”匾额；有中共广东省委、省政府颁发的“广东省先进基层党组织”“广东省乡镇企业百强村”等。

永宁社区居委会党总支书记屈桂添同志向我们介绍，早在1997年，他们社区下属的30多个企业，年销售额就已超过20亿元。后来大部分已经改制为股份制企业，有5个规模较大的企业，现在仍属百分之百的集体经济，这在全国也不多见。仅这5个仍由集体经营的企业，近年来的销售额，连年在20亿元以上。除此之外，在物业方面，他们社区自1999年起步，到2005年底，物业收入就翻了 5 倍，占全社区总收入的 65%。永宁社区的 2.6 万多名百姓，享受着如此丰厚的收益，生活如同掉进了蜜罐子里……

他们继续介绍说，永宁发展工业较早。永宁人爱交朋友、爱钻研技术，早在 20 世纪 70 年代就有人在搞工业。尽管当时受各方面条件的限制，不可能把企业办得很好，不可能办得规模很大收益很高，但的确是有人在壮着胆子搞。啥事儿都有个开端，头一开，渐渐就会积累经验，这为永宁后来的发展打下了基础。到 80 年代永宁就办起了一批工厂，现在享誉全国乃至世界的永大集团，就是在那时办起来的。到 1999 年，这块“蛋糕”就做得很大了。永大所生产的“永大牌”胶带、胶粘剂系列产品，荣获“广东省名牌产品”“广东省著名商标”和“中山市十大名牌”等一系列荣誉。永大生产的胶带，在全国产量最高、销路最广、销量最大，是全国胶带企业的行业“老大”。不算永大集团自身，这些年仅从永大学习、掌握了技术，然后出去单独创业的人，所创办企业的销售收入，也绝对在一二十亿元之上。

作为一个社区，一个原来的村级基层小单位，却有如此高的经济收入，这在全国也为数不多。永宁之路，在广东乃至全国，已成为建设社会主义新农村的一种模式。谈到“永宁模式”，最为突出的一点便是：在集体企业里当老板，也能发大财！

听了老屈同志向我们介绍的上述情况之后，我们便产生一个疑问：在永宁，集体企业为什么能够健康发展？因为我们知道，在全国大多数地方，特别是一些地方的村办企业、乡镇办企业，甚至县办、市办、省办企业，除国家直接掌控的“特别行业”企业外，凡“国有”“公有”“集体所有”性质的企业，上贪下沾，资产和无形资产被变相转移等，大多弄得半死不活，甚至关门倒闭。

我手头就有一个“集体企业”无形资产被“变相转移”的例子：

有一个县办企业，是个生产方便面的工厂。本来经营得还行，有近千人的职工队伍，工资还发得下来，吃饭也不成问题。后来调去一个新厂长，经营了不到半年，掌握了配方，学到了技术，并在摸清各种“路子”之后，他一边当着县办工厂厂长，一边在另一个地方悄悄地自己又建了一个方便面生产厂。明面上看他没贪没沾县办企业一分钱，可企业的配方、企业的生产技术、销售网络全被他给“拢”了过去，使一个好端端的县办方便面厂说垮就垮了下来……

例子实在举不胜举。

因心有疑虑，于是我们就向屈桂添书记提出来 ：“永宁的集体企业何以能够如此健康地发展？”

屈桂添书记告诉我们，关键是激励机制对头，管理措施得力。他们的具体做法有两点 ：一是阳光采购，厂务公开。凡是集体的钱，只要与企业无关，厂长也无权使用。如果在生产经营中产生失误，给企业造成经济损失，无论是厂长还是一般干部、一般职工，一律由个人承担责任，如数赔偿，一个子儿也不能少。二是奖励机制。小榄镇党委、政府几年前就在全镇推行“奖励机制”的做法了。在集体企业里当老板，照样能够发大财。企业里的干部，工资待遇是“上不封顶”的。只要把企业搞好了，效益上去了，厂长可以多得，副厂长也可以多得，中层领导和一般干部、职工都可以多得，总之是“胜利果实大家共同分享”。只有这样才能调动起每一个人的积极性。

屈桂添书记还向我们举了这样一个例子 ：

前几年永大公司一下子走掉了 8 名中层领导干部。在“市场经济”的大背景下，人是有自主选择在什么地方干、不在什么地方干的权力的。人家要走，就说明人家可能要抓住一个新的能为他们带来更大经济收益的“机遇”，强留并非上策。在永大，8 名中层领导的离去，并没有使公司陷入瘫痪状态，一切机器照常运转。为什么？关键在于一把手。为使自己所负责的企业能时刻处于旺盛不衰、持续发展的良好“状态”，一把手早已培养好了企业的“后备力量”。试想，一位对自己企业没有长期打算的厂长、经理，又怎能做到这一点呢！

或许出于“企业机密”的缘故，老屈同志始终没向我们透露永宁社区集体企业的几位老板的“高收入”究竟是怎样一个数字。他只是“含蓄”地告诉我们：1992 年，当永大公司只有 800 多名员工的时候，一般中层干部的年薪就可拿到五六万元了。

“到永宁村当农民，是一份荣幸。”这在小榄镇是人人都知道的事。这是因为永宁太富，这里的每一寸土地上都流淌着金子。

现在拥有数亿元的永宁社区的“固定资产”已经经过了股份制改革与完善，并且已“固化”给了居民。这些居民就是以前的村民。我们知道，这个社区的所有正式居民（有一个时间界限）都是可以坐享红利的股民，每年他们从日益增长的集体经济的股份中都可获得可观的分红收入。永宁社区到处可见洋房别墅，而且一代更比一代豪华与精美。据悉，永宁社区目前掌握着管理权的几百家工商企业、物业，其中有好几个年收入在亿元以上……

在我们的“诱导”下，老屈最后还是笑眯眯地向我们说出了他这位社区党总支书记的年薪：人民币 30 多万元！

那一刻，我们除了羡慕，更多的是对永宁人的敬意：他们真的了不起！

其实后来我们才知道，在小榄镇，像永宁这样借助城镇优势开辟市场、富足百姓的板块有许多许多……

绩东二社区腾飞启示录

谈到衡量一个地方的经济水平时，中共中山市委书记、市人大常委会主任崔国潮曾做过一个形象的比喻。他说："就好比一只木桶，这只木桶的容量是多少，只能从木桶周围最低的那块板算起……"

小榄镇绩东二社区，是小榄镇最偏南的一个社区，总人口6059人，外来人口1.6万多人。1999年社区总的集体收入才只有450万元，到2005年，社区集体收入就达到了2750万元。自2000年以来，社区集体收入几乎每年都以300多万元的速度递增。

为什么发展这样快？

社区党支部书记李权枝、居委会主任林权兴，向我们介绍了他们社区经济快速发展的一些情况：

1999年以前，绩东二社区是小榄镇最穷、最落后的地方。在1999年以前的几年里，社区没有任何发展，没建过一间厂房。小榄镇党委、政府从大局出发，为了五埒片（含8个社区）的发展，下决心走"工业强镇"道路，搞了一个较大规模的工业开发区。绩东二社区十分幸运，工业区建在了他们这里。社区总共6000亩地，工业区开发一下子就要征用他们近2000亩的土地。工业区一开发就为他们这里修了路，路一通，地就火爆升值了。当时镇政府提出两个方案让他们选择：一是镇政府投资把路开发出来，路两边20米交给他们开发；二是全部由镇政府投资，地征上来后镇政府与他们一起开发。他们选择了第二个方案。因为他们社区当时不但没有钱，还欠着银行几千万的贷款和群众几百万的账，那是1992年至1997年间村子里以办厂、办工业区的名义欠下的，是当时"泡沫经济"留下的恶果。虽属"遗留问题"，可社区没钱是个事实。没有办法，他们只有选择第二个方案。选择了第二方案之后，在两年的时间里，镇政府给了他们400亩已经实现“三通”的土地（指路通、水通、电通），让他们自己开发。同时镇政府还以每亩3.6万元的价格，给了他们1900余亩土地的征地款，总计7000余万元。镇党委、镇政府为扶持他们尽快发展起来，富裕起来，就等于白给了他们400亩地让他们开发。

镇里给他们的征地款，他们没有拿来分给个人，而是让镇政府为他们掌管着（镇政府付给他们利息），什么时间需要投资，镇政府就什么时间给他们。他们拿这笔钱搞建设，进行“可持续发展”投资。除400亩他们社区自己开发外，镇政府投资，把在他们社区地盘上剩余下的近1600亩土地也都开发了出来。这下好了，工业区成形了。小榄镇的投资环境好，在当时就已经出了名的。这么一来，投资商们便纷纷涌了进来。他们把土地全租出去，一亩地一年收回1.4万元租金，这样社区的经济开始上去了。到2005年底，他们可收租金的厂房、物业，就达25万平方米的建筑面积。

绩东二社区能有今天，饱含了镇党委、镇政府的诚心与诚意。

另一件让绩东二区感受镇党委、镇政府恩泽的事，是解决了长期以来困扰当地发展的管理机制。这就是新实行的村一级核算，即取消原先的村民小组。尽管村一级核算目前已在全镇全部推行开，但对绩东二社区这样的穷社区来讲，尤为重要。因为像他们这样的地方，经济基础太差，连一点儿“底子”也没有，又是个偏远社区。村一级核算给他们带来的好处就多了。首先是便于资源整合。比如土地，大体分为工业用地、住宅用地、农田这三种。没实行村一级核算前，社区往往当不了村民小组的家，有时候想弄个“统一规划”“统一管理”的事儿，却不好办。二是便于经济的整合。实行了村一级核算后，去年他们把原15个村民小组的收入和社区的经济整合起来，一下子就盖起5座厂房，总建筑面积

6.8 万平方米，确保了每年几百万收入的递增。再就是便于人才组合。取消村民小组后，他们把原来的 30 名村民小组长（副组长），优中选优，只选用了 9 名同志进入社区工作，分片包干，既提高了工作效率，又降低了工作成本，深受群众欢迎。

为确保村一级核算成果的巩固，镇党委、镇政府还给他们社区 3000 万不付息的贷款用于发展。绩东二社区没辜负镇领导的一片苦心，他们用这笔钱，组织村民们以最快的速度建起 15 万平方米的厂房和库房，并完成了对外租赁。

绩东二社区近年来经济建设得到快速发展，能给我们带来哪些启示呢?

毫无疑问，首先是镇党委、政府执政为民办实事的一贯理念。倘若没有小榄镇的领导班子真心实意帮助绩东二社区这样的边远村摆脱贫困的决心和诚意，倘若没有他们一而再再而三地把一切可以拿出的优惠政策给予百姓们，绩东二社区无论如何也不可能在如此短暂的时间内“立地致富”。这就是小榄镇今天得以全面飞跃发展的支柱与根基。

尽管绩东二社区这几年发展很快，但和永宁社区比起来，其经济收益的差距仍旧很大。毫无疑问，绩东二社区的党支部书记，决不会有很高的年薪收入。但是，绩东二社区作为一个偏远村庄，作为一个几年前还穷得要命的地方，现在社区每年收入在 2700 多万元，并且每年仍在以三四百万元的速度递增，也是前景很乐观呀!

绩东二社区近年来经济建设得到快速发展，给我们带来的第二个启示是 ：社区领导班子有可持续发展的眼光和战略思想。机遇对于他们，毫无疑问是十分重要的，但我们认为这并不是最主要的。假若他们虽有了好的机遇，镇党委、镇政府给他们的那笔征地款到手里就让他们一家一户地给分掉了，怕是啥事儿也干不成。他们聪明就聪明在懂得投资，懂得搞可持续发展，这才是最为关键的。

绩东二社区经济建设得到快速发展，给我们带来的第三个启示是：实行村一级核算，取消村民小组。虽然这一做法在小榄镇已不是什么新鲜事，全镇各社区都这么搞了。但是，这一做法，对类似于像绩东二社区这样的穷村，其意义就尤为重大了。

我们是否可以把小榄镇推行的集体经济村一级核算改革，视为深化农村经济体制改革、加快社会主义新农村建设的一场“深层次革命”，可另作探讨。但是，小榄镇的这一做法，可以“优化资源配置，凸现规模效益”的好处，是显而易见的。由中共中央组织部主办的《党建研究》杂志，在2006年第4期上以《小榄镇推进城市化的实践》为题，对他们的这一做法，给予了充分肯定。文章说，小榄镇的这一做法好处有三：“一是实施集体经济村级核算后，全镇原有213个村民小组自然消失，重新整合为15个村（居）委会，将分散的213个村民小组的土地、资产等生产要素进行整合的高效配置，实现了规模经营；二是基础设施得到统一规划建设，大型项目征地难、统一规划难等问题迎刃而解；三是集体资产管理更加规范化和专业化，经营更加高效，监控更加到位，确保了集体资产和保值增值；四是缩小了村民之间收入差距，避免了恶性竞争，促进了社会和谐。”

启　示

确实，手工业革命如果不进入现代化的体制性工业革命，那就无法摆脱小农经济生产方式。要进入，就必须适应一定的生产关系。如何进入，这需要执政者有绝对清醒的认识。比如：在后起的发展中国家和地区，发展现代市场经济仅靠内源力量还是不够的，必须同时借助外部力量。

因此，在我们对小榄镇的经济发展探索过程的把脉中，不难发现，这种发展模式实际上是小榄人的独特创造。更进一步说，“小榄模式”背后隐藏着一个更为重要的“模式”，即小榄人的思维模式：打破传统，从实际出发；敢闯敢试，敢为天下先。

王者篇

如何让小榄的每一寸土地变热、变富、变得生机勃勃，小榄镇党委政府一班人自有办法。他们懂得如何既可筑得“巢”，又可引得“凤”；他们懂得如何培育、扶持土生土长的企业家，也懂得如何留得住“飞来的凤凰”。他们不搞花里胡哨，他们只注重两个字：真诚。

也许，正是这“真诚”两字，才使得一个小镇，拥有了十来个“全国第一”：指甲刀、门锁、家庭音响、蚊香、粘胶带、吸尘器、男装内衣内裤、乐百士桶装水……

如今，在小榄镇这块土地上，有着2万多家工商企业，拥有国家、省名牌、名标73个。“乐百氏”食品饮料、“华帝”燃具、“本田”制锁、“永大”薄膜、“力王”粘胶带、“建华”管桩、“民森”服装、“威卡”脚轮、“欧力”电池、“史丹利”工具……

作为采访者，我们不可能走遍所有的企业，只能是“花开满树，单表几枝”了。

“华锋”和“长青”

华锋制锁有限公司与长青集团，这是小榄人在自己的土地上靠自己的才华和智慧创办起来的两家企业，如今一个荣获“中国锁王”称号，产品在世界同行中称王称霸；一个产品远销36个国家，被誉为“燃具外销冠军”。

我采访“华锋”老总何文烈先生时，他正在篮球场上打篮球。何老板人高马大，一副潇洒的帅哥形象。

“他是我们小榄镇的篮球协会主席，曾出资100万为镇上办过全国性篮球比赛。”陪同的镇干部告诉我们。

“区区小事，不足挂齿。”何文烈摆摆手，意思是说不值一提。

但是一说起锁业，何文烈先生便关不住话匣子：别小看一把锁，可几乎每个人都离不开它。一个生活在家庭或者社会里的成人，你可能没有注意到，实际上你可能与几个锁，甚至几十个锁天天处在一起。开门关门有锁，抽屉开柜有锁，出门旅行大包小包上还有锁……

“华锋”这个创办于1996年的制锁企业，现在拥有5万多平方米的厂房，员工4000多人，年产各种锁具3000万把，产品远销美国、加拿大、澳洲、欧洲及东南亚各国，并畅销国内各大中城市。

真是一个行业有一个行业的神话！

仅仅用了10年的时间，何文烈先生就带领他的员工们，做出了一个国家级乃至世界级的品牌，实在可喜可贺！

当我们走进“华锋”产品展室，各式各样的锁具展现于眼前，令我们眼花缭乱。三柱式球锁、三柱式执手锁、圆筒式球形锁、建筑用锁、木球锁、二级锁、圆筒式铸球锁、圆筒式压铸球锁、陶瓷锁、呆锁、外装门锁、套锁、拉手套锁、简易插芯锁，以及铜门铰系列、不锈钢门铰系列、华锋五金系列、锁舌系列、扣板等，真是琳琅满目，应有尽有。别说是锁的样式、种类了，那各种锁具的颜色，有镀铜色、青古色、红古色、仿金色、砂金色、钛金色、不锈钢砂光色、仿不锈钢色……单单各种锁具的颜色，我们数了数，竟有百种以上，实可称之为一个“锁具世界”“色彩世界”了。何文烈先生告诉我们，他正准备筹建一座“锁具博物馆”，把制锁业当成一种文化经营，在传承中创新，在创新中光大。何文烈先生的这些打算，无疑是美好的。可我们却有着与此不同的看法。我们认为，锁这种东西，虽然它像那忠诚的卫士，保护着千家万户的安全，抵御着贼的侵犯……但，它毕竟是“乱世”的产物，社会安定，则与它毫不相干。我们期盼着锁厂停产，就像期盼着卫士们能弃甲归田！只可惜这个社会还不太平，这个世界还不安宁。何文烈的事业，仍将在创新中光大！

何文烈是土生土长的小榄镇人。1972 年，他与许多同龄的小榄人一样，进镇办锁厂当学徒，一干就是 20 多年，当了不短时间的车间主任。1992 年小榄镇锁业集团成立，他任副总经理。不久企业进入股份制改造，“老外”当了大股东。何文烈有过一段痛苦的徘徊：是拿几十万年薪给别人打工，还是自己出来独创一番事业？后来在几位朋友的动员下，1996 年他扔掉“铁饭碗”，开始自己创办企业——“华锋”就这样诞生了。何文烈确信自己的能力。他给我们的感觉是这位彪形壮汉身上有股不服输的气势——“外国公司有钱，不远万里来到小榄镇买下我们的‘固力’锁业集团，我是小榄本地人，我不相信他资本家除了比我有钱外，还能比我更知道小榄和小榄作为锁业基地是如何成长起来的所有技术与人文历史。所以我要干自己的锁业，一直干到能够与他们同在世界锁业市场上比个高低……”何文烈的血脉里充满了“好斗”气质。如今 10 年过去了，何文烈从白手起家，竟然一直干到了把所有同行远远甩在后面的水平，成为中国第一大“锁王”！

在谈起创业往事时，何文烈先生感触最深的不是当年自己如何有本事，而是直言：“没有小榄镇党委、政府对企业和我本人的支持，就没有‘华锋’的今天。”我们注意到，意志如铁锁的何文烈似乎在这个时候，才有些动情。“办民营企业不容易，像交通、电讯、口岸、海关、税收等，无论哪一个环节出了问题，都会把你弄得焦头烂额。”何文烈说，“可在小榄镇这个地方创企业，我们就是幸运者了。因为这些问题在这儿就不可能有。企业遇到再难的事，镇党委、镇政府都会采取相应的协调办法，去耐心细致地帮助你解决问题。有时难免碰上一些复杂的事，镇领导会亲自出面，比做自己的事还要重视和热心地去办。你说有这样的当家人在，我们搞企业的还有什么后顾之忧？一句话，在小榄镇做生意、办企业，能越做越大，因为我们心里踏实。”

小榄镇不简单的地方很多，除了在全国乃至世界称霸的制锁产业外，我国的两个著名燃气生产企业也都在小榄镇上，它们是“中山华帝燃具股份有限公司”和“广东长青（集团）有限公司”。由于采访时间太紧，我们只到了“长青集团”一家。

长青集团的老总何启强，最早也是搞锁具的。他在 1985 年创办自己的这个企业之前也是在锁厂工作，1975 年到 1985 年，何启强在锁厂 10 年，19 岁就当上了车间主任。他的车间主任当得很出色，当时接些“来料加工”的活儿，把效益搞上去了，给大家发了奖金，外车间的人就眼红他们。外车间组织旅游坐的是大卡车，他们车间外出旅游包了几辆小面包车，外车间的人更眼红了。

1985 年前后，那时候工资很低。要养家糊口呀！后来何启强就同几位工友出来搞压铸。他们找到广州一家电风扇厂，把人家的设备借来，修修便用了。又遇上一个厂子搞灶具，何启强就找人家谈，要做人家的那个“阀”。他与几个年轻人一起，挂了一个牌子，叫“小榄压铸厂”。人家以为他们是个什么“厂”，便同意他们来做那个“阀门总成”。何启强也真敢干，很快弄出了个样品送过去，获得了对方的信任。实际上他们并没有什么设备，要批量生产就没有办法了。对方是个大厂，国营企业，他们就打对方的“主意”——借用对方的设备为对方做“阀门总成”。他们把对方的设备拉来，又没地方放。终于有一天，人家提出要来看看生产厂地，结果发现何启强他们什么也没有，根本就不是个厂子，吓坏了。何启强就把对方的来人请到自己家里说："请放心，有你们的大力支持，我们一定能把阀做得很好。"对方见小伙子是个干事的，就鼓励他好好干。结果，做了几年，他们做出了当时中国最好的产品，并且产量也高。5 年后，何启强便开始搞更高价值的产品，搞热水器，并且做终端产品。

何启强，同样是土生土长的小榄人。这位富有激情，又对文化钟爱的实业家，对市场的见解独特而精辟："未来的市场都将走向全球化。在国际市场上，不是竞争，而是合作。合作是一种必然的趋势。"他向我们表示，他的企业产品必须要上一个档次，必须面向世界，寻求合作。否则，没有出路。为此，在上海同济，在华中科技大，在哈工大等全国 7 所高校，从 1993 年开始，他就投资设立了一个奖学金，叫"长青燃气教学奖励基金"，总投资已达 300 多万元。"我之所以这样做，也是为了最终实现一种合作可能，即人才和技术的合作。经济全球化的一大特征是：各种资源的不断整合。人才资源的整合是最大的合作内容。谁先抢占了这种合作资源，谁就是某一产业和市场的老大……"

长青集团的发展，何启强先生的成功，是小榄人的骄傲，同时也是他的企业理念的必然成功。小榄人拓荒者之一的何启强，十分感激生他养他的这片土地，十分感谢小榄镇党委和政府。他说："我在小榄镇，在外地、外市、外省，共建有 6 个厂子。我认为，数小榄这地方好，最适宜我的创业。我这么说，也可能是因为我自幼生长在这里的缘故，可能有这种成分。但是，小榄镇的领导干部们出业绩的确不是为了升官，他们不在乎那个东西。他们最在乎的是公众对他们的评价。这与其他一些地方的确不一样。"

繁荣的小榄镇，我们可以感受到，党与群众、政府与企业之间有着如同徐徐春风般的亲和与暖融。

“美加”和“惠亚”

假如我们把“华锋”和“长青”看作是一直在小榄镇上空盘旋、飞翔的两只雄鹰，那么，“美加”与“惠亚”，则是两只从远方飞到小榄镇安营扎寨、建家创业的金凤凰。

美加科技（中山）有限公司的董事长杨炼，是四川人。副总经理梁贤康是广东韶关人。

美加在 1999 年以前有一个品牌，叫“丽声”。“丽声”后来分了家，杨炼带着他的副总梁贤康等人，一直在找地方建新厂。他们有一位员工认识小榄镇的一位副镇长，经过很简单的一次考察，就决定要把新厂建在小榄。这简直就是一种缘分！因为，当时在没到小榄考察之前，杨炼已经去过广东东莞，已经基本上定下来要在东莞建厂了。可他们听有人介绍说：“小榄镇的父母官与其他地方的父母官不一样！”就这么一句话，便改变了他们的主意。

这就是小榄镇“外部形象”的魅力！

美加在小榄镇落地，在一片烂地上开始基建，作为“外来户”，他们是在小榄镇工业区落户的第一家企业。新创品牌叫“爱浪”，从外面通往工厂的道路于是就叫了“爱浪路”。

美加副总梁贤康先生说：“我们公司在这里创业、发展，已经 7 个年头。7 年里，我们没请小榄镇领导吃过一顿饭。不是我们小气，是请不来他们。相反，我们公司的总部在广州市内，黄书记他们每逢中秋节和春节都要带上礼品专程来慰问我们。在这 7 年里，我们一旦遇到什么难事，小榄镇党委、政府马上会帮我们解决问题。”

梁贤康先生向我们讲述了这样一件事：

有一天，正是他们生产旺季，电力部门突然通知要停他们的电。在那生产旺季的日子里，停一天电，就会给他们公司造成巨大的经济损失。他们马上打电话报告给镇党委黄标泉书记。半夜三更了，黄书记在电话里对他们说："我不敢马上答复保证不停你们的电，但我会尽快并尽最大的努力去协调这件事。"仅仅过了几分钟，黄书记就打电话来告诉他们："协调好了，不停你们美加的电了。"事后才知道，为了保证他们公司的用电，黄书记动用了所有关系，与电力部门协商，确保了该公司的用电。

梁贤康先生对黄标泉书记充满着万分感激之情，打心里敬佩这位小榄镇的父母官。他说："在我们眼里，黄书记压根儿就不像个官员，而像是我们的一位兄长。他每次见到我，总是问有什么困难没有，这多让人心里踏实，多让人觉得有依靠！"

美加这只外来的金凤凰第一个落地小榄镇工业区，给小榄镇增了光添了彩！

这就是小榄镇干部的魅力：心到了，创造财富的凤凰和百鸟都在这儿啼鸣歌唱！

进入21世纪的第6个春天，美加老总杨炼先生就中国音响如何变革创新等相关话题，充满自信地说："中国音响的最终出路，是音响必须与电视紧密地结合起来。我们现在的所有技术都在围绕一个点做文章，那就是——如何让顾客能将音响天天都使用起来，而不再仅仅是一个摆设。"

杨炼是大家，作为中国电子音响工业协会副会长，以及国内最为成功的音响品牌爱浪的缔造者，他充满自信的预言即将成为现实。

美加音响，必定更响！

惠亚集团在小榄镇的安家、创业、发展，更像一只展翅飞翔的金凤凰，为小榄经济的腾飞，扇动起有力的翅膀。仅 2005 年一年，惠亚就创产值 8.8 亿元，现拥有员工 4000 多人，其中有相当比例为小榄人。

在采访中，当我们问及“当初怎么就选择了要在小榄这个地方来发展”这个问题时，皆利士多层线路板（中山）有限公司财务总监梁结珍女士说：“还不是看好了这个地方的投资环境嘛！”

梁女士和高级生产部经理梁健华、人力资源及行政部经理刘明辉先生，还给我们讲了这么两件事：

一次，涉及他们公司一笔业务的进出口事宜，深圳海关和广州海关，同一项政策，执行起来却成了两样（两种不同的标准）。为此，他们向小榄镇党委书记黄标泉同志做了汇报。黄书记为了他们的这件事，一级一级往上找。事关一些政策性的东西，迟迟得不到一个明确的答复。后来，黄书记找到了广东省副省长那里，最终使难题得到公平、公正的解决。

还有一次，一批产品，明明每件只需交 1 元钱的税，却要按 9.8 元来征收。那样的话，他们公司基本上就可以关门了。这次又是镇党委、镇政府领导出面，黄标泉书记亲自跑上跑下帮他们解决的。据说那件事后来影响很大，惊动了国家有关部门……

“非常小器”的非常气魄

在极为有限的被采访企业中，我们有幸采访了中山圣雅伦日用制品有限公司。格外有意思的是，这家公司的主打产品是“非常小器·圣雅伦指甲钳系列产品”。就是这么一个公司，就是生产的这么一种“非常小器”的产品，该公司的年产值竟接近 2 亿元！

“圣雅伦”公司总经理叫梁伯强，小榄镇本地人，1962 年出生，“文化大革命”后期高中毕业。这是一位颇具传奇色彩的人物，他曾研习翰墨10年，曾和高考擦肩而过，曾在本镇“固力”锁厂当过工人，分别于1980年4月和1984年10月两次偷渡去过澳门，当过“包工头”。他于1985年4月在小榄镇蚕种场内，开办过一家来料加工企业——小榄润记首饰厂，成为小榄第一个“职业经理人”。1986年开始，他在小榄正式招工办公司，取名“聚龙公司”，意在“把一批有本事的人聚集在一起”。

梁伯强喜欢看报。在澳门，他就曾两次当过“报”发户：两次都是通过看报找到的工作。

总理点题，梁伯强揭榜。

1998年5月的一天，梁伯强吃过午饭，顺手从茶几下面抽出一张旧报纸。那是一张包过东西的旧报纸，上面还被人用铅笔画过。但梁伯强一眼就被其中一篇《话说指甲钳》的文章抓住了。这一次的随手一翻，梁伯强的人生路随之改变了。

《话说指甲钳》中有这么一段：

最近，朱镕基总理在接见全国轻工业集体企业代表时说：要盯住市场缺口找活路，比如指甲钳子，我没用过一个好的指甲钳子，我们生产的指甲钳子，剪了两天就剪不动指甲了，使大劲也剪不断（据4月5日《深圳特区报》报道）。总理以小小的指甲钳子为例，要求轻工企业努力提高产品质量，开发新产品。

梁伯强看了这则“过时”的新闻以后，非常兴奋，认为其中一定有文章。国家总理日理万机，而一个小小的指甲钳引起他这么大的关注，这说明指甲钳并不小，市场有空白点。他当即找来与他一起创业的老友、五金模具专家苏钢华。苏钢华支持并鼓励他干这件事，两人稍作商议，又叫来公司几位骨干，大家很快统一认识，认为这个项目值得开发。

梁伯强说：“这个题目是朱总理出的，咱们聚龙公司要干就要干出点名堂来，争取早一天给朱总理交一份满意的答卷。”

没通过任何形式的报批，梁伯强等一班人开始摸索指甲钳。

梁伯强找来大量国内和国外生产的指甲钳，进行比较，发现国内生产的指甲钳造型单一，产品粗糙；韩国的产品做工精致，贴近大众；日本的产品款式新颖，让人喜欢；德国产品则把指甲钳当作一种高技术产品来生产，产品质量无可挑剔，但价格太贵了，一把要几百元……在梁伯强环球搜寻指甲钳之后，一个改变中国乃至世界指甲钳版图的计划，在他心中逐渐形成。36 岁那年，梁伯强发现了自己生活的使命——做世界指甲钳大王！

当时朱镕基总理出的考卷，谁又能料到，将由小榄人梁伯强来完成？——事实上，应该说是梁伯强主动请缨揭榜领命！

梁伯强勤奋好学，既然进入了指甲钳这个领域，他就会努力熟悉它，尽快去掌握它，成为这个领域的行家里手。

如何提高指甲钳的锋利度，是提高质量的主要课题。

按照传统的生产工艺，指甲钳上、下两刃是对齐的，刃口由于不断对碰、撞击，很容易变钝。经过多次分析、试验，梁伯强和一帮工程师们提出了指甲钳口上、下刃错位的设计，使上、下刃口有剪切间隙，闭合时，上刃口伸入下刃口。采用这样的错位刃口，剪切指甲时更轻松，既无震痛感，指甲断面又没有向上的毛刺。这一工艺改进，大大提高了指甲钳的内在质量。

梁伯强先生带我们在他的指甲钳生产车间参观，真没有想到，生产一个小小的指甲钳，要经过 30 多道工序。钢材分条、冲压、点焊、热处理、研磨、磨口、电镀、装配等。在指甲钳生产中，虽然大量使用机器自动化生产，但其中的几道关键工序如磨口等，仍需依赖人工的娴熟技术解决。

功夫不负有心人。

1999 年 4 月，聚龙公司的第一批标有“圣雅伦”商标的指甲钳生产出来。到北京参加“国际礼品展”时，让梁伯强备感意外的是，圣雅伦展位的“人气”居然“压倒一切”，特旺！

“圣雅伦”脱颖而出，令国家轻工总局、中国五金协会领导十分惊喜。

“五金协会领导要见你，马上到北京。”1999 年 5 月的一天，梁伯强在北京新闻界的一位朋友，从北京打电话给正在香港处理事务的梁伯强。

梁伯强从香港赶回小榄，拿上几把指甲钳火速飞往北京。中国五金协会有关领导已在北京和平饭店等着梁伯强了。他们根本没有想到“半路杀出个程咬金”，从广东省中山市小榄镇突然冒出来一个能生产出质量不错的指甲钳的企业来！

到了 1999 年国庆节前夕，聚龙公司生产的“圣雅伦”产品，被国家轻工总局推选参加“建国 50 周年成就展”。

1999 年 9 月 20 日晚，朱镕基、温家宝等领导同志亲临展览馆。在轻工展区的展示柜里，“圣雅伦”牌指甲钳与国内许多名优产品一起，接受检阅。国家轻工总局陈士能局长把一套印有“非常小器”的圣雅伦修甲产品送到朱总理手中，向他汇报说：“我国的指甲钳质量现在可以与韩国的名牌产品相比了，您给轻工企业提出的任务，我们正在努力完成。”朱总理打开盒子，10 件修甲美容器具件件精致，品质不凡。朱总理露出满意的笑容，高兴地说：“这就像个样！”记者们按动快门，拍下了这一珍贵镜头。

梁伯强说：“产品无国界，小王也是王。”

梁伯强说：“营销无定式，锤子、剪刀、布，各有各的玩法。”

毛泽东说过这样的话：“王麻子，张小泉，一万年不能倒。”

梁伯强则感慨道：“毛主席的这句话给了我极大的启发。”

做小商品也要有大气魄，思路要宽，见识要广，目光要远。梁伯强的目光盯着的不只是小榄本地、本国男人的胡子和人们的指甲，而是放眼全球，让所有男人都来使用他的剃须刀，让全世界人都使用他的指甲钳！

从“圣雅伦”指甲钳看小榄人的创业精神，从梁伯强先生身上找小榄镇“创造奇迹”的“力量源泉”，答案一目了然：

镇党委、镇政府一班人在按照中共中央、国务院，广东省委、省政府和中山市委、市政府的部署，带领全镇干群实施着奔向未来的“总体发展战略”，在各项工程中争创第一。黄标泉书记说的是“争创第一”，彭志辉镇长说的是“争创第一”，各社区总支（支部）书记、主任说的也是“争创第一”，唐燕梅、何文烈、何启强、杨炼、梁伯强以及更多的“张燕梅”“王文烈”“李启强”“赵炼”“刘伯强”等活跃在小榄镇工业区的行业领军人物，都在说“要把企业做大做强”，“要争创一流”！……上上下下，大家都在干事创业，像一匹匹骏马，在大干一番事业的征途上狂奔，个个争先恐后。因此，小榄镇的经济发展，一天比一天繁荣，一天比一天富强，就成为一种必然！

“小榄人家”

小榄镇规划出了12平方公里的新城区，12平方公里的工业区，这是一张蓝图，一张气势恢宏的蓝图，一张大气磅礴的蓝图。如果不是工业区的建立，这里仍然是一片产生不了多少经济效益的沉睡的土地，生活在此地的百姓只能依旧以解决温饱为目标。而如今，我们踏上这片土地所看到的是车水马龙、厂区连园区的繁荣景象，真是如诗如画，美丽又动人……而据当地的农民们介绍，这是两三年时间内所发生的变化！

行走在小榄这片热土上，我们随时可以遇见各路在此展示才华的能人。那天晚上，主人带我们进了一个名曰“小榄人家”的酒店。没有想到的是，这小镇上竟然会有如此环境幽雅、设施豪华、品位不俗的饮食佳地！正在我们左右环顾、兴致正浓时，一位端庄漂亮的年轻女士笑容可掬地出现在面前，她就是“小榄人家”的老板周萍。

“小榄人家”开业一年多，如今在小榄镇已名声显赫，成为餐饮业中的佼佼者。这主要归功于酒店的特色和档次。

“小榄尽管是一个小镇，但这里的人口已近内地中等城市。我们这儿的客人来自五湖四海，有世界各地的著名企业家和贵宾，所以我们的定位是，要让客人能够在小榄享用到大都市所有的档次和品位。你也许没有听说过酒店的服务员要每天跳舞、跑步吧？在我这儿，不管男服务员、女服务员，这是他们每天的必修课。我的服务员，女的个个能歌善舞，男的个个英武雄壮。你知道为什么这样培训他们吗？因为我们要建立一个一流水平的酒店，就得有一流水平的员工。小榄镇发展这么快，在我看来，提高居民的素质必须是第一位的。而我这样做，正是为了从另一个方面来回报镇领导多年对我的帮助与支持……”漂亮的周萍说到此处，眼里噙着泪花。

这让我们感到意外。

周萍自己讲述的故事，让我们更加明白了小榄人为什么能够“自觉跟党走，共谋大发展”：有十几年酒店管理经历、在原镇集体企业当“副总”的周萍在3年前因特殊原因“下海”后，自谋生路。她选择了老本行——酒店业，并一出手就是个投资千万元以上的高档餐饮酒店。

“就是现在我们这个‘小榄人家’，当时这儿是个鱼塘，周边坑坑洼洼的不像样。我们完成选址后，就碰上了如何与居住在这儿的村民打交道的问题。你们不知道这有多难啊！施工的建筑队要上马了，可我们跟村民的事还没扯完，而且越扯越复杂似的。

我都急死了，满嘴都是泡，到后来根本也不知道怎么弄下去了。黄书记知道后，亲自跑来出面帮助我与村民和村委会协商。别以为书记一出面啥事就能解决的，有些事情靠的不是权力，而且将心比心。黄书记处理事情就是用的他那颗叫人热乎乎的心！等后来事情处理好后，我不知如何感谢黄书记，便对他说：黄书记，我什么本事都没有，只有一样我还行，就是要把‘小榄人家’办得够咱现代化的小榄镇水平！黄书记听后格外高兴地对我说：我要的就是你这句话。”

周萍那晚不无感叹地告诉我们：“‘小榄人家’有现在的档次，有现在这样旺的商气，就是黄书记他们这些镇领导坚定了我的底气和志气！”

在我们的整个采访中，不论是企业老板，还是一般群众，众口一词，都念小榄镇党委、政府服务意识好，办事效率高。当我们回过头来，与镇党委、镇政府领导同志在一块儿座谈时，黄标泉书记对此却有他的“另一种”解释。

“我们共产党的干部做事，把企业的事做好了，把群众的事做好了，其实是在为自己（指党委、政府）做事，是在做自己应该做的事。”黄标泉书记进一步阐述他的观点说：“仔细想一想，假如企业的事没有做好，群众的事没有做好，他们就会来找党委、政府，要求党委、政府解决各种各样的问题。企业的事做好了，群众的事做好了，天下太平，企业为政府交税，还帮政府做好就业安置工作，是企业帮了党委、政府的忙，是他们为党委、政府做出了贡献，为全社会做出了贡献。我们有什么理由不对他们给予热心帮助呢？”

这就是小榄镇领导们的理念！这样的理念可以改变一个执政者和一级政府的工作作风与行为方式。

在采访中我们还得知，小榄镇党委、政府有一条极严格的要求：任何职能部门和个人，都不准向企业要钱要物。假如某些职能部门或个人，确有解决不了的实际问题，可以向镇党委、镇政府提出，党委、政府宁愿拿出些钱来帮助有关职能部门和个人解决问题，也决不准他们到企业里去找麻烦！

中国锁王——“华锋”

小小一把锁，何以成为一个能赚满口袋钞票的产业？

实际上，世界上的锁业生产国并不多。比较有规模和上品位的，亚洲有中国和韩国，北美有墨西哥。在这三个制锁大国中，中国虽不敢称王，起码可以说是“世界三大制锁王国”之一。中国的制锁业，成规模成气候的，有三个地方。一是广东中山，也就是指小榄镇的制锁企业；再就是山东烟台和浙江温州了。在中国，小榄镇的“华锋”算不算老大？“锁王”何文烈认为这一点并不重要。重要的是，在市场经济中自己要知道自己。“俗话说得好：阴天晴天可以不知，自己钱包里有钱没钱应该知道。我们华锋现在的年产量为3000万把，种类有几千种，大部分为客户来样订做。我们的产品90%出口。”

外销冠军——“长青”

长青集团拥有占地面积9万平方米的五大生产基地，员工3900人，位列“广东省百强民营企业”，是目前国内最大的燃气具及其配套产品的制造和出口商之一。长青集团始终致力于热能科技的研究、创新和纵深应用，是中国燃气热水器、燃气灶具、旋塞阀、调压阀四项产品的国家行业标准起草人之一。产品涵盖燃气具阀门、燃气热水器、蓄能式电热水器、太阳能热水器、中央浴暖壁挂炉、燃气灶具、燃气取暖器、燃气烤炉等系列产品300多个，2000多个规格。拥有自主知识产权专利近100项。在行业内，领先进军国际市场，产品远销五大洲30多个国家，深受国外客商和用户的青睐，外销产品占集团总销售额的60%。近年来，长青集团凭借雄厚的国际资本施行战略转型：从单一的产品经营向产品经营与资本经营结合的方向转型，由国际市场向国内市场的方向转型。旗下品牌“创尔特”以出口世界30多个国家的崭新形象强势回归，得到了业界和消费者的赞赏。2004年2月，长青与中山市政府签订总投资2.55亿元的垃圾综合处理基地焚烧发电项目的BOT（特许经营权）协议，标志着长青成功地迈出进军热能环保产业的第一步。

美国“惠亚”

美国的“惠亚集团”，总部在美国的密苏里州圣路易斯。美国、加拿大、英国、墨西哥、荷兰……惠亚集团在全球都办有工厂。在亚太地区，新加坡、马来西亚，以及中国的香港、北京、青岛、上海、深圳、广州、中山的小榄镇等，均有惠亚集团的附属公司。

在小榄镇惠亚集团的附属公司叫“皆利士多层线路板（中山）有限公司”，是一家配备先进机电设计能力的高价值电子产品制造商，为密布全球的集团与工厂提供所需的印刷电路板、大规格背板、电线、电缆和机箱的产品制造及组装服务。

其公司制造的成品产品主要服务于五大行业：一、汽车业。为全球领先汽车制造商和一级汽车电子产品供应商提供重要元部件；二、消费电子业。该公司不仅是全球主要电器制造企业举足轻重的供应商，更是电线、电缆组装服务的首选供应商；三、电讯业。其最坚实的根基可追溯至在电讯基础设施市场从事高度复杂的电机组装，拥有着在全球生产、组装和测试高层板、背板、机柜和电缆等的能力；四、电脑及数据通信业。是在电脑处理器行业领先的供应商，可提供多种用途的印刷电路板及主板。能够为数据通信和网络技术提供从印刷电路板、背板、机柜、电线电缆的组装、测试以至成品的运输物流等全方位的机电需求服务；五、工业及仪器业。通过与客户的合作，以价格优势设计和制造高端元件，满足用户对复杂性高、成本低的电子和机械元部件的需求。

启　示

不难发现，小榄致富模式的本质特征是“小商品，大市场”。小榄模式的重要意义倒不在于它发展了乡镇经济，而更在于它提出了一个民间自发的遍及全球的小商品大市场，直接在生产者和消费者之间建立起一个无孔不入的流通网络。更重要的一点，这里也隐含着行政管理者高超的指挥艺术与民本理念。

和谐篇

2006年1月25日，小榄镇委书记黄标泉同志在小榄镇第十三届人民代表大会第七次会议上说："2006年的工作任务，可以用'一、二、三'来概括，就是人均生产总值净增1万元，税收达到20亿元，做好三件工作。三件工作，就是推进全面基础素质教育；调整产业结构，鼓励科技创新，发展第三产业，优化投资环境；扶持一般收入家庭加快发展致富。从而达到提高全民综合素质，提高发展质量，加快发展步伐，推动共同富裕，促进社会和谐进步的目标。

两个"一号"文件

改革开放以来，小榄镇党委、政府一届接着一届干，抓新城区建设，抓旧城区改造，抓工业区开发，并且在近几年又进行了村一级核算和村改居工作，推进了农村城市化、工业化进程。小榄镇的经济发展一年上一个台阶，取得了可喜的成绩。小榄人的日子过得宽裕了，往后的日子怎么过？有句话说得好："富裕不一定和谐。"很显然，小榄镇党委、政府意识到了这一点。于是，他们在全镇大张旗鼓地开展全民基础素质教育，把对公民基础素质教育当作头等大事来抓。

2006年新春伊始，小榄镇党委、政府下发了"榄委［2006］1号"文件，做出了"关于推进全民基础素质教育的决定"。这是小榄镇党委、政府为提高全民的综合素质、提升社会文明程度、适应经济社会转型和建设富裕、文明、和谐新小榄的一项重大举措。

小榄镇经济的快速发展，使小榄进入了经济社会转型的重要时期，而经济社会协调发展需要大量高素质人才。但据调查，小榄镇17岁至40岁的户籍居民当中（不含在校学生），尚未达到高中毕业文化程度的，占有相当大比例，与小榄经济社会可持续发展的要求极不适应。小榄镇党委、政府提出了推进全民基础素质教育，提高人民群众的思想道德素质和科学文化素养的要求。通过党委组织、社区发动、部门配合、学校负责、全民参与，把人力资源优势转变为人才资源优势，不断增强核心竞争力，以适应产业结构调整，适应效益社会建设，适应市场竞争需求，实现经济社会的快速健康发展。其目标任务是：力争在几年内，让全镇17岁至40岁中尚未达到高中毕业文化程度的户籍居民，通过参加成人高中或成人中专的培训，学习掌握一定程度的文化基础知识和基本技能，达到成人高中或成人中专文化程度。同时，鼓励40岁以上的同类人员积极参加培训，争取达到相应的文化程度。

让没有达到高中文化的居民参加培训班，进行培训补课，这在有些地方简直是“天方夜谭”。别说没有地方开展这种活动，就是开展，也不见得会有人响应、参加。而在小榄，我们看到的则是十分火爆的场面。全镇现正参加培训人员已达4130人，分布于全镇的6所中学里，到课率达93.6%。每天晚上两节课程，每节课时为45分钟，并且个人要交学杂费，每学期380元。

小榄是个富裕镇，每年政府为社会公共事业投下的钱不是小数。可对百姓进行文化教育培训竟然还要个人交钱？镇领导看到我们的疑惑不由得笑了。后来还是镇社区文化教育办公室主任辛群英揭穿了这个谜——在培训没开始前，有关人员曾做过一次问卷调查，征求群众的意见。其中有一条问到参加培训人员的学杂费是个人交好还是由政府出钱为好。问卷的结果大出所料：多数人说应该由个人交。再往深里问：为什么？群众答：不是自己交钱，学文化的自觉性就不会强！听听，这就是小榄人的素质！镇党委、镇政府就顺水推舟采纳了群众意见。为鼓励大家参加学习、培训的积极性，他们最后制订了一个奖励办法，即：凡到课率在80%以上者，期终再把个人交的学杂费以奖励的方式返还给个人。

辛群英主任告诉我们，仅成人高中（中专）文化补习培训这一项活动，镇里每年将拿出100万元，作为培训经费。

辛群英主任说，目前参加培训的4130名同志，90%的人都是有工作岗位的。群众积极参与培训，与他们“切合实际”的课程设置，也是有很大关系的。他们是本着“重基础，求实效”的指导思想来开展成人教育的。根据学习对象范围广、年龄跨度大、水平参差不齐和学生是成年人的特点，注重“群众性，知识性，实用性”，分成人高中和成人中专两种，开设相关课程。比如成人高中，他们以文化基础课程为主，同时开设适当的实用专业技术选修课程。文化基础课程有应用语文知识，应用数学知识，应用电脑知识，综合课（时事、政治、公民道德、家庭教育等）。成人中专则以专业课为主，同时开设部分文化基础课程。比如专业设置有电工、数控机械加工、印刷、家电维修、服装设计与工艺、美容美发、农业种养、农业园艺设计、会计、商贸英语、企业管理、行政管理（文秘）等。学制为两年。全部科目考试合格者，成人高中由镇成人学校颁发毕业证书及相应专业技术等级证书，成人中专由中山市财贸中专颁发毕业证书及相应专业技术等级证书，为国家承认学历。

那天在小榄镇文化教育办公室采访，辛群英主任和文化教育办公室的几位同志争先恐后地向我们介绍文化班的“趣事”：开展成人教育培训班以来，有夫妻双双报名的，有父子同班同桌学习的，有一家几口人到课堂的。永宁社区有一个五口之家，60多岁的老人家带着他20多岁的小女儿，同进课堂学习的还有他的一个儿子和两个儿媳妇。

有位妇女，参加培训学习十分积极，每天晚上不到点就来了，并且从不请假，也没迟到或早退过。文化教育办公室的同志就问她为什么坚持得那么好？那位妇女说，由于她不会说普通话，学校开家长会，她的儿子都不让她去。她说连儿子都歧视她，她再不学习学习，还不早早被这个社会淘汰掉！

还有一位学生家长，他说他来参加培训的目的是为了监督孩子。他不会电脑，儿子在那儿鼓捣电脑，儿子到底是在学习还是在打游戏或上网聊天，他看不懂，怎么监管儿子？

这只是其中几个有点儿“特别”的例子，更多走进文化补习班的人是为了学知识、学技术，提高个人在社会上的竞争能力。

小榄镇党委、政府，一边在全镇推进公民基础素质教育，把小榄镇打造成学习型社会，使学文化、学技术蔚然成风；一边鼓励企业技术创新，鼓励发展第三产业，鼓励企业科技创新等。与“关于推进全民基础素质教育的决定”一样，2006年新春伊始，同样下发了一个“1号”文件。不过，这个“1号”文件是以小榄镇人民政府的名义下发的，叫“榄府［2006］1号”，主题为“小榄镇调整产业结构，鼓励科技创新，优化投资环境的暂行办法”。“暂行办法”对在小榄镇这片土地上为社会、为人民做出各种突出贡献的人员，就如何对他们进行奖励和重奖，分门别类地做出了具体规定。

2006年新春伊始，小榄镇党委、政府分别出台了两个“1号”文件，一个号召学习，一个重奖突出贡献者，并已开始进行卓有成效的实施，在社会上树立起一种“比学习，比进步，比文明，比贡献”的良好风气，这本身就是一种和谐，一种唱响“文明、进步”主旋律的大和谐！

政府做担保

在小榄镇采访，我们听说了一件新鲜事——小榄镇有一个“中小企业创新发展信用担保有限公司”，是一家专门为企业和一般收入家庭担保贷款和创业贷款服务的机构，如今已扩展到帮助困难学生担保助学贷款等业务。

政府设置一个机构，为企业和困难群众担保贷款，我们不知其他地方有无这种事，起码稀罕。据小榄镇中小企业创新发展信用担保有限公司经理李家浩说，像小榄镇这种以政府的名义专门设置一个担保公司，为企业和困难群众开展贷款和创业贷款担保业务的，在全国其他地方有没有我不敢说，但在广东省是独一家。

小榄镇政府的这家信用担保公司，建立于 2001 年，注册资金为 5000 万元人民币。公司把这笔钱存放在银行里，以此作为担保基金。截止 2006 年 3 月底，已累计为企业和创业群众以及困难学生担保资金 11.14 亿元，担保金额为 3.13 亿元。一批原本没有资金，又想干番事业的创业者，是这一担保基金的最大受益者。

小榄镇生产的“榄菊”蚊香，是广东省的名牌商标，同类产品在全国占有量为“老大”。但“榄菊”也曾发生过困境，一度出现流动资金紧张的局面，使企业无法正常运作。正在“榄菊”走投无路时，信用担保公司及时为他们担保解决了贷款，解了他们的燃眉之急。

像榄菊蚊香那么大的企业，为什么还要找镇信用担保公司担保贷款呢？我们不免产生疑问。

李家浩经理接过话茬儿说，因为在银行贷款抵押要求多，办起手续来十分烦琐。像“榄菊”蚊香那样有实力的企业还好些，费点事不通过担保公司，也许能办成。可银行贷款有时单靠企业运作时间也拖不起。而对于一些刚刚起步的私营者来说，想完成一宗银行贷款几乎是“上天无路”。他们找到担保公司当然就方便多了。由公司来为他们担保贷款，就等于担保公司成了他们贷款的“抵押”。

原来如此！

当然，镇中小企业创新发展信用担保有限公司为企业担保贷款，并不是盲目的，也不是对什么企业都可以担保的。担保公司要视其情况“具体对待”。比如，在采访中，李家浩经理就举了这样一个例子：

有一家五金企业的老板是小榄人。由于种种原因，前些年他到外地去发展了。受各方面条件限制，他的企业也没有发展得很大。小榄工业区开发得火爆，于是他就一心想回家乡来发展。可他缺少发展资金，就找到镇政府担保公司，请求担保公司为他担保贷款。像这种情况，担保公司采取一种反向的方式为他担保贷款，即：担保公司协助他在工业区置地办厂，以此作为抵押，担保公司先为他担保贷款，待他取得各种手续后，再返还担保公司。目前这家企业已发展成为一家中型企业。

据李家浩经理介绍，在小榄镇工业区落户的很多项目，都是采取上述反向方式，让企业获得贷款发展起来的。

小榄镇中小企业创新发展信用担保有限公司，常年为企业担保贷款，确保了企业的顺利、健康发展，让那些想致富又没有资金实力支持的中小企业有了致富的“梯子”，这自然是一种落在实处的和谐动力与机制。据介绍，担保公司为企业担保贷款最大的一笔高达上千万元，一般是做500万元以下的担保，以50万至100万元居多。

近几年来，担保公司担保最多的，是对那些困难群众的“创业贷款”担保。

小榄镇政府副镇长董祖文、镇党委宣传办公室主任梁满坤在接受我们的采访时说，近年来，小榄镇采取一系列措施促进企业的发展，带动了群众生活水平的提高。同时，也采取了一系列措施，帮助困难家庭解决困难，走出困境，逐步致富，均收到显著效果。以此来推动共同富裕，构建和谐小榄。

镇领导介绍，在小榄，所谓一般收入家庭，是指本镇户籍人口中人均年收入低于 3 万元的家庭。镇党委、镇政府为鼓励一般收入家庭成员自立自强，勤奋努力，动员全社会的力量对他们在创业发展中遇到的困难给予必要的帮助。其中有一项，就是政府的中小企业创新发展信用担保有限公司为他们提供创业贷款担保。

为创业贷款担保，这句话的本身，就充满了对弱势群体、对一般收入家庭、对不安于“小富即安”而立志创业者、对立志于创业而手头又拮据者的一种关爱，一种支持，一种鼓励和鞭策。政府操心让群众致富，群众致富缺乏启动资金，政府担保为群众贷款——小榄镇政府的这一善举，实在是深得人心啊！

李家浩经理告诉我们，仅 2005 年一年，他们公司就为 49 名群众成功申请了创业贷款，总发放金额为 210.5 万元，比上一年办理人数增加 33 人，发放金额增加 153.5 万元。2005 年，他们还为 184 人担保了助学贷款，总发放金额 190.78 万元。进入 2006 年，第一季度就发放创业贷款 57 人，发放金额 245.5 万元，为 186 人担保了助学贷款，发放金额 200.8 万元。

这何止是一种简单的经济担保！它是一种社会的热心援助和党的温暖关怀。

我们不难想见，在那为创业群众担保的众多创业贷款户中，会有经营不错者，会有经营一般者，也肯定会有经营不善者，最后弄个血本无归也不是没有可能的。然而，在谈到这一点时，小榄镇党委书记黄标泉同志坦然一笑说：“是的，真正出问题的很可能是在创业贷款上。因为他们是弱势群体，又无创办企业的经验。

因此，我们还搞了一个帮贷后的跟踪服务，力争所有创业贷款户都能如政府所愿，如他们自己所愿，尽快发起来、富起来。我们这一做法的主要目的是起到鼓励创业、促进就业的作用。”黄标泉书记说：“为让更多的小榄镇人富裕起来，让社会真正和谐起来，我们赔点小本也值得！”

“三个一”民生工程

走农村城市化道路，小榄镇实行了三大改革。一是推进农村的股份合作制，即把原来的集体经济“固化”给每一位村民，使村民成为股民，每年按股分红。二是实行村一级经济核算，有效减少了基层管理成本，提高了资源效益，同时也解决了村民小组之间发展不平衡及股民分红差异大等问题。三是村委会改制为社区居委会，促进了全镇农业社会向工商业社会转变，促使全镇农民从“洗脚上田”上升到“洗脑进城”，加速了城乡一体化进程。

二十多年来，小榄镇的经济一直在快速前进。

然而，经济快速发展的小榄镇，并非没有贫富差异。虽然大多数家庭都过上了好日子，却难免仍有一部分家庭由于各种原因，日子仍过得很紧巴。据 2003 年、2004 年对全镇就业情况的调查，“零就业家庭”就有 44 户，有病医不起的现象也有。建立和谐社会，就是为了减少或消除这样的不和谐之音。为此，镇党委、镇政府果断做出决定，在全镇实施“三个一”民生工程。

“三个一”就是：让每一个有就业愿望的小榄人（劳动力）都有一份工作，让每一个小榄人都有一份医疗保障，让每一个适龄的小榄人都有一份社会养老保险。

民生工程之一：就业

为让每一个有就业愿望的小榄人都拥有一份工作，镇党委、镇政府早在2001年就成立了“帮助本地群众就业办公室”。次年，镇党委又专门成立了就业工作领导组，由镇党委主要领导任组长，一名副镇长和一名党委委员具体负责。领导组下设办公室，配有多名专职工作人员。各社区也相继成立了就业办公室，全镇共有专职人员50多人，镇党委还把就业工作列入干部考核岗位责任制的重要内容之一。

为加大帮助群众就业的工作力度，2004年10月，镇党委、镇政府在2003年、2004年两年对全镇就业情况进行普查的基础上，再次对全镇“零就业家庭”、困难家庭和有就业意愿且有劳动能力的待业人员，进行深入细致的调查摸底，逐一登记并建立了工作档案，研究制订了帮助就业三步走方案，采取强有力措施推进“零就业家庭”、困难家庭和有就业意愿且有劳动能力的待业人员的就业工作，把生活保障与工作保障结合起来。既注意给经济困难者的生活保障，更着力协助其谋求工作出路；既重视“输血”功能，更注重“造血”功能。三步走方案即：第一步，2004年12月底前，主要解决“零就业家庭”的就业问题；第二步，2005年春节前，主要解决“困难家庭”的就业问题；第三步，2005年6月底前，全面解决有工作意愿、有工作能力的人就业问题。到2005年5月底，三步走方案提前完成，全镇共解决了961人的就业问题。其中，44个“零就业家庭”中，除2人患病无法就业外，其余42户中的42人就业。全镇199户困难家庭中，除弱智和残疾的18人、4名无就业意愿的家庭妇女外，其余177人全部就业。全镇881名待业人员，除吸毒、病残、超龄的51人和无就业意愿的88人（主要是家庭妇女）外，其余742人也都有了工作岗位。现在的小榄镇经多次安置，仍未就业的劳动力不到总劳动力的1%。

民生工程之二：医疗

随着社会的进步，经济的发展，人民群众的生活水平不断提高，温饱问题已不再是多数老百姓所担忧的事情。他们更加关心的是自己及家人的健康，更加担心的是当健康出现问题时有没有医疗保障。尤其是患了大病、重病之后……百姓最关心这样的事！

为彻底解决这一问题，使小榄人病有所医，镇党委、镇政府决定，从2004年开始，在原来的10万农民参加的农村合作医疗的基础上，在全镇各社区都建立起合作医疗机制，将原来没有参加合作医疗的5万居民，全部纳入到合作医疗范围。截止2005年6月底，全镇共144452人参加了合作医疗。具体做法是：以户为单位，个人每年缴合作医疗保障金120元。以“保住院，保大病”为主，在本镇医院住院的药费、手术费可报销90%，且上不封顶（门诊不报）。这一做法，有效地解决了群众“因病致贫，因病返贫”的现象。全镇合作医疗参保率达92.5%，其中农民参保率达99.8%。不少居民在拥有社会医疗保险后，又参加了合作医疗，从而获得双重保障。

2004年，镇政府补贴合作医疗资金800万元，2005年补贴930万元，为全镇群众提供了有力的医疗保障。2005年，全镇参加合作医疗、商业医疗、医保的群众达21.9万人，即有三分之一的小榄人，享有两份医疗保障。

民生工程之三：养老

老有所养，老有所依，老有所乐，是每一位老人的梦想，也是和谐社会的一个重要标志。为此，镇党委、镇政府提出让全镇达到年龄的群众，都要参加社会养老保险，并拟定全镇社保工作“三步”计划。第一步，确保在企业工作的小榄人全部参加社保；第二步，确保达到年龄的社区股民全部参加社保；第三步，协助达到年龄的其他本地户籍人员参加社保。

让每一个符合条件的小榄人拥有一份社会养老保险这一民生工程，不但解决了老人退休后的后顾之忧，还为小榄人创造了安居乐业的良好环境。

2006年3月12日，中共中央宣传部副部长雒树刚到小榄镇考察工作，在接受小榄电视台记者采访时说："你们提出了'三个一'工程……这'三个一'，解决了群众最基本的生活问题和生活保障，解除了群众的后顾之忧。这是人生之本，这是群众最关心的利益问题，给全国提供了一个很好的经验。"

中共广东省委副书记欧广源在小榄调研时说："你们搞了'三个一'工程，我觉得这充分体现了以人为本，对落实好科学发展观，构建和谐社会，具有重大意义。""你们能够做这么多的事情，离不开经济发展这个前提。没有强大的经济基础，强大的经济支撑，其他工作便是空中楼阁。"

是的，没有强大的经济基础，一切都无从谈起。同样，没有一份对人民的深厚感情，再强大的经济基础也保证不了社会和谐进步的发展。我们采访小榄镇党委书记黄标泉同志时，当谈到实施"三个一"民生工程，他说："我们当时提出让每一个小榄人都拥有一份工作，也不完全是针对'零就业家庭'和'困难家庭'的。我们还有一种考虑，就是动员富裕户家庭人员，也都积极参加就业，为社会创造财富。小榄镇经济的发展，使部分富裕起来的群众，产生了'小富即安''稍富则满'的思想。如果小榄镇因经济发展而滋养出一批衣食无忧、吃饱等饿、无所事事、游手好闲、四肢发达、头脑简单的'懒大头'，岂不大煞小榄镇的风景吗！"

黄标泉书记的这番话，让人深思。

尊重富人，关爱穷人，帮助"四种人"，是中共小榄镇党委、政府以人为本、建设和谐社会的积极探索，大胆实践。目前，一个居者有其屋、少有所学、劳有所为、病有所医、老有所养的“无人不饱暖，无处不安康”的和谐社会，已在小榄镇初步形成。

一提到“富人”“有钱人”，某些对富人有抵触情绪的人，往往在大脑里更多闪现出的是“杀富济贫”“为富不仁”“富而不贵”之类的字眼。

这也难怪。

我们读过许多赞美玫瑰、鸽子以及蜡烛的诗，但从未读过一首赞美富人、有钱人的诗，反倒有不少唾骂富人和金钱的檄文。是人们不喜欢富人？是人们天生就对有钱人有仇？是富人对人类的贡献比不上玫瑰、鸽子和蜡烛？不是！实际上这只能算是人们的一种普遍心态，或者说是人们对富人在心理上的一种对峙——有着这样一种抵触情愫，又怎么会写诗赞美富人赞美有钱人呢？

然而，在小榄镇“尊重富人，学习富人，赶超富人”，是一种早已深入人心的社会风尚；“不仇富，不劫富，不杀富”更是一种社会公德。

2005年年初，小榄镇党委、政府，向全镇提出了“尊重富人，关爱穷人”的号召。

据调查，小榄镇家庭财产超千万元的富裕家庭，约占6.4%。镇党委认为，这些富人依靠党的改革开放政策，发挥自己的聪明才智，通过勤奋拼搏，努力创业，过上了富裕生活。他们不但积累了资产，也向国家交纳了税金，还创造了大量的就业岗位，为国家和社会，特别是为小榄镇的经济发展，做出了突出贡献。富人理应受到全社会的尊重。镇党委、镇政府及全镇人民，应创造更好的环境，让富人更加富裕，为社会创造更多的财富。为此，镇党委号召全镇人民以富人为榜样，鼓励更多的人创业，勤奋劳动，走上发家致富之路。党委、政府一方面每年组织企业家到外省市和国外参观考察，广泛交流，让他们获取市场信息，了解形势发展，把企业做大做强，并为成长性好、缺乏流动资金的企业协调金融机构提供贷款。一方面积极引导教育，鼓励富人“富而向善”“富而行善”，积极参加各种公益事业和慈善事业，如扶贫济困、赈灾助学等，主动扶助需要帮助的人，向社会奉献爱心，用实际行动赢得社会和广大人民群众的尊重。全镇成立了28个文体协会，根据各位企业家的爱好和兴趣，将他们请到协会中去，并让他们担任一定的领导职务。如华帝公司总经理是镇摄影协会会长，榄菊集团董事长是镇青年书法协会理事兼小榄印社顾问，华锋制锁公司董事长是镇篮球协会副主席等。仅镇篮球协会，就集中了数十位大中型企业的业主。这些企业家既是文体活动的积极参与者，又是组织者和策划者，更是文体活动的资助者。如镇传统的三人篮球赛、中国象棋赛、乒乓球公开赛、书画大赛等活动，费用全部由企业家自发资助。

各协会开展的文体活动，极大地丰富了群众业余生活，提升了文化品位，营造了和谐的社会氛围。

关心群众生活，特别是关心贫困群众的生活，更是建设和谐社会、维护社会稳定的重要内容。

截至2005年年底，小榄镇的贫困家庭仍占约3.1%。这些家庭的困难，不是社会体制原因所致，不是缺乏工作岗位原因所致，也不是个人原因所致，而是特殊原因——有些甚至是不可预见性原因所致。如家庭成员患上绝症或慢性疾病；如意外事故导致丧失劳动能力；如家庭成员有遗传性缺陷……对这些因种种各不相同的原因而致贫致困的家庭，怎么办？镇党委、镇政府在提倡尊重富人的同时，更重视关心、帮助穷人的工作。镇里多方面、多渠道投入人力、财力、物力，构建和完善社会救助体系：建立了最低生活保障体系、五保户供养制度、临时性困难救助、基本医疗报销制度、教育资金制度、就业救助和法律援助等社会救助体系，形成了全社会关心和帮助弱势群体的良好社会风尚。

如今，在小榄镇，最低生活保障标准是人均每月350元。全镇共办理低保户829户2439人，经费由市、镇两级政府共同负担，每月发放低保金371557元，镇财政负担发放金额的73.6%。残疾军人的生活补贴，也由原来的家庭人均每月500元提高到800元，同时政府出资356352元，为48名残疾军人购买了社会养老保险和医疗保险，彻底解决了残疾军人的生活之忧。临时困难救助工作也做得有声有色，自2001年至2005年年底，全镇共实施临时困难救助500余人次，救济金额1578744元。从2003年起，镇党委、镇政府决定在全镇实施基本医疗救助金报销制，制定了农村低保户每人每月35元和城镇低保户每人每月42元的定额救助制度，减轻了低保家庭的医疗负担。2005年，全镇又把基本医疗救助标准统一调整为每人每年500元，同时为全镇低保家庭成员1675人，全数购买了合作医疗，解决了穷人看病难的问题。从2001年至2005年，全镇资助镇外读高中、大中专学生近200人次，资助金额70余万元。同时还开展了“同在蓝天下，共享一片爱”活动，全镇500多名党员干部结对帮扶850名困难家庭学生……

社会太复杂，包罗万象。构建和谐社会谈何容易，它需要平衡协调每一个条块，关注每一个角落。经济腾飞、政治文明、民生幸福的小榄人也不得不把一部分精力用于管好“四种人”身上！

所谓“四种人”，是指吸毒解戒人员，刑满释放人员，行为偏差人员（含在校行为偏差生）和辍学青少年。

“虽然这‘四种人’在小榄镇为数不多，但如果不能有效地做好教育转化工作，不但会影响他们现在和将来的家庭，还会造成社会不稳定，使其成为社会包袱。因此，镇党委对这项工作给予了高度重视，把社区教育就业工作列入了文明社区建设的考核内容之一。”镇党委书记黄标泉如是说。

为做好“四种人”的工作，2004年8月，小榄镇成立了“小榄镇社区教育就业办公室”，由一名副书记和一名党委委员专门负责。各社区也相应建立了“社区教育就业办公室”，全镇建立起一支由159人组成的社区教育就业工作队伍。

镇教育就业办公室辛群英、麦少容两位负责人向我们介绍，自2000年起近7年来，全镇共有刑满释放人员283人，吸毒解戒人员524人，辍学青少年204人，行为偏差人员（含在校偏差生）142人。镇党委、镇政府要求，一定要做好吸毒解戒人员和刑满释放人员生活和思想动态跟踪，想方设法为他们妥善安排合适的工作岗位，使其尽快重新融入社会，走向新生活。一定要热情、耐心地做好行为偏差人员的思想教育工作，使他们转变对社会的看法，转变人生观。一定要积极帮助辍学青少年解决学习上遇到的各种困难和问题，使他们重返学校完成学业。为切实做好“四种人”的工作，镇教育就业办公室的同志们“多管齐下”，采取与社会、学校、家庭相结合，与就业工作相结合，与培训工作相结合等等办法，收到了明显的效果。

辛群英、麦少容同志还向我们介绍了不少生动的事例——

初二女生李某，受外面世界的影响，经常出入于酒吧，发展到后来连学都不愿上了！镇教育就业办公室的同志三番五次地找学校和家长了解情况，在摸清了该生的具体情况后，再对症下药，最终使李某回到了课堂。

社会青年罗某，是个独生子，他父亲去世后，因母亲是个清洁工，收入微薄，不能满足他的开支要求，常常动手打他母亲。镇教育就业办公室的同志得知这一情况，多次主动上门做罗某的思想工作。先是动员他参加技能培训班，结业后又帮他联系到一家企业，让他当了一名维修工。如今，罗某不但不打母亲了，还给母亲钱花，并且还谈上了女朋友……

据介绍，全镇179名辍学学生，基本上全都复学回校了。其他“三种人”，也大都悔过自新，融入社会，走上了新生活。

尊重富人，关爱穷人，帮助“四种人”——小榄镇开展的这些温暖人心的活动，实在让人感动。这些看似是小事、平常事，处理得不好，就会后患无穷，就会给社会、家庭、个人带来极大的悲哀。比如说那些辍学的孩子，如果没有帮助“四种人”的爱心活动，他们就会陷入泥坑，甚至不能自拔。如今他们都回到课堂上去了……

教育强镇

近年来，小榄镇党委、镇政府倍加重视教育，加大了教育事业的投入，促使其成为小榄经济社会持续发展的领跑员，带动小榄镇经济社会更快发展。

①布局调整：把原有的41间中小学校采取“撤销、合并、搬迁、转制”等办法，调整为小学20所，中学8所，实现了教育资源的优化配置。②硬件投入：近几年来每年均投入超1亿元，共投入近6亿元，新建扩建了24所中小学校舍。另外，镇政府还发动了镇属几大公司资助农村小学的建设以及增添现代化教学设施，其中2004年资助额为500万元，2005年的资助额为800万元。③重视均衡：在重点学校里挑选优秀的教学骨干，派到薄弱的农村学校担任副校长，带去优质学校的办学理念和教学方法。④创建品牌：目前，全镇已有国家重点职业中学1所，省一级学校13所，市一级学校或市规范化学校5所。2003年11月，小榄镇顺利通过“广东省教育强镇”督导评估验收。⑤普及教育：普及12年教育，使所有学生都能读上高中，并能上到自己满意的学校。

启　示

小榄镇虽小，但是折射的却是当代中国历史进程的大世界！它的发展过程既是经济发展的进程，又是社会文明发展的进程。它让所有了解它进程的人感到激动。让我们尤为振奋的是，富裕了的小榄人，没有忘记精神文明建设，他们建设了一个“生产发展，生活宽裕，乡风文明，村容整洁，管理民主”的和谐小榄镇，建设了一个“无人不饱暖，无处不安康”的美好家园！

品位篇

这里，我们不说小榄镇曾获得过多少荣誉，也不说小榄镇经济如何快速发展，人们多么富有。仅从一些“细微之处”去看小榄，便可以看到小榄人如今的文化品位，小榄镇如今的文明程度，以及小榄镇一切的一切。

城市化

在春光明媚的四月里，我们行走在小榄75.4平方公里的土地上，已不见传统意义上的“乡村”了，工业化、城市化已在这片热土上处处展现。只有在偏远之地，偶见一片片“田园风光”，栽种的却是花木，而不是庄稼。陪我们“观光”的冯结红小姐告诉我们，那一片片“田园风光”是一家规模较大的花木公司。前几年在昆明举办的“世界园艺博览会”，就是这家公司代表广东省去参展的。

为了多看一些单位，我们的采访安排十分紧张，参观镇工业产品陈列馆，只能“见缝插针”。我们去时，已是中午下班之后的时间。只有一位姑娘正在吃着盒饭。冯女士向她说明了我们的来意，她便领我们去陈列馆参观。姑娘一边领我们参观那一排排、一层层品种繁多、应有尽有的各种工业产品，一边向我们讲解。小姑娘不仅普通话说得好，而且能把那么多大大小小、各式各样的产品，从生产厂家到产品品牌、市场占有率、消费者满意度、所获得过的荣誉、所产生的效益等，全凭她那张伶牙俐齿的小嘴，说了个溜儿转。我们都被姑娘的记忆力和精美的解说词所折服，便好奇地问她是什么地方人，哪所高校毕业，芳龄几许。姑娘笑笑说：“我就是小榄镇人，去年高中毕业没考取名牌大学，就到这儿来上班了，今年算是20岁了吧。”我们问她咋就讲解得这样好，她再次向我们微笑作答：“干一行就尽可能干好一行呗。”

“菊城”美誉

小榄有“菊城”的美誉，菊花文化贯穿于小榄的历史。

初起有“菊试”“菊社”等民间组织，后逐渐演变为10年一度的“黄花会”。清嘉庆甲戌年（1814）举办大型菊花盛会，此后相约每60年举办一届盛会。

1994年11月19日至12月5日，小榄镇隆重举行了第四届甲戌菊花大会。大会布展10平方公里，陈展菊花82万盆，1568个品种，吸引了海内外嘉宾、游客600余万人观赏。

2004年11月，小榄镇举办（甲申）菊花文化艺术欣赏会，以“魅力小榄，展示菊艺新风采”为主题，在布展和菊艺上均有新突破。最大的一棵单株菊达45圈6211朵花，楼高23.26米的赏菊楼和单株嫁接247个品种的大立菊，被列入吉尼斯世界纪录大全。菊会期间，国家文化部授予小榄“中国菊花文化艺术之乡”称号。

2005年年底，“小榄菊花会”被推荐为首批“国家非物质文化遗产”。菊花的精气神韵已与小榄人融为一体，成为小榄人不畏艰苦、勤劳勇敢、拼搏奋斗的精神动力，更成为现代小榄人把握先机，开拓各项辉煌事业的生命原动力。

小榄菊花，久负盛名，然而这只是小榄之一景。还有“全国小城镇建设试点镇”“村镇建设全国楷模”“全国亿万农民健身活动先进镇”“全国民政工作全优乡镇”“全国造林绿化百佳镇”“全国乡镇企业出口创汇五强镇”“国家卫生镇”“中国花木之乡”“中国书画之乡”等。的确是景点多多，让人目不暇接！

并非点滴

小榄镇新市区社区，是由原新市、沙口、下基三个城区居委会和菊城村委会整合而成的新社区，有居民7600户，常住人口近3万人。

为使社区群众有一个安居乐业的环境，帮助居民在卫生、治安、消防安全、家庭、婚姻等方方面面掌握一定的知识和技能，增强居民的卫生意识和防范意识等，政府根据日常生活中出现的一些情况，编辑整理了一本《居民实用手册》，免费分发给每家每户。

《居民实用手册》里除印有急用、常用电话号码，社区及各片办公时间、地点，社区治保会及各报警站办公时间、地点外，更有“清洁环境”“善意提醒”“防火知识”“共创美满”“关爱家庭”等许许多多实用内容。就拿“清洁环境”来说吧，连“垃圾要分类处理”都明明白白写进了《手册》里，并提醒居民：清运垃圾的时间为晚上6时至8时，请各住户提前将垃圾打好包，不要将垃圾包提前堆放，当听到垃圾车铃响时再将垃圾包放入车内。因特殊情况(如上班或外出)，不能按时清倒垃圾，请将垃圾打包放在自家门口，不要随便放在街（巷）口，以免影响市容和滋生细菌……

宜　居

蓝天，碧水，绿地，花鸟。

小榄镇由一个以农业人口居多、以农业为主业的乡镇，在邓小平“南方谈话”之后，以极快的发展速度，如今已发展、建设成为一个拥有15.7万户籍居民、16万外来人员的总计30余万人的新兴工商业城市。街道宽广洁净，建筑雄伟壮观，河流清澈见底，绿地如织似锦……小榄镇美不胜收！

小榄镇真美，处处给人以赏心悦目的感觉。洁净、卫生，给我们留下了极深的印象。不要说宾馆饭店、办公场所、旅游景点、文化中心、临街商铺、集会广场……就连旮旯里也难见灰尘。这里离海洋近，或许也与海洋性气候有关。即使是这样，我们认为也是与政府对这里的有效管理分不开的。如果说穿皮鞋在小榄镇行走，十天半月仍是一尘不染、不需上油与海洋性气候有关，那么地上连个烟头儿都见不到，就是因为政府对这座城市管理有方了——据说，中央某部一位官员到小榄镇调研，为验证离京前有人向他介绍的“小榄如何洁净卫生”之说，便在进入小榄境内后以步当车，沿街穿巷而走，走了几里路才发现地面上有一个烟头。随之这位官员连声称赞：“小榄洁净卫生果然名不虚传！”

南海之滨美丽的菊城，
你是祖国的一颗明星；
看万菊争艳人杰地灵，
闪烁着中华文明！

这是《菊城之歌》中的一段歌词。

小榄的确太美，美得让人有种冲动，有些忘返。怪不得现任菊城中学校长吕麟和小榄镇教育办副主任杨新华等一些高学历、有作为的年轻人，不仅自己应聘来到这里，而且还把妻儿老小也纷纷从老家接来，永久性地在小榄镇安家落户。原来，他们都是被“创业、居住”两适宜的“小榄之美”迷住了！

何止吕麟、杨新华，如今在小榄安家扎根的已有十几万人，他们与饱含感情的小榄本土人一起，激情地演绎着这个美丽家园中国式社会主义新农村的传奇故事……

启 示

别以为上面这些事很琐碎，很点滴，但那是百姓的事，百姓对它很上心。做好了，管好了，他们心情格外舒畅。小榄镇的干部把百姓的点滴之事都当大事来做。

总 结

在我国的传统文化背景下，要完成从乡土社会向现代社会转型、从初级市场经济向现代市场经济的过渡，这是一个艰难而漫长的过程。然而，小榄却以它独特的发展模式成就了今天的辉煌。

从一个农业小镇到一个经济强镇，小榄的经济发展脉络可以为中国大多数仍处于市场经济萌芽状态和从计划经济走向市场经济的中国乡镇地区提供一个可参考的、具有一定科学价值的范本。

但我们认为，我们更应该从小榄文明、小榄现代化和小榄人的精神角度来探求小榄模式。因为，小榄已不再单纯追求经济效益，更应是一个集精神文明和商业文明于一体的、拥有自己特定的区域文化与商业和人文精神的中国文明城镇。

小榄的发展模式可以证明许多真理，但最重要的一条是：小榄镇党委和镇政府始终不移地贯彻中央精神，把科学发展和建立和谐社会、富裕百姓生活作为自己一切工作的根本出发点。

我们相信，未来的小榄更是一个独具核心竞争力优势的文化小榄、活力小榄和宜居小榄。

写于 2007 年

出版说明

何建明先生是中国文坛著名作家，长年坚守在报告文学一线。“非典”、汶川地震、天津大爆炸、利比亚撤侨等重大事件发生时，何建明先生都尽可能出现在第一时间、第一现场，将第一手材料及时地呈现给读者，将中国故事讲深、讲透、讲生动、讲精彩。他强烈的责任感和使命感让人感动，其直面真相、忠于现实的精神令人钦佩，是中国当代报告文学界极有影响力的领军人物。

有感于斯，我社特收录何建明先生近40年创作的报告文学作品，结集为《何建明文集》三十卷出版。这些作品是对时代、社会、自然和人文的记录、呈现与见证，是作者响应时代的召唤，置小我于大我之中，循着时代背景和社会需求而创作的，完整、真实地表现了社会各个层面人物的喜怒哀乐，代表了当代中国纪实文学、非虚构创作的高峰水平，大气磅礴、激情豪迈，极具胸怀和气量。其中多部作品获得鲁迅文学奖、国家图书奖、“五个一工程”奖、徐迟报告文学奖等。

每个时代都有自己的特征，每部作品都有自己的特点。为了全面展示何建明先生历时40年创作内容、使用语言和文学风格的变化，本文集对何先生已发表的所有作品原则上不做修饰和润色，除特殊情况外也不做大的删节和修改，以保证今天的结集出版，仍不失当年作品的激情和味道。